W0301542

ET SI C'ÉTAIT UNE NUIT

Ethnopsychiatre disciple de Georges Devereux, professeur de psychologie, ex-diplomate, Tobie Nathan est également essayiste et romancier. Il a publié, entre autres, *La Nouvelle Interprétation des rêves* (Odile Jacob, 2011), *Ethno-roman* (Grasset, 2012, prix *Femina* de l'essai) et, aux éditions Stock, *Ce pays qui te ressemble*, *L'Évangile selon Youri*, *La Société des Belles Personnes* et *Ethno-mythologiques*.

Paru au Livre de Poche :

LES ÂMES ERRANTES
CE PAYS QUI TE RESSEMBLE
ETHNO-ROMAN
L'ÉVANGILE SELON YOURI
PETITS OBJETS DU QUOTIDIEN. ETHNOMYTHOLOGIQUES
LA SOCIÉTÉ DES BELLES PERSONNES

TOBIE NATHAN

Et si c'était une nuit

ROMAN

STOCK

© Éditions Stock, 2023.

« Si jamais j'oublie »
Paroles d'Ycare, musique de Jean-Étienne Maillard.
© Warner Music France, French Flair Entertainment,
Anthakarana Éditions, Play On 911.

« Les loups sont entrés dans Paris »
Chanson interprétée par Serge Reggiani.
Paroles d'Albert Vidalie, musique de Louis Bessières, 1967.
© Éditions Majestic Jacques Canetti.

ISBN : 978-2-253-24918-4 – 1re publication LGF

« J'avais vingt ans. Je ne laisserai personne dire que c'est le plus bel âge de la vie.

Tout menace de ruine un jeune homme : l'amour, les idées, la perte de sa famille, l'entrée parmi les grandes personnes. Il est dur à apprendre sa partie dans le monde. »

Paul NIZAN,
Aden Arabie (1931)

« Nous appellerons émotion une chute brusque de la conscience dans le magique. Ou, si l'on préfère, il y a émotion quand le monde des ustensiles s'évanouit brusquement et que le monde magique apparaît à sa place. »

Jean-Paul SARTRE,
Esquisse d'une théorie des émotions (1938)

1

Et si c'était une nuit…

« Et si c'était une nuit
Comme on n'en connut pas depuis
Depuis cent mille nuits
Une nuit de fer, une nuit de sang
Une nuit, un chien hurle
Regardez bien, gens de Denfert, regardez-le
Sous son manteau de bronze vert
Le lion, le lion tremble[1] »

Moi aussi, j'ai eu ma nuit du destin, mais à la différence des musulmans qui la vivent tous les ans durant le ramadan, la mienne n'est survenue qu'une seule fois dans ma vie. Cette nuit-là, j'ai fait deux rencontres, une personne, bien réelle, que j'ai revue par la suite, et une autre, plus floue, dont j'aurais du mal à parler. Peut-être l'ai-je seulement rêvée celle-là ?

1. *Les loups sont entrés dans Paris*, chanson interprétée par Serge Reggiani, paroles d'Albert Vidalie, musique de Louis Bessières, 1967. © Éditions Majestic Jacques Canetti.

Ces rencontres ont été si puissantes, se sont révélées si décisives, qu'elles demeurent inscrites dans ma mémoire comme des balises, posées là pour éclairer mon chemin…

C'était un vendredi, le vendredi 10 mai 1968. Pour un mois de mai, il ne faisait pas bien chaud. Il devait être plus de 11 h 30 lorsque j'ai quitté la cité universitaire de Nanterre sur ma mobylette. J'habitais là, chez la généreuse Michèle, clandestin dans le bâtiment des filles, mais j'étais étudiant à la Sorbonne, à Paris. Alors, quand j'en avais le courage et que la petite jaune voulait bien démarrer, de Nanterre à la rue des Écoles, c'était un trajet de près d'une heure, à grelotter sur ma selle… Et pour quoi faire ? Écouter, dans un amphithéâtre bondé, un professeur décati lire des notes de cours qu'il ne comprenait plus ? Le vieux Arbousse-Bastide, qui enseignait la psychologie sociale, était le pire ! Je crois bien que je n'ai jamais pu distinguer un seul des mots qu'il crachotait dans le micro du grand amphi. Dès le deuxième ou troisième rang, les étudiants se regroupaient par affinités politiques, discutaient, se passaient des journaux ; des couples s'embrassaient. Quant à ceux des deux premiers rangs, la plupart dormaient. Je suis d'accord : il fallait du courage pour ne pas sombrer dans la déprime ! En ce temps-là, du courage, j'en avais ! Et même que je n'avais peur de rien. Mais j'avançais à l'aveugle. Je ne savais où j'allais. Marchant à côté de mes pas, j'étais seulement l'ombre de celui qui claquait ses talons sur le trottoir.

Ce jour-là, ce vendredi, je savais au moins une chose : je n'irais pas à l'université. Voilà une semaine que le gouvernement avait fermé la Sorbonne à cause des manifestations. Dans les hautes sphères, Peyrefitte et Fouchet pensaient que, privés de lieu de rassemblement, les étudiants, ces petits-bourgeois repus, sauteraient dans leur Triumph TR3 pour un week-end prolongé à la mer. Je n'étais pas un petit-bourgeois. La paye de mon père suffisait tout juste à nourrir ma mère et, déjà à ce moment-là, elle ne mangeait plus grand-chose. À l'âge de cinquante ans, elle débutait une anorexie d'adolescente. Je bossais pour payer mes études. Tous les jours, de 12 à 14 heures, je surveillais la cantine dans un collège de Clichy. Je ne comprends toujours pas pourquoi les mômes crient si fort durant le repas. Peut-être, simplement, parce que la nourriture est infecte. Je ressortais immanquablement de ce réfectoire grand comme une cathédrale avec un foutu mal de tête. D'autant que je formais équipe avec une grand-mère, une retraitée de l'Éducation nationale, pétainiste de la première à la dernière heure, et même qu'elle faisait du rab… Et tous les jours, j'avais droit aux remarques acerbes, aux paroles à double sens : « Les Juifs, vous savez, me disait-elle, je les reconnais à des kilomètres. Ils se cachent bien, vous me direz. Ils se donnent des airs de messieurs, ou quoi… » Et elle me regardait des pieds à la tête avant de poursuivre : « Mais moi, je sais les débusquer, allez ! J'ai appris ça de mon père, pendant la guerre. »

Voulait-elle me signifier à demi-mot qu'elle m'avait identifié, mais en ce cas, comment lui répondre ? M'excuser d'être juif, demander où se trouvait le camp de concentration le plus proche, le four crématoire du quartier ?... Pour m'y précipiter ? Ou bien me servait-elle cette rengaine pour partager avec moi sa déception, chaque jour renouvelée, de l'effondrement de la révolution nationale de son maréchal, maréchal chéri, maréchal Putain ? À moins encore qu'elle ne cherchât à me pousser dans mes retranchements jusqu'à ce que je lui avoue mes pensées gauchistes... Elle était maligne, la garce ! Mais si elle connaissait les Juifs, moi je commençais à être expert en antisémites. Je les subissais depuis l'enfance. Alors, prudent, je me contentais de lui sourire. Du coup, lorsqu'il restait des saucisses, elle les glissait dans un sachet en plastique et me les tendait en chuchotant avec des airs de conspiratrice : « Rangez-moi ça dans votre sac, mon garçon. Au moins vous saurez quoi manger ce soir... »

C'étaient des saucisses de porc, bien entendu !

Manque de chance, j'ai beau être juif, le porc, j'adore ! Surtout en saucisses ! Je me dis parfois que Dieu a interdit le porc aux Juifs parce que c'est bon, si bon que ça pourrait les détourner de la prière. Et comme il y avait belle lurette que je ne faisais plus de prières et ne respectais aucun interdit masochiste, fût-il juif, je la remerciais...

Ce vendredi, donc, avant de partir pour le Quartier latin, je me suis rendu au collège Jean-Jaurès où j'assurais mes surveillances. Et comme tous les jours, la vieille déversait sa bile. Cette fois c'était contre la manifestation des lycéens qui devait avoir lieu l'après-midi, à 17 heures, ces lycéens que le cortège des étudiants rejoindrait à Denfert. Elle m'asticotait pour obtenir de moi une condamnation de ces enragés à qui on avait tout donné, et même davantage, et qui détruisaient tout, jusqu'au fondement de notre société.

« Ces gens-là, disait-elle, c'est vraiment la pègre ! Ils profitent de tout et ne sont contents de rien. Allez savoir s'ils sont seulement français ! Cet horrible rouquin, par exemple, comment s'appelle-t-il déjà ? »

Elle voulait parler de Dany, bien sûr. J'ai senti le piège. Je n'ai pas répondu, la regardant, les yeux ronds. Elle insistait : « Mais si, voyons ! Un Juif, lui aussi ! Et un Allemand par-dessus le marché ! »

Le vendredi, la cuisine empestait. C'était jour de poisson. Et ce jour-là, il était pané. À celles de poisson à moitié pourri s'ajoutaient les odeurs de friture. Après la récréation, sitôt les enfants en classe, j'ai enfilé mes gants, enfourché ma mobylette et suis parti pour le Quartier latin. Heureux temps où on pouvait rouler sans casque. À l'arrivée, ça vous faisait une belle coiffure, lissée par le vent.

J'avais rendez-vous avec mon pote Jean-Michel dans un bistrot de Denfert. Ce n'était pas vraiment un ami intime, mais je l'aimais bien. Il était inscrit en philosophie, nous nous retrouvions dans le même groupe de travaux dirigés de sociologie consacré à l'étude des grands textes classiques. Nous avions préparé ensemble un exposé sur *Le Suicide* du rébarbatif Émile Durkheim. Je me demandais pourquoi je m'étais inscrit en sociologie. Tous les auteurs étaient assommants. Gustave Le Bon... *Psychologie des foules*... Du journalisme saupoudré de banalités. Qui parvient à lire vingt pages de ce bouquin sans s'endormir ? Le bon Gustave, il était franchement mauvais ! Il y avait tout de même un peu d'ethno, Ralph Linton, Margaret Mead. Mais ils étaient violemment critiqués par notre chargé de cours, marxiste, cela va sans dire, qui nous expliquait que le « culturalisme américain » était l'expression la plus pure de l'impérialisme belliqueux. Je m'en fichais, je n'écoutais que d'une oreille. Moi, je voulais étudier Karl Marx. C'est pour cette raison que je m'étais inscrit en sociologie. On me répondait que ce serait seulement en troisième année... Marx, ça se méritait ! Encore une année ? Je ne pensais pas pouvoir tenir jusque-là...

Avec Jean-Michel, on s'était trouvé des affinités. Il était anar, je n'en pouvais plus d'être mao. Dans mon groupe, rattaché à l'UJCML, l'Union des jeunesses communistes marxistes-léninistes, il n'y avait que des garçons, à part Laura, qui était un peu une pièce rapportée. Elle ne participait pas aux réunions, ne discutait jamais de théorie, mais nous était indispensable. Dans la voiture de son père, une ID19 blanche, elle nous conduisait sur les lieux de nos actions, devant les usines. Elle nous attendait là, ne quittant pas son volant, et nous ramenait à toute vitesse lorsque nous étions poursuivis par les malabars de la CGT ou même, quelquefois, par la police. C'était une sympathisante... Alors, elle et moi, nous avons sympathisé. Je veux dire : vraiment sympathisé... Si bien qu'un jour Patrick, notre chef, nous a surpris, dans ce minuscule bistrot, rue des Écoles, où on pouvait manger des jambon-beurre grands comme le bras. Nous étions là, elle et moi, vautrés sur la banquette. J'avais la main enfouie sous son col roulé en shetland. J'ai pris l'affaire à la rigolade. J'ai dit à Patrick : « Qu'est-ce que tu veux, c'est le prix à payer quand on est beau mec. »

Je pensais m'en sortir d'une pirouette ; au final, je me suis retrouvé menacé d'un jugement au tribunal populaire. Il écumait de rage. Il m'a d'abord sorti une citation de Lénine, quelque chose comme : « Dans l'avant-garde de la classe ouvrière, on reconnaît publiquement son erreur… Qui veut éduquer les masses doit être pur comme une goutte d'eau de pluie. » Puis il m'a annoncé que, vu la situation, nous allions devoir organiser une « séance de lutte ». Séance de lutte ? J'ignorais le sens de cette expression. J'aurais dû la connaître, pourtant, depuis le temps que je fréquentais les maos… Devant mon air effaré, Patrick ajouta : « *Jiantao*, tu comprends mieux, quand je te le dis en chinois ? » Ben non ! Pour moi, le chinois, c'était de l'hébreu. Et encore, l'hébreu, j'en gardais quelques notions. Je ne pouvais même pas deviner le sens de sa chinoiserie. En vérité, *jiantao* ne désigne pas un combat mais une « lutte contre soi-même », c'est un peu le même sens que *djihad* en arabe. Dans mon cas, « faire *jiantao* », c'était démontrer mon attachement au peuple en me livrant à une autocritique publique. Avouer d'abord, puis exposer devant le groupe réuni que non seulement j'avais eu un comportement typiquement petit-bourgeois, mais que, de plus, j'avais exposé mes camarades à de grands dangers. J'ai levé la tête, éberlué. Même les curés n'auraient pas proposé un truc aussi tordu, même les communistes de Gennevilliers où j'avais passé mon enfance, même les moniteurs de Francs et Franches Camarades des colos que j'avais fréquentées dans l'enfance… J'ai blagué : « Exposer mes camarades à des dangers ? Mais quels dangers, grands dieux, à part la jalousie ? » S'il ne s'était retenu, il m'aurait retourné une baffe. Laura baissait les yeux, comme perdue dans la contemplation des motifs de son écharpe. Elle avait dû suivre sa scolarité chez les bonnes sœurs. Elle avait une certaine expérience de la culpabilité. Moi, franchement, leur truc de masos, là, je n'accrochais pas. Il faut dire qu'arrivant d'Égypte quelques années plus tôt, je sortais tout droit de l'Antiquité, plusieurs siècles avant qu'on érige la faute en principal véhicule de la vertu.

J'avais vingt ans, elle vingt et un, le visage fin, la taille serrée et des seins qui tenaient à peine au creux de mes mains. Elle s'arrosait d'un Guerlain qui me chavirait l'âme. Elle venait des beaux quartiers, s'habillait de jupes plissées bleu marine, portait un bandeau pour retenir ses cheveux blonds. On ne se ressemblait pas, ça, c'était certain ! Je n'avais qu'un seul pantalon, un jean de velours verdâtre, et un pull de laine tricotée qui, heureusement, était rouge. En ce temps-là, j'avais les cheveux noir corbeau qui me tombaient dans les yeux. Je l'ai regardée, si belle… Je la désirais. Je l'aimais, peut-être. À cet âge-là, on a l'amour à fleur de peau.

Je lui ai tendu la main, elle gardait la tête baissée. « Viens, Laura, on s'en va ! » J'ai ajouté qu'on n'allait pas se laisser faire, qu'on était libres, qu'on n'avait qu'à partir tous les deux.

« Non ! Je ne peux pas, Léon ! »

Léon, c'était mon pseudo, comme Patrick était celui de notre chef, tout comme Laura était celui de cette jeune femme si belle, mon amour de quelques jours. Encore aujourd'hui, je ne connais ni son prénom ni son nom. Je l'ai cherchée bien des fois depuis. Vingt ans plus tard, j'interrogeais d'anciens camarades. Je ne l'ai jamais retrouvée. Puis, elle s'est échappée dans le tréfonds de ma mémoire pour réapparaître aujourd'hui. Peut-être Laura, devenue grand-mère snob, lira-t-elle ces lignes, étendue sur le canapé du salon d'un appartement de La Muette. Peut-être…

Donc, ce vendredi, cela faisait bien trois semaines que je n'avais pas revu les camarades du groupe. J'étais un peu perdu. Lorsqu'on me le demandait, je répondais que j'étais « chinois », ce qui voulait dire « prochinois », mais à vrai dire le cœur n'y était plus. J'évitais les cafés où on se rencontrait, la rue Cuvier, où se trouvait le petit appartement, au cinquième sans ascenseur, dans lequel on préparait nos actions. Aux manifestations, je ne risquais pas de les croiser. Le grand chef, celui qu'on appelait Pierre, avait décrété que nous avions bien mieux à faire que participer à ces monômes d'étudiants bourgeois, que notre premier devoir était de *servir le peuple*. Et le peuple se trouvait dans les usines.

Il s'était sans doute choisi « Pierre » comme pseudo parce que sur cette pierre il allait bâtir la nouvelle Église maoïste… J'apprendrais bien longtemps après que ce Pierre Victor, victorieux fondateur, ce chef que tout le monde redoutait, était un Juif d'Égypte, comme moi. À ce moment, je ne le savais pas. Je ne connaissais même pas sa tête. Nous, les maos, nous appliquions strictement la règle de cloisonnement. Nous n'avions rencontré que les membres de notre groupe, sans connaître leur identité réelle, ni leur adresse. Nous évitions les grands meetings, les débats à la Mutualité, les fêtes populaires. Nous nous entraînions à une clandestinité que nous considérions inéluctable. Bientôt il nous faudrait sans doute réaliser des coups de main, des attaques de commissariats, peut-être, pour récupérer des armes, des braquages de banque, qui sait, pour exproprier des liquidités. Si on se faisait lever par les cognes, il fallait qu'on en sache le moins possible. Nous savions tout de même que les chefs se réunissaient rue d'Ulm, à Normale sup. C'était là qu'ils concoctaient le journal, le fameux *Servir le peuple*, dont, pour ma part, je ne lisais que les grands titres : « Vive la lutte des classes ! » « Gouvernement populaire ! » « Les ouvriers ont raison de se révolter »… J'étais plus attiré par leurs réflexions philosophiques, telles qu'elles apparaissaient dans *Les Cahiers pour l'analyse*, un fascicule ronéoté qui sortait une fois par trimestre. J'en possédais un seul, que je conservais comme un joyau, le numéro 3, intitulé « L'objet de la psychanalyse ». J'avais beau essayer de le lire, je n'y comprenais rien. Mais je le gardais comme une fiole précieuse qu'on ne parvient pas à ouvrir. Je me disais que, plus tard, quand j'en saurais davantage, j'en lirais chaque mot jusqu'à en extraire le jus.

Apercevant les cars de CRS à chaque pont, j'avais tout de suite compris qu'ils étaient là pour nous, pour empêcher les étudiants de se déverser dans les quartiers bourgeois. Alors, j'ai garé ma mobylette sur la rive droite, près d'Opéra. Je l'ai attachée à une grille et je suis remonté à pied vers le Quartier latin. J'ai traversé la Seine à la Concorde. Les voitures ne pouvaient plus circuler. Je passais, martial, devant les CRS qui mangeaient leur casse-croûte, assis où ils pouvaient, un pied sur leur casque. Je me suis approché et, de mon air le plus innocent, j'ai apostrophé celui qui me semblait leur chef : « Vous attendez quelqu'un, m'sieur ? Un homme d'État étranger, ou peut-être le Général ? Je veux dire : le général de Gaulle…

— Passe ton chemin, petit, a répondu le gros moustachu.

— C'est que tous ces militaires alignés, m'sieur, je pourrais croire que c'est pour moi… qu'ils veulent me saluer, peut-être, me rendre les honneurs… »

Du coup, le gros s'est dressé devant moi. Il était grand, immense, le CRS !

« Tu te fiches de nous ?

— Ben non, m'sieur, j'ai compris. Ce n'est donc pas pour moi que vous êtes tous rassemblés sur le pont. Ce n'est pas pour me regarder passer. À moins que si… Peut-être que vous êtes là pour ça et que vous ne le savez pas. »

Je lui ai tourné le dos et j'ai marché tout droit vers l'Assemblée nationale, martial, fier comme un chien fou.

En ce temps-là, j'étais en effet comme un chien fou. Non pas que j'avais la rage, non, mais je ne savais ni qui, ni quoi, ni pourquoi, ni comment. Ni qui j'étais, ni ce que j'étais, ni quelle était la finalité de mon existence, ni quel chemin je devais emprunter. Alors, je questionnais le monde. Je le secouais parfois, pour le contraindre à répondre. Et j'ai entendu derrière mon dos : « Petit con d'étudiant ! »

C'était toujours une réponse.

J'ai retrouvé Jean-Michel à Denfert. Il était vêtu d'un blouson de cuir rembourré aux coudes et aux épaules. Un casque de moto sous le bras, il avait couvert le bas de son visage avec un foulard noir. Il m'a demandé : « Tu es venu comme ça ?

— Qu'est-ce que tu veux dire ?

— Juste ton jean, ton pull et ton blouson ?

— Ben oui !

— Tu as mis ta coquille au moins ?

— Quoi ? »

Et se tenant les parties, il a joint le geste à la parole : « Parce qu'ils frappent d'abord dans les couilles, tu le sais ? »

Ben non ! Je ne le savais pas ! Pourtant les flics, je les avais affrontés bien des fois lors de nos actions. Mais ils ne m'avaient jamais rattrapé. Je courais comme un lapin, tout pareil, très vite, en zigzag, avec des volte-face. Les potes m'appelaient Speedy, comme la petite souris des dessins animés. J'approchais jusqu'à leur tirer la moustache et partais ensuite comme une flèche. Ils enrageaient en brandissant leurs longues matraques. Jean-Michel, lui, c'était un autre style. S'entraînant trois fois par semaine aux arts martiaux, il ne rêvait que de corps-à-corps. Il les laissait approcher, se saisir de lui, puis il les jetait à terre par l'une de ces prises dont il avait le secret. Il avait même réussi à piquer une de leurs matraques. Il l'avait rapportée, du reste, et m'en laissait apercevoir l'extrémité en écartant les bords de son blouson.

Jean-Michel et moi, nous n'avions pas la même philosophie du combat.

Les mômes arrivaient par centaines, des lycéens en pull-over à ras du cou sur leur chemise à petits carreaux, d'autres en caban ou en imper Burberry, les filles marchaient par deux ou trois, en se tenant par la main, certaines portaient même des socquettes. Tous scandaient : « Libérez nos camarades ! » C'est que la dernière manifestation, celle de lundi, avait tourné au pugilat, surtout le soir et jusqu'à tard dans la nuit. C'est là que le pouvoir capitaliste avait révélé son vrai visage, celui de la répression fasciste. C'est du moins ce qu'on racontait dans notre groupe. Les flics avaient poursuivi les étudiants, les acculant dans les halls d'immeubles, les frappant de leurs matraques. Et lorsqu'ils parvenaient à se saisir de l'un d'entre eux, ils s'y mettaient à quatre ou cinq pour le jeter dans un panier à salade où ils continuaient à le passer à tabac. Ils en avaient coffré des centaines. « CRS SS, qu'on gueulait, libérez nos camarades ! » Il faut dire que c'est cette nuit-là qu'avaient commencé à voler les premiers pavés. Ça les avait sans doute énervés, les cognes…

Cette manifestation de lundi, je l'avais manquée. Nous, les maos, avions reçu l'ordre de la boycotter. J'étais marri lorsqu'un pote de l'AJS, l'Alliance des jeunes pour le socialisme, un « trots », que je connaissais depuis Gennevilliers, Benny Wassermann, me l'avait racontée dans tous ses détails. Celui-là, il avait beau être blond, c'était tout de même un Égyptien. Il était arrivé en France six ans après nous, en 62 ou 63. Je me souviens qu'on se moquait de lui, parce qu'il posait sans cesse des questions : il ne connaissait pas le nom des rues, l'emplacement des stations d'autobus, la façon de s'adresser aux commerçants… Ses parents l'avaient inscrit à l'ORT, une école technique ; nous, les gamins, nous le considérions comme un demeuré. Jusqu'à ce qu'on apprenne qu'il était devenu trotskiste. Armé de son journal qu'il tentait de nous vendre, il nous annonçait l'imminence de la révolution mondiale comme si c'était l'arrivée du Messie. Du coup, impressionnés, nous le considérions autrement, d'autant que ses yeux bleus lui avaient permis de monopoliser la plantureuse Colette Abittan. C'est un peu grâce à lui que je me suis retrouvé là, ce fameux vendredi, pour ne pas rater cette manifestation qu'il m'avait présentée comme décisive. Il ne saura peut-être jamais combien il avait eu raison. Nous ne nous sommes plus jamais parlé depuis.

Les mômes escaladaient le lion de Belfort, pour s'amuser, pour voir les choses d'un peu plus haut, aussi, pour déclamer leurs mots d'ordre, surtout :

« Liberté d'action politique au sein des lycées ! » Il devait être 17 heures quand j'ai pensé qu'il me fallait, moi aussi, avoir une vue d'ensemble. J'ai abandonné Jean-Michel à ses démonstrations de karaté et je suis entré dans un immeuble. J'ai grimpé jusqu'au dernier étage. La trappe conduisant sur les toits était ouverte. Je m'y suis engouffré et me suis retrouvé tout en haut. Il y avait là un garçon debout, en équilibre instable, une bouteille de vodka dans la main, qui chantait *L'Internationale* à tue-tête entre deux rasades. Deux filles assises sur le bord riaient en le regardant. L'une avait de longs cheveux déliés, des yeux de gazelle et un rire cristallin. Je me suis assis à côté d'elle. J'avais un peu le vertige. J'avais envie d'aimer, d'aimer à nouveau, d'aimer encore. Elle m'a regardé et m'a souri. Elle portait une longue tunique de lin par-dessus son jean. Mais elle souriait, souriait encore, souriait toujours. Était-ce vraiment à moi qu'était destiné ce sourire ? J'ai regardé derrière moi. Il n'y avait personne, ou peut-être seulement un ange invisible avec les ailes déployées, à qui elle offrait sa béatitude. Sa voisine lui a passé le joint. Elle a pris une longue bouffée en fermant les yeux puis me l'a tendu.

Ben non !

J'avais déjà essayé leur truc. C'était au cours d'une soirée avec des copains. Tout le monde tétait le même mégot. Une fille me l'a tendu. Je ne me sentais pas de refuser. J'ai pris trois bouffées et me suis assis sur le tapis pour écouter Philippe qui chantait Brassens sur sa guitare. La fille m'a repassé le joint. Elle semblait ne s'intéresser qu'à son mégot, le regardait amoureusement… J'en ai repris. Et Philippe chantait « Quand Margot dégrafait son corsage, pour donner la gougoutte à son chat… » Et j'ai encore aspiré des bouffées. On a fumé comme ça deux ou trois joints, peut-être davantage, je ne m'en souviens pas. Et ma tête s'est mise à balancer. Les murs se rapprochaient, le sol se soulevait. J'ai regardé ma montre. Il était minuit. Je me suis dit qu'il fallait que je rentre à Nanterre, sur ma mobylette en pleine nuit. J'ai pensé que l'air frais me remettrait les idées en place. Je me suis levé et me suis rendu compte que je n'avais pas encore regardé l'heure. Alors, j'ai regardé l'heure… Le temps s'était dilaté, la montre avait fondu, comme dans un tableau de Dalí. Je ne savais plus distinguer avant d'après. Je vacillais. Je me souviens de Jean-Michel qui était venu me soutenir, me demandant si je n'avais pas eu un malaise, ou quoi. Je lui ai répondu : « Non, non ! Il faut seulement que je rentre chez moi… » Et je me suis effondré sur un sofa. Tout tournait ; mon moi aussi ! Je ne sais comment raconter ça. J'avais l'impression que je tournais dans un manège et que mon être s'évanouissait dans le tourbillon. Une angoisse s'est abattue soudain, me saisissant à la gorge. Et si c'était irréversible ? Et si je devenais fou, vraiment fou, rien que pour ça, pour quelques bouffées de haschich, leur herbe magique… Assis par terre, les bras serrés autour de mes genoux, les yeux fermés, je les entendais parler. À un moment, Philippe a lâché sa guitare et s'est approché de moi. À cette époque, il était en deuxième année de médecine. Il a affiché une attitude de docteur et m'a saisi le poignet pour prendre mon pouls. À travers la brume, je l'ai entendu dire : « S'il a fait une décompensation psychotique, il faudra le conduire à l'hôpital pour qu'on lui administre une piqûre de neuroleptiques. » Est-ce qu'il a vraiment prononcé cette phrase ? Je ne le jurerais pas. L'hôpital ? Jamais de la vie ! Alors, je me suis levé et me suis lentement dirigé vers la porte d'entrée. J'avais l'impression que personne ne me regardait. J'ai ouvert la porte. Je m'attendais à me retrouver dans le couloir mais, curieusement, j'étais toujours à l'intérieur, étendu sur le sofa. Je me suis rendu compte que je n'avais pas encore ouvert la porte. Ma conscience oscillait, comme si les rythmes qui nous habitent, ceux des humeurs, des températures, des battements du cœur, comme si tous ces rythmes fluctuaient. Du lent au rapide et du rapide au lent, des images aux paroles… Je ne sais comment je me suis retrouvé sur ma mobylette. Dans mon souvenir, le trajet a duré des heures. Je roulais au pas. J'avais chaud et froid à la fois.

Le moteur a émis ses derniers hoquets avant de caler, en pleine nuit, dans une rue sombre. Je n'avais plus une goutte d'essence. Je haletais. Je n'étais pas rassuré, je me trouvais au bord du bidonville de Nanterre. Une Simca 1000 qui roulait lentement s'est portée à ma hauteur. Un homme jeune, blue-jean et blouson de daim, baskets aux pieds, a baissé sa vitre.

« Vous êtes perdu ? » Puis, considérant mon air épuisé, m'a demandé : « Vous êtes malade ? Où habitez-vous ?

— Pas loin ! À Nanterre…

— Où ça, à Nanterre ?

— Dans la cité universitaire. »

Il m'a proposé de laisser ma mobylette sur un trottoir, de bien noter le nom de la rue et de monter dans sa voiture. Il me raccompagnerait chez moi, je n'aurais qu'à revenir la chercher le lendemain avec un bidon d'essence. Jeune, pas plus de vingt-cinq ans, l'allure sportive, il avait l'air sympathique. J'ai accepté. Tout de suite, il m'a bombardé de questions. D'où je venais, de quel coin de France, dans quel bâtiment je logeais, si je m'intéressais à la politique, à quel groupe j'appartenais… Je n'ai pas mis longtemps à m'apercevoir que c'était un « Tintin ». C'était comme ça qu'on appelait les flics des renseignements généraux, les RG, à cause d'Hergé. Je ne répondais à aucune de ses questions. Alors, il m'a encore demandé mon nom, il insistait. Je lui ai répondu n'importe quoi : Henri… Henri comment ?… Lefèvre. Henri Lefèvre, c'était un prof de socio à Nanterre qui invitait à la révolution permanente. J'assistais parfois à ses cours… Le type n'a pas eu l'air étonné que je m'appelle ainsi. La sociologie ne devait pas être sa tasse de thé. Il m'a aussi demandé le numéro de ma chambre. J'ai répondu 007, comme James Bond. J'ai ajouté : « Le bâtiment H. » Je lui aurais bien collé une bombe H sur le coin de la gueule. Il m'a demandé si j'avais une carte d'identité. Alors là ! J'étais presque arrivé. J'ai sauté de sa voiture et j'ai filé dans la nuit, vers le bâtiment B, celui des filles.

Ma conscience a continué à osciller ainsi durant des mois, de l'éveil à l'absence, comme si un démiurge fou actionnait un commutateur. Puis le mouvement a commencé à s'estomper. Lentement. Malgré cela, longtemps après, j'avais encore des flash-backs, des sensations de disparition du moi. Je me suis dit que, décidément, ces substances ne me convenaient pas. C'est pourquoi, quand la jolie fille en tunique de lin m'a proposé son joint, je lui ai répondu : « Ben non ! Ces trucs que vous fumez, vous êtes sûrs que c'est vous qui avalez la fumée ? Ce n'est pas vous qui êtes fumés, plutôt ? Ce n'est pas la fumée qui vous aspire ? »

Il faut toujours se fier à sa première impression. La belle nana aux cheveux longs, ce n'était pas à moi qu'elle souriait mais à l'amiral Cannabis.

18 heures. Il faisait beau. Le soleil était encore chaud. Je me suis assis sur les tuiles, contemplant la foule de lycéens qui grossissait. C'était comme des rivières qui venaient de toutes les directions, de Montparnasse, des Gobelins, de la porte d'Orléans, qui se rejoignaient en créant des remous, des bousculades, des grondements, des chants. De là allait naître un fleuve immense qui déferlerait sur Paris. Je les voyais discuter, les gamins, par groupes de trois, de cinq, de dix. Ils avaient été préparés aux discussions politiques dans les CAL, les comités d'action lycéens. Peu à peu, ils se sont assis par terre, à même les pavés de la place. Des professeurs qui les avaient rejoints grimpaient sur le lion pour se faire entendre. Les lycéens riaient ou sifflaient. Ce n'était pas ce qu'ils attendaient. Leurs leaders se sont ensuite relayés pour tenir des discours, très politiques, structurés comme dans un meeting de Waldeck Rochet, le patron du Parti communiste, orfèvre en langue de bois.

Les lycéens, je les considérais comme des enfants. Ils n'étaient pas passés par la case initiation ; ils n'avaient pas encore touché à la philo. Moi, c'est seulement en terminale que j'ai viré ma cuti, que j'ai transformé ma révolte en désir de révolution. Dès le premier cours, la prof, une jolie rouquine qui claquait des talons aiguilles, nous a traités de fils de bourgeois, qui n'osions pas penser par nous-mêmes. Est-ce qu'il y en avait un seul parmi nous qui avait une idée originale, née de sa propre réflexion ? Non ! Nous ne faisions que répéter les banalités petites-bourgeoises de nos parents. « Je suis certaine, nous a-t-elle assené d'emblée, que la plupart dans cette classe croient en Dieu, que la plupart espèrent l'amour et le mariage, imaginent qu'ils trouveront une place dans la société telle qu'elle est… » Elle attaquait fort : « La lutte des classes, vous savez ce que c'est ? Vous ne connaissez même pas l'expression, n'est-ce pas ? Et l'appropriation des moyens de production ? Pas davantage ! » Il y avait dans cette classe de philosophie tout un groupe de jeunes gens, surtout des filles, bien comme il faut, qui, après les cours, rejoignaient l'aumônier. Elles chantaient des chorals de Bach, faisaient tous les ans le pèlerinage de Chartres, assistaient régulièrement à des conférences sur le salut de l'âme et évoquaient en groupe leurs angoisses adolescentes, mais seulement à demi-mot. Elles lisaient François Mauriac et Julien Green, les plus évoluées Gilbert Cesbron… Nous n'en étions pas ! Avec mon pote François, qui était membre des Jeunesses communistes, nous ne nous sentions pas concernés par les attaques de la prof de philo. La lutte des classes, François l'organisait tous les jours, dans les cités, quant à moi, je l'avais tétée au biberon, dans les colonies de vacances de Gennevilliers. Pour ce qui était de Dieu, je me bagarrais mentalement avec son existence depuis l'enfance. Quant à l'amour, je dois le reconnaître, elle avait raison. Dès le premier jour, je suis tombé amoureux d'elle. Je reluquais ses jambes en bas résille noirs et tâchais de deviner s'il s'agissait d'un collant ou si elle cachait des porte-jarretelles. Je ne pouvais pas la voir sans être envahi de fantasmes érotiques. Manque de chance, ce n'est pas moi mais François qui a eu une relation amoureuse avec elle. C'était à la toute fin de l'année, lorsque nous préparions le bac. L'après-midi, il lui arrivait de recevoir chez elle ses élèves préférés, dans son petit appartement du 18e arrondissement. Nous étions quatre ou cinq, tous passionnés, les filles par la philosophie, les garçons par la plastique de notre professeure. Un jour, en pleine discussion sur le *Phèdre* de Platon, elle s'est levée pour poser un disque sur l'électrophone. C'était un blues langoureux, *St. James Infirmary*. La voix à la fois profonde et suave de Josh White vous prenait tout de suite aux tripes. Je ne savais pas alors que ce chanteur était politiquement engagé, qu'il était même à l'origine de la *Protest Song of America*. Elle ne nous en a rien dit, nous a proposé de danser. Josh White chantait en anglais : « Elle peut chercher dans le grand partout, tout autour du monde, elle ne trouvera jamais un homme plus doux que moi. » Peut-être que je ne me sentais pas encore un homme, mais dans mon cœur, pour elle, tant de douceur… C'est François qui l'a invitée le premier. Tout de suite, elle s'est serrée contre lui… Mon cœur battait. Je n'étais pas jaloux, non ! Je n'y croyais pas. Je la désirais intouchable. Et lui, il la touchait ! Il a même posé la tête au creux de son épaule. Du coup, je suis parti réviser la philo chez moi. À ce qu'on m'a raconté, leur relation a duré un moment ; François a même habité chez elle une année. Sacré veinard ! C'était un bon copain. J'ai appris plus tard qu'il était devenu journaliste dans un grand quotidien et en profitait pour faire de l'agit-prop communiste. On ne se refait pas !

Une rumeur est montée du boulevard. Elle enflait jusqu'à devenir vacarme. Les habitants du quartier apparaissaient aux fenêtres. Je me suis penché. J'ai aperçu une véritable marée humaine qui s'avançait en hurlant *L'Internationale*. C'étaient les étudiants qui débarquaient. Les lycéens se sont sagement écartés pour leur offrir le lion. Honneur aux aînés tout frais auréolés de la gloire des dernières manifs.

Je l'ai bien observé, le lion de Belfort de la place Denfert-Rochereau. Il m'est apparu noble, beau, imposant, puissant. Mais à y regarder de près, il tient une flèche sous sa patte. On ne peut s'empêcher d'imaginer la scène. L'animal majestueux assiégé par une horde d'humains armés d'arcs, de flèches et de javelots. Peut-être a-t-il déjà été blessé. Il a évité une de leurs flèches, l'a saisie au vol, plaquée au sol, mais on le pressent, sa résistance est vouée à l'échec. Ils le harcèleront, ces foutus humains, ils le poursuivront jusqu'à ce qu'il s'effondre, épuisé, et finisse par leur offrir le flanc. Le lion de Belfort est un perdant magnifique. Quelle idée d'avoir choisi ce lion pour démarrer la manifestation ! Foutu présage qui annonçait la débâcle de la rue Gay-Lussac.

Un autre lion tonitruant à la crinière rousse s'est hissé sur la statue de bronze, un jeune mâle. Il tenait un énorme mégaphone. Sa voix est allée percuter les murs des immeubles bourgeois de la place Denfert. Et nous avons crié : « Dany, Dany », puis : « Nous sommes tous des… enragés ! » Et encore : « Libérez nos camarades ! Libérez la Sorbonne ! » La fille à côté de la fumeuse de hasch s'est écriée : « Oh ! Qu'il est beau ! » Bon ! Il avait une pêche d'enfer, Daniel Cohn-Bendit, c'est vrai ! Il avait de beaux yeux bleus, aussi, mais dire qu'il était beau, elle exagérait un peu… Parce que ce qui caractérisait Cohn-Bendit, ce n'était certes pas sa beauté mais son insolence face aux représentants de l'autorité. J'étais là lorsqu'il a injurié Missoffe, le ministre de la Jeunesse et des Sports venu inaugurer la piscine de Nanterre. Nous avions été soulagés par son impertinence. C'était donc possible… Possible d'affronter le président de l'université, le ministre, de le tutoyer de but en blanc pour le désarçonner… Je l'avais vu défier un CRS armé jusqu'aux dents, casqué, les lunettes sur les yeux, prêt à charger. Il le tournait en dérision, l'insultait, le visage à vingt centimètres de l'homme qui, heureusement, restait impassible. Il a toujours fait ça, Dany. Lorsqu'au Jugement dernier il se retrouvera devant Dieu, il le tutoiera et lui crachera au visage. « Où étais-tu planqué durant la Shoah ? » lui demandera-t-il. En d'autres temps, sous d'autres cieux, un gosse pareil, on l'aurait conduit en brousse ; on l'aurait assis par terre en présence des vieux pour lui signifier qu'on comprenait qu'il voulait devenir un chef, mais qu'il lui fallait d'abord endurcir sa peau, changer ses os, s'immerger durant des heures, en pleine nuit, dans le marigot… Il lui fallait d'abord prendre sa place parmi les millions de larves de moustiques avant d'espérer sortir de sa coquille. Pour Dany qui n'a pas connu ce genre de brousse, la vie s'est chargée de lui endurcir la peau. Mais la vie est bien plus lente que les vieux Africains de la nuit.

Il a grimpé sur le lion et de sa voix nasillarde, encore imprégnée d'enfance, nous a indiqué le but à atteindre : ce n'était pas compliqué, nous devions faire céder le pouvoir. Il a hurlé : « Tous au Quartier latin, camarades ! » Moi, je détestais déjà les groupes, encore plus les foules, quelque chose d'instinctif, d'atavique, peut-être. Je gardais un vague souvenir des foules hurlantes d'islamistes détruisant tout sur leur passage lors de l'incendie du Caire en 1952. Je me souvenais surtout de la fumée dont on percevait encore l'odeur des semaines plus tard, qui piquait les yeux, qui restait collée aux narines. Je me demande comment cette odeur est ainsi restée imprégnée jusqu'aujourd'hui. Une foule a toujours tort. Elle vous emporte, vous absorbe, vous dévore. Vous êtes dénoyauté, vidé de votre substance, privé de votre moi. La foule, c'est le cannabis de l'innocent.

Puisqu'on avait rendez-vous au Quartier latin, je ne les suivrais pas, je m'y rendrais par mon propre chemin. J'ai regardé le cortège s'éloigner. Mes compagnons de toit, les trois hippies, sont redescendus en titubant par la trappe. Là-bas, le lion de Belfort retrouvait sa solitude centenaire. Au loin, juché sur mon observatoire, j'apercevais la queue de la manifestation disparaître sur le boulevard Arago et j'ai entendu un grondement, comme un coup de tonnerre. Me parvenait en vagues sonores *L'Internationale* hurlée par quinze mille personnes. Ils devaient être arrivés devant le mur de la prison de la Santé. Après les chants, ils criaient encore : « Libérez nos camarades ! » À ce moment, on ne le savait pas, nos camarades ne se trouvaient pas à la Santé ; ils avaient été incarcérés à Fresnes.

Je suis parti seul, par le boulevard Raspail que j'ai remonté tranquillement vers Montparnasse.

Quand j'ai atteint la Rotonde, bouffée de nostalgie, j'ai aperçu l'entrée de la rue Delambre. J'avais eu une liaison houleuse avec une femme qui habitait dans cette rue, dans un petit appartement envahi de livres. Elle était professeure d'histoire au lycée Fénelon et préparait un doctorat à l'École des hautes études avec Léon Poliakov, le grand spécialiste de l'histoire de l'antisémitisme. Elle se sentait observée par ses voisins, craignait le qu'en-dira-t-on. Alors, je ne devais pas arriver chez elle avant 21 heures et devais repartir avant le jour, sans faire de bruit, vers 5 ou 6 heures le matin. Je ne comprenais pas pourquoi elle était seule ; je ne comprenais pas pourquoi je devais me cacher. Elle avait beau s'habiller comme une nonne, jupes de laine grise, pulls à col rond sur chemisiers blancs, c'était une belle fille, les yeux en amande, les pommettes saillantes… Josy Tenenbaum… Son nom résonnait encore dans ma mémoire. Je l'avais rencontrée lors de ma première année de Sorbonne. Claudin, un ami du lycée, m'avait appris que l'après-midi, dans les brasseries de Montparnasse, des femmes qu'il appelait des « vieilles », qu'il décrivait comme des bourgeoises en manteau de fourrure, venaient recruter de la chair fraîche. Je l'avais cru. À cet âge, on croit à tout ! J'ai passé des heures, à la Rotonde ou à la Coupole, perdu dans la même page d'un livre de Hegel, attendant de me faire lever. Aucune « vieille » n'est jamais venue me proposer d'être son gigolo. Je ne devais pas être aussi attirant que Claudin. Lui, il en jetait ! Les filles admiraient ses muscles, qu'il cultivait toutes les semaines durant son entraînement de rugby. On lui attribuait même une relation avec Dalida. Moi, j'étais décharné comme un oiseau malade. Il était clair que je ne faisais pas le poids. Ce jour-là, j'avais compris que je n'avais aucune chance. Alors que je quittais la Coupole après un long après-midi de patience anxieuse, Josy m'a abordé pour me demander du feu, comme ça, sur le boulevard. Je lui ai parlé, je lui ai souri, nous avons bu un verre de vin blanc au bar du Select, je lui ai encore parlé, encore souri, elle m'a proposé de monter chez elle manger un morceau. On n'a rien mangé, seulement bu, sifflé une pleine bouteille de sauvignon, vautrés sur son tapis qui empestait la chèvre.

Elle m'a tout de suite raconté. Elle était littéralement obsédée par la Shoah. Je ne sais plus combien de ses parents avaient disparu dans les camps d'extermination, sa mère, c'est certain, ses grands-parents, sauf son grand-père maternel, des oncles, aussi, des tantes, des cousins... Elle portait ce destin d'orpheline à l'arbre généalogique dépecé, sur ses épaules toujours lasses, sur les rides qui s'étaient creusées, déjà, aux commissures de ses lèvres, au coin de ses yeux, pourtant d'un beau vert chatoyant. Mais elle aimait tellement l'amour – seulement le moment de l'amour ! Pas avant, on ne devait jamais en évoquer le désir ; pas après, il fallait tout de suite se rhabiller, sortir, se lancer à corps perdu dans des questions intellectuelles complexes... On sentait qu'une toute petite part d'elle-même avait été épargnée par l'angoisse, juste le sexe, mais pas davantage. C'était cette part que je parvenais à mobiliser, parfois, pour l'embarquer dans des étreintes que je tentais de faire durer. Elle était née en 1940, avait été cachée dès l'âge de deux ans pour échapper aux bourreaux fous du nazisme. Elle avait passé sa petite enfance placée chez des agriculteurs, dans un village du Lot qui s'appelait Capdenac. Elle en avait gardé une terreur des châteaux et des donjons. Elle, qui s'appelait Josy Tenenbaum, on lui avait seulement permis de garder son prénom, ou presque. Elle était devenue Jocelyne, mais Jocelyne Costes. Les paysans qui l'hébergeaient la faisaient passer pour leur petite-fille que ses parents restés à Lyon leur auraient confiée. Ils n'étaient pas méchants, ne la maltraitaient pas. Ils étaient indifférents. L'indifférence est peut-être la pire des violences qu'on peut exercer sur un enfant, une violence invisible, sournoise, à l'effet destructeur durable. De cela aussi elle gardait des séquelles. Elle ne supportait pas le moindre détournement du regard, le moindre moment d'inattention. Il était impossible de lire en sa présence, ou même seulement de se pencher à la fenêtre. Elle entrait alors en rage, devenait panthère, hurlait, crachait, griffait… En elle, il y avait deux personnes – au moins deux ! La première, silencieuse, taciturne, réservée, la Jocelyne Costes de son enfance sans doute, et l'autre, la Josy Tenenbaum, l'abandonnée, habitée d'une colère à exploser les vitres. Et la seconde finissait toujours par prendre le pas sur la première.

On se disputait, pour un oui, pour un non, pour un rien… N'en pouvant plus, je disparaissais une semaine ou deux. Lorsque je revenais, il fallait tout reprendre à zéro, comme si nous étions redevenus étrangers, la séduire à nouveau, la faire sourire, encore, lui parler, l'écouter… l'écouter surtout ! J'ai mis longtemps à comprendre que cette séquence était celle qu'elle vivait enfant lorsqu'elle voyait disparaître ses parents durant des mois et qu'ils réapparaissaient soudain, sans crier gare. À l'époque déjà, elle devait pleurer, refuser de se laisser approcher. Il en fallait du temps pour qu'elle puisse à nouveau dire « maman » ! Quelques jours plus tard, sa mère repartait. Un jour, je ne suis pas revenu ; sa mère non plus. Mais mon corps gardait la marque des plaisirs que nous avions découverts ensemble. Alors, ce 10 mai 1968, en tout début de soirée, j'ai à nouveau parcouru le boulevard Montparnasse, de Vavin jusqu'à la gare et retour, et encore une fois, espérant la croiser, comme au premier jour. Dommage ! La vie offre rarement une seconde chance…

Je suis remonté jusqu'à Port-Royal, comptant rejoindre le Quartier latin par le boulevard Saint-Michel. Plus j'approchais, plus il y avait de cars de CRS, avec leurs têtes patibulaires collées aux carreaux. J'ai fait le tour par les petites rues. Je voulais capter l'ambiance du quartier. À tous les carrefours, de nouveaux cars de CRS, et, à certains endroits, des compagnies entières, alignées sur le trottoir, avec leurs cirés, leurs casques rappelant ceux de notre armée en 40, leurs matraques… Il devait être plus de 20 heures quand je suis arrivé devant le Luxembourg. Il faisait encore jour. Toutes les rues menant à la Sorbonne étaient barrées. Dany avait grimpé sur les grilles. À côté de lui, il y avait ce petit gros qui l'accompagnait partout, et Sauvageot, le bien nommé, le chef de l'UNEF, le syndicat étudiant. C'étaient les chefs ! Moi, j'étais un militant, pas un chef ! Le mot « militant » dérive du latin *miles, militis*, signifiant « simple soldat », « soldat sans cheval ». Voilà ! En mai 68, j'étais un soldat sans cheval… D'autant que j'avais abandonné ma mobylette sur la rive droite ! Ils nous ont expliqué qu'ils exigeaient la libération de nos camarades et la réouverture de la Sorbonne. Nous ne bougerions pas d'ici sans les avoir obtenues. Nous étions partout, une foule immense dans ce petit carré d'immeubles, des mille et des cents. Il nous fallait occuper le Quartier latin, tenir les positions. J'ai regardé alentour. Si loin que portait mon regard, le boulevard Saint-Michel était noir de CRS. Chaque rue latérale était barrée par des rangées de légionnaires romains en armes, mais en bleu nuit, pas en rouge et acier brillant. S'ils décidaient de charger, comment pourrions-nous fuir ? Et j'ai entendu quelqu'un à côté de moi, un grand, la mèche en bataille, qui s'époumonait à l'adresse des chefs : « Armons-nous, camarades ! La chaussée est semée de pavés ! » Déjà, plus loin, un autre du même gabarit, qui avait déniché une grosse barre de fer, frappait le sol comme un sourd pour les desceller. Un autre avait arraché la grille qui entourait un arbre et commençait à creuser en l'utilisant comme burin. Peu à peu, beaucoup les imitaient, se repassant les pavés, faisant la chaîne, comme des esclaves antiques, si bien que de petites pyramides commençaient à monter autour de moi.

Faire comme les autres, ce n'était pas dans mon tempérament. J'ai décidé d'aller plus loin. En remontant le boulevard, la seule voie où l'on pouvait s'engager était la rue Gay-Lussac. Là, les travailleurs antiques étaient plus avancés. Avec les pavés, ils bâtissaient déjà des murs. Pour les faire tenir, ils ajoutaient ce qu'ils trouvaient, des palissades, des panneaux publicitaires, des poubelles, des voitures. J'ai été impressionné par la facilité avec laquelle ils les déplaçaient, ces voitures. Ils s'y mettaient à une dizaine ; l'un d'eux donnait le signal. Un, deux… et trois. Et la 2 CV franchissait deux mètres. À la fin, ils la basculaient sur le côté et on voyait l'essence qui s'échappait du réservoir. Et tout le monde fumait alentour sans aucune conscience du danger. Et ça ne prenait pas feu… Pas encore, du moins !

Sur le boulevard, les CRS, casqués, lunettes sur les yeux, masque à gaz dans la gibecière et matraque pendant au poignet, me regardaient passer, impassibles. Je me suis approché à les toucher, à sentir leur souffle contre ma joue. Ils n'ont pas bronché. Je suis revenu sur mes pas et j'ai escaladé la première barricade. De là-haut, m'est revenu un souvenir grandiose, celui de mon père monté sur un beau cheval noir, grimpant marche après marche la grande pyramide de Gizeh.

Grimper la pyramide à cheval ? Aujourd'hui encore, je ne suis pas certain que cet exploit fût possible. Il est vrai que mon père était bon cavalier, qu'il montait souvent le dimanche, à Gizeh, devant les pyramides, j'en ai même gardé une photo, vieille, petite, jaunie par les ans, superbe. Il est aussi vrai que j'ai toujours éprouvé une admiration totale pour mon père, si grand, si beau, les yeux si clairs, couleur soleil de miel… Alors de là à l'imaginer en colon anglais, avec de grandes bottes brillantes, chevauchant un magnifique étalon… J'y reconnaissais mon regard d'enfant. Souvenir arrangé ? Fabriqué ? Peut-être ! Souvenir-valise, certainement, puisqu'une masse d'émotions étranges s'y logeaient comme en une boîte. Et puis lui encore, à Paris, se rendant chaque matin dans la petite société où il faisait le gratte-papier. Il était resté le même derrière sa vieille Underwood sur laquelle il frappait les touches, de deux doigts, à la vitesse d'une mitrailleuse. J'ai vu les regards énamourés de la secrétaire qu'il avait séduite à sa façon, c'est-à-dire sans avoir l'air d'y toucher. Je l'ai vu retrouvant après le boulot ses amis égyptiens, exilés comme lui, au café

Monte-Carle, au coin de la rue Cadet et de la rue du Faubourg-Montmartre, pour taper le carton jusqu'à plus d'heure. Et lorsqu'il sortait de là, la tête haute, se pavanant sur le faubourg, les cheveux gominés, lissés en arrière à la manière de Rudolph Valentino, c'était un prince. Au Caire, les billets de banque sortaient de sa poche par dizaines, à croire qu'il les fabriquait ou qu'il avait scellé un pacte avec quelque force obscure pour les multiplier. On l'appelait « Seigneur Bakchich » ou plus exactement, en arabe, « Sayed Bakchich ». À Paris, où il n'avait pas un sou vaillant, les billets continuaient à rejoindre ses poches, sans doute par la grâce du rami. Il savait si bien tricher.

Mon père n'a jamais élevé la voix sur moi. Lorsque ma mère le poussait à sévir, il me regardait seulement avec un sourire tendre, comme envahi de l'obligation de me protéger. Et pour toute punition, il me posait cette question, en riant : « Go'ha peut-il être plus grand que son père ? » Il y a des questions absurdes que posent parfois les adultes aux enfants, des questions qui restent inscrites dans leur mémoire à jamais. Je ne savais que répondre. Oui ?... Non ?... Pourquoi Go'ha ne pourrait-il être plus grand que son père ? Pourquoi le devrait-il ? Voilà une énigme que j'ai tenté de résoudre ma vie durant.

Ma mère disait de lui qu'il était coureur. C'était faux ! Il se présentait seulement et les femmes cherchaient à le séduire. Ce n'était pas uniquement sa beauté, sa générosité, son humeur toujours joueuse qui les attiraient, c'est qu'il émanait de lui une sorte de grâce, impalpable. Il était tout d'une pièce. C'était son secret. Inentamé par les événements qui auraient accablé n'importe qui, imperméable aux critiques qui glissaient sur ses ailes d'ange, il souriait aux événements du monde. Mon père était un mystère. Alors du haut de cette petite pyramide faite de pavés et de tôles arrachées, je repensais à Sayed Bakchich qui ne savait rien du gauchisme, ni de Lénine, dont il ne connaissait peut-être pas le nom ; sans doute en savait-il davantage sur Staline, « ce salaud qui détestait les Juifs »... Il y avait un Russe pourtant qu'il mentionnait volontiers, Boulganine, le chef du gouvernement de l'URSS au moment de notre expulsion, notre exode d'Égypte. D'après lui, c'était ce Nikolaï Boulganine qui avait terrorisé les Américains, les menaçant de la bombe afin qu'ils fassent pression sur les Français et les Anglais jusqu'à ce qu'ils renoncent à leur expédition de Suez. C'est alors, après la débâcle de la coalition franco-anglo-israélienne, que Nasser, pour se venger, s'en est pris aux Juifs d'Égypte. Pour mon père, c'était lui, ce Boulganine – un nom chargé des senteurs de sucre et de caramel de la pâtisserie Groppi où mon père déployait sa philosophie politique –, c'était lui le responsable de notre exil. Pendant que la coalition repartait de Suez la queue basse, Nikita Khrouchtchev, le secrétaire général du PCUS, lançait ses chars contre Budapest. Les Russes critiquaient l'impérialisme franco-anglais alors même qu'ils envahissaient la Hongrie. Foutue histoire, cette grande Histoire faite de tromperies, dont il ne se plaignait jamais, dont il riait toujours. Comment comprendre ? Pour lui, nous n'étions, pauvres humains, que fétus de paille bousculés par le vent des événements. Les regarder ballotter aux bourrasques, c'est sans doute cela qu'il trouvait drôle. C'est ainsi, du moins, que j'interprétais son rire.

Il ne savait rien de mon engagement politique. Je ne lui en parlais pas, il ne me posait aucune question, habité, je pense, par une conviction très profondément ancrée en lui : les hommes adultes n'ont de comptes à rendre qu'à Dieu, pas à leur père, ni leur mère, ni leur rabbin, ni leur curé… Dieu, seulement lui ! Cela non plus il ne le disait pas. Mais je le comprenais à sa façon de se désintéresser de mes passions, comme s'il me disait : « Fais donc ce qui te plaît, mon garçon, tu t'arrangeras un jour avec Lui. » Et il s'en allait prier. J'ai retenu la leçon !

Car mon père priait. Il priait deux fois par jour, tous les jours, immanquablement. Je crois bien qu'il n'a jamais raté un seul de ses rendez-vous quotidiens avec son Dieu. Le matin, il s'enveloppait de son châle de prière, posait adroitement les lanières de ses phylactères sur le bras, ajustait le petit cube de cuir sur son front, se tournait vers le soleil levant et marmonnait en hébreu durant près d'une demi-heure. Qu'il fût en avance ou en retard, le rituel était immuable. Pendant ce moment, on ne pouvait lui parler, il était en conversation secrète. L'appartement aurait pu brûler, il n'aurait pas bronché. À la fin, je le voyais faire deux pas en arrière, porter le livre à sa bouche pour un baiser de dévotion, puis sur son front. Et c'était comme si on remettait le son. J'aimais cet instant qui indiquait qu'il était à nouveau disponible. C'est alors qu'il réapparaissait, lui, le sublime, souriant, goguenard, facétieux. Le soir, il attendait que tout le monde fût endormi, s'enfermait parfois dans la cuisine pour atténuer encore les murmures de ses prières et disait adieu au jour qui partait en saluant son Dieu.

Je me glissais entre les étudiants amassés. L'un me hélait de loin, un camarade d'amphi, un autre, que je ne connaissais pas, m'invitait à porter avec lui une lourde plaque d'égout. Je voulais m'éloigner un peu de la foule, je n'arrivais pas à me convaincre de l'idée que la masse pourrait agir. La masse pouvait certes manifester, crier, terroriser, détruire des boutiques, piller des magasins, faire chanceler un gouvernement. Mais la masse ne saurait penser ; ne pourrait imaginer une stratégie de prise de pouvoir. Au fond, je me situais aux antipodes des idées de mon groupe de maos. Pour moi, la masse n'était pas sacrée ; à mes yeux elle restait cet énorme animal gluant, au mieux amorphe, souvent dément. Sans doute, imprégnés dans les strates de ma mémoire, s'agitaient encore les souvenirs de la foule égyptienne déchaînée déferlant dans les rues du Caire, incendiant, pillant, tuant à coups de bâtons et de barres de fer de malheureux passants qui avaient la peau trop blanche ou la malchance d'être vêtus d'un costume européen ce jour-là. Et les manifestants attaquaient prioritairement ceux qui avaient auparavant été identifiés comme juifs et dont on leur avait fourni les listes. C'est une telle fureur des masses qui a présidé à ma naissance, en 1948, au Caire, en plein cœur de la première guerre israélo-arabe.

Avec mon grand frère âgé de cinq ans juché sur ses épaules, mon père avait réussi à échapper à une foule d'assassins qui hurlaient : « *Edba'h, edba'h, edba'h el yahoud !* Égorge, égorge, égorge le Juif ! »

Pour moi, ces révoltes des masses étaient peut-être le carburant indispensable aux révolutions, mais carburant seulement, aussi explosif et dangereux qu'un hydrocarbure, qui ne devenait efficace que dans un moteur. Et le moteur, c'étaient les petits groupes d'individus décidés, capables de coups de main, mais surtout de pensées complexes. Pour moi, la révolution était avant tout affaire d'intellectuels.

Dans mes efforts pour m'extraire de la foule, j'ai percuté un homme. Nous nous sommes regardés. Ce n'était pas un étudiant, mais un homme mûr, la quarantaine, élégamment vêtu d'un costume trois pièces qui détonnait dans l'ambiance. « Hé ! » Encore un flic, me suis-je dit, l'espèce doit pulluler par ici. Mais si c'était un Tintin, un copain du faux promeneur à la Simca 1000, je lui promettais un sale quart d'heure, lui qui était tombé au cœur de l'émeute. Car nous étions de plus en plus nombreux. Les habitants du quartier nous avaient rejoints, discutant volontiers, condamnant les violences de la police, nous fournissant des bouteilles d'eau, parfois même des sandwichs. Tous ces gens, ces bourgeois scandalisés, ces étudiants révoltés, ces gamins en fureur, ces nervis avec leurs bâtons… Si c'était un flic, il n'avait pas froid aux yeux !

« Attends, me dit l'homme qui m'avait saisi par l'épaule, qui es-tu ?

— Pas touche ! ai-je aboyé en lui retirant la main d'un geste brusque. Qui je suis ? Tu veux savoir qui je suis ? Personne, mon pote ! Je suis Personne, en personne ! »

Les cheveux longs, une mèche dans les yeux, des lunettes dorées d'un autre temps sur le bout du nez, l'homme avait une bonne tête. Il était un peu plus petit que moi. Je le regardais crânement, les deux poings sur les hanches.

« Sais-tu au moins d'où tu viens ? me demanda-t-il encore.

— D'où je viens ? Mais je viens d'à côté, à des années-lumière de tes quartiers de riches pourris, de Gennevilliers ! Et toi ? Tu t'appelles comment ? D'où tu viens, bourgeois de mes deux ? De Neuilly ? Du 16e ?… 16e arrondissement, je veux dire, ou peut-être XVIe siècle ?

— Zohar ! m'a-t-il répondu en souriant. Je m'appelle Zohar[1]. » Et ses dents étaient si blanches…

J'ai éclaté de rire :

« Allez ! Zohar ? On ne me la fait pas, Zohar, c'est un bouquin, pas un nom !

— Zohar Zohar, reprit l'inconnu, Zohar de mon prénom, Zohar de mon nom. »

Je savais que *Le Zohar* était l'un des premiers livres de la Kabbale, et lui, l'élégant, prétendait que c'était son nom de famille. Cela me parut d'abord singu-

1. Pour tout savoir de Zohar Zohar, lire du même auteur *Ce pays qui te ressemble*, Paris, Stock, 2015, et *La Société des Belles Personnes*, Paris, Stock, 2020.

lier. Et puis je me suis souvenu. Mon père parlait quelquefois d'une famille Zohar qui s'occupait de sa vieille tante, celle qui n'avait pas voulu suivre le mouvement, dans les années 1940, quand la majorité des Juifs avaient déserté *'haret el yahoud*, « la ruelle aux Juifs », ce ghetto près de la grande mosquée, dans la vieille ville du Caire. Lorsque nous avons quitté l'Égypte, en 1957, expulsés par les sbires du *bikbachi,* du lieutenant-colonel Gamal 'abd el Nasser, les Zohar y tenaient encore une épicerie. Jusqu'alors, ils ne manquaient pas de visiter la vieille tante chaque jour, lui apportant le pain rond, les oignons et les olives dont elle se nourrissait. Avant de partir, mon père leur a laissé suffisamment d'argent pour l'entretenir. Je me souvenais que nous nous rendions dans la *'hara* une fois par an, en famille, visiter cette tante Rachel, dans son gourbi grand comme un placard. Chaque fois j'étais impressionné par la saleté ascétique de ce rez-de-chaussée donnant sur la rue par une porte qui était sa seule ouverture. Il n'y avait quasiment rien, sinon un matelas et un Primus, un réchaud à pétrole sur lequel elle chauffait sa *kanaka*, sa petite cafetière à long manche. Elle nous offrait le café et nous proposait même des *ghorayeba*, des pâtisseries fondantes au beurre, et des loukoums, Dieu seul savait comment elle se les procurait. Quand elle m'apercevait, elle frappait dans les mains en s'écriant en arabe : « Qui voici ? Mais c'est mon grand-père, le rabbi ! » Parce que je portais le nom de son grand-père. Par respect pour lui, elle ne m'a jamais appelé par mon prénom, seulement *Geddi*, « mon grand-père ». C'était ainsi ! J'avais six ou sept ans et elle m'appelait « mon grand-père ».

Je ne savais pas si l'homme qui se tenait devant moi appartenait à cette famille Zohar, les protecteurs de ma grand-tante, ou s'il portait juste le même nom. Mais pourquoi s'adressait-il à moi ?

« Tu t'appelles Zohar, d'accord, lui ai-je concédé, et d'où viens-tu, mon… sieur Zohar, dans tes beaux habits ? »

Et l'homme a éclaté de rire.

« De la même poubelle que toi, bougre d'âne ! »

Quelle poubelle ? Voulait-il parler de *'haret el yahoud*, ce cloaque dont nous étions tous issus ? (Puisque jusqu'à la seconde moitié du XIXe siècle, tous les Juifs du Caire y vivaient.) Mais alors, que faisait-il là, à cinq mille kilomètres de l'Égypte, et à des années-lumière des beaux quartiers de Paris que je le soupçonnais d'habiter ? Ce n'est qu'aujourd'hui, plus de cinquante-quatre ans après, que je me dis, pour la première fois, que ce n'était pas un hasard. Qu'il avait peut-être été envoyé, missionné… Je l'ai questionné, bien sûr, et l'homme m'a répondu, je m'en souviens comme si c'était hier. Il m'a répondu par une citation :

« Alors Tobie étant sorti, il trouva un beau jeune homme agréablement vêtu et prêt à marcher avec lui. Ignorant que c'était un ange de Dieu, Tobie lui demanda : "D'où viens-tu ?" »

Et il ajouta : « Je ne me souviens pas de la réponse du beau jeune homme… »

Je l'ai interrompu brutalement, prêt à lui sauter à la gorge : « Parce que tu connais mon prénom ?

— Quel prénom ?

— Tobie !

— Ah, jeune homme plein de fougue à la recherche de la raison ! Je ne parlais pas de toi. Je te citais seulement un passage d'un livre biblique, le Livre de Tobie. Tu dois le connaître, non ?

— Tobie ? Ce Tobie a donc écrit un livre… »

Et c'est à ce moment que j'ai entendu la première détonation. Le bruit venait de loin, du haut du boulevard. J'ai grimpé à nouveau jusqu'au sommet et il y avait, je ne sais plus, une bonne dizaine de barricades qui s'échelonnaient dans la rue Gay-Lussac, jusqu'au carrefour de la rue Saint-Jacques. Et dessus, des petits bonshommes, des étudiants, qui s'affairaient à les consolider, à les hisser toujours plus haut. Mais déjà des grappes se détachaient, remontant vers le Luxembourg, là d'où provenaient les détonations. J'ai même cru reconnaître parmi eux deux membres de mon groupe de maos. Où couraient-ils ainsi ? J'ai regardé dans l'autre sens et j'ai vu une épaisse fumée qui montait lentement de la chaussée. Ils nous canardaient à la grenade lacrymogène, les vaches ! Je suis resté là, immobile, presque halluciné. Je voyais surgir du bitume une bataille tout droit sortie du Moyen Âge. Des soldats en uniforme, casqués, le bouclier en avant, marchant en ordre contre des monticules de pierre, et des défenseurs qui leur lançaient des projectiles du haut de leurs murailles. Et ça criait et les détonations se succédaient, de plus en plus rapprochées, jusqu'à crépiter en rafales. Et je voyais voler les pavés ; et j'entendais exploser les grenades. Une force incoercible m'a saisi le ventre, le besoin de courir, d'y aller, de me jeter dans la bataille. Moment d'arrêt. Je me voyais mal, cependant, en fantassin, faisant le coup de poing en combat rapproché avec des CRS aux gros bras. Je servirais sans doute mieux en voltigeur, en attaquant en solitaire par la bande, pour désorganiser l'ennemi. J'ai décidé de voir si je pouvais contourner le cordon du boulevard pour approcher la scène par le milieu. J'ai dégringolé la barricade et foncé avec les autres en direction de la bagarre.

Une femme a surgi d'un immeuble, la quarantaine, les cheveux défaits, un imperméable sur sa chemise de nuit. Elle m'a accroché par la manche. Je l'ai trouvée belle ; les yeux emplis de larmes, belle de désespoir et d'abandon de soi. Mes yeux sont tombés sur ses seins qu'on devinait sous le voile, bien ronds, lourds. Elle m'a demandé en haletant : « Vous n'avez pas vu une jeune fille avec un blouson rouge ? »

Eh bien, franchement, non ! D'abord, des filles, il n'y en avait pas beaucoup cette nuit-là. Et puis, on croisait tant de monde… Je me suis excusé. Elle allait repartir. Je l'ai retenue : « Vous n'auriez pas quelque chose à boire ? »

Elle habitait un petit appartement de deux pièces au premier étage d'un immeuble de la rue Le Goff. Je l'ai suivie dans sa cuisine. Elle m'a expliqué qu'elle s'était disputée avec sa fille, une gamine de dix-huit ans, à peine sortie de l'enfance. Elles en étaient même venues aux mains. Maintenant elle le regrettait. Et la voilà qui pleurait à nouveau.

« Vous comprenez, hoquetait la femme, je ne voulais pas la laisser sortir, avec toutes ces violences, dehors… Je me suis mise en travers de son chemin, là, devant la porte. Elle m'a saisie violemment. C'est parti tout seul, vous comprenez ?

— Vous lui en avez retourné une ?

— Oui ! Je l'ai giflée. »

À nouveau, la femme pleurait. Je me suis approché, elle tremblait d'angoisse. Pour elle, c'était certain, elle avait perdu sa fille, avalée dans le tourbillon des émeutes. Je lui ai pris les mains. Elles étaient chaudes et moites. Soudain, elle s'est effondrée en sanglots contre mon cou. Je lui ai caressé les cheveux. Elle sentait bon le chèvrefeuille. Et dans ma tête j'ai entendu la voix de Gaston, le maître qui nous enseignait la Torah, le jeudi et le dimanche, dans la cité de Gennevilliers, je l'ai entendu nous lire les *Pirké Avot*, les « Maximes des pères » : « Hillel disait : “Le sot ne craint pas la faute, et l'ignorant ne peut être pieux.” »

J'ai pris la femme par la main et l'ai entraînée vers le lit. Nous nous sommes assis, côte à côte. Elle ne pleurait plus, s'inquiétait maintenant de son apparence : « Je dois être affreuse… »

Elle essuyait ses yeux, arrangeait ses cheveux.

Je l'ai embrassée. Nos vies venaient de se croiser au hasard d'une rue Gay-Lussac barrée de barricades. Je l'ai embrassée avec passion. Ses lèvres avaient un goût de fleur salée. Après le premier baiser, elle a reculé son visage pour m'examiner.

« Mais vous êtes un enfant ! » s'est-elle exclamée.

Et elle m'a embrassé à son tour, avec une telle fougue que ça en devenait gênant. Décidément, cette femme aimait les enfants ! Elle était douce, il faisait chaud. Je l'ai caressée longtemps. Chaque fois que je voulais aller plus loin, m'enhardir dans ses chairs, elle me disait d'attendre. « Laisse monter le désir », me murmurait-elle à l'oreille. Elle devançait mes gestes, dirigeait mes envies, accompagnait mes soupirs au rythme de son cœur. Elle m'a guidé. Que dire sinon qu'elle était une maîtresse, Juliette – elle s'appelait Juliette –, maîtresse en ces instants de mes instincts. Nos corps emmêlés ont pris leur temps jusqu'au plaisir. Alors, tout a éclaté comme un millier de soleils, en même temps qu'une grenade lacrymogène qui a explosé, on l'a entendue, juste à la porte de l'immeuble.

J'ai lu, je ne sais où, que les mamans dauphins initient leurs enfants mâles à l'amour. Il est vrai qu'il ne doit pas être facile pour un dauphin de saisir une dauphine, sans mains, sans pieds, sans rien où s'accrocher dans l'immensité de l'océan. Il est bon qu'une plus expérimentée lui apprenne, lui n'a d'autre instrument que l'harmonie de ses chants. C'est de là, je crois, que les dauphins sont cérébraux, musiciens et poètes sous-marins.

Il était plus de 4 heures du matin quand je suis sorti de l'immeuble. Ébloui d'amour et de vin, j'avais l'âme en fête. La guerre m'attendait sur le trottoir. Si je tournais à gauche, à quelques mètres de moi, une barricade assiégée ; à droite, à peine plus loin, une autre barricade assiégée. Partout la fureur et les cris, les explosions et les courses effrénées des jeunes gens poursuivis par des miliciens enragés. Il n'était pas besoin d'être grand tacticien pour comprendre que nous étions cernés. Nous nous étions enfermés entre nos propres fortifications et les CRS avançaient inexorablement, nous réduisant, bataille après bataille, barricade après barricade. J'ai couru vers la plus proche. Tout de suite, mes yeux se sont mis à larmoyer, l'âcre fumée s'emparant de ma gorge, brûlant mes lèvres et mes poumons. Le jeune homme à côté de moi m'a conseillé d'ajuster mon foulard sur le visage. Puis un autre, qui semblait le chef de l'endroit, général de quelques heures au visage d'ange, m'a fait signe de prendre des pavés. J'ai obéi. J'en ai pris un dans chaque main et me suis avancé pour les jeter sur nos assaillants. Avant de m'élancer, je suis précautionneusement remonté vers le sommet de la barricade, pour évaluer la distance qui nous séparait des CRS. J'ai avancé tout doucement pour hasarder un regard. Et lorsque mon visage a dépassé le sommet, j'ai entendu devant moi une détonation. Je me suis instinctivement aplati au sol. Parfois, par instinct, on peut réagir plus vite que le son. Ce fut tellement rapide que j'ai la sensation d'avoir baissé la tête avant d'entendre partir le coup. Et je l'ai sentie raser ma tête, la grenade, qui est allée exploser quelques mètres derrière moi. L'autre, le sbire en habit de parade, avait tiré droit devant, attendant que j'apparaisse pour viser mon visage – un tir tendu ! J'ai lâché les pavés, passé ma main sur le dessus du crâne. Mes cheveux sentaient le roussi. Le moins qu'on puisse dire est que j'avais eu chaud ! Je me suis assis par terre, envahi par la peur rétrospective d'avoir le visage défoncé, la mâchoire explosée, le globe oculaire pendant… Et puis une idée m'a traversé l'esprit : j'étais peut-être déjà mort avant d'avoir livré le moindre combat. Peut-être que seule mon âme était encore présente alors que j'avais déserté la compagnie des vivants, déjà en route pour l'enfer. Je me suis touché… Le visage, la tête, les cuisses, les jambes… Je ressentais mon corps ; j'existais encore. Et j'étais essoufflé et mon cœur battait la chamade et mes pupilles étaient dilatées. Et je tremblais. Soudain, sortant d'on ne sait où, il est réapparu comme par magie, l'autre, l'homme en costume. À nouveau, et sans s'inquiéter le moins du monde de mon état, il m'a assené une citation :

« Tobie lui demanda : “Connais-tu le chemin qui conduit au pays des Mèdes ?” Et l'homme lui répondit : “Je le connais ! J'ai souvent parcouru tous ces chemins…” »

Que faire sinon ricaner… Je l'ai apostrophé : « Et toi, le bourgeois, as-tu déjà parcouru des chemins semés de CRS ? »

Il m'a répondu du tac au tac : « Oh ! J'ai vu le monde et son envers.

— Eh bien régale-toi, camarade, nous sommes ici dans l'envers du trou du cul du monde. »

Je ne savais rien de lui. Je le voyais comme un bourgeois endimanché s'encanaillant chez les étudiants. Cet homme avait affronté le diable face à face et s'était échappé de ses griffes. Pire encore : il lui avait déclaré la guerre, oui, au diable, qui s'était présenté à lui sous les traits d'un SS à moitié fou. Non, à l'époque, je ne savais rien de tout ça !

J'en ai rajouté : « À te tremper ainsi dans la fange, mon beau mon… sieur, tu finiras par attraper des maladies. »

Il m'a regardé, misérable crevure sur une chaussée déshabillée, et c'était comme si soudain il me voyait : « Ne crains rien, me dit-il calmement, ne tremble pas ainsi, ton Dieu te protège. »

J'ai éclaté de rire.

« Mon Dieu ? Mais quel Dieu ?

— Le Dieu auquel tu ne crois pas. »

Après la frayeur de la grenade, je me sentais décérébré, comme ces grenouilles auxquelles on retire le cerveau pour constater la permanence de leurs réflexes. J'étais ainsi… exactement ! C'est là, me suis-je dit, dans ces moments sans pensée, que l'on peut se métamorphoser en animal ou en plante, ou même mourir. Et l'autre qui me parlait de Dieu… Ça faisait un peu, comment dire… un peu anachronique. Je lui ai demandé : « Tu crois que c'est le moment de parler philosophie alors que les cognes vont nous tomber dessus d'un moment à l'autre et que je ne sais pas si je tiens encore sur mes guibolles ? »

Imperturbable, l'homme poursuivait : « Veux-tu savoir de quoi te protège ton Dieu ? Il te protège de tous les autres dieux. C'est à cela que sert d'avoir un Dieu, à ne pas se laisser happer par d'autres dieux.

— Allons ! La peste protégerait-elle du choléra ? »

Je l'avais prévu ! Une nouvelle grenade est tombée à moins d'un mètre, dégageant ses senteurs méphitiques. Nouvel assaut contre notre barricade. J'ai vu surgir le casque d'un CRS à deux mètres. Déclenché par un invisible ressort, j'ai couru de toutes mes forces en direction de la rue Soufflot. J'entendais le cogne qui cavalait à mes trousses, qui glissait sur les pavés. J'ai bifurqué d'un coup à droite, dans la rue Malebranche, et miraculeusement une porte cochère s'est ouverte. Je m'y suis engouffré. Je reprenais doucement mon souffle quand une main s'est posée sur mon épaule. L'homme était encore là. Il m'avait même précédé dans cette cour où un petit groupe d'étudiants s'était abrité sous la protection de quelques habitants de l'immeuble.

« Il te protège des autres dieux, répétait-il.

— Rassure-toi, je ne suis attiré par aucun autre dieu. Je n'ai qu'un seul dieu et je n'y crois pas !

— Chuuut ! ordonna bruyamment un homme en survêtement qui s'était lui-même institué caporal-chef de la porte cochère. S'ils nous entendent, ils forceront la porte et nous embarqueront tous autant que nous sommes. »

Il avait raison. J'avais vu des CRS pourchasser des étudiants dans les immeubles, grimper les escaliers à leur poursuite, frapper aux portes, faire irruption dans les appartements. Mais l'autre, cet Égyptien qui avait jeté son dévolu sur moi, voulait encore me parler. Il me suivait comme mon ombre. Que me voulait-il en vérité, à part se faire passer pour un ange qui avait mission d'accompagner mes pas ? Et les CRS ont déboulé. Ils étaient passés par la porte au fond de la cour qui donnait sur les caves. Nous étions faits comme des rats. Certains étaient devant, je les entendais discuter à travers la porte cochère ; et voilà que d'autres nous arrivaient par l'arrière, s'élançant vers nous, hurlant une rage si longtemps contenue. Une seule issue, l'immeuble. Je me suis précipité dans le premier escalier. Quatre à quatre, c'est peu dire, je franchissais un demi-étage en deux enjambées. Au dernier étage, il faisait noir. Je me suis penché sur la balustrade, tentant de retrouver mon souffle. Ça s'agitait en bas. J'étais tranquille pour quelques minutes au moins. Ils étaient occupés, ils coffraient ceux qu'ils avaient arrêtés dans la cour. J'ai entendu la sirène du panier à salade, les portes claquer. Je les devinais cognant comme des brutes. « Monte là-dedans, la grosse ! » « Et toi, l'idiot, tu crois que je vais te porter ? » Ils les poussaient dans les fourgons en s'aidant de quelques coups de matraque aux endroits choisis : derrière le genou, sur le tibia, dans l'estomac, dans les parties… Des coups douloureux qui laissent peu de traces. Apparemment, tout le monde y passait, les étudiants comme les habitants de l'immeuble. Soudain, le moteur de l'ascenseur qui montait. Je n'avais même pas remarqué qu'il y en avait un. Je me suis recroquevillé dans l'encoignure d'une porte, à l'autre bout du palier. La cabine a projeté des rais de lumière sur les murs. Mon cœur haletait.

Je ne devais pas me faire attraper par la police. Ils expulsaient les étudiants étrangers ; ils avaient même banni Dany, renvoyé chez les Chleuhs, les anciens nazis, les graines de nazis à venir. Ils m'auraient expulsé, moi aussi, dans « mon pays », ce pays qui n'était pas plus le mien qu'aucun autre. À cette époque, j'étais encore italien. En Égypte, entre 1870 et 1900, les Juifs les moins démunis, las des humiliations quotidiennes, avaient saisi l'opportunité des « capitulations », régime qui conférait des droits particuliers aux étrangers, en acquérant des nationalités européennes. Ma famille, tant la branche paternelle que maternelle, avait acheté la nationalité italienne. Car les consulats des grandes puissances vendaient leur nationalité et leurs passeports. Nous avions acheté italien parce que c'était le moins cher, français, c'était plus onéreux, quant à l'anglais, il va sans dire, c'était le summum, hors de prix ! Nous étions donc italiens depuis des lustres. Mon grand-père maternel en a, du reste, subi les conséquences, appelé au front en 1915. Je me souviens de sa cape d'officier gardée par ma mère comme un trophée. Je m'en revêtais pour d'interminables parties de pirates avec mes cousins. Revenu en Égypte après l'armistice, mon grand-père était bien le seul de la famille à parler l'italien. Du moins jusqu'à notre propre émigration à Rome en février 1957, qui m'a permis d'être le second. J'étais tout jeune, âgé d'à peine neuf ans, lorsque j'ai rejoint, à l'école du quartier, une quarantaine de petits Italiens. Il ne m'a pas fallu plus de trois mois pour parler parfaitement la langue, avec les intonations d'un Romain de souche, quelques injures en prime. Les enfants ont le cerveau labile. Un an plus tard, nous émigrions à nouveau, cette fois pour la France. Depuis lors, j'étais devenu un petit Français, mais nous avions conservé la nationalité italienne. Je ne m'en étais pas soucié jusqu'à mon arrivée chez les maos. Depuis, cette nationalité qui pouvait me valoir une expulsion m'obsédait. Cette nuit-là, blotti dans mon couloir, je m'imaginais montrant aux policiers ma carte de séjour, eux me considérant d'un air torve, projetant de me déposer sans bagage au sommet d'un col alpin.

La porte de l'ascenseur s'est ouverte et je l'ai vu apparaître une nouvelle fois, Zohar l'élégant. J'étais coincé. Je ne pouvais plus échapper à sa parole. Il s'est approché de moi et a murmuré : « Tu penses t'être débarrassé des dieux, pauvre innocent ! Les dieux se glissent partout et tu ne les vois pas. L'alcool, c'est un dieu, tu le sais… Il se saisit de toi et ne te lâche plus. L'opium, le cannabis, toutes ces drogues, autant de dieux, tout aussi jaloux que le tien. Et la révolution, ta fameuse révolution… c'est un dieu, aussi ! Ce sont des petits dieux, bien sûr, des dieux secondaires, des dieux pour les orphelins… »

J'ai balbutié : « Les orphelins ?

— Oui ! Ces gens qui ont perdu leur peuple. Es-tu donc un orphelin ? »

Déjà les CRS montaient l'escalier. Ils frappaient à chaque porte, forçaient le passage pour des perquisitions improvisées. Ils fouillaient les chambres, vidaient les placards à la recherche d'étudiants qui s'y seraient planqués. Nous étions au dernier étage, sous les toits. J'ai frappé à une porte, à plusieurs reprises. Une femme entre deux rêves m'a demandé en bâillant ce que je voulais. Rien ! Juste vérifier si son appartement disposait d'une fenêtre, d'une lucarne, mieux encore d'un velux… ouvrant sur le ciel. Elle n'en avait pas, mais savait que sa voisine en avait un dans sa cuisine – c'était pratique pour évacuer les odeurs. Ça tombait bien, nous étions précisément en mission d'évacuation. Nous sommes partis tous les trois sonner chez la voisine. Encore une femme seule ! Je l'espérais libre aussi. À quoi pouvait servir la solitude si elle ne vous initiait pas à la liberté ? Je le lui ai dit. Elle a souri, nous a invités à entrer. Celle-là ne sortait pas d'un rêve, encore vêtue de son jean et d'un pull ras du cou, elle souffrait d'insomnies. « Avec le vacarme qu'ils font dehors, comment dormir, aussi ? » Elle était attirante, une épaisse chevelure rousse qui ondoyait par vagues jusqu'aux épaules. Je lui ai adressé mon plus beau sourire. Mais elle ne s'intéressait qu'à mon Égyptien colle-aux-basques.

« Asseyez-vous, nous proposa cette bourgeoise, lâchée, nous l'avons vite appris, par un mari parti courir la gueuse. Je vais vous préparer un thé. À moins que vous ne préfériez quelque chose de plus épicé… » Elle lorgnait toujours Zohar. « Je veux dire un verre de porto ou un whisky… »

Je lui ai répondu que notre plus grand désir était d'accéder à son velux.

« Mon quoi ? »

Je me suis demandé ce qu'elle avait bien pu comprendre. J'ai expliqué : « Votre lucarne qui donne sur les toits. »

Les CRS avaient atteint l'étage du dessous. On les entendait aboyer, donner des coups de botte dans les portes, les claquer. Soudain, des cris ! Ils s'étaient saisis d'une jeune femme qui, plus tôt dans la nuit, leur avait balancé de l'huile bouillante depuis sa fenêtre. C'était sans doute à sa recherche qu'ils avaient méticuleusement envahi chaque appartement de l'immeuble. Ce devait être une militante, peu disposée à se laisser embarquer. Elle se mit à pousser des hurlements à faire dresser l'échine. Au point que notre hôtesse a proposé de descendre voir qui on était en train d'égorger. J'ai eu le plus grand mal à la convaincre que l'urgence était dans le velux. Elle finit par nous conduire jusqu'à sa cuisine, qui devait tout au plus couvrir une surface de trois mètres carrés. Je suis entré derrière elle, Zohar aussi, la seconde femme restant sur le pas de la porte. Le velux devait mesurer trente centimètres sur vingt. Je l'ai tout de même ouvert. Oh merde ! Même la tête ne passait pas !

Et puis on a entendu les bruits s'éloigner dans l'escalier. J'ai ouvert la porte. Mais oui ! Les cafards se tiraient, ils désertaient. J'ai pensé, l'espace d'un instant, que l'Égyptien avait raison, que nous étions protégés par quelque puissance. Notre « Dieu », comme il disait, avait soufflé un vent de vengeance et les CRS s'étaient éparpillés comme une volée de moineaux. Il valait tout de même mieux attendre un peu avant de redescendre. Nous avons donc accepté, lui le thé, moi le whisky. J'étais encore étourdi du vin que j'avais bu chez Juliette. Le scotch agit comme un rappel bienfaisant. Il était plus de 4 heures. J'avais retrouvé la force de traverser la Seine à la recherche de ma mobylette.

Zohar me raisonna : « Je te déconseille de quitter le Quartier latin avant le jour.

— Parce que toi, l'Égyptien, tu as été promu expert en guérilla urbaine ?

— Écoute-moi ! Ils sont en train de faire le grand ramassage. C'est le moment le plus dangereux. Reste ici. Attends le lever du jour. Tu t'échapperas plus facilement de cette souricière. »

Je n'ai rien voulu entendre. Je l'ai laissé à ces deux femmes et suis redescendu par l'escalier, sans allumer la lumière, en tâchant de faire le moins de bruit possible.

Me promener dans le noir, je l'avais appris dans mon enfance en imaginant, déjà, des scénarios où j'étais poursuivi par la police. J'avais onze ans, mon modèle était Arsène Lupin qui passait en feuilleton à la radio tous les dimanches soir. J'avais réussi à dérober des millions à des hommes trop riches, aménagé des caches dans les recoins des caves des immeubles de la cité de Gennevilliers. J'explorais inlassablement les mondes souterrains à la recherche d'espaces inaccessibles où planquer mon magot. Pour l'heure, ce magot était constitué de vieux objets rouillés qu'avec les copains nous chapardions dans la ferraille qui s'étendait sur des hectares face à nos bâtiments. Je me souviens. Il y avait Gaby, un binoclard pas très courageux, Samy, dont les parents étaient un peu plus riches que les nôtres, ce qui ne l'empêchait pas d'être de tous les mauvais coups, et David, le fier-à-bras, toujours volontaire pour un coup de poing. Nous devions soulever la barrière en fil d'acier que nous avions découpée sur une largeur d'un mètre, échapper aux trois molosses qui nous coursaient dans les allées, avant de rejoindre la cabine d'un antique camion. Notre plus belle prise était une collection de vieux fleurets avec lesquels nous jouions tous les jours un remake des *Trois Mousquetaires*. Dans mes scénarios solitaires, en revanche, j'étais acculé dans une impasse par des gendarmes. Alors, pour apprendre à m'en échapper, je m'entraînais à me diriger dans les couloirs des caves sans électricité, à grimper par les balcons pour rejoindre notre trois pièces au premier étage, à sauter d'un immeuble à l'autre par les toits. Je passais des heures sur ces toits en compagnie des pigeons, à mijoter mes histoires de voleurs. J'avais la tête pleine de bruits et de rumeurs dont j'ignorais l'origine. Il est toujours vain de la rechercher dans le passé, l'origine se trouve dans le futur. Ces bruits, ce chaos que j'imaginais durant mon enfance, ils se trouvaient là, dans la rue, à m'attendre en cette fin de nuit.

Une fois dehors, j'ai suivi les chemins peuplés, les rues où j'apercevais du monde. Toutes les fenêtres étaient éclairées, les habitants du quartier observaient, commentaient, participaient par des cris, ou même en versant sur les étudiants des bacs d'eau pour leur rendre les lacrymogènes plus supportables. D'autres, sans doute simples curieux, accoudés à leur balustrade, profitaient seulement d'un feu d'artifice inattendu. Quant aux hostiles, ils se tenaient tapis derrière leurs rideaux tirés. Des étudiants éclopés, certains couverts de sang, remontaient la rue Gay-Lussac où subsistait une dernière barricade. Quelques enragés se battaient encore pour tenter de la sauvegarder. Ils avaient mis le feu à deux voitures et leurs silhouettes efflanquées se détachaient sur le rouge fumant des flammes. Je me suis dit qu'une des voitures pouvait exploser. Nous n'étions vraiment pas très bons en gestion du combat. Près de moi, j'ai entendu un étudiant crier qu'on pourrait se réfugier à Normale sup, rue d'Ulm. Et d'ajouter : « Ils n'oseront pas y entrer ! »

Rue d'Ulm, il m'a d'abord fallu escalader une barricade gigantesque, amoncellement de pavés consolidé de planches arrachées à un chantier. Dans la cour de l'école, des étudiants s'étaient regroupés, fébriles, s'agitant à préparer des cocktails Molotov de fortune qu'ils rangeaient dans des casiers à bouteilles, cherchant tous les projectiles possibles, des pieds de chaise, des morceaux de bois, ce qui leur tombait sous la main. Je ne m'y suis pas attardé. J'étais certain que, s'ils franchissaient la grille, cet endroit serait le premier objectif des CRS. Je me suis aussitôt enfoncé dans les bâtiments, me dirigeant au jugé dans les longs couloirs, à la recherche de je ne sais quoi. Une sortie de l'autre côté peut-être ? Les salles de classe étaient ouvertes à tous vents, vidées de leurs chaises, de leurs tables… Personne ! Je suis monté à l'étage des chambres. Et là, dans l'obscurité d'un couloir, j'ai entendu des voix, des cris plutôt. Une femme était en train de hurler. J'ai distingué : « Tu es en train de m'étrangler ! » Je me suis approché. Un mec, plus tout jeune, dans les cinquante ans, l'air dépenaillé dans sa robe de chambre défraîchie, tenait une pauvre femme à la gorge. Elle était toute petite, menue, avait les cheveux bruns et d'étranges yeux de Mongole. « Arrête, répétait-elle, je ne respire plus. » Et l'autre qui serrait de plus belle. Elle ne se défendait pas, s'abandonnant à son étreinte mortifère. Mais tout de même ! Elle semblait souffrir. Leur tenue laissait supposer qu'ils habitaient là. Des professeurs sans doute, des gauchos, des théoriciens, qui sait... Dehors, une véritable révolution déferlait sur Paris et ces deux-là, bercés par les fureurs de la rue, excités peut-être par les hurlements de douleur des étudiants maltraités, les cris de rage de CRS à la dérive, s'abîmaient en secret dans leurs jeux sadomasos. Et puis cette nuit de folie, cette nuit de guerre que j'avais passée à éviter les coups, cette rencontre avec l'Égyptien Zohar dont les paroles étranges résonnaient encore à mon esprit... J'ai crié : « Assez ! » Ce cri était adressé aux forces obscures, au destin, que sais-je... Assez de m'exposer à de telles horreurs, assez !

L'homme a lâché la femme et s'est brutalement retourné vers moi, l'air méchant. Il s'est saisi d'une matraque en bois, blanche, comme celle des agents de police, et s'est approché, menaçant. J'ai tendu les mains en avant, j'ai même tenté de m'excuser : « Ce cri ne vous était pas destiné, monsieur. Vous savez, cette nuit est folle...

— Tu te fous de ma gueule ?

— Mais si ! Les étudiants se battent sur le boulevard des Bolcheviks... »

Ça m'avait échappé ! Le boulevard des Bolcheviks, je disais n'importe quoi ! Je voulais dire la prise du

Palais d'hiver ou même la prise de la Bastille, et tout ça sur le boulevard Saint-Michel. J'avais condensé le tout.

« Sais-tu qui je suis ? »

De peur de le décevoir, j'ai hésité un moment : « Heu... peut-être... Non ! Vraiment non ! Je ne vous connais pas. »

Il avait dû penser que je m'étais glissé en secret jusqu'à ses appartements pour surprendre ses ébats douteux. Inutile de lui expliquer que je cherchais plutôt comment m'échapper de l'endroit, fuir le quartier, quitter ma peau, surtout, et l'angoisse qui commençait à m'étreindre le gosier. Puis, se ravisant soudain, il me demanda : « Veux-tu participer ? »

Je n'ai pas immédiatement réagi.

« Participer à quoi, monsieur ? »

Et puis, j'ai compris ! Il venait d'imaginer un triolet sadique, comme ce stal d'Aragon dont je venais d'apprendre le goût secret pour les éromènes. J'avais applaudi tout à l'heure quand Dany, dans une diatribe contre les staliniens, s'était exclamé : « Aragon est un con ! » Ce n'étaient pas tant les goûts érotiques du vieux dandy qui me dérangeaient, ni même ses choix politiques d'irréductible stalinien, mais l'ennui qui m'envahissait chaque fois que j'essayais de pénétrer l'un de ses livres. À la bibliothèque municipale de Gennevilliers, la bibliothécaire voulait toujours me refourguer un roman d'Aragon. Un jour que j'avais emprunté les *Trois essais sur la théorie sexuelle* de Freud, elle s'était écriée : « Ne sais-tu pas que c'est un psychologue bourgeois ? » Et elle avait ajouté : « Et dangereux ! » C'est à cette époque, à treize ou quatorze ans, que j'avais découvert Freud. Et il parlait de moi ! La sexualité, écrivait-il, est partout et cela dès les premiers instants de la vie. Il avait raison ! À un ou deux ans, je ne m'en souvenais pas, mais à partir de trois ans, ça, je pouvais en témoigner. Sur la plage d'Alexandrie, j'étais tombé amoureux de Nannou, la fiancée de Béro, le jeune cousin de ma mère, elle avait bien dix-neuf ans. Elle était blonde et bronzée ; je me serrais contre elle, respirant ses parfums de crème chauffée au soleil. Elle était belle. Déjà en m'endormant je pensais à elle. Durant toute mon enfance, chaque nuit, elle m'avait ouvert les portes du rêve. Alors moi, je l'avais cru sans hésitation, le père Freud, qui venait mettre des mots sur des sensations qui m'habitaient depuis toujours ! L'amour qu'éprouvent les enfants est sexuel. La sexualité nous transcende, nous contraint à abandonner l'égoïste instinct de survie pour nous lancer dans l'aventure folle et souvent funeste de l'amour. Et ce n'est pas seulement le lot des humains. Le mâle de l'araignée se fera dévorer, il le sait sans doute, mais rien n'arrêtera son désir ; et le mâle de la mante religieuse se fera grignoter le ciboulot au moment de l'accouplement ; et ce pauvre saumon, ce fou furieux qui, après trois années de belle vie à se goinfrer de krill aux alentours du Groenland, traverse l'océan, remonte la rivière, sautant les torrents à contre-courant, pour atteindre la petite crique qui l'a vu naître, dans les hauteurs du Massif central, et y rejoindre une femelle à qui il offrira son unique éjaculation… Avant qu'il en meure d'épuisement !

J'éprouvais une immense sympathie pour ce saumon dont la vie était un prêche à la gloire de la sexualité. Je le savais. Nul ne peut résister à cette puissance qui se joue de la volonté, plus forte même que l'instinct de vie. La sexualité, c'est l'exigence dévorante de l'autre au cœur du moi. À quatorze ans, en lisant Freud, je comprenais avec la tête ce que je ressentais à chaque instant dans mon âme et bientôt dans mon corps. La sexualité, c'est là que se logeait notre seul dieu, qui ne réclamait aucune croyance, seulement quelques actes de dévotion et l'abandon périodique de la prétention à contrôler son être.

Mais j'avais beau creuser dans ma mémoire, je ne retrouvais pas trace d'attirance pour les hommes. Je me souvenais qu'à dix ans, un petit camarade avait tenté de m'entraîner dans une cave pour me montrer son sexe. J'avais refusé. Je n'avais aucune curiosité pour le sexe des hommes. L'autre en moi qui m'obsédait, qui m'habitait, était bien une femme, et cela dès les premiers instants de ma vie. Alors quand ce taré de prof de Normale sup m'a proposé de jouer à la bête à trois dos, je suis resté abasourdi. Je lui ai répondu avec respect, cependant : « Je vous remercie, monsieur, mais j'aime les femmes à la passion, au point que je les voudrais toutes. Pas toutes à la fois, bien sûr… »

Ce prof sadomasochiste, ce swapper à deux queues qui me proposait des galipettes perverses en cette nuit d'émeute, était peut-être surréaliste… Je savais que beaucoup étaient passés par là avant de rejoindre les communistes, comme s'il leur fallait la caution de l'esthète pour s'adonner à l'agression pernicieuse des normes. Je n'avais pas besoin de ça ! J'étais un révolté, je me voulais pur, jusqu'à ignorer les motifs de ma révolte. Je n'avais besoin d'aucun alibi littéraire ou philosophique. Pour moi, la révolte devait s'exprimer en face, comme une colère qui ne s'éteint pas… Et puisqu'il était sans doute philosophe, je lui ai fait ce que les meilleurs textes latins appelaient un *digitus impudicus* (j'ai tout de même fait quatre ans de latin au lycée), autrement dit un doigt d'honneur. C'est alors qu'il s'est fâché. Pourquoi ? Je n'avais rien fait qu'illustrer par le geste les goûts sexuels qu'il venait de m'avouer. Il s'est même transformé en démon.

« Je vais te faire la peau, fils de pute ! »

Malgré le succès planétaire de cette injure, je ne comprenais pas en quoi naître d'une prostituée constituait une tare, une prédisposition à la malignité. Je savais en revanche, depuis l'enfance, que les insultes précédaient les coups de poing ou les coups de bâton, qu'elles en étaient le préalable quasi obligé. J'ai reculé d'un pas, soudain sur mes gardes. Il s'est précipité comme un taureau de combat, prêt à m'assommer de son gourdin. Mais j'étais déjà dans le couloir. Déséquilibré par sa course qui n'avait rencontré que le vide, il me regardait partir à reculons.

« Crois-moi, tu n'auras pas l'occasion de raconter ce que tu as vu », éructait le professeur.

Je lui ai renouvelé mon petit signe du doigt et il a redoublé de fureur. « Je te retrouverai, charogne ! » conclut-il.

J'entendais les grenades exploser dehors. Les CRS canardaient la cour, préparant sans doute l'assaut final. Il était grand temps de partir. Au bout du long couloir, un autre long couloir et au bout encore un long couloir. Une chambre ouverte. J'y suis entré. Une fenêtre. L'étage n'était pas très haut, moins de cinq mètres. Possible de sauter, au risque de se fouler une cheville. À condition de sortir : la fenêtre, protégée par des barreaux métalliques plantés tous les quinze centimètres, semblait inviolable. J'ai ouvert la vitre. Les rumeurs de la rue me sont parvenues d'un coup. Ça ne s'était pas calmé. J'ai essayé de me hisser pour jeter un œil au-dehors. Les scènes étaient les mêmes, des étudiants couraient à perdre haleine, poursuivis par des CRS déchaînés grognant, soufflant, cognant aussitôt qu'ils avaient un morceau de chair à proximité. Certains jeunes gens, que la nuit avait rendus sérieux, pensaient stratégie, efficacité, tentaient d'organiser des coups de main en petits groupes de trois à cinq. Ils fonçaient en hurlant sur les flics qui, prudemment, reculaient. Ils leur balançaient alors quelques bouteilles enflammées et les autres reculaient encore. Et les jeunes gens poussaient des cris de victoire pour éviter de penser à l'inexorable défaite.

Jusqu'alors, je n'avais reçu aucun coup, j'étais resté physiquement intègre, n'en avais donné aucun, moralement inentamé. Je cherchais à éviter les retombées de ces forces terribles que nous avions déclenchées et que je ne comprenais pas. Pour moi, la violence devait être au service de la pensée et non l'inverse ! La violence qui nous est imposée entrave l'intelligence.

Le coin de la pièce où je m'étais prudemment tapi était plongé dans l'obscurité. Une faible lumière bleutée dessinait un parallélogramme sur le mur opposé. C'est là que je l'ai vue bouger, dans cette lueur, d'abord une ombre. Un frou-frou insistant, le martèlement de pieds nus sur le sol, et puis une voix, grave, profonde, un peu enrouée : « Que la paix soit avec toi ! »

Effrayé, bien sûr, j'ai tout de même persiflé : « La paix, la paix, ça ne semble pas être l'ambiance du moment… »

Sévère, la voix me reprit : « Tu réponds : "Qu'avec toi soit la paix !" Quand un être humain te salue, tu dois lui répondre.

— Un être humain ? me suis-je écrié. Et où donc as-tu vu un être humain ? Je ne vois qu'une ombre, je n'entends qu'une voix…

— Tu as des yeux pour ne pas voir ! »

C'est alors qu'elle s'est montrée, gigantesque, plus grande que le plafond, qui l'obligeait à baisser la tête. Pas toute jeune, la quarantaine sereine, en habit traditionnel rappelant celui des femmes du désert. Longue robe claire nouée à la taille par une ceinture de tissu autour de laquelle serpentait une autre ceinture, celle-là multicolore. Un somptueux collier ornait son cou, fait de triangles d'or qui scintillaient comme des étoiles. À ses oreilles, de grands anneaux s'harmonisaient aux reflets de lune dans sa chevelure noire. Patricienne beauté !

« Tu m'as vue ? Réponds à mon salut, maintenant, sinon il me faudra repartir.

— Ben… Tant qu'à faire, ai-je commencé à argumenter, ce n'est pas la peine d'être venue de si loin pour t'échapper aussitôt. Qu'est-ce que je dois dire ?

— Tu le sais ! »

Comme elle y allait ! Elle ne tenait pas compte de ma frayeur, de l'oscillation de mon esprit qui ne savait décider s'il s'agissait d'un rêve, d'une hallucination, d'une apparition, ou si cette femme, bien réelle, habitait le tréfonds de l'École normale supérieure de la rue d'Ulm. J'ai rassemblé mes esprits pour répondre d'une voix étranglée par l'émotion : « Qu'avec toi soit la paix ! »

Elle ajouta : « Qu'avec toi soit la paix, *ma mère* ! Tu dois ajouter “ma mère”, car je suis ta mère, même si je ne suis pas ta mère.

— Qu'avec toi soit la paix, ma mère ! » ai-je répété, conciliant.

Elle a fait un pas vers moi. Elle portait à la main une petite amphore de terre qui me rappelait vaguement quelque chose. J'ai demandé : « Mais cette… cette bouteille-là, comment l'appelle-t-on déjà ?

— Tu es bien un enfant. Tu ne sais pas que tu sais. »

Et le mot, en arabe, m'est revenu.

« Une *ola* ?

— Tu vois ? Allons, bois une ou deux gorgées de cette eau ! »

Et j'ai eu la force de m'écrier : « Non ! »

Elle a reculé vivement.

« Tu me dis non ?

— Écoute, je ne sais pas qui tu es, ni même ce que tu es. Je veux dire, quelle sorte d'être… Si tu es un rêve, moi l'enfant, je sais au moins une chose, ma mère, ma vraie mère, me l'a assez répété : on n'accepte ni boisson ni nourriture en rêve ! C'est une règle absolue.

— Je ne suis pas un rêve et je vais te le prouver, enfant du désastre. Car c'est cela que tu es, l'enfant du désastre. C'est ainsi que tout le monde devrait t'appeler.

— Pourquoi dis-tu cela ?

— Je sais tout de toi. Tu es né dans la nuit du 9 au 10 novembre, dix ans jour pour jour après la funèbre Nuit de cristal, comme si le destin voulait commémorer pogromes, humiliations et souffrances subis par ta race. Tu n'étais pas dans le ventre de ta mère depuis deux mois que l'Égypte, le pays où tu es né, en ce mois de Rajab de l'an 1367 de l'Hégire, s'embrasait dans une guerre contre les tiens. Le roi aurait dû consulter des devins. Peut-être lui auraient-ils appris qu'un enfant qui poussait dans le ventre d'une femme juive sur les bords du Nil causerait sa perte. S'il avait écouté les devins, comme le fit, plus sage que lui, un pharaon de l'Antiquité, peut-être aurait-il fait l'économie d'une guerre et d'une désastreuse défaite.

— Je ne suis pas responsable des guerres entre les Juifs et les Arabes. J'étais un enfant. Pourquoi débiter de telles horreurs sur mon compte ?

— Parce que non content d'être l'enfant du désastre, à peine âgé de vingt ans tu vas te jeter à corps perdu dans la première émeute qui passe.

— Allons ! Tu n'es qu'un rêve, le produit de mon imagination. Tu n'en saurais pas tant sur moi sinon.

— Parce que tu penses vraiment que les rêves sont les produits de ton imagination ? Eh bien essaie donc de rêver ce que tu désires rêver, tu n'y arriveras pas. Non, mon garçon ! Ce n'est pas le rêveur qui rêve le rêve. Le rêve va où il veut parce que le rêve, vois-tu, il vient d'ailleurs, pas de toi !

— D'accord ! Tu serais donc une Bédouine, errant par hasard, comme ça, dans les couloirs de Normale sup, un soir du mois de mai…

— Je vais te prouver que je suis réelle quoique tu ne m'aies consenti aucun gage. Je vais te dire comment sortir d'ici, ce sera bien la preuve que je suis de ce monde. Dans le couloir, tu prendras à gauche et la première porte à droite. Tu trouveras la cuisine. Descends quelques marches, tu verras, c'est une sorte de recoin sombre. Et là, tu trouveras sur le côté une petite porte avec trois verrous. Elle donne sur la rue. Une fois dehors, remonte au sud, toujours plus au sud. Ne t'aventure pas du côté de la place Saint-Michel, ne traverse pas la Seine. Va-t'en là-bas jusqu'à trouver une station de métro. Ne prends pas le premier, ni le second… Laisse passer des rames.

— Qui es-tu ? Dis-moi ton nom.

— Mon nom n'a aucun intérêt. Je suis ta mère. »

2

Hé, ce n'est pas une façon de se dire adieu[1] !

Homme de peu de foi, tu l'étais depuis l'enfance, refusant la tendresse et l'attention de tes proches. Après l'exil, tu aurais pu te blottir, apeuré, dans le giron de ta mère, mais après l'exil ta mère n'était plus ta mère, ton pays n'était plus ton pays, ta langue n'était plus ta langue et toi, même toi, tu n'étais plus toi-même. Que te restait-il, homme de peu de foi, à part le défi et le sarcasme ? Déraison et mensonge sont naturels aux immigrés. Lorsque tu es si loin du lieu de ta naissance, lorsque plus personne de ton entourage ne connaît ton véritable nom, n'a connu ton grand-père, ni le lieu où se trouvent les tombes de tes ancêtres, lorsqu'il n'y a plus aucune femme capable de dire où est enterré le placenta, ton jumeau du ventre, plus aucun sage pour restituer le chemin qui a conduit à ton nom, te voilà libre, nul ne pourra te contredire,

1. *Hey, That's No Way to Say Goodbye*, chanson de Leonard Cohen, 1967.

mais nul ne dressera pour toi un pilier où t'adosser. Qu'est-ce qui te retient encore au monde ? Pourquoi n'es-tu déjà mort, toi à qui tout est permis, toi à qui rien n'est autorisé ?

Crois-moi, il ne reste qu'un maigre espoir aux enfants des migrants pour se rattacher au monde qui va : l'amour. Aimez, enfants de l'exil, graines de désordre, aimez à tous vents !

Malheureusement, les enfants de l'exil passent de l'amour au désamour, comme la nuit passe au jour et le jour à la nuit.

Betsy ! Je l'ai aimée plus que moi-même, plus que les éléments, plus que les lumières, le soleil ou la lune, plus que la terre qui m'a porté…

Betsy !

La dernière fois, c'était dans un hôtel de Montparnasse, douce à ma voix, douce à ma peau. Nous nous sommes aimés toute une nuit. À la lumière du matin, ses cheveux blonds éparpillés sur l'oreiller, ses yeux si clairs, ni bleus ni verts, couleur de soleil, et ses lèvres, entrebâillées durant son sommeil, fleur s'ouvrant aux vents.

J'aurais voulu la garder toute une vie, comme au premier matin. Mais le temps m'a fait courir, toujours plus loin, toujours plus vite… Et je l'entendais crier derrière la porte :

« Hey ! T'en va pas comme ça… Ce n'est pas une façon de se dire adieu ! »

3

Il est 5 heures[1]…

Lorsque j'étais étudiant, j'ai passé bien des nuits blanches ! Si je faisais le décompte, davantage que de nuits de sommeil, à jouer aux échecs, ensuite à lire des livres, à écrire, depuis. J'ai toujours aimé ces petits cafés à l'aube, en hiver, dans un bistrot de banlieue, entouré d'ouvriers partant à l'usine. Je me sentais libre alors.

En 68, la violence des flics ne me scandalisait pas ; je ne comprenais pas, en revanche, celle des étudiants. Ils fonçaient tête baissée comme des taureaux. Il est vrai qu'on leur agitait des drapeaux rouges sous le nez. Seul Dany, peut-être, gardait quelques notions de stratégie. On devinait son idée. Provoquer, pousser le gouvernement à la faute, lui faire commettre des actes irréparables, comme tuer un manifestant… Je n'étais pas un grand spécialiste d'histoire, mais j'avais dans l'idée qu'ouvrir le feu sur une foule en révolte

1. *Il est 5 heures*, chanson de Jacques Dutronc, paroles de Jacques Lanzmann, Jacques Dutronc et Anne Segalen, 1968.

conduisait en général le pouvoir à sa chute. Une telle stratégie n'aurait pu se justifier que si nous avions été organisés, que si nous avions élaboré des propositions de rechange et les moyens de les appliquer. Il nous aurait fallu un Lénine, un mec ayant rédigé quarante-cinq volumes incompréhensibles, pour nous donner l'impression qu'on savait où on allait. Non ! Je ne démordais pas de mon idée. La violence ne devait pas se brader ; la violence, c'était sacré. Il ne fallait l'exercer que pour faire exploser les évidences, pour casser les têtes, ouvrir les esprits.

Avec Bandido – c'est ainsi qu'on l'appelait à cause de ses moustaches qui lui donnaient l'air d'un Mexicain de western, de ses jeans moulants et ses santiags, en réalité il s'appelait Alain –, avec Bandido, donc, nous avions concocté l'idée des commandos moto. Deux gars sur une bécane avec dans la poche plusieurs petites grenades. On déboulait en trombe devant un commissariat, juste un arrêt de quelques secondes, le temps de balancer nos explosifs et salut la compagnie ! Je concevais mieux une telle violence, sans morts, sans blessés, mais qui répandait la frayeur… On avait déjà la moto, la Honda 125 de Bandido ; restait à trouver les munitions. Sylvestre, qui préparait sa licence dans un labo de la fac de sciences à Jussieu, nous avait assuré qu'il était capable de fabriquer de petites bombes grandes comme un œuf, et autant qu'on en voulait. Il se vantait un peu, je crois…

Après ma nuit de barricades, j'ai retrouvé ma mobylette sagement posée contre la grille d'une bouche de métro, place de l'Opéra. Il faisait jour. De ce côté de la Seine, le monde était en ordre. C'était un samedi. Les oiseaux chantaient, les premiers promeneurs sifflotaient, les voitures se défiaient au feu rouge en rugissant, même le balayeur souriait, repoussant mollement les papiers usagés dans le caniveau. J'ai pris la direction de la cité universitaire de Nanterre. J'avais beau avoir retiré les chicanes de son pot d'échappement, mon engin pétaradant ne dépassait pas quarante kilomètres-heure. À cette vitesse, on a le temps de penser ! Dans ma tête alternaient deux visages, celui de l'élégant – c'est ainsi que, dans mon for intérieur, j'appelais l'Égyptien – et celui de l'étrange Bédouine sortie comme une nuée d'une invisible bouteille. Les deux, la femme et l'homme, m'avaient fait la leçon, comme une mère et un père, ai-je pensé. C'était tout de même étrange, j'avais beau chercher dans ma mémoire, je ne trouvais pas le moindre souvenir d'avoir été tancé par mes parents. Lorsque j'étais bébé, il paraît que j'étais si mignon que les femmes s'arrêtaient en pleine rue, comme saisies de stupeur, en demandant : « C'est un garçon ou une fille ? » Et elles ajoutaient immanquablement : « Quelle importance, c'est un ange ! » Quand je suis entré en classe, à trois ans, au jardin d'enfants du lycée français du Caire, à Bab el Louk, j'étais si doué que la maîtresse, sous le charme, me passait tout. J'ai su lire à quatre ans, sans apprendre, et ma mère m'enseignait des poésies de Victor Hugo et d'Alfred de Vigny que je récitais par cœur sans les comprendre. J'ai eu une petite enfance de chien savant. On me prédisait une carrière d'ingénieur parce que je nourrissais une passion pour les voitures. Au balcon de notre cinquième étage de la rue Farouk, qui bientôt, après la révolution de Nasser, s'appellerait la rue el Gesh (« rue de l'Armée »), debout sur une chaise, j'énumérais les voitures qui passaient : « Chevrolet Bel Air 1951, Morris Minor 48, Hillman Minx, traction de chez Citroën, Ford Mercury 49... » Je les connaissais toutes ! Mon frère, de cinq ans mon aîné, se trompait parfois, moi jamais ! D'ailleurs, à huit ans, je le battais aux échecs. Dans la famille, on me considérait comme un prodige. Et puis nous avons été chassés d'Égypte. Il y avait eu un avant, il y aurait un après. Je ne peux pas dire que c'était moins bien, mais je n'étais plus le même enfant.

Il existe une phrase dans la Bible qui, pour moi, s'adressait à ma famille, une manière de prédiction. Je l'ai même inscrite sur le mur, face au bureau, avec le rouge à lèvres de Michèle, la petite prof qui me logeait dans sa chambre de la cité universitaire de Nanterre :

« Il se leva un roi sur l'Égypte qui n'avait pas connu Joseph. » (Exode 1:8)

Mon père s'appelait Joseph, et le nouveau pharaon : Nasser. Si nous avions lu attentivement le texte qui nous prévenait de notre prochain exode, nous aurions fichu le camp avant les violences, en 1950, ou même en 52. Mais nous sommes restés jusqu'aux événements de 56. Et le nouveau pharaon, le séduisant Nasser, le dictateur au sourire de panthère, n'avait eu aucun respect pour Joseph, mon père. Il lui avait expédié sa soldatesque et l'avait banni de son pays natal. Et nous sommes sortis d'Égypte sans un sou, nus comme des vers. Ma mère avait été brisée par l'exil.

Mon père était devenu plus singulier, plus aérien, comme s'il s'était durci dans son être. Quant à moi, depuis l'instant où j'avais embarqué sur le paquebot italien *Esperia* en direction de Naples, je n'étais plus l'enfant de mes parents. J'étais devenu un autre. Je n'éprouvais aucune animosité envers eux, juste un sentiment d'étrangeté. Je ne m'explique pas cette métamorphose. Dès ce jour, ils n'ont plus rien su de moi, de mon monde, longtemps d'aventures rocambolesques, de fracas et de luttes, puis de révolte et maintenant de révolution. Même ce matin du 11 mai, en rentrant de ma virée au Quartier latin, il ne m'est pas venu l'idée de passer les voir pour les rassurer. Jusqu'à mes dix-neuf ans, nous vivions dans le même appartement, pas dans le même univers. Difficile à expliquer. J'aimais parler avec ma mère, d'égal à égale, de sujets à distance des problèmes de famille, de questions intellectuelles, de littérature, d'histoire, de la Révolution française, de la révolution d'Octobre. Ça la faisait sourire. Elle commentait, faussement naïve : « Tu es un révolté, mon chéri, voilà tout ! » J'ai un peu compris ce qu'elle ressentait lorsqu'elle a rencontré Michèle, un vendredi soir, pour le dîner de shabbat. Elle l'a assaillie de questions. « Vous êtes française ? » Oui, avait répondu mon amie, tout étonnée de la question. Mais ma mère insistait : « Française de France ? » Et Michèle d'expliquer… « Je ne sais pas, je crois que oui… Ma mère est bretonne, c'est tout de même un peu la France, et mon père est né en Bourgogne, à quelques kilomètres d'Alésia, le village de Vercingétorix, le cœur de la France, il me semble. »

Et ma mère d'ajouter avec son accent égyptien, roulant les *r* et prononçant toutes les voyelles : « C'est la première fois qu'une vraie Française vient à la maison. Joe, prépare le *kiddouch* ! » Et elle a poursuivi son interrogatoire : « Votre mère vous laisse sortir seule la nuit ? Vos parents sont contents de vous savoir à l'université ? Est-ce qu'ils surveillent vos rencontres avec les garçons ? » Pour une fois qu'elle avait une vraie Française sous la main, elle s'était lancée dans une exploration ethnographique.

Ma mère restait définitivement d'ailleurs. Si elle avait bien quitté l'Égypte en février 1957, elle n'était jamais arrivée en France. Elle devait être restée coincée, entre la Crète et le détroit de Messine, en pleine mer Ionienne. La femme qui était là, les yeux curieux, le verbe acéré, dans ce minuscule salon d'une cité de banlieue, était quelqu'un d'autre, un clone, une ombre… Plus tard, quand je ferais de la psychologie, je saurais identifier ce sentiment d'avoir quitté son être, que les professionnels nomment « dépersonnalisation », souvent accompagné de la difficulté à percevoir la réalité du monde, ou « déréalisation ». Mais à cette époque je mettais tout dans le même sac, que j'appelais « l'absolue étrangeté ». Et voici la définition que j'en donnais : vivre étranger en un pays étrange, étranger à soi-même. En arabe, on dit *gharibe*, « étrange », « étranger », « lointain »… C'était moi !

Arrivé à Nanterre, je suis passé entre les cars de CRS en faisant de grands huit sur ma mobylette. Ils étaient alignés comme à la parade. Je leur ai adressé un salut militaire tel un président de la République passant les troupes en revue. Ils n'ont pas bronché. Je suis entré au bâtiment B sans me cacher. Depuis la semaine dernière, on n'était plus tenu de montrer patte blanche en pénétrant chez les filles. Dans la chambre, Michèle, déjà habillée, se morfondait, assise sur le lit. Elle s'était fait un sang d'encre, se demandant si je n'avais pas été blessé ou ramassé comme tant d'autres durant la manif. Beaucoup, nous le savions, avaient terminé la nuit au centre de détention de Beaujon, après avoir été matraqués, parfois passés à tabac dans un car de police. J'ai plaisanté : « Mais je ne suis allé nulle part, seulement retrouver des filles au Quartier latin.

— Je me demandais ce qui avait bien pu t'arriver… Putain, j'ai eu peur ! »

Une femme, dans le couloir, s'est mise à hurler : « L'eau bout ! »

Il n'y avait qu'une cuisine à l'étage et l'eau mettait un temps infini à chauffer sur la vieille plaque électrique. Alors, on la posait là et le premier qui remarquait que la bouilloire sifflait avertissait son propriétaire en criant.

« J'y vais ! dit Michèle. Je vais te préparer un Nes. »

Elle avait passé la nuit éveillée, l'oreille collée à son transistor, écoutant Europe 1 qui diffusait en continu les nouvelles du Quartier latin. Elle se doutait bien que j'y étais. Quant à elle, elle ne s'intéressait pas trop à la politique. Plus âgée que moi de quelques années, elle bossait déjà, maître auxiliaire de français dans un collège de Suresnes, tout en étant inscrite en première année de doctorat, raison pour laquelle elle avait toujours droit à sa chambre d'étudiante.

Lorsque je partais, le soir, retrouver mes camarades, elle corrigeait des copies, lorsque je revenais, elle en corrigeait encore. Foutu métier ! Un jour, je dormais avec elle, le lendemain, je disparaissais ; quelques jours et puis je revenais… Elle ne posait jamais de questions. Et surtout, surtout… elle avait une voiture, une 4L ! Sûr que c'était une antiquité, la bagnole, une des toutes premières, de 1961, couleur vert-de-gris défraîchi, mais j'arrivais à bloquer le compteur à cent vingt dans les descentes. Je lui promettais que je passerais le permis aussitôt que j'aurais un peu d'argent. Ça ne m'empêchait pas de conduire en pleine nuit jusqu'à Deauville pour un bain de pieds d'eau de mer, retour pour son cours au collège à 8 heures. La vie était simple si on acceptait de cohabiter dans neuf mètres carrés, de dormir à deux dans un lit large de soixante centimètres, d'avaler en grimaçant la nourriture infecte du restau U et de se saouler au sidi-brahim douze degrés acheté chez l'épicier arabe. D'autres faisaient mieux encore, comme Guy – je l'appelais « Clint » tant il ressemblait au héros de *Pour une poignée de dollars*. Lui vivait dans la chambre mitoyenne avec sa femme et sa gamine de deux ans. Je n'ai jamais compris comment ils tenaient là-dedans, d'autant qu'il était grand, au moins un mètre quatre-vingt-dix, et elle déjà enceinte du second. Tous les deux étaient artistes. Elle étudiait aux Beaux-Arts, lui illustrait des BD révolutionnaires confidentielles.

Dans le bâtiment B de la cité universitaire, nous n'étions pas tous étudiants. La titulaire de la chambre, si, bien sûr, mais ce n'était pas toujours elle qui y habitait. Mon pote David, que je connaissais depuis l'enfance, vivait dans le même bâtiment, chez Annie, qui sous-louait sa chambre à une autre fille, son ancienne amoureuse. Il avait réussi à convertir Annie à l'hétérosexualité, et même aux échanges de partenaires. Il nous arrivait de passer d'agréables soirées à quatre, avec Michèle. Nous n'étions pas libertins, jouisseurs ou pervers pourtant, simplement chercheurs. Nous expérimentions une pensée. Car nous avions théorisé la libération sexuelle, moi surtout, qui avais eu la chance de trouver un livre de Verrier Elwin à la bibliothèque de Gennevilliers : *Maisons des jeunes chez les Muria*. C'était une étude ethnologique réalisée par un Anglais, un ancien pasteur anglican, en Inde du Nord-Est, dans le district de Bastar. Il racontait que dans cette tribu, les Muria, le jeune adolescent obtenait un nouveau prénom, inconnu de ses parents, et partait vivre avec les autres jeunes du village dans de grandes maisons appelées *ghotul*, ces fameuses « maisons des jeunes ». Âgé d'à peine onze ou douze ans, il dormait chaque nuit avec une jeune fille de la même tranche d'âge pour apprendre l'art de l'amour. Mieux encore, il lui fallait changer de partenaire le plus souvent possible, si bien qu'à la fin de la période de *ghotul*, tous les garçons avaient eu une relation sexuelle avec chacune des filles du village. Ce n'est qu'après cette période d'un couvent pas très catholique que les jeunes gens obtenaient l'autorisation de se marier. J'avais été passionné par ce bouquin édité chez Gallimard, dans la collection « L'espèce humaine », avec en couverture un très jeune couple d'Indiens, gracieux, lascivement étendus sur une natte. Et depuis, je rêvais de transformer la cité universitaire de Nanterre, au moins son bâtiment B, en un immense *ghotul*… et je racontais le contenu du livre à qui voulait l'entendre… et j'imaginais une telle organisation étendue à toute la cité universitaire, à la société entière. Je pensais, un peu naïvement, je l'admets, vaincre ainsi la jalousie, cette gardienne traditionnelle des ménages, qui est aussi lent poison pour les âmes et les corps. Je pensais de plus, comme tant d'autres, que la libération sexuelle était une urgence, que l'absence de liberté sexuelle nous entravait dans notre recherche de liberté politique.

J'ai passé la journée à sommeiller au lit, parfois emporté dans le sommeil par un rêve, presque aussitôt réveillé par un cauchemar. À côté de moi, Michèle, assise à son bureau, corrigeait ses éternelles copies. « Qu'est-ce que tu as ? me demandait-elle. Tu sursautes dans ton sommeil comme un possédé. » Je lui répondais sans plus d'explications que c'était sans doute la conséquence de ma nuit agitée. Le soir, nous sommes partis manger un couscous dans la ville de Nanterre – la cité universitaire était située à la périphérie, entre terrains vagues et bidonvilles, non loin d'une station de train dénommée « La Folie », et personne n'y voyait un signe. Contrairement à Nanterre-La Folie, Nanterre-Ville était une commune de banlieue presque coquette, avec de petits pavillons, une grande église, une belle mairie… On l'aimait bien, notre boui-boui d'à peine une dizaine de tables. La semoule sentait bon la fleur d'oranger et la patronne ne manquait pas d'y déposer une noix de beurre et de la saupoudrer de raisins secs. Bien sûr, la télé hurlait juste au-dessus de notre tête. Ce soir-là, ils sont tous passés aux informations : on a rapporté les paroles du Général, on a vu Pompon qui rentrait d'Iran, Joxe, qui avait fait office de Premier ministre durant son absence, Peyrefitte, notre ministre de l'Enseignement et du renseignement, et le préfet Grimaud, le plus sympa de tous… Lui au moins parlait d'arrangements, de négociations, de dispute qu'il fallait terminer… Et puis ils ont changé de sujet. Aux premiers mots, je me suis figé :

« Nous apprenons la mort de Mme Katarzyna Kowalska, âgée de quarante-neuf ans, compagnon de la Libération, chercheuse au CNRS, retrouvée étranglée dans la chambre de l'École normale supérieure qu'elle occupait avec son concubin, Jules-André Altmayer, lui-même professeur de philosophie dans ce prestigieux établissement. Le professeur reste introuvable dans le chaos consécutif aux émeutes. »

Sur ces paroles, on voyait les images du Quartier latin dévasté, la chaussée éventrée de la rue Gay-Lussac parsemée de carcasses de voitures carbonisées, puis la barricade, presque intacte, de la rue d'Ulm et enfin la cour de Normale sup.

Le commentateur a conclu ainsi :

« Ce meurtre a pu être commis par un manifestant réfugié dans l'école durant cette nuit de folie. On sait qu'ils n'étaient pas tous étudiants, que des professionnels de l'émeute s'étaient glissés parmi eux, sans doute aussi des repris de justice. L'enquête va être difficile dans une ambiance hostile à la police. »

Je me suis levé de ma chaise, les yeux rivés sur la télé. Je balbutiais : « Putain ! Oh putain ! J'y étais...

— Quoi, tu y étais ? Au Quartier latin, tu veux dire ?

— Non ! Oui !... À Normale sup, j'y étais... »

J'ai enfilé mon blouson. J'avais l'impression que les regards convergeaient vers moi, que tout le monde me connaissait, me soupçonnait.

« Ben... Où tu vas ? m'a demandé Michèle.

— Tu ne veux pas qu'on rentre ?

— J'ai à peine commencé mon couscous. Qu'est-ce qui t'arrive ? »

Elle pensait que c'était encore ma lubie de la dissimulation, mon goût pour le secret, les pseudos, la clandestinité. Elle me disait même quelquefois que je souffrais d'une sorte de manie de la persécution. Il est vrai qu'elle ne savait pas grand-chose de mes activités militantes, des projets d'actions terroristes que nous élaborions avec mes camarades... Cette fois, il ne s'agissait pas d'action militante, mais de crime, de meurtre, d'assassinat, peut-être. J'ai repris ma place, me suis calé sur ma chaise, le dos au mur, comme on me l'avait enseigné chez les maos, et j'ai gardé un œil sur chaque personne dans la salle jusqu'à la fin du repas.

Le lendemain, mon angoisse s'était estompée, laissant place à une inquiétude de fond. J'avais l'intuition que les flics ne lâcheraient pas facilement l'affaire, qu'ils allaient pister, rechercher des informateurs... Peut-être remonter jusqu'à moi... Qui était donc cet Altmayer, ce philosophe ? Le lendemain, c'était dimanche, j'ai retrouvé Jean-Michel qui étudiait la philosophie. Je lui ai demandé s'il le connaissait, il m'a répondu d'un mot : « C'est un con ! » Pouvait-il m'en dire davantage ? Il a remué les épaules, agité d'un mouvement qui était chez lui une sorte de tic, comme s'il était trop serré dans son blouson.

« Membre du Parti communiste tout en léchant les bottes des maos… Une stalope, quoi ! Un jour il te parle comme si tu étais un ami très cher, le lendemain, il organise contre toi un procès de Moscou. Tu vois le genre ? »

Là, je comprenais un peu mieux son idée, d'autant que je venais d'en frôler un, de procès, quoique plutôt du genre procès de Pékin. Je le questionnai encore : savait-il quelque chose de sa philosophie, de son enseignement ?

« Ben… je n'ai jamais rien lu de lui, m'avoua-t-il. En fait, je crois qu'il n'a publié qu'un seul livre, aux Éditions sociales, bien entendu !

— Sur quoi ?

— Sur Wilhelm Reich et Georges Politzer. Je crois que le titre, c'était… *Des psychologues membres du Parti communiste, Georges et Wilhelm…* ou quelque chose comme ça.

Politzer… La bibliothécaire de Gennevilliers m'en avait parlé : « Vous qui vous intéressez à la psychologie… » Elle avait voulu me fourguer un de ses bouquins, raison pour laquelle je l'évitais consciencieusement lorsque je parcourais les rayons. De Wilhelm Reich, en revanche, j'avais lu un fascicule qui circulait sous le manteau, sans couverture ni nom d'éditeur. Un copain me l'avait passé négligemment : « Tiens, lis ça, c'est bon pour ce que tu as. » Je n'ai pas tout de suite compris ce qu'il voulait dire, mais je l'ai lu. *La Lutte sexuelle des jeunes.* L'auteur, psychanalyste et communiste, y déclarait que la jouissance sexuelle était un droit. On avait confisqué ce droit aux jeunes gens pour les contraindre à l'obéissance, les inscrire dans l'ordre capitaliste, les rendre fous jusqu'à adhérer à des partis fascistes qui commençaient à fleurir en Allemagne. La révolte des jeunes commençait donc par leur libération sexuelle. Dans la préface du livre, on indiquait que le texte datait de 1931. Je me souviens d'avoir pensé à l'époque qu'on n'avait guère fait de progrès depuis. Mais il faut raisonner avec justesse et justice. Malgré les allusions de mon copain, ce livre ne me concernait pas vraiment. Je ne me sentais un opprimé sexuel en aucune manière. Il faut dire que j'avais eu de la chance ! Le Talmud Torah de Gennevilliers, « l'école du jeudi et du dimanche » où le bon Gaston nous apprenait les rudiments de pensée juive et les prières, était si petit qu'on y mélangeait garçons et filles. J'avais onze ans, Daniela en avait quatorze, c'était « une grande », des yeux d'un bleu sombre, des cheveux noirs, frisés comme ceux d'une Africaine, et des lèvres douces comme la soie. Un jour, je n'y pensais pas, quoique, dans mon souvenir, je ne pensais qu'à ça… un jour, un jeudi matin, j'ai trouvé un mot sur la table, de ces petits mots d'écolier, écrits à la va-vite au crayon noir sur une page déchirée d'un cahier : « Aimes-tu Daniela ? » Et c'était signé Clara. Clara, sage et tranquille, était assise à côté de moi. Je l'ai interrogée du regard. Elle m'a fait signe de répondre par écrit. Qui aurait dit non ? J'ai ajouté trois points d'exclamation à mon oui. Je l'aimais, oui ! Je l'aimais dès cet instant et pour la vie ! Nous nous sommes donné rendez-vous dans les caves, durant les brèves récréations que nous accordait notre maître. Daniela a guidé mes premiers baisers, mes premières caresses, elle m'a enseigné comment la conduire au plaisir. Je la vénère comme ma déesse mésopotamienne, celle qui, à l'image de Shamhat, la divine courtisane qui avait tiré Enkidu, le compagnon de Gilgamesh, de sa sauvagerie originelle, m'a initié à la sexualité. Mon âme est venue se fixer à Daniela comme l'oie à la botte de Konrad Lorenz. Mon désir l'appelait d'abord, puis, ne la trouvant pas, lui cherchait des substituts. Toutes les femmes que j'ai connues ensuite n'ont été que ses ersatz.

Ainsi dans ce Talmud Torah d'une cité de banlieue, où l'on m'a transmis les principes généraux des rendez-vous avec Dieu, j'ai connu mes premiers rendez-vous d'amour. Parfois, je me dis que Dieu lui-même avait voulu cette rencontre qu'il avait organisée dans sa propre maison. Et lorsque au lycée les chrétiens, ceux que j'appelais « la bande à Jésus », proclamaient que « Dieu est amour », je me demandais s'ils avaient compris combien c'était vrai.

De ce temps ébloui datent mes premiers écrits, conservés comme des reliques, malgré les maladresses d'un cœur d'enfant. Ces paroles d'une chanson sur la musique des *Yeux noirs* de Django où je m'imaginais vieux avec Daniela, qui eut par la suite, je le sais, tant et tant d'amants :

« Tu poseras ta main / Sur mes cheveux blancs / Au creux de tes seins / Mon nez insolent / Tu me pardonneras / Comme une maman / Et moi j'oublierai. J'accepte tout de toi / Tant et tant d'amants. Je suis fou de toi… »

Donc Altmayer, le philosophe croisé à Normale sup, s'intéressait à Wilhelm Reich, à la psychologie, à la psychanalyse… Pas étonnant ! Les pervers cherchent la rationalisation de leurs perversions ! C'est logique, on pourrait dire que c'est inscrit dans leur nature puisqu'il s'agit pour eux de piocher dans ces disciplines pour justifier l'injustifiable. Tout ce que je venais d'apprendre n'arrangeait pas mes affaires. Je sentais l'angoisse monter. J'ai commencé à imaginer ce cinglé cherchant le témoin susceptible de l'incriminer – moi ! – à travers Paris, les universités, les restaus U, les cités universitaires… Il voudrait, c'est certain, me faire taire, peut-être m'éliminer. J'ai été parcouru de frissons prospectifs, d'autant que je me souvenais de sa phrase, la dernière qu'il avait prononcée : « Je te retrouverai, charogne ! » Ça bouillonnait dans la cafetière. J'ai passé encore une nuit d'inquiétude, puis je me suis calmé.

Le lundi, c'était le 13 mai. Je savais parfaitement que dix ans plus tôt, très exactement, le 13 mai 1958, devant la menace d'un coup d'État militaire à Alger, De Gaulle avait été rappelé au pouvoir. C'était donc son anniversaire ; nous autres, étudiants, avions décidé de lui faire sa fête. J'ai réussi à traîner Michèle à la manif. Je l'ai rassurée : « Il y aura la CGT et le Parti communiste. Tu peux compter sur eux, il n'y aura pas de casse. » Je m'étais trompé. Nous avons été bousculés, non par les CRS, mais par le service d'ordre de la CGT, des malabars en costume gris, un fil de laine rouge à la boutonnière, qui nous sortirent du cortège avec fracas, simplement parce qu'on avait rejoint le groupe des jeunes travailleurs de l'usine Renault de Flins, parce qu'on avait voulu mêler nos drapeaux rouges à leurs drapeaux rouges. On ne mélangeait pas les torchons et les serviettes ! J'étais heureux malgré tout parce qu'en tête marchait fièrement Dany, notre héros, armé de son gigantesque porte-voix. Il lançait les mots d'ordre que tous reprenaient derrière lui – sauf un : « Les révolutionnaires en tête, les stalopes à la remorque ! » Et il y avait du monde, putain, beaucoup de monde ! C'était plein de gens au coude à coude, de la République à la gare de l'Est. Magenta était noir de monde, on ne pouvait ni avancer ni reculer, ni même s'échapper par les côtés. Et nous avons repris d'une seule voix les slogans : « De Gaulle à l'hospice ! », « Le pouvoir vacille, faisons-le tomber », et surtout celui que j'ai hurlé durant des heures avec les autres tellement il me plaisait : « Dix ans, ça suffit ! »

Je suis arrivé en France en même temps que de Gaulle au pouvoir. Nous avions quitté l'Égypte en février 1957, passé quelques semaines à Naples puis plus d'un an à Rome. En août 1958, nous avions débarqué à Paris. Mes parents étaient terrorisés. Ils ne comprenaient pas ce pays si grand, si compliqué, même si, cette fois, ils en parlaient la langue. Et cet hôtel lugubre du boulevard Montmartre qui refusait les enfants, mon frère et moi nous y glissions discrètement, clandestins, déjà ! La France bruissait de fureur, la guerre en Algérie, un président en uniforme de général, qui de plus prononçait des phrases, et encore des phrases, qu'aucun émigrant n'était capable de décoder, et puis ces rumeurs de putsch, au-dehors par l'armée, au-dedans, dans cette petite chambre d'hôtel, par ma mère en perpétuelle crise de nerfs. Et les gens dans la rue, en imperméable – il pleuvait tout le temps dans ce pays –, qui se pressaient dans tous les sens. Et moi qui, déjà, prenais ma liberté. Qui donc allait se préoccuper du monde intérieur d'un gamin haut comme trois pommes lorsque l'urgence était à la survie ? Comment payer l'hôtel ? Comment se nourrir ? Comment habiller les enfants ? Discussions angoissées, disputes sans fin… C'est à ce moment, je crois, que je me suis échappé de mon être, d'abord parti errer sur le boulevard, puis dans les petites rues près des Folies Bergère, où des femmes à moitié dévêtues regardaient étrangement les passants, puis dans ma tête, dans des fantasmagories qui m'ont longtemps habité. Oui ! Dix ans d'exil, ça suffisait ! Mais que faire ? Il était évidemment impensable de rentrer en Égypte. L'année précédente, en juin 67, l'armée de Nasser avait été écrasée par l'armée israélienne, anéantie en quelques jours, évaporée. Avant l'explosion du conflit, considérant les forces dont disposaient les pays arabes, les journaux annonçaient la probable défaite d'Israël, voire sa destruction. Des rumeurs circulaient selon lesquelles les armées arabes, enfin liguées, enfin correctement équipées par les Soviétiques, jetteraient les Juifs à la mer. Devant l'annonce d'un nouvel Holocauste, quelques camarades de la cité de Gennevilliers, un peu plus âgés que moi, il est vrai, étaient partis s'enrôler en Israël, servir la cause de n'importe quelle façon. La plupart y sont restés, y débutant une nouvelle vie. Ça ne m'est pas venu à l'idée. Il faut dire que je fricotais déjà avec les maos, les seuls à avoir fait une priorité de la défense des Palestiniens. Alors je n'ai pas réagi, ne prenant position ni pour un camp ni pour l'autre. Peut-être parce que j'étais pris entre deux tendances intérieures : me réjouir que le dictateur qui nous avait expulsés, ce lieutenant-colonel aux discours plus longs qu'un concert d'Oum Kalsoum, ce pharaon de carton, soit humilié à son tour, ou pester contre les Israéliens, cause de notre exode, qui nous fermaient par leur victoire tout espoir de retour au pays natal.

Ce soir-là, avec Michèle, nous nous sommes offert un sandwich à la terrasse d'un grand café, sur le boulevard de l'Opéra. Nous avons regardé passer les manifestants qui, suivant les mots d'ordre du Parti et de la CGT, rentraient chez eux, le front haut, la fête au cœur et *L'Internationale* plein la bouche. Nous levions le poing à leur passage. Nous n'avions pas suivi les exhortations de Dany qui voulait poursuivre la manif, rendez-vous aux Invalides, des centaines de milliers pour assiéger l'Assemblée nationale… Michèle avait trop peur, et moi, ce n'était pas vraiment dans mon caractère d'obéir aux mots d'ordre. Alors, nous avons discuté durant des heures, elle de la Haute-Volta où elle rêvait d'aller, moi de Bornéo où j'imaginais partir un jour étudier les orangs-outangs. Quelques années plus tard, elle se débrouillerait pour se faire nommer prof de français à Ouagadougou. Quant à moi, je me suis contenté de hanter l'animalerie du Jardin des Plantes où a longtemps végété, suspendu aux cordes d'une cellule vitrée, un très vieux singe roux.

Notre chambre se trouvait au septième étage. Certes, l'ascenseur ne marchait pas toujours, mais de là nous bénéficiions d'une vue générale sur tout le campus. Un jour, j'ai entendu chanter. Nos sacs de victuailles étaient suspendus au-dehors pour rester au frais. J'ai rentré le nôtre pour pouvoir me pencher. Et je les ai entendues distinctement : « Nous sommes des gauchistes, des aventuristes, marxistes-léninistes, guévaristes ou trotskistes », les paroles de Dominique Grange. La chanson des maos. J'ai bien regardé si je reconnaissais quelqu'un. Ils étaient trop loin. L'angoisse m'a repris. Si l'un d'eux me logeait, s'il faisait courir le bruit que je me cachais là, ça pourrait revenir aux oreilles d'Altmayer… Beaucoup de maos fréquentaient Normale sup. Ils chantaient encore en passant devant les CRS : « Nous sommes des anars, nous en avons marre de voir vos flicards quadriller nos boulevards. » Et ils hurlaient la dernière phrase en tambourinant sur les cars – les flics ne bronchaient pas. J'ai attendu qu'ils disparaissent. Michèle corrigeait encore des copies. Je ne comprenais pas : l'Éducation nationale s'était mise en grève… alors quoi ? Même en grève, il fallait toujours qu'elle se tape des centaines de textes informes, mal fagotés, bourrés de plagiats et parsemés de fautes d'orthographe ? Moi, j'aurais balancé toutes les copies par la fenêtre. Peut-être qu'un CRS serait tombé dessus, peut-être qu'il y aurait trouvé quelque intérêt... J'ai enfilé mon blouson et je lui ai dit que je partais faire un tour. C'était notre formule libertaire : « Je pars faire un tour. » L'autre ne posait jamais de questions. Le « tour » pouvait durer dix minutes ou trois jours. La formule signifiait simplement que nous avions l'intention de revenir.

Lorsque le groupe de maos chanteurs a disparu dans le bâtiment où se tenait une assemblée générale permanente, je suis parti chercher ma mobylette. Direction le Quartier latin.

Je l'ai garée devant la Sorbonne. Je n'y étais pas venu depuis la nuit des barricades. On aurait dit que c'était devenu un autre pays, un autre monde. La porte rue de la Sorbonne était ouverte à tous vents. Les haut-parleurs à fond, une musique de dingue se déversait sur le trottoir, résonnait contre les murs de la rue étroite, une sorte de rock sauvage qui transpirait la rage. Une foule d'étudiants, en pantalon et veste, parfois cravate, de jeunes gens venus de partout, en jean et blouson, la tête couverte d'une casquette, d'un casque de moto, d'un keffieh, de curieux, parfois de bourgeois en costard, de chercheurs d'aventure à la tête patibulaire, de voleurs en maraude, de clodos, de hippies chevelus, entrait, sortait, parlait, criait par-dessus la musique. Théâtralisation de la joie, contrainte de la fête, liberté sur ordonnance, tout ça me donnait la nausée. J'étouffais. Décidément, je détestais les foules ! Des affiches recouvraient intégralement tous les murs, barrées d'inscriptions à la peinture noire ou rouge. Il y en avait de toutes sortes, du graffiti à la pensée philosophique. J'en connaissais certaines ; je les avais lues dans Raoul Vaneigem. Dans notre groupe, son *Traité de savoir-vivre à l'usage des jeunes générations* était tellement passé d'une main à l'autre qu'il en avait perdu sa couverture, peut-être aussi quelques pages. Une inscription originale taguée en lettres capitales a attiré mon regard : « Comment penser librement à l'ombre d'une chapelle ? » L'auteur avait sans doute voulu dire que la religion nous oppressait à tel point que nous en restions décérébrés. J'ai trouvé cette pensée idiote… A-t-il jamais existé un temps où les gens ont véritablement cru aux fadaises des religieux ? Il faut dire que ses seules idées véritables, la religion les a tirées de deux sources, la magie et la politique, deux pensées pratiques, des *praxis*, comme on disait chez les maos. Quand elle fait de la magie, la religion est active et elle est en général appréciée des croyants ; quand elle fait de la politique, elle est peut-être moins appréciée mais peut se révéler tout aussi efficace. Et pour le reste, c'est du vent… Existe-t-il un reste ?

J'aimais bien la chapelle de la Sorbonne, les statues baroques à son sommet, l'allégorie d'Auguste Comte juste devant… ça me faisait rêver. Au sommet, un bouquet de drapeaux rouges. Je suis entré. Dans la cour, il y avait une multitude de stands où on vendait des journaux, des textes, distribuait des tracts. Il y avait là les maos de l'UJCML, je les ai prudemment contournés, passant devant ceux de l'Humanité rouge… je ne sais pas s'ils m'ont repéré ; plus loin, les cinglés de la FER, la Fédération des étudiants révolutionnaires du journal *Révoltes* et tous les groupes trotskistes, ceux de la Ligue, de LO… On les différenciait facilement : les maos affichaient un poster de Mao Tsé-toung, énorme, noir sur fond rouge ; les trots, de Léon Trotski, petites lunettes, l'air d'un intello sympa ; les anars un drapeau noir, des photos de la guerre d'Espagne et de fusils… Le mieux, c'était le PCMLF avec, près de son sigle, une faucille et un marteau, et dans le centre d'une étoile à cinq branches, cinq visages alignés : Marx, Engels, Lénine, Staline, Mao. Marx, Engels et Lénine, c'était obligatoire, Mao, forcément puisqu'ils étaient maoïstes, mais Staline, tout de même… C'était leur singularité, la restauration du petit père des peuples, contre les révisionnistes du Parti communiste – les *révisos* –, ceux qui, pensait-on, avaient renoncé à faire la révolution.

C'était en ordre, comme dans un marché où on savait trouver le beurre parce que sur la devanture il y avait une photo de vache, le saucisson en repérant le cochon, et le pain aux images bucoliques d'épis de blé.

Et puis j'ai vu deux stands qui se faisaient face, les étudiants juifs et les Palestiniens du FPLP, le Front populaire de libération de la Palestine. Leur différence ? Une branche de plus pour l'étoile des Juifs. Je me suis arrêté, interdit. Dans cet univers où tout le monde se parlait, de politique, de philosophie, d'amour, où on se congratulait d'avoir libéré la Sorbonne, eux se lançaient des invectives d'un stand à l'autre, se reprochant les tragédies historiques, se jetant des noms de massacres et de dictateurs au visage. Je me suis approché. Ceux du FPLP étaient bien arabes, mais aucun n'était palestinien, sans doute tunisiens ou marocains, à leur façon de parler la langue. J'ai demandé à celui qui devait être le responsable, puisqu'il tenait la caisse, s'il avait un livre d'Ibn Khaldoun, en prenant soin de bien prononcer le nom à l'arabe, quelque chose comme « *ebn al khaldoun* ». « D'où es-tu ? m'a-t-il aussitôt demandé.

— D'Égypte, je viens d'Égypte ! » Il m'a servi un splendide sourire, m'a pris par l'épaule. « *Mar'haba ! Enta masri ?* Bienvenue ! Tu es égyptien ? » J'ai répondu en français. « Ben oui ! Je viens de te le dire. » Il m'a tendu un carnet. « Inscris ton nom ici, et ton adresse. On viendra te chercher pour défendre la cause palestinienne. » Ce que j'ai répliqué, maintenant que j'y repense, ce n'était pas par provocation, juste le sentiment qui me traversait sur le moment : « C'est que j'hésite, camarade, militer pour la cause palestinienne ou pour Israël », et j'ai montré le stand qui lui faisait face. J'ai alors entendu cette même imprécation qu'avait subie mon père à ma naissance, qu'il m'avait relatée bien des fois : « *Yahudi, da yahudi !* Juif, c'est un Juif !!! » Et les autres d'accourir, de se grouper autour de la table, menaçants. Intrigués par le tumulte, les étudiants juifs sont arrivés à leur tour. Les Arabes et les Juifs ont commencé à se bousculer, à se repousser violemment à grands coups dans la poitrine. J'ai rassuré les Juifs : « Oh là ! Ce n'est pas la peine d'en faire autant pour moi. J'en ai vu d'autres… » Mais les Arabes qui m'avaient pris pour un des leurs étaient furieux. Ils commençaient à sortir les barres de fer. Le service d'ordre a débarqué, le SO, comme on disait, alors que plus personne n'avait d'essence, une bande de gars louches en habit militaire, armés de chaînes de vélo et de gourdins. Ils se sont mis à taper sur tout le monde… « Les Juifs et les Arabes, faites chier ! a gueulé leur chef. Si c'était moi, je vous foutrais tous dehors ! » Et ce militaire de carnaval d'ajouter : « On est là pour faire la fête, pas la guerre ! » Intéressé, je lui ai posé une question : « Et l'amour ?

— L'amour, c'est dans la cave !… Connard ! »

Je ne savais même pas qu'il y avait des caves à la Sorbonne. C'était évident, pourtant, une grande et vieille bâtisse comme celle-là. Il y en avait même trois étages. Au premier sous-sol, les administratifs de la Sorbonne occupée, pourrait-on dire, qui géraient les finances, les mises à disposition des salles, le service d'ordre, les urgences. Il y avait aussi une infirmerie, mais malheureusement aucune infirmière, rien que des garçons, des étudiants en médecine. Par rapport à la Sorbonne officielle, celle dans laquelle je venais m'inscrire en début d'année, une chose au moins n'avait pas changé : il y avait la queue devant chaque bureau. J'ai décidé d'explorer les profondeurs du bâtiment à la recherche de l'amour promis. Je me suis engagé dans un escalier étroit, à peine éclairé, devenu glissant avec les siècles, en tâchant de me retenir avec les mains à des murs suintants. Ça puait la moisissure et aussi une drôle d'odeur de pourriture. Le garçon qui me suivait, me voyant remonter mon foulard sur le nez, m'a glissé : « Ne t'en fais pas ! Ce n'est rien que des rats crevés ! » Au deuxième sous-sol, c'était de la terre battue. En m'avançant dans les étroites galeries, j'ai entendu des rires et de petits cris stridents. Une fille est soudain sortie d'une sorte de niche creusée dans la roche. Nue, échevelée, elle courait vers moi. Elle m'est littéralement tombée dans les bras. Elle continuait à crier : « Un rat ! Et un gros, putain ! »

Et puis deux garçons sont sortis du même trou, à poil eux aussi, qui se dirigeaient vers nous. En effet, l'un des deux était plutôt obèse. Je l'ai montré du doigt en riant : « C'est lui que tu appelles un rat ?

— Mais non ! s'est défendue la fille, je te parle d'un rat, un vrai, gros comme ça, la taille d'un petit chien, tu vois ? » Et elle se serrait contre moi.

Le gros est arrivé avant l'autre.

« Si tu la veux, m'a-t-il aboyé l'air méchant, c'est mille balles ! »

Heureusement, il parlait en anciens francs. J'ai rigolé : « Je n'ai pas encore l'âge de payer l'amour.

— Ah, t'es un intello, me dit l'autre, alors va-t'en voir à l'Odéon. Paraît que là-bas, les filles sont gratuites. Ici, c'est mille balles. Et on ne discute pas ! »

Je me suis dit que, décidément, ce n'était pas un bon jour pour explorer les profondeurs. J'ai gentiment repoussé la fille des cavernes et je suis reparti à la recherche de mon escalier. J'ai buté contre quelque chose dans l'obscurité et j'ai entendu un grognement.

« Aïe ! Tu ne peux pas regarder où tu mets les pieds, crétin ? »

Une forme était étendue sur le sol. J'ai craqué une allumette et j'ai aperçu un clochard vêtu de haillons, un chapeau informe sur la tête. Une barbe sale lui dévorant le visage, il mâchonnait un mégot de gitane maïs.

« Comment tu t'appelles ? lui ai-je demandé.

— Le roi du Guatemala, Ducon ! T'as pas du feu ? »

Et il me désignait du doigt son moignon de cigarette.

De peur de mettre le feu à ses cheveux, je lui ai tendu ma boîte d'allumettes et je suis remonté à l'air libre. Dehors, les haut-parleurs annonçaient une conférence exceptionnelle de Jean-Paul Sartre. Je suis parti chercher ma mobylette pour filer à l'Odéon.

*

Place Paul-Painlevé, on ne reconnaissait plus Montaigne, les lèvres barbouillées de rouge baiser, le corps lacéré de grands traits de peinture, rouge, blanche, avec une inscription dont on ne pouvait lire que la fin « … est un con ». Pas Montaigne, tout de même… Mais si ! Toutes les statues ! Tous les grands hommes, de Gaulle, Missoffe, Montaigne, tous des cons ! Et en libérant ma mobylette de sa chaîne, j'ai levé la tête. Pas possible ! Alain ! Bandido qui arrivait sur sa 125 ! Je lui ai proposé de venir avec moi à l'Odéon, on allait se marrer, il y aurait des filles…

« Comment tu le sais qu'il y a des filles ?

— C'est le service d'ordre de la Sorbonne qui me l'a dit.

— Et tu le crois ? Écoute, je n'ai pas envie. J'étais venu écouter Duras. »

Je me suis étonné.

« Duras ? Tu as du courage ! »

Et puis je me suis souvenu que Bandido, c'était un littéraire qui avait beaucoup lu, on pouvait même dire un érudit. Depuis qu'il fréquentait les anars, il avait pris son militantisme au sérieux, il s'était mis à éplucher la littérature anarchiste. Quand il en parlait, je n'exagère pas, c'était éblouissant ! Il les connaissait tous, Fourier, Proudhon, Bakounine, mais aussi de moins célèbres, comme le prince Kropotkine, et des femmes aussi, comme la grande Louise Michel, si grande qu'elle avait même une station de métro, et la belle Américaine, Voltairine de Cleyre, l'inventrice de l'« action directe », qui avait mis Chicago à feu et à sang… Mais il n'avait pas oublié ses classiques. Un jour que nous discutions – nous étions toute une bande à la cafétéria du restau U à nous taper des bières –, il nous a fait un topo sur le mouvement, ce qui agitait les étudiants, la société. Nous l'écoutions la bouche entrouverte. Pas un seul ne l'a interrompu, pas même pour lancer une vanne. Sauf au tout début, quand même, lorsqu'il a dit : « La révolte des étudiants, c'est *Les Bacchantes* ! » J'ai éclaté de rire parce que les siennes, elles étaient bien épaisses, jusqu'à lui recouvrir les lèvres, comme Brassens. Il s'est arrêté, m'a regardé sévèrement – il ne rigolait pas souvent, Bandido ! – puis il m'a lancé que je ne croyais pas si bien dire, car le terme argotique « bacchantes » qui désignait les moustaches avait bien été inspiré par les bacchantes d'Euripide, ces femmes qui couraient sur la montagne la chevelure déliée. Avoir « de belles bacchantes », c'était laisser libre cours aux poils de sa moustache, comme les ménades grecques laissaient flotter leur chevelure au vent. Bref, pour lui, notre révolte, les manifs, l'occupation de la Sorbonne, celle de l'Odéon, surtout, c'était un remake des *Bacchantes*. Et il nous a situé les personnages de la pièce de théâtre. Il y a le roi, Penthée, qui voit arriver un nouveau dieu, Dionysos – oui, un nouveau dieu qui entend instaurer son culte dans sa bonne ville de Thèbes. Il faut être fou pour s'opposer à un dieu. Eh bien le roi Penthée, qui se prenait au sérieux jusqu'à l'ennui, a voulu empêcher le culte, il a même tenté d'emprisonner le dieu… Quelle plaisanterie ! Il l'a enfermé dans un cachot, a bien vérifié la serrure, et elle était solide. Il pensait s'en être débarrassé, mais il s'est retourné pour repartir et Dionysos se tenait debout devant lui. Tu ne peux pas enfermer un dieu, tu comprends, il est insaisissable, comme le vent, comme la pluie, comme l'orage. Tu crois le fuir en lui tournant le dos et le voici devant toi ! Le mouvement des étudiants, c'est pareil. De Gaulle essaie de l'empêcher, il finira comme Penthée. Il en mourra ! Ce n'est pas de Gaulle qu'il faut craindre, lui il faut plutôt le plaindre, ou en rire, mais les autres personnages, Tirésias, le devin, et le vieux roi Cadmos. « Serons-nous les seuls à honorer Dionysos ? » demande Cadmos, et Tirésias lui répond par cette phrase qui contient toute l'idée de la pièce de théâtre : « Oui ! Car nous sommes les seuls à être raisonnables, les autres sont fous ! » Il avait raison, les autres étaient fous de tenter de s'opposer au nouveau dieu, encore plus fous de l'ignorer... Les Cadmos, les Tirésias sont les plus dangereux, eux qui ont compris qu'il ne fallait pas résister, qui se sont ralliés les premiers, avec des sourires et des mains dans le dos, eux qui veulent participer au mouvement, qui tentent de l'organiser jusqu'à prendre les devants, jusqu'à se présenter en prêtres du nouveau dieu. Ce dieu n'a pas besoin de prêtres, c'est un dieu des entrailles. Et Bandido avait terminé par cette phrase qui s'était imprimée dans ma mémoire : « Il faut craindre Sartre plus que de Gaulle ! » Moi, il m'avait convaincu.

Sartre, je n'irais certainement pas l'écouter !

Et nous voilà partis pour l'Odéon. Il s'est traîné derrière moi avec sa 125 qui moulinait en seconde, donnant de grands coups d'accélérateur. À l'Odéon, c'est là que je me suis rendu compte combien Bandido avait raison. Les ménades grecques, les femmes parties danser leur folie sur le Cithéron avec fifres et tambourins, avaient traversé les siècles et se tenaient là, devant le théâtre, les cheveux défaits, à moitié dévêtues, couvertes de fleurs. Quelques hommes, barbus, chevelus, des hippies en habit de peau, les accompagnaient à la guitare mais aussi au tambourin. Elles chantaient des chants révolutionnaires en se marrant, en italien, *Avanti Popolo*, *Bella ciao,* et en français, *La Jeune Garde*, *Les Nouveaux Partisans...* et finissaient toujours par « *Bandiera rossa la trionferà. Evviva il comunismo e la libertà* ». Le drapeau rouge triomphera. Et vive le communisme et la liberté ». À l'époque, on cultivait le paradoxe !

Nous sommes entrés au théâtre de la folie.

Et là, je suis resté sidéré. Je suis sûr qu'il n'y avait jamais eu autant de spectateurs dans ce théâtre, ou d'acteurs, puisqu'il n'existait plus de différence entre les deux. Ils étaient partout, et jusque sur la scène, pleine à déborder – qui débordait, du reste, puisque certains en tombaient –, sur les sièges, entre les rangées, partout ! Au balcon, certains s'étaient suspendus aux colonnes pour mieux voir. Ils avaient tort, ce n'était guère différent de là-haut, du hall d'entrée, des coulisses, des loges… partout, agglutinés, pressés, comme en une gigantesque fourmilière aux mouvements imperceptibles. Ils se perdaient, se cherchaient, se retrouvaient, se donnaient rendez-vous quelques pas plus loin, dans une demi-heure… Je me suis arrêté pour lire l'affiche du Comité d'action révolutionnaire de l'Odéon, ex-Théâtre de France. Il était écrit que l'Odéon avait cessé d'être un théâtre le 15 mai 1968 à minuit, et cela pour une durée illimitée. Dès ce moment il était devenu une « permanence révolutionnaire créatrice ». « L'imagination au pouvoir », tel était le mot d'ordre. Je ne voyais pas trop l'imagination, plutôt l'angoisse de ne pas en avoir ; je sentais bien, en revanche, qu'il était question de pouvoir, un pouvoir bizarre, insidieux, souterrain, impalpable. Mai 68, c'était une pièce de théâtre sur le pouvoir ! Comme Bandido avait raison – car, du coup, j'avais lu Euripide ! Le pouvoir de Dionysos n'est pas celui du chef intronisé par son père, désigné par des puissants ou élu par le peuple, mais, comparable à la magie, celui des viscères, de la contrainte intérieure.

Quiconque tente de lui échapper tombe malade ou meurt. On ne lui obéit pas, on se conforme à ses désirs que l'on perçoit comme les siens propres. Nul ne peut résister au chef logé dans les entrailles, qu'on ne peut contester, contre qui on ne peut se révolter. On m'a raconté que, le premier soir, Jean-Louis Barrault avait été critiqué, sifflé, hué, chassé de son théâtre. Si j'avais été lui, je ne m'y serais pas frotté. La cible, c'était précisément les chefs ! Chaque fois que l'un d'eux avait voulu jouer les Tirésias, il s'était fait dégommer, parfois brutalement. J'ai vu des metteurs en scène, des acteurs, des machinistes se faire huer. Et même les costumiers, qui l'avaient, au début, joué « ouvriers consciencieux attentifs à sauvegarder leur outil de travail », avaient été renvoyés comme des malpropres… « Cours, camarade, le vieux monde est derrière toi ! » Parce que voilà des jours que les costumes et les maquillages se trouvaient sur le dos et le visage des occupants. On voyait déambuler de faux mousquetaires, quelques jolies marquises, pour les plus chanceux, car la plupart ne s'étaient appropriés qu'un seul vêtement, une casquette militaire, une cape d'agent de la paix, les souliers vernis d'un petit marquis ou des moustaches de gendarme… Il fallait une certaine virtuosité pour éviter la pointe des épées dérobées dans les placards aux accessoires. On se grimait, on se déguisait, on se saisissait des symboles du pouvoir. Et tout le monde rigolait.

Je me suis souvenu des *Maîtres fous*, un court-métrage de Jean Rouch qui était passé à la Cinémathèque, sorte de reportage, filmé sur le vif, sur la secte des

Haoukas dirigée par Moukayla, le maître des esprits. À Accra, dans ce pays qui s'appelait encore Gold Coast, « Côte-de-l'Or », des hommes en souffrance se réunissaient durant leurs jours de congé pour se livrer à l'appel des esprits. Une fois en transe après avoir égorgé un chien et bu son sang, ils s'attribuaient l'un après l'autre les objets du pouvoir britannique, le casque colonial, des bâtons pour représenter les fusils de l'armée anglaise, faisaient des mimiques pour évoquer la locomotive et aspiraient la fumée imaginaire d'un morceau de bois simulant le cigare du gouverneur. Voyant les jeunes étudiants jouer avec les accessoires des costumes, j'ai pensé que, à l'image des fous d'Accra, nous étions tous possédés, non pas chacun, comme les hystériques de Charcot, mais tous ensemble, en groupe, comme agis par une force invisible.

Il paraît que, le deuxième soir, un metteur en scène américain avait réussi à intéresser cette foule de jeunes gens énervés en les appelant à la libération sexuelle. Il leur avait annoncé que l'heure était venue de toutes les sexualités, ici même, dans ce théâtre, tout de suite, chacun avec chacune, avec chacun, avec n'importe qui et tout le monde ensemble. Après un moment de trouble, il avait été applaudi, ce fut même, à ce qu'on racontait, un véritable triomphe. Il me semble que lui seul avait retrouvé l'inspiration des bacchantes d'Euripide qui partaient dans le maquis à la recherche de la biche et de la panthère, pour s'adonner à ce que les Grecs appelaient déjà l'« orgie ». S'il l'avait voulu, il lui aurait été facile, ce soir-là, de se faire introniser grand prêtre par cette foule en extase. Malheureusement, il parlait mal le français. Son intervention, dont le contenu précis s'était évaporé, avait malgré tout laissé une trace durable. Depuis lors, chaque intervenant, chaque personne se présentant sur scène en réclamant un micro, était systématiquement déstabilisé par des questions sexuelles. On interrompait un célèbre professeur de sociologie en lui demandant s'il était favorable à la partouze ; un psychanalyste pérorant sur le meurtre du père, on le sommait de se livrer immédiatement à la sodomie sur scène. Ce même psychanalyste, une question l'avait laissé sans voix : « Ne pensez-vous pas que c'est la répression sexuelle capitaliste qui est à l'origine de l'interdit de l'inceste ? » Scandalisé, il s'était récrié, arguant aussitôt que la science avait établi que toutes les sociétés… Il n'avait pas pu terminer sa phrase. Sifflets, huées, papiers, morceaux de bois s'étaient abattus sur lui. Certains avaient même commencé à monter sur scène pour le rosser. Il s'était vite éclipsé, le psy sans fierté. Ne s'improvise pas Tirésias qui veut ! Des réformateurs, qui avaient travaillé en comité, venaient présenter le résultat de leurs cogitations, leur plan pour un théâtre futur, populaire et démocratique. Plus de metteurs en scène : « Y en a marre des p'tits chefs ! » Plus d'acteurs : « Le peuple est le seul acteur. » Plus d'histoires à dormir debout dont même les enfants ne voulaient pas… Non ! Du réel, du social, du révolutionnaire ! Le théâtre devait préparer le peuple à la prise du pouvoir par les armes. J'y ai reconnu la patte des maos. Eh bien même eux, ces étudiants volontaires, des enragés qui avaient participé aux manifs, avaient été tournés en dérision, interrompus en plein milieu par des cris. « Quand tu parles je dors, et quand je me réveille tu parles encore… » Il est vrai que leur exposé durait des heures. « Si tu baisais plus souvent, ta pensée serait moins triste ! » Et jusqu'aux leaders étudiants qui se heurtaient à l'animosité de la foule cannibale, prête à dévorer quiconque en sortait.

Comment qualifier cette ambiance, à la fois de fête et de terreur ? Une heure dans cette assemblée générale et vous aviez un mal de tête à vous exploser le tympan ; le bruit, bien sûr, le chaos aussi, et puis un sentiment de danger qui planait au-dessus de nos têtes… Si l'un des cinglés acrobates pendus aux colonnes du balcon tombait sur les fauteuils ? Tout le monde fumait, jetait ses mégots par terre. Et si le théâtre prenait feu ? Et si, comme la rumeur circulait, le gouvernement coupait l'électricité ? Je n'osais imaginer le désordre pour sortir de là. J'y pensais, je l'avoue, comme lorsque à deux cents à l'heure vous imaginez soudain que votre pneu pourrait éclater. Je suis certain que je n'étais pas le seul à visualiser des catastrophes. Une boule dans la gorge, j'ai proposé à Bandido de sortir. Mais il commençait à s'amuser, le bougre ! Une gamine près de lui – celle-là n'était pas étudiante, ça se voyait ! – l'embabouinait. Il refaisait sans arrêt ce mouvement de la tête que je lui connaissais lorsqu'il était gêné, comme s'il remontait une mèche rebelle. Décidément, il fallait qu'il se préoccupe de ses tics, Bandido ! La petite, cheveux frisés, bouille de gribouille, les yeux outrageusement maquillés, un jean et un pull crasseux, sentait à plein nez la gamine révoltée échappée de sa banlieue.

Je les connaissais, ces filles ! À Gennevilliers, lorsque j'avais quatorze ans, nous les voyions au pied des barres du quartier des Agnettes. Séchant le collège, elles déambulaient par deux ou trois, le long des trottoirs déserts des cités-dortoirs. Échappés du lycée, après être passés en nous courbant presque à quatre pattes devant la lucarne de la surveillante générale, nous étions partis errer dans la grisaille de nos banlieues... La plupart du temps, les filles se détournaient, pimbêches, en riant. Les jours de chance, certaines acceptaient une promenade, parfois davantage. Ce jour-là, elles retiraient le chewing-gum qu'elles mâchaient interminablement pour nous offrir leurs lèvres. Des baisers dans les coins sombres d'un escalier, des caresses à l'entrée d'une cave, mais jamais davantage, elles avaient leurs limites et les annonçaient à la première tentative. « Non, pas ça ! » Pas de mains glissées sous les vêtements, pas d'effeuillage, seulement des frottements de chats énamourés. Nous autres, les garçons, en repartant nous vantions d'avoir remporté une victoire, atteint le Graal. Aucun n'y parvenait, j'en suis certain, mais nous ne contredisions pas le fanfaron, chacun en était un ! Je leur garde une affection éternelle, ces filles dont je ne connaissais même pas le nom, juste un prénom, le plus souvent faux – des Martine, des Brigitte, des Nicole... Elles ont accompagné des années durant les tensions de mon être, mes espérances d'un après-midi, mes pulsions à être initié. J'en ai croisé certaines quelques années plus tard, devenues caissières à l'épicerie Félix Potin ou manutentionnaires à l'usine Chausson. Elles aussi avaient gardé le souvenir d'un plaisir que nous ne retrouverions jamais, celui du mélange de la découverte et de la sexualité. Elles m'offraient un sourire complice, montrant qu'elles n'avaient pas oublié le temps heureux des premiers frissons.

Eh bien, c'étaient les mêmes, reconnaissables à leurs allures de garçon manqué, au chewing-gum mâchonné d'un air rebelle, aux intonations de marchande de poisson, les mêmes qui s'étaient glissées dans le théâtre de l'Odéon, par petits groupes de deux ou trois, comme autrefois. Elles espéraient l'aventure, sans doute, mais de surcroît pourrait-on dire, car elles étaient surtout animées de curiosité. Lorsque j'y repense, je les reconnais comme des semblables, des sœurs, habitées, comme moi, de la certitude que, issus de la pauvreté, nous ne pourrions découvrir le monde qu'à travers la sexualité.

Bandido, lui, sortait tout droit de son 17e arrondissement, non loin du parc Monceau. Nous nous sommes découverts à seize ans, au lycée d'Asnières, alors qu'il venait de se faire virer du lycée Carnot, boulevard Malesherbes à Paris, pour avoir voulu s'exhiber sur une table en plein cours de biologie. À la professeure scandalisée, il avait répliqué : « Ben quoi ! Vous appelez bien cela des sciences *naturelles* ! Moi, je propose les travaux pratiques. » Elle en avait fait tout un foin, appelé le censeur. Il était passé en conseil de discipline. Ses parents avaient ramé pour lui trouver un nouvel établissement. C'est ainsi qu'il s'était retrouvé dans ma classe de première, celle des meilleurs, avec du grec et du latin en plus des mathématiques, cette section qu'on appelait A'. Au début, il était triste d'avoir été banni en banlieue, dans cette commune lointaine, bien au-delà des boulevards des Maréchaux, là où il n'y avait qu'un seul bistrot, par bonheur situé juste en face de l'entrée du lycée. Mais il avait vite appris à en explorer les ressources. Le muscadet y était deux fois moins cher qu'à Paris et, au baby-foot, il réalisait des prodiges. À nous deux, lorsque nous faisions équipe, nous étions imbattables, gardant les tringles jusqu'à la fermeture. Souvent, le soir, après les cours, nous marchions jusqu'à un bistrot éloigné où nous ne risquions pas de rencontrer d'autres élèves. Nous entrions dans une salle pleine d'ouvriers sortant d'usine, d'amants éperdus en une étreinte que nous imaginions adultère, nous nous installions tout au fond pour parler durant des heures. C'est là que j'ai pris conscience que Bandido avait beaucoup lu, piochant sans discernement dans l'immense bibliothèque de son père qui, je l'appris plus tard, avait été ministre après la guerre, du temps de Guy Mollet. Nous parlions quelquefois de littérature, mais le plus souvent de révolte. « Y en a marre », notre expression, à propos de tout, le plus souvent hors de propos. Nous en avions marre, c'est certain, mais ne savions pas vraiment de quoi, d'un monde trop étriqué pour nos imaginations, d'une France qui nous cachait le monde, des filles qui voulaient bien tout sauf coucher avec nous… Ce n'est que l'année suivante, en classe de philosophie, que nous avons commencé à mettre des mots sur notre exaspération. Bandido les avait surtout trouvés chez Marx, moi chez Freud. Ce qui nous donnait l'occasion de chercher à l'infini à concilier les deux théories. Nous n'y parvenions pas, obsédés que nous étions par les textes et notre rigueur passionnée pour les citations exactes. C'est fou ce que nous avons appris tous les deux, nous renvoyant la balle : appris à lire, à argumenter, à dépasser notre propre pensée. Ah, Bandido, tu aurais pu, tu aurais dû devenir ministre, comme ton père, président, qui sait ? Mais pour cela, il aurait fallu te soumettre, au moins un peu…

Et voilà que nous nous retrouvions, tous les deux encore, charriés par le déluge contestataire, déposés sur cette moderne montagne du Cithéron, l'Odéon, cherchant le chemin de la lumière. Soudain, au haut-parleur, on annonça que nous allions accueillir un chercheur, ethnologue et psychanalyste, un véritable savant, Mathias Robert. « Pour ceux qui savent lire – vu l'état de la salle, ils ne doivent pas être nombreux –, le professeur Robert a publié près de dix livres théoriques aux États-Unis, sur l'application de la psychanalyse au social, et cela bien avant Marcuse ! Il est dans les coulisses, attendant un peu de silence pour apparaître devant vous. » Ethnologue et psychanalyste, ça m'a soudain attiré l'oreille. Voilà un homme qui avait peut-être réussi ce mariage entre les deux univers de pensée – celui de Bandido et le mien –, que nous recherchions depuis l'adolescence. Je me suis calé dans mon fauteuil. Mon ami m'a glissé à l'oreille : « Tu as déjà lu Mathias Robert ?

— C'est la première fois que j'entends son nom. Et toi ?

— Oui, juste un article de lui, paru aux *Temps modernes*, je crois... Je ne me souviens plus très bien. C'était sur le rêve dans une tribu d'Indiens d'Amérique. »

Il savait tout, Bandido !

Cheveux blancs, la raie sur le côté, bien nette, des lunettes aux verres épais lui faisant des yeux minuscules, juste deux traits obliques, il s'est avancé, claudicant, soutenu par sa canne. Manifestement essoufflé par l'effort, Mathias Robert, le vieux prof, a sorti de sa poche un paquet de Peter Stuyvesant, planté une cigarette dans son fume-cigarette, l'a allumée de son briquet et s'est campé au milieu de la scène, attendant le silence. Trois étudiants l'encadraient, trois disciples plutôt, puisqu'ils devaient avoir la quarantaine bien sonnée. L'un, la stature imposante, la chevelure rousse, habillé de gros velours, tel un artiste, l'autre, mince, petit costume de dandy, fouine aux yeux clairs fouillant la foule à la recherche d'un cœur à séduire, quant à la femme qui les accompagnait, elle était grande et maigre. On la devinait hostile aux fards qui embellissent les visages, aux vêtements qui affinent la silhouette, aux chaussures à talons qui cambrent les reins. Préoccupée de culture, elle se présentait nature – sans doute une ethnologue de retour de terrain ! Le petit maigre, s'emparant du micro, s'est avancé jusqu'à la limite de la scène.

« Je voudrais vous présenter le professeur Mathias Robert... »

Tout de suite interrompu par un chevelu dans la salle dressé sur son fauteuil : « Tu veux dire, camarade, que nous ne sommes pas capables de comprendre, qu'il nous faut tes explications avant d'écouter le vieillard ? Tu nous prends pour des cons, c'est bien ça ? »

La salle a éclaté de rire, certains ont applaudi, d'autres ont sifflé. On a entendu des quolibets du genre : « Tu ne t'appellerais pas Iznogoud, par exemple ? »

C'est alors que le professeur, piqué au vif, a écarté son élève et s'est mis à nous parler. Dès qu'il a ouvert la bouche, un étrange frisson a secoué mon corps. Sa voix, d'abord, provenant du ventre, éraillée par des décennies de tabac, son accent ensuite, indéfinissable, un peu américain, un peu d'Europe de l'Est, hongrois ou roumain, et sa façon de prononcer chaque mot, en le détachant du suivant. Dès les premières paroles, j'ai été saisi.

« C'est affligé d'une grande tristesse que j'ai accepté de venir vers vous, dit le vieux professeur. Il est vrai que j'ai été poussé par mes amis (et il montrait ses trois élèves, en retrait, derrière lui). Aujourd'hui, je suis triste de voir des jeunes gens débordant de vie et d'imagination submergés par une vague de banalité. Vous allez me huer, je le sais. Mais je me conforme aux modèles que j'admire. Souvenez-vous de Socrate ! Il s'est avancé sans crainte devant ses juges. Il n'a pas fui devant la pensée majoritaire, lui qui savait que la voie du plus grand nombre est le plus souvent celle de l'erreur. »

Le professeur s'est tu un instant pour tirer avec force sur sa cigarette. Un étrange silence s'est soudain abattu sur l'assistance, non pas de respect ou de curiosité mais de stupéfaction. Les étudiants avaient pris l'habitude de ces vieux professeurs en contrition tentant de reprendre leur place malgré la révolution en marche, se rabaissant à honorer la médiocrité en espérant séduire la foule. Ils avaient vu ces martyrs de l'Université animés d'une passion masochiste offrir leur chair aux jeunes lions en expliquant combien elle serait bonne à lacérer. Des hellénistes affirmant que les études grecques étaient une manière de sélectionner l'élite dans la haute bourgeoisie, des historiens expliquant que le récit sur le passé n'était qu'une façon de confisquer le présent, des littéraires annonçant la mort de la littérature et des ethnologues clamant que toute étude de terrain était un ethnocide. Ils s'étaient tous fait rejeter, ces vieux schnocks révisionnistes, certains avec violence. Mais celui-là n'était pas comme les autres ; n'était politique en aucun sens du mot, ni mêlé aux politiciens ni manipulant la foule pour en prendre le pouvoir, il était à contre-courant, sans doute, à rebrousse-poil, c'était certain.

« Oui, reprit Mathias Robert, la voie du plus grand nombre est celle de l'erreur, *vox populi* n'est jamais *vox dei*. C'est précisément parce que vous êtes des milliers à adhérer à une idée qu'elle est toxique. On a accusé Socrate de corrompre la jeunesse. Eh bien moi, je suis venu ici dans le dessein de vous corrompre, de vous inciter à fuir les idées convenues piochées çà et là dans l'air du temps. J'aimerais vous inviter à l'ascèse de l'étude, vous initier à la fréquentation des textes complexes. J'aimerais vous apprendre à aimer la longueur du temps. »

Un nouveau silence, une nouvelle bouffée de cigarette. La salle commençait à s'agiter. On entendait fuser des critiques, des questions… « Mais c'est qui, ce vieux con ? » « Il ne se serait pas trompé de crémerie ? » C'étaient encore des interventions isolées, des cris solitaires, des zébrures dans le ciel avant les coups de tonnerre, avant l'orage, le déluge. Quant à lui, le vieux prof, il ne se démontait pas. Bandido m'a glissé à l'oreille : « Y a pas à dire, il est couillu ! »

Car Mathias Robert avait repris :

« On a aussi reproché à Socrate de détourner la jeunesse des dieux. Écoutez-moi, je suis Socrate ! Oui ! Je voudrais vous détourner de cette divinité factice qui vous hypnotise, celle que vous appelez "révolution". » Et là, on a senti une houle qui s'emparait de la salle. « Car je sais quelques petites choses que vous ignorez. Je viens d'un pays devenu communiste – que dis-je, forcé par les armes à devenir communiste. Ce que j'ai vu là-bas, je l'ai revu ailleurs, encore et encore… et je le pressens ici ! Sachez qu'il se joue toujours le même scénario. Des socialistes bon enfant, la tête pleine d'idées généreuses, comme vous, d'idées de partage, de redistribution des richesses, d'aide aux plus démunis, sont suivis par le peuple dans l'enthousiasme. Ils produisent du lien, ils fédèrent les espoirs. Les communistes arrivent alors dans le sillage des idéalistes et confisquent le pouvoir à leur profit. Eux n'entendent partager avec personne ! Sitôt à la tête de l'État, ils commencent par éliminer ceux qui les ont aidés à convaincre. Les socialistes, les libertaires, les révoltés de la première heure seront les premiers sacrifiés. Par la suite, toute personne qui aurait gardé le souvenir de la liberté de pensée sera emprisonnée, torturée, on montera contre elle des procès factices, elle devra avouer des crimes ridicules qu'elle n'a jamais commis. Et elle sera condamnée à mort. Lorsque des dizaines de milliers seront morts ainsi, tombera alors sur ce monde devenu communiste la chape de plomb de la terreur. Plus personne n'osera même désirer la liberté de peur de mourir, car la terreur sera partout et de tous les instants. Nul lieu où se cacher, nul moment de repos. Le communisme installe toujours et partout une société du qui-vive, une société de l'attente du pire. »

J'ai été impressionné par sa capacité à révéler l'autre face du décor. C'était bien Socrate dévoilant aux humains enchaînés les marionnettes agitées derrière leur dos par des manipulateurs démoniaques. Mais la magie n'a pas pris. Des accusations ont d'abord fusé : « C'est un fasciste ! » Puis des menaces : « On va le mettre à poil. » « Oui ! Et le ligoter sur scène. » « Dans le drapeau du Viet Cong !!! » « US go home ! » a crié quelqu'un qui lui avait attribué une nationalité américaine à cause de son accent. Un autre, rebondissant sur l'idée, a aussitôt repris les slogans des comités Vietnam, « FNL vaincra ! », ce qui a donné l'idée aux militants de la Ligue de chanter leur entraînant : « Hô ! Hô ! Hô Chi Minh ! Che ! Che ! Guevara ! » Et la salle frappait dans les mains en répétant. Ça commençait à sentir le roussi.

Percevant le danger, ses trois élèves s'étaient rapprochés de Mathias Robert. Quant à lui, à peine troublé, il a demandé le silence.

« Attendez, s'il vous plaît, s'il vous plaît... J'ai encore des choses à vous dire... une vérité que vous ne soupçonnez pas. Cette euphorie que vous exprimez dans une espèce de joie juvénile est la marque typique de l'angoisse. Je veux vous le dire plus nettement. Ce n'est pas un rire que j'entends, mais un ricanement. Vous n'êtes pas joyeux, mais angoissés, peut-être terrorisés, déjà. Et vous avez raison de l'être ! Car vous êtes manipulés, manipulés dans l'ombre par des communistes, non pas ceux que vous connaissez, les Georges Marchais et sa clique d'apparatchiks qui attendent leur heure, mais ceux qui viennent de plus loin, du KGB de Brejnev, de la Stasi de Walter Ulbricht... »

C'en était trop. Le premier à sauter sur scène fut un grand chevelu aux allures de motard, blouson de cuir et jean crasseux, qui criait : « On ne va pas se laisser insulter ! Je vais lui casser la gueule ! » Les élèves de Robert se sont aussitôt interposés, et lui continuait dans son micro : « Je suis prêt à répondre à toutes vos questions... »

Les questions sont bien arrivées de la salle, en cris furieux, accusateurs : « Et toi, Robert, tu fais partie de la CIA ? » Huées, hurlements, sifflets... « Tu as été envoyé par Marcellin ? » Nouvelles huées, nouveaux sifflets, mais il n'a pas eu le temps d'y répondre. Suivant l'exemple du pseudo-motard, d'autres fiers-à-bras se sont rués sur la scène.

J'ai toujours eu horreur des foules qui s'en prennent à des personnes isolées, c'est physique, ça me donne envie de gerber. Étaient-ce les séquelles des émeutes que j'avais entendues se déchaîner dans les rues du Caire et de leurs pogromes ? J'étais très jeune, pourtant, quatre ou cinq ans, pas davantage... Ces scènes devaient fermenter dans un coin de mon cerveau lorsque j'ai vu le vieux professeur se faire tabasser. N'y tenant plus, j'ai regardé Bandido. Il a fait un signe de tête, signifiant qu'il avait compris ce que je voulais faire et que, décidément, j'étais incorrigible. Il s'est brusquement levé de son siège et nous nous sommes précipités pour tirer le malheureux Mathias Robert des griffes des étudiants en folie. Il avait commencé à prendre des coups, le pauvre vieux, ses élèves aussi qui se serraient autour de lui pour le protéger, s'offrant en boucliers. Nous l'avons saisi chacun par un bras, voulant l'entraîner hors de la mêlée. Mais le vieux professeur résistait. Il avait perdu ses lunettes, qu'il cherchait à tâtons sur le sol pendant que les sauvages frappaient à tout va. Elles étaient à ses pieds, les verres en étoiles, les branches cassées. Nous avons ramassé sa canne, l'avons littéralement soulevé du sol et emmené au pas de course vers la sortie de secours.

« Laissez-moi, voyons ! Je vais leur donner une leçon, à ces garnements ! » Et il agitait sa canne dans le vide. Arrivés à la porte donnant sur la rue, nous avons trouvé celle-ci heureusement déserte. Il était moins une !

Dans les petites rues qui conduisaient à Saint-Germain, regardant derrière nous pour vérifier si nous étions suivis, je haletais. Le vieux prof était à bout de souffle, mais Bandido qui s'entraînait au foot tous les jeudis ne montrait aucun signe de fatigue. Quelques minutes plus tard, rue Guisarde : « On peut s'arrêter boire quelque chose dans un café, ai-je proposé.

— Je paie la tournée, dit aussitôt le professeur, c'est la moindre des choses. »

Chez Djuri, petit restaurant hongrois rue des Canettes, un bar à l'ancienne, genre cave de Saint-Germain-des-Prés juste après la guerre, deux guitaristes jouaient et chantaient juchés sur des tabourets. C'était la fin d'une chanson. Le plus vieux, un moustachu qui devait être Djuri, s'est rapproché du micro : « Nous allons maintenant vous interpréter le chant le plus célèbre des chœurs de "l'armée rose", *Kalinka.* » Quelques applaudissements épars dans la salle. Il était à peine 20 heures. C'est alors que, sortant de l'obscurité comme s'il arrivait de nulle part, est apparu devant nous… ce même homme, cette espèce de fantôme qui me suivait comme une ombre, l'élégant, l'Égyptien. Il n'allait pas nous faire croire qu'il était là par hasard. Quand m'avait-il repéré ? Était-il déjà à mes trousses lors de mes explorations de la Sorbonne ou m'avait-il seulement reconnu dans la foule de l'Odéon ? À moins qu'il ne m'ait jamais lâché depuis la nuit des barricades ? Mes vieux réflexes de clandestin avaient refait surface d'un coup. Un flic ? Un taré ? J'ai regardé autour, cherchant par où m'échapper. Il n'y avait que la porte d'entrée, petite, doublée d'un lourd rideau de velours. Alors l'Égyptien, toujours souriant, m'a tapoté la joue – quel culot ! –, il m'a tapoté la joue comme on le ferait à un enfant. Puis, il s'est tourné vers le vieux.

« Professeur Robert, dit-il l'air grave, je serais honoré de vous serrer la main si vous l'acceptiez.

— Qui êtes-vous, monsieur ? demanda le vieux, sourcilleux.

— Personne, professeur, simplement un lecteur et, de fait, un admirateur. Zohar Zohar, attaché commercial… »

Et il lui tendit une carte de visite. Mathias, qui n'y voyait goutte sans ses lunettes, approcha la carte à deux centimètres de ses yeux.

« Zohar ? » Il prononçait bien le nom, en hébreu, aspirant vigoureusement le *h* et roulant le *r* – *Zohharrr.* « J'ai connu un Zohar autrefois. Vous êtes originaire du Maroc ?

— Non, monsieur, d'Égypte, né au Caire, j'ai grandi au Caire, le destin m'a heureusement jeté sur les routes, sinon je serais aussi mort au Caire.

— Échappé des geôles de Nasser ? demanda encore le vieux.

— Vous ne pensez pas si bien dire, monsieur, sinon que les geôles avaient précédé Nasser. »

Et ils ont commencé à discuter. Et Djuri rythmait *Kalinka*, et Zohar racontait sa fuite d'Égypte, en 1952, et Robert son départ précipité de Roumanie, de Czernowitz, en 1930, précisant aussitôt que ce n'était pas pour des raisons politiques, mais pour fuir une femme. Ils ont éclaté de rire. Et nous étions debout. Et les doigts de Djuri survolaient les cordes, à la Django, et sa main gauche courait sur le manche comme une araignée en fuite – un virtuose ! Dans la salle, quelques personnes rythmaient la musique de leurs mains, de leurs pieds. La serveuse a demandé si nous souhaitions dîner.

« Savez-vous ce que signifie *goulasch* ? » demanda Robert, devenu jovial.

Personne ne le savait, évidemment.

« En hongrois, *goulasch* signifie “cow-boy”, enfin “garçon vacher”, si vous voulez. Cela tient à la spécificité du goulasch. » Il prononçait le mot à la hongroise, quelque chose comme *gouuuyashe*… « Le matin, avant de partir s'occuper des animaux dans les grandes plaines des Carpates, les cow-boys jetaient dans une marmite de gros morceaux de viande qu'ils laissaient mijoter la journée durant. Le soir, le goulasch était prêt. La recette est simple : dix kilos de viande de bœuf, dix kilos d'oignons, et surtout dix kilos de paprika.

— Et pour faire passer tout ça ? » demanda Zohar.

Déjà la serveuse revenait avec une bouteille de tokay.

Robert s'inquiétait pour ses élèves, ses trois maladroits gardes du corps.

« Ils vont bien ! lui dit Zohar. Je les ai vus sortir quelques minutes après vous. Ils plaisantaient. Ils ont même dit : “Ce vieux Robert, quel incorrigible anarchiste !” »

Le professeur avait tiqué : « Vous étiez présent ? demanda-t-il à Zohar.

— Mais oui ! J'étais dans la salle. Je ne pouvais pas rater ça. Croyez-moi, les gamins n'oublieront pas !

Vous étiez Socrate réincarné ! À propos, ce dont vous les avez prévenus, la main du KGB derrière leur mouvement, tout ça…

— Oui ? »

Le nez dans mon assiette, j'ai tendu l'oreille. Dieu merci, la musique s'était arrêtée. Pour moi, Mathias Robert avait simplement voulu réveiller les étudiants, les inciter à penser par eux-mêmes. Je ne pouvais pas envisager un instant qu'il croyait à ce complot du KGB. L'autre insistait, pourtant : « Vous avez des informations ou bien était-ce seulement une intuition ? »

Le vieux a souri d'un air entendu. Il s'est contenté de répondre en parlant d'histoire…

« Un de mes amis, nous a-t-il raconté, il s'appelle Dodds, Eric Robertson Dodds, a publié il y a peu un livre décisif où il explique que la chute de l'Empire romain ne s'est pas produite en une période de débâcle économique, bien au contraire, les gens n'avaient jamais été aussi riches. Pas davantage en une période de conflits politiques, l'empereur était raisonnable, pas comme les psychotiques assassins qui s'étaient succédé dans les siècles précédents, tels que Néron ou Caligula ; de plus, il était aimé de ses sujets… Non ! Savez-vous ce qui a fait tomber l'Empire romain ? L'angoisse ! Ça vous étonne ? Eh bien, c'est le sujet du livre de Dodds, *Païens et chrétiens dans un âge d'angoisse*. Les gens étaient affligés par un trop-plein de richesses, gavés de correction, d'honnêteté. Le peuple est alors devenu fou, fou d'angoisse, et s'est mis à croire à des folies – tout comme aujourd'hui ! –, à la fin du monde, à l'arrivée d'un messie, à l'établissement d'une cité de Dieu sur Terre… Et il a mis la société cul par-dessus tête. Du coup, les Barbares sont entrés ! Vous voyez bien que c'est le même phénomène qui se reproduit aujourd'hui. Et, comme autrefois, derrière l'angoisse du peuple se cache l'action des manipulateurs qui vont ouvrir les portes des villes aux envahisseurs barbares…

— Parce que vous, le coupa Bandido, vous trouvez que la France va bien ?

— Oui, mon ami ! La France n'a jamais été aussi riche. Plus de guerre, plus d'ennemis susceptibles de l'envahir, un gouvernement prêt aux réformes… Oui, la France va bien… enfin… allait bien jusqu'à… disons… jusqu'au mois dernier. »

Bandido avait été douché. Moi, j'étais fasciné. L'allure de Mathias, ses cheveux blancs, sa canne, ses lunettes, son accent… Pour moi, c'était Sigmund Freud en personne. Oui, j'avais devant moi ce Freud dont j'avais lu tous les livres publiés en français, la monumentale biographie que lui avait consacrée Ernest Jones, ses lettres à son ami Fliess… ce Sigmund Freud pour lequel j'éprouvais une admiration sans bornes. Et quand j'écoutais parler Robert, je voyais se déployer l'érudition de l'Autriche-Hongrie, sa maîtrise des textes de l'Antiquité, ses connaissances des mondes éloignés… Et ce qui m'excitait par-dessus tout, c'était d'entendre quelqu'un qui disait le contraire de tout le monde, en un mot : quelqu'un qui pensait !

Mais la question politique restait sensible. Il s'est arrêté un moment pour nous interpeller : « Et vous, les jeunes, comment vous situez-vous politiquement ? » Bandido a hésité : « Heu… pas comme vous, je pense. » Le vieux a fait un geste de la main du genre : « Je vois ! Laisse tomber ! » Il s'est ensuite tourné vers moi, interrogateur. J'ai répondu avec assurance : « Moi ? Le plus à gauche de la gauche ! » Et lui : « À la droite de la droite, tout proche de toi, donc, si on fait le tour du cadran. »

Il avait besoin de parler, Robert, le contrecoup de l'altercation, sans doute. Il nous a raconté sa première arrivée en France en 1930. Marcel Mauss inaugurait la licence d'ethnologie qu'il avait créée avec Lucien Lévy-Bruhl et Paul Rivet. Il avait été élève dans cette première promotion. Puis, il était parti sur le terrain, chez les Papous en Nouvelle-Guinée. À cette époque, ethnologue, ça voulait dire quelque chose… Un bateau vous jetait là, à quatorze mille kilomètres de chez vous, et vous abandonnait avec votre barda en pleine brousse. « Salut ! On revient te chercher dans deux ou trois ans ! » Pas de téléphone, bien sûr, pas de courrier, ou si peu, et l'obligation de parler la langue des habitants, de se débrouiller par ses propres moyens.

« Alors, expliquait Robert, on apprenait la façon de se tenir, de se présenter. On prenait des notes, sur tout, la prononciation de la langue, les variations d'accent, les termes spécifiques, les techniques, les façons de pêcher dans les rivières à l'aide du poison, d'empenner les flèches pour chasser les perroquets, tout ce que vous pouvez imaginer. J'ai gardé mes carnets de terrain, j'en ai des centaines ! Je n'en ai pas exploité dix pour cent. Mais on ne faisait pas que travailler, on vivait, aussi, avec tout le monde, dans les mêmes cases, en mangeant la même nourriture, participant aux mêmes activités collectives, riant aux mêmes plaisanteries… »

Je crevais d'envie de lui demander s'il avait eu des relations sexuelles avec une Mélanésienne. Je n'ai pas osé.

Il aimait l'ethnologie, mais la vraie… selon lui, du moins !

« Il y avait une formule qui circulait entre nous, les ethnologues. On disait qu'on était vraiment arrivé sur le terrain le jour – ou plutôt la nuit – où on rêvait dans la langue des habitants. On était heureux, alors, même si on n'avait pas commencé le véritable travail. Un jour, le bateau revenait pour nous ramener vers notre monde d'origine, "la civilisation", comme on disait en ce temps-là. Eh bien, la capacité à raconter les bouleversements mentaux qu'on avait subis, à les mettre en forme, à en extraire des concepts, rédiger des articles savants, c'était cela qu'on appelait "ethnologie". L'ethnologie, c'était d'abord se laisser posséder par un autre monde et ensuite être capable de le raconter. La conclusion s'impose : il n'existe plus un seul ethnologue ! Il n'est plus possible d'être ainsi déconnecté de son monde pour en apprendre un nouveau… D'ailleurs nul ne l'accepterait, aujourd'hui. »

Il était près de minuit quand nous avons quitté le restaurant. Le vieux professeur a pris un taxi pour repartir dans sa banlieue. Bandido, à sa manière habituelle, nous a soudain tourné le dos, nous gratifiant d'un simple « Salut », et je me suis retrouvé seul avec Zohar.

« Tu vas encore me suivre, monsieur Mystère ? lui ai-je demandé.

— Pour quoi faire ? Je sais que tu iras à Gennevilliers. »

J'habitais pourtant Nanterre, à la cité universitaire. C'est là, en tout cas, que je dormais le plus souvent. Il m'a regardé partir, debout devant l'entrée de Chez Djuri. Il était bizarre, cet homme. Ses apparitions soudaines m'inquiétaient, mais lorsqu'il était là, après un moment, se dégageait de lui une sorte de sérénité.

Sur ma mobylette, dans la fraîcheur de la nuit, je fredonnais les deux vers de *Kalinka* qui m'étaient restés dans la tête :

« Et je voulais l'une et l'autre
J'aimais les deux à la fois
Tantôt l'une et tantôt l'autre
Je les prenais dans mes bras… »

Une histoire d'amour, étrange, passionnée, à la russe, d'un homme qui aimait deux femmes et qui finissait par les perdre toutes les deux. Mais lorsqu'une de ces chansons s'empare de vous, vous ne prêtez guère attention aux paroles. Tout rentre d'un coup, paroles et musique, et n'en sort plus pendant des jours.

Si j'étais un véritable écrivain, je chercherais à écrire une de ces chansons qui pénètrent le cerveau, s'emparent des âmes et s'échappent des lèvres. Pour moi la création de ritournelles est le sommet indépassable de la littérature.

J'étais déjà arrivé à Clichy et je continuais à la fredonner sans m'arrêter, ajustant ma respiration à son rythme. Soudain, impulsivement, plutôt que de tourner à droite en direction de Nanterre, j'ai traversé le pont. Je me disais qu'après une journée pareille, je n'avais nulle envie de me coucher. La tante Henriette ! J'allais m'offrir une visite à la tante Henriette.

« J'aimais deux tourterelles,
Aussi douces que belles
Et, pour les deux, j'aurais donné ma vie, oui !
Et, pour les deux, j'aurais donné ma vie. »

*

La tante Henriette n'avait plus vingt ans. Quel âge avait-elle ? Quarante, peut-être davantage… C'était la tante de l'un d'entre nous, Gilbert Benveniste, qu'on appelait Gidjy, mais comme elle n'avait pas d'enfants, c'était notre tante à tous. Elle vivait seule dans un petit trois pièces au dernier étage du bâtiment E. Lorsqu'on était jeunes, dix ou douze ans, qu'elle nous apercevait traînant dans la rue en fin de journée, elle nous appelait de son balcon.

« Gidjy, criait-elle, viens ici chenapan, fils de chien ! Tu peux monter avec tous tes amis, je vous ai préparé un goûter. »

On ne se faisait pas prier. On grimpait les quatre étages en se dépassant dans les escaliers. Parce que les pâtisseries de la tante Henriette, il y en avait tellement qu'après ça on n'avait plus besoin de dîner. Ses gâteaux égyptiens, ses *konafa* craquantes fourrées à la crème anglaise, ses *ba'lawa* dégoulinant de miel, ses *ghorayeba* fondantes, étaient à tomber. On se goinfrait, avachis, les coudes sur la table ou affalés sur le canapé. « Ça fait plaisir de vous voir manger comme ça ! » s'extasiait la tante Henriette qui s'installait dans un fauteuil en croisant les jambes, une cigarette dans une main, un verre de whisky dans l'autre. On prenait garde de ne pas lui répéter que les mamans de la cité jacassaient à son propos en croquant leurs éternels pépins de courge. Elles l'appelaient *Om el Ghayeb*, « la mère de l'absent » – pour elles, il n'était pas possible d'être mère de personne !

« Autrefois, les choses étaient bien faites ! Si le mari était stérile, on se débrouillait pour se faire faire un ou deux petits par son beau-frère, ou par un des cousins de son mari. Beaucoup le savaient, mais personne ne vendait la mèche. Et si c'était la femme qui avait le ventre sec, une sœur ou une cousine lui "donnait" l'un de ses enfants, à sa naissance. Il grandissait chez sa tante et on ne lui révélait l'identité de ses véritables parents qu'à l'adolescence. Comme ça, toutes les femmes avaient des enfants et on n'en faisait pas toute une histoire. C'était ainsi !... Ah, chérie, c'était l'Égypte ! »

Et elles buvaient leur café turc, s'essuyaient la bouche du revers de la manche et ajoutaient chaque fois, au sujet de la tante Henriette : « Alors quoi ? Pour qui elle se prend, cette pimbêche ? Tout ça pour marcher le nez en l'air avec ses talons qui tapent par terre… »

Car la tante Henriette – et cela, elles ne l'avalaient pas – avait divorcé à deux reprises et n'avait jamais accepté de forcer la nature. Si Dieu ne lui donnait pas d'enfants, disait-elle à qui voulait l'entendre, c'était ainsi, il fallait l'accepter. La vérité, pensaient les autres, était que ça l'arrangeait. Elle aimait sortir, la tante Henriette, boire, jouer aux cartes… Jouer aux cartes, surtout ! Elle passait presque chacune de ses nuits au casino d'Enghien en d'interminables parties de gin-rami ou de chemin de fer. Elle devait bien gagner quelquefois, puisqu'on ne lui connaissait aucune autre source de revenus. Peut-être y monnayait-elle aussi sa présence auprès d'hommes qui ne supportaient pas la solitude. Mon oncle Tony, qui partait avant le lever du jour pour les halles dans son camion, son « Tube » Citroën à moitié rouillé, la surprenait parfois, rentrant chez elle, raccompagnée par un galant. Il la regardait, comme hypnotisé, embrasser l'homme avant de remonter chez elle. Et le tonton, après cela, ne se privait pas de le raconter à tout le monde, et pendant des semaines. Ce qui était certain, c'est que la tante Henriette n'avait pas bonne réputation.

Je me suis longtemps demandé ce que signifiait le nom qu'on lui avait attribué, *Om el Ghayeb*, « la mère de l'absent ». J'ai compris des années plus tard que les femmes pensaient que si la tante Henriette n'avait pas d'enfants, c'est qu'elle les faisait disparaître, sans doute durant la grossesse. Je m'en suis rendu compte en surprenant Mme Alphandary, la mère de Bondy, expliquer à voix basse à Mme Hannoune :

« Qu'est-ce que ça veut dire, "stérile" ? "Stérile", ça veut dire qu'il y a un Isma'il ! Un homme marié, un goy, je veux dire, qui a déjà plein d'enfants avec sa femme et qui ne veut pas que Riri – c'est ainsi qu'elles appelaient Henriette – tombe enceinte…

— Ah tu crois, chérie ? » avait répliqué l'autre. Puis se rapprochant, elle lui avait glissé à l'oreille : « Moi, j'ai entendu que ses enfants, elle les a fait disparaître… »

Et elle a fermé les yeux, l'air offensée.

« Quoi disparaître ? *Ya'ni,* ça veut dire… Elle s'est débarrassée des bébés ? » Elle faisait une grimace de dégoût. « *Ekhss*, ça veut dire avec des aiguilles à tricoter ?

— Ah oui ? Peut-être… »

Manifestement, elle n'avait pas l'air convaincue, Mme Hannoune, alors l'autre insistait : « Une main devant, une main derrière, si ce n'est pas ça… dis-moi ce que tu sais, chérie.

— J'ai entendu des choses… Déjà en Égypte, on racontait sur elle…

— Ne me dis pas ! »

Ce qui signifiait : « Je suis étonnée, dis-m'en davantage ! »

« Ses enfants, elle les a eus ! Il paraît même qu'elle en a eu trois, deux filles et un garçon… »

Mme Alphandary n'a pu se retenir de lui répondre en arabe, c'est sorti tout seul :

« Qu'il en soit selon sa loi ! Que Dieu brûle ta foi ! Quelles sont ces balivernes ?

— Tu montes, tu descends, c'est ce qu'on m'a raconté ! Quand elle était enceinte, elle allait voir un *fe'ih*,

— Un *fe'ih*, ça veut dire un magicien, un sorcier ?

— Celui-là, c'était plutôt un sorcier. Parce que les bébés, tu vois, il les faisait disparaître dans le mur.

— Dans le mur ?

— Oh oui, ma chère, il n'y avait ni porte ni fenêtre. Les enfants, grands comme le pouce, entraient là-dedans et *khalass* ! C'était fini ! Ils avaient disparu. Ils n'avaient jamais existé !

— Ne me dis pas…

— Et il la payait, par-dessus le marché !

— Le *fe'ih* ?

— Oui, chérie ! Le *fe'ih* !

— Avec de l'argent ?

— De l'argent et pas de l'argent…

— Ça veut dire quoi "de l'argent et pas de l'argent" ? Tu me rends folle.

— Avec la chance, ma chère. Il la payait avec la chance ! Quand elle jouait aux cartes, c'était comme si un diable était assis à côté d'elle pour lui montrer le jeu de ses adversaires. Et elle gagnait des millions au *quenquin*. »

Le *quenquin*, c'est ainsi qu'elles appelaient le gin-rami.

Elles étaient en pleine rue, devant les bâtiments, et parlaient de plus en plus fort tant elles étaient excitées.

« Mais dis-moi, où ils sont maintenant ces enfants ? a demandé Mme Alphandary le plus sérieusement du monde.

— Qui sait ? Certains m'ont dit…

— Qui sont ces certains dont tu parles ? Tu dis certains mais ça veut dire incertains…

— Au nom de Dieu, ce que je te dis, je l'ai entendu !

— Ne jure pas, c'est *'haram*, c'est péché.

— Mais j'ai juré en arabe, ça va, hein ? C'est en hébreu qu'on n'a pas le droit de jurer… Les enfants, on m'a dit, ils ont grandi. Là où ils sont, ils vont à l'école et ils apprennent le Coran à l'envers. Là-bas, tu comprends ? » Et elle a fait un geste des deux mains montrant que nul n'y pouvait rien. Là-bas, on fait tout à l'envers.

Et l'autre d'acquiescer :

« Le Coran à l'envers ? Que Dieu nous protège.

— Que Dieu nous garde de toutes ces saletés », avait répondu Mme Hannoune pour conclure.

Om el Ghayeb, elle était donc bien nommée la tante Henriette, qui aurait interdit à ses propres enfants l'accès à notre monde en échange de la chance au jeu de cartes. Et même s'ils étaient partis là-bas, dans un autre monde, celui des *fe'ih* maléfiques, elle restait leur mère, « la mère des absents », une mère en négatif, si on veut. Quant à nous, les gamins, nous avions surtout retenu que la tante Henriette était une sorcière. Ça ne nous faisait pas peur, et même que ça nous intéressait drôlement, sa sorcellerie !

« Tante Henriette, tu veux bien appeler les morts ? lui demandait l'un ou l'autre d'entre nous lorsque nous avions abusé de ses pâtisseries et que nous ne voulions pas regagner nos foyers.

— On ne peut pas les déranger comme ça, pour un oui ou pour un non… Ils n'aiment pas ! Avez-vous une question à leur poser ? »

Nous restions sans voix. Quelquefois, et seulement à son initiative, elle décidait de demander aux morts si nous allions réussir dans la vie. Et elle interrogeait toujours le même, le vieux Cazutto, qui vivait seul dans son rez-de-chaussée miteux, lorsqu'il était mort brutalement d'une crise cardiaque. Elle éteignait les lumières, allumait une bougie et prenait ses cartes. Elle en tirait trois, regardait et, lorsque c'était un valet, elle questionnait le mort. La troisième était toujours un valet !

« Cazutto, l'appelait-elle, tu es là ? »

Et nous ne pouvions nous empêcher de sursauter lorsqu'une voix – d'où venait-elle ? – répondait : « Laisse-moi tranquille. Je me repose.

— Comment peux-tu te reposer, vieux cochon, demandait la tante Henriette, personne n'a dit le kaddish sur ta tombe. »

Je n'ai jamais su si le vieux Cazutto répondait depuis « le monde là-bas » ou si la tante Henriette était un peu ventriloque. En tout cas, chaque fois que nous reconnaissions la voix du vieux grigou, nous étions secoués de frissons.

Bientôt, elle ne nous inviterait plus à des goûters, mais plutôt à boire un verre. Nous avions grandi. C'est chez elle que nous avons pris notre première anisette, de l'arak – nous l'appelions *zbib*, comme en Égypte –, avalée sans eau et cul sec. Ça m'a fait un effet à la fois terrible et délicieux. J'ai été pris d'un vertige, mais aussitôt j'ai voulu recommencer. C'est ainsi qu'on est attrapé par des substances, on est d'abord surpris par la violence de l'effet ; très vite, on veut à nouveau ressentir le trouble de la première fois pour le maîtriser. Et on recommence... À la fin, on ne peut plus s'en passer.

Elle m'a collé une autre addiction, la tante Henriette ; celle-là je ne la regrette pas. Un soir, je devais bien avoir dix-sept ans, elle m'a vu de son balcon, je rêvassais, les fesses appuyées sur une voiture. « Sokhsokh ! » C'est ainsi qu'elle m'appelait, parce qu'un jour j'avais fait une colère devant elle. Elle avait dit : « *Motou, da sokhn awi, awi !* » Littéralement : « Qu'il meure, celui-là, il est très, très chaud ! » Qui peut comprendre ? « Qu'il meure » voulait dire « Qu'il est mignon » et « il est très, très chaud » renvoyait bien sûr à la colère, mais aussi à la sexualité. C'est bizarre l'arabe, ça s'écoute avec les oreilles et l'imagination. Donc, le mot *sokhn*, « chaud », lui avait évoqué un petit nom qu'elle avait inventé sur l'instant, Sokhsokh, qu'on pourrait traduire par « le petit chaud ». Depuis, elle ne m'appelait plus qu'ainsi.

Elle m'a fait un geste de la main pour m'inviter : « Sokhsokh, monte donc me voir, tu ne le regretteras pas ! »

D'habitude, quand on se rendait chez elle, c'était tous ensemble, on se serrait les coudes, on se sentait protégés par le groupe, on rigolait. Cette fois, elle m'avait invité seul. Je n'avais pas eu peur, non, enfin pas vraiment... Je m'étais demandé tout de même ce qu'elle me voulait encore, cette vieille chipie. Mais je l'aimais bien, la tante Henriette, son être respirait l'aventure. Je suis monté.

Elle avait tout préparé, tiré les rideaux pour mettre l'ambiance, allumé deux bougies, posé la bouteille d'arak bien en évidence sur le guéridon. Un disque tournait sur son électrophone. Jean Ferrat chantait :

« Comme au passant qui chante, on reprend sa chanson,
J'ai tout appris de toi jusqu'au sens du frisson... »

Elle avait retiré ses lunettes, maquillé ses yeux, étonnamment grands et clairs, mis sa robe noire fendue jusqu'aux cuisses, laissant apercevoir ses porte-jarretelles. Elle m'a arrêté sur le pas de la porte.

« Attends ! m'a-t-elle ordonné. Avant d'entrer, tu dois cracher sur le seuil de ma maison.

— Cracher... mais pourquoi ?

— Ne discute donc pas, voyons, crache, c'est tout !

— Mais tante Henriette... »

Elle s'apprêtait à me claquer la porte au nez si je refusais. Je lui ai avoué, penaud, que je ne savais pas cracher. Mon dégoût remontait à l'école primaire de la rue Pasteur, où la bande du bidonville, les Benyahia, les Zerkoun, les Mebarkia, se livraient de véritables guerres de glaviots.

« D'accord, dit la tante Henriette, compréhensive, partie chercher un verre d'eau. Verse ça sur le seuil en prononçant cette phrase : “J'étais petit, mince comme un fil ; de ce jour je deviens grand, dur comme un mur." » Puis elle me répéta la formule en arabe : « *Kont zay el khet, deloua'ti ana zay el 'het.* »

En arabe, ça rimait, c'était beau… J'ai répété.

« Tu peux entrer maintenant. »

C'était magique ! Une fois la porte franchie, j'ai senti ma colombe se réveiller (c'est une traduction de l'arabe), mon serpent surgir de sa tanière, si on veut. On en parlait beaucoup avec mes amis, avec Bandido, surtout, mais aussi avec Sylvestre. Des rêves érotiques, des éjaculations spontanées en pleine nuit… Mais là, ce n'était pas pareil, c'était vrai ! Je veux dire : la colombe dressait son cou, non par la force de l'instinct, mais sous le désir de la tante Henriette, par la seule force de son regard.

Et Jean Ferrat chantait :

« Que serais-je sans toi qui vins à ma rencontre ?
Que serais-je sans toi qu'un cœur au bois dormant… »

J'étais debout, gêné, un peu bête… Elle m'a tendu la main.

« Viens ! J'ai envie de danser. »

La danse est le mime d'un acte d'amour qui se déroulerait dans l'espace, la musique se chargeant de porter les corps… Elle s'est serrée contre moi. Elle s'était aspergée d'un parfum qui vous embarquait l'âme. J'ai fermé les yeux. On a tourné sur nous-mêmes, un long moment. La musique s'était arrêtée et nous tournions encore, serrés l'un contre l'autre, au milieu de la pièce. J'ai pensé que nous étions imbriqués, comme deux pièces d'un puzzle, comme la vis à son écrou. Puis, elle s'est lentement détachée et, me prenant par la main, m'a proposé de boire un verre.

Le *zbib* était fort, mais ma tête était déjà partie. Elle gambadait à pleins poumons dans des espaces irréels de couleurs et d'odeurs. Sur son canapé, elle m'a appris son propre corps, la tante Henriette, à le parcourir, le frôler, le saisir, le caresser, y demeurer, un instant ou l'éternité. Elle m'a appris à aimer ses spasmes et ses cris.

Elle m'a appris la patience de l'amour.

La préparation a duré longtemps, très longtemps ! Lorsque l'excitation était à son acmé, elle savait l'interrompre, détourner la pulsion, le temps d'une gorgée de *zbib* ou d'une plaisanterie : « Tu as une petite amie, Sokhsokh ?

— J'en ai plein ! lui avais-je répondu.

— Donc, tu n'en as pas ! » avait-elle éclaté de rire.

Elle se levait pour relancer Jean Ferrat et nous nous oubliions à nouveau, recherchant l'excitation dans les moindres recoins de la peau de l'autre. L'amour est une passion de géographe. Nous étions trempés de sueurs mélangées, d'humeurs mixtes, de salives composites, gluants comme deux salamandres. Je l'ai regardée, ses yeux fermés, accueillir mon plaisir, et suis retombé, la tête sur son sein, fourbu.

Nous ne bougions plus. Des images de rêve ont voleté devant mes yeux, des images d'une couleur intense, changeant au rythme de mon cœur. Je crois m'être endormi quelques instants ou quelques minutes.

Lorsque j'ai rouvert les yeux, elle me regardait. Pour la première fois, j'ai vu autre chose sur le visage de la tante Henriette que son air bravache. L'amour lui allait bien.

Je mourais de faim.

Mes visites chez elle sont restées secrètes, marquées d'une liberté totale, au seul rythme de l'urgence du désir de l'un ou de l'autre. Elle avait pris l'habitude de me héler depuis son balcon, comme un taxi. Le désir est capricieux. Souvent, lorsque je passais sous son bâtiment, je me cachais à sa vue en frôlant le mur pour lui échapper. Il m'arrivait aussi, en plein après-midi, de sonner à sa porte, comme un matou blessé. L'approche était toujours pleine d'appréhension. Mais chaque fois, malgré les paroles convenues que nous échangions, gênés, nos corps finissaient par se reconnaître.

Alors ce soir, en rentrant de Chez Djuri, si par chance elle n'était pas partie au casino, j'irais retrouver la tante Henriette chez elle, dans cette cité de Gennevilliers où j'avais grandi – « la cité », comme on l'appelait ! Je savais qu'elle panserait mes blessures, qu'elle adoucirait ma peine. Je savais que, comme toujours, en repartant de chez elle, les angoisses auraient disparu comme des fantômes s'évanouissant dans l'éther, les perplexités ne seraient même plus des questions et la véritable vie se dessinerait à nouveau, au loin.

Et me revenaient les vers de la chanson de Jean Ferrat :

« Et pourtant, je vous dis que le bonheur existe
Ailleurs que dans le rêve, ailleurs que dans les nues.
Terre, terre, voici ses rades inconnues… »

4

La tête à l'envers[1]

On en parlait partout. Les Américains s'apprêtaient à expédier un homme sur la Lune, et le faisaient savoir à l'humanité entière. La fusée, les astronautes en combinaison flottant dans l'éther comme des poissons rouges dans un bocal, et les commentaires des journalistes, faussement amusés : « On dirait *Objectif Lune*, l'album de Tintin. » Ma mère me téléphonait, malade d'inquiétude : « Ton père est devenu fou, je crois… » Renonçant à ses parties de cartes, il rentrait directement à la maison pour se coller devant la télévision. Il ne voulait pas manquer une seule minute de la retransmission d'Apollo 8. Et même le vendredi soir, lorsqu'il m'arrivait de participer au dîner de shabbat, je le trouvais dans son fauteuil, pestant contre le poste : « C'est la tour de Babel ! finissait-il par s'exclamer. Ils vont monter, monter plus haut encore… et tout va s'effondrer. C'est ce qui arrivera. C'est écrit ! »

1. *Mixed-Up Confusion*, chanson de Bob Dylan, 1962.

Puis, il éteignait la télé, se tournait vers moi, sentencieux, pour ajouter : « L'Histoire se répète toujours. L'Histoire n'est qu'un éternel recommencement. »

À l'époque, je haussais les épaules – mentalement, je veux dire ; je le respectais trop pour le critiquer. Il m'aurait répondu en riant : « Alors quoi ? Go'ha serait-il plus grand que son père ? »

Il faut dire que, même s'il feignait de n'y accorder aucune importance, il avait personnellement vécu une catastrophe de style Babel, l'effondrement de l'édifice qu'il avait bâti. Issu d'un milieu pauvre, aîné d'une fratrie nombreuse, il avait dû, à l'âge de seize ans, à la mort de son père, se mettre au travail pour subvenir aux besoins de sa famille. Il avait fait toutes sortes de petits boulots, coursier, puis vendeur de chaussures chez Palacci, pour finir patron d'une petite entreprise de création de parfums. Il avait grimpé l'échelle sociale à la force du poignet, sans doute aidé par son exceptionnel charisme et cette flamme qui brillait au fond de ses yeux clairs. Il s'était ainsi élevé, « toujours plus haut », comme le désirait ma mère… S'était-il gonflé d'importance en bourrant ses poches de billets de banque ? S'était-il cru Joseph, le vizir du pharaon, lui, Youssef, comme on l'appelait là-bas, Soussou, l'enfant de la *'hara*, de la ruelle aux Juifs ? S'était-il senti puissant au point de moquer Dieu, lui qui riait de tout le monde ? Car, alors qu'il était parvenu au faîte de son ascension, tout s'était effondré en quelques jours. Comme la tour de Babel ! Par la faute de Nasser ! Il ne lui en voulait pas, pour lui le *bikbachi* n'était qu'un agent de Dieu. La tour de Babel n'était pas tombée toute seule, il avait bien fallu un agent, un tremblement de terre, ou une guerre… Eh bien pour sa tour de Babel à lui, son tremblement de terre, c'était Nasser ! Il n'en voulait pas davantage aux Égyptiens, qui n'en constituaient que le décor. Il avait simplement revécu le mythe antique. Ne racontait-on pas dans la Bible que les hommes bâtissaient une tour si haute qu'elle aurait pu atteindre Dieu ? Et que Dieu les avait punis de leur hubris, de leur outrecuidance, détruisant la tour, éparpillant les hommes en une nuée d'ethnies, de nations et de langues… métaphore de ce que nous avions vécu. Avant notre exode, en Égypte, nous étions une famille. Je connaissais sept ou huit grands-mères et grands-pères, une quinzaine d'oncles et de tantes, une bonne cinquantaine de cousins et, si je comptais la famille éloignée, j'aurais pu nommer jusqu'à cent, cent vingt personnes, peut-être. Tous ceux-là étaient les miens. À Gennevilliers, après le cataclysme, nous étions restés quatre seulement. La cousine Édith, l'aimée de ma mère, était partie à Haïfa, la cousine Raymonde à Caracas, Arlette avait atterri à Milan, l'oncle Sidney à New York, d'autres à Buenos Aires ou São Paulo. À la génération suivante, la mienne, les cousins parleraient la langue de leur pays d'accueil, le français, l'hébreu, l'italien, l'anglais, l'espagnol, le portugais… Mon père, sans y prendre garde, s'était élevé trop haut, Dieu avait détruit son entreprise et éparpillé sa famille aux quatre vents et chacun désormais parlait sa propre langue.

Il avait raison ! L'Histoire n'est qu'un éternel recommencement.

*

Le professeur Mathias Robert m'avait accepté sous sa direction au diplôme de l'École pratique des hautes études. Depuis la rentrée, qui n'avait eu lieu qu'en novembre, tous les samedis, de 14 à 17 heures, j'assistais à son séminaire, dans une petite salle du Collège de France. Au début du cours, il descellait son paquet de Peter Stuyvesant et commençait à tirer sur son fume-cigarette à filtre intégré, comme un bébé affamé accroché au sein de sa mère. Mais à la différence du bébé, lui n'arrêtait jamais, allumant la suivante au cul de la première, sauf peut-être la nuit quand il s'endormait… À la fin du cours, le cendrier était plein et le paquet vide. Il le regardait alors, les yeux écarquillés, comme épouvanté d'avoir vidé en un après-midi le sein de sa pauvre mère. Dans ce séminaire, tout le monde fumait, si bien qu'après une heure la salle baignait dans un brouillard qui rappelait les yourtes de divination des shamans sibériens. Ses trois élèves préférés, ceux-là mêmes qui l'accompagnaient lors de sa virée à l'Odéon, étaient assis au premier rang. J'ai vite appris que le gros rouquin s'appelait Enrico, qu'il était espagnol et venait de passer sa thèse sur les processions de la Vierge Marie au Pays basque et leur rapport au terrorisme. Je l'ai tout de suite soupçonné de faire partie des groupes qui commençaient la lutte armée. Il roulait les *r* en un bruit de tonnerre, se trompait systématiquement sur certains mots de français, tout en prenant des airs d'hidalgo. Obséquieux avec les filles, il s'inclinait quand il leur ouvrait la porte, en leur demandant : « Yo peux vous ayouder ? » J'ai aussi reconnu le dandy qui changeait de costume à chaque cours, il s'appelait Ovidiu. Roumain, originaire de Czernowitz, tout comme Robert dont il partageait l'accent, il faisait toujours des manières, se pinçant les lèvres avec un bruit de suçon avant de parler, et chaque fois pour prononcer un anathème contre l'un de ses camarades. Il avait sans doute importé sa manie de la délation du pays de Ceauşescu. Quant à Éliane, l'ethnologue à l'aspect rébarbatif, sorte d'hybride de Simone de Beauvoir et de Margaret Mead, « impossible » était son mot, celui par lequel elle commençait toutes ses interventions. « Impossible ! Tu comprends, dans cette ethnie strictement patrilinéaire, il est *impossible* que ton informateur soit marié avec sa cousine paternelle. » Et celui qu'elle apostrophait, qui rentrait tout juste du Niger, osait à peine murmurer : « Et pourtant, son épouse était bien la fille du frère de son père… » Elle répétait : « Impossible… Enfin, je te l'ai dit ! »

Faisait pas bon s'y frotter à celle-là ! Même les faits objectifs, récoltés sur le terrain, devaient lui obéir.

J'avais débarqué là riche de mes lectures, de Marcel Mauss, surtout – un génie quant à lui, à la différence de son oncle, le soporifique Durkheim –, de mes idées, affûtées lors d'interminables discussions avec Bandido, de ma connaissance maniaque des œuvres de Freud. Je voulais aller plus loin. Je voulais apprendre. À l'époque, je ne savais pas qu'on n'apprend jamais, qu'on réapprend seulement ! Je voulais étudier, non pas les banalités ânonnées par les instituteurs de la pensée, ceux que j'avais connus au lycée, ceux dont j'aurais dû suivre les cours à l'université si j'avais été plus assidu, ceux que je croisais dans les groupes politiques, non, étudier vraiment, plonger dans des sujets complexes, difficiles... N'était-ce pas ce qu'avait proposé Robert lors de son speech à l'Odéon ? Ce jour-là, le séminaire avait dépassé mes espérances. Le professeur avait inscrit au tableau, en grec, et de mémoire, quatre vers des *Bacchantes* d'Euripide, ceux dans lesquels le roi Penthée expliquait que les femmes de la ville, parties servir le nouveau dieu sur la montagne, s'y livraient sans mesure à une sexualité débridée, « préférant Aphrodite à Dionysos », c'est-à-dire : se livraient à la frénésie érotique.

Et là, il s'était arrêté, s'était assis sur sa chaise et, regardant le tableau, s'était mis à disséquer les phrases, jusqu'à des réflexions générales... sur les femmes, « qui ont une appétence particulière pour les esprits, les diables et les génies » – comprenne qui peut ! –, sur les différentes formes de l'amour, aussi... « Avez-vous remarqué que la rencontre entre un homme et une femme suit pas à pas le développement psycho-sexuel de l'enfant ? D'abord la sexualité orale – c'est le baiser ! –, ensuite la sexualité anale – ce sont les caresses –, puis la sexualité génitale. » Mais surtout sur les dieux, les grecs, bien sûr, sa véritable passion... Ce jour-là, il avait parcouru avec minutie la psychologie d'Aphrodite, née, selon Hésiode, de la semence d'Ouranos mêlée d'écume de vague, ce qui faisait d'elle une substance sexuelle à l'état pur...

Il ne tenait compte que du sperme du dieu du ciel, oubliant l'écume des vagues, cette part d'insaisissable, d'éphémère… Il devait être obsédé… Mais bon ! En tout cas il savait décrire Aphrodite, la femme, grande, très grande, Anchise l'avait vue toucher le plafond de sa chambre, d'une beauté parfaite, pas celle, vulgaire, d'Astarté ou d'Isis, ces déesses orientales, qu'il évoquait avec une moue de dégoût, non, une beauté tranquille inspirant le désir à toute vie, aux hommes comme aux femmes et même aux animaux. Il la décrivait comme une femme de caractère, aussi, nous expliquant que la beauté des femmes leur était souvent une arme. Il nous rappelait les défis d'Aphrodite, ses façons de se jouer des hommes, de ses amants. Il les passait en revue, d'abord ses amants divins, Arès, le bagarreur aux gros bras, sans cervelle, que l'on disait dieu de la guerre, Hermès, ensuite, l'éternel éphèbe, l'émissaire inconsistant, devenu, on le sait, le modèle de nos anges chrétiens au sexe évanescent, et aussi Héphaïstos, le forgeron boiteux, complexé par sa malformation, qu'il compensait par ses géniales inventions techniques. Et Adonis, dont elle était tombée amoureuse à sa naissance, qu'elle éleva pour qu'il devienne son éternel amant, avant qu'il ne se fasse défoncer par un sanglier dans un carré de laitues, ou Anchise, rien qu'un mortel pourtant, mais si beau qu'elle voulut l'inviter aux banquets des dieux… Et surtout, il savait lui trouver des avatars lointains, dans notre monde, Marilyn Monroe, qui ne sut pourtant assumer jusqu'au bout d'être le sexe incarné, et Grace Kelly, encore davantage, la parfaite, la vibrante, passion des hommes et lassitude du monde… Grace Kelly, l'avatar parfait d'Aphrodite, Marilyn et Grace, toutes deux disparues prématurément. Les déesses ne partagent notre monde qu'en passant… Et il racontait tout ça avec cet accent inimitable, d'une voix à la fois basse et nasillarde qui vous saisissait. En une heure, vous deveniez le familier des dieux, l'heure suivante votre âme voyageait avec eux, au dos de ses « mots ailés ». La troisième heure, il ouvrait la discussion. Enrico avait commencé par une question qui, manifestement, cherchait à déstabiliser le professeur :

« Mathias, tu nous as décrit avec la précision et l'érudition qu'on te connaît (dans ce séminaire, tout le monde devait se tutoyer et appeler le maître par son prénom)… tu nous as décrit les caractéristiques psychologiques des femmes puissantes, leur beauté qui nous soumet, leurs connaissances ésotériques qui nous troublent, mais tu as oublié ce qui pour moi est l'essentiel : la révolution ! » Rumeur approbative dans la salle. « *Les Bacchantes* sont bien le récit d'une révolte politique, n'est-ce pas ? Lorsque Dionysos débarque à Thèbes, son arrivée donne lieu à un véritable coup d'État, initié par les femmes. C'est exactement ce que j'ai pu décrire dans mon travail de doctorat, les processions à la Vierge sont autant de révoltes de femmes, à la voix étouffée, réduites au silence et qui, comme je l'ai démontré, sont les prémisses de toute révolution. »

Et le débat était lancé. Je venais d'arriver, je ne pipais pas. Mais j'étais sidéré. Si tous ses élèves, sans exception, étaient « des gauchistes, des aventuristes, marxistes-léninistes, guévaristes ou trotskistes », le professeur, lui, affichait sans se cacher des idées « à la droite de la droite ». Et ses étudiants l'aimaient, pourtant ; moi aussi, j'allais l'aimer… Le détester, aussi !

Il avait ridiculisé Enrico. Pour Mathias, Dionysos était un « vulgaire trublion gauchiste », le vieux Tirésias, un « dégonflé, coupable, comme l'ont été Daladier et Chamberlain en 1938 », et les ménades qui partaient honorer le nouveau dieu, des « névrosées à moitié débiles enrôlées par un gourou ». Et il avait terminé sa vigoureuse réponse en rappelant à Enrico que si le mois de mai dernier pouvait être comparé à une sorte de bacchanale, celle-ci s'était terminée non par le sacrifice d'un animal comme dans l'Antiquité, mais par un sacrifice humain.

« Un sacrifice humain ? s'était étonné Enrico.

— Mais oui !

— Il n'y a eu aucun mort durant les manifestations, Mathias !

— Et l'horrible assassinat de notre collègue du CNRS, Katarzyna Kowalska, étranglée par son concubin, le philosophe communiste Jules-André Altmayer, la nuit du 10 mai ? Ce que je comprends, moi, c'est que Katarzyna Kowalska, héroïne de la Résistance, juive qui plus est, a été l'antilope, la panthère, l'animal sauvage sacrifié sur l'autel de l'orgie révolutionnaire.

— Tu ne peux pas dire ça, Mathias !

— Et pourquoi je ne dirais pas ce que je pense ?

— Parce que rien ne prouve qu'Altmayer soit l'assassin. »

Il a pris un air coquin, plissant les yeux : « Altmayer a bien disparu depuis, n'est-ce pas ? »

Mais l'autre insistait, voulant dans un même mouvement sauver la vérité judiciaire et le communisme : « Ce ne sont que des présomptions. On pourrait te poursuivre pour diffamation, Mathias. »

Et le vieux prof, soudain écarlate, s'était dressé hors de sa chaise en brandissant sa canne en direction d'Enrico : « Qui donc oserait me poursuivre ? »

Il était singulier, ce vieux prof, soixante-trois ans bien sonnés, si ce n'était davantage – les migrants trichent toujours sur leur âge –, miro à ne pouvoir lire les affiches de publicité, boiteux du fait, prétendait-il, d'une blessure de guerre, mais vif de la canne et prompt au combat. Je suis certain qu'en d'autres temps il aurait sorti le fleuret. Le gros, qui devait faire une tête de plus que lui, s'était mis à rougir, comme un gamin attrapé en flagrant délit. Ses mains tremblaient, sa voix vacillait. Il balbutiait en espagnol : « *Disculpa… Disculpa, no quise ofenderte…* Excuse-moi, je ne voulais pas t'offenser. » Il ajoutait, suppliant : « Mathias, Mathias… *Perdóname, por favor…* Pardonne-moi, s'il te plaît. »

Mathias Robert s'était assis, l'avait seulement menacé du doigt en souriant : « Allez ! C'est oublié ! »

Cette dispute à propos d'Altmayer m'a donné des sueurs froides. Qu'est-ce que ce foutu Altmayer venait faire ici ? Qui connaissait le philosophe de Normale sup dans ce cours ? Certainement quelques-uns et, semblait-il, Mathias Robert lui-même… Pour quelle raison Enrico s'était-il hasardé à le défendre ? Qu'avait voulu dénoncer Robert en attaquant publiquement le philosophe pervers ? Était-ce encore sa lubie du complot du KGB ? Et si l'un des élèves m'avait aperçu rue d'Ulm et me reconnaissait maintenant ? À cette idée, j'ai rentré la tête dans les épaules, me faisant tout petit.

Dans la salle enfumée, il régnait un silence de crypte funéraire. Quelle ambiance étrange, cette bande d'étudiants gauchistes qui passaient leur temps à critiquer l'autorité, sous l'emprise d'un maître à poigne. Je me suis demandé si j'étais tombé dans une secte, genre « Les Enfants de Dieu », ou dans un groupe paramilitaire… Eh bien, ça n'a pas manqué, Mathias nous a ensuite raconté sa guerre ! En 1934, il était encore en France, espérant obtenir de Marcel Mauss, son maître, un poste de chercheur, peut-être même d'assistant. Mais depuis l'affaire Stavisky, l'ambiance se gâtait pour les étrangers, surtout lorsqu'ils étaient originaires d'Europe de l'Est. Les Camelots du roi défilaient, jouant de la canne et du gourdin, et même du pistolet, *L'Action française* suivait l'affaire en publiant les papiers quotidiens de Léon Daudet. Maurras exigeait la démission du gouvernement, accusant les politiques d'avoir reçu des brassées de pots-de-vin pour protéger l'escroc Stavisky, ce métèque, cet Ukrainien, juif par-dessus le marché. Jusqu'à l'émeute du 6 février 1934 où la France, après l'Italie et l'Allemagne, avait failli basculer dans le fascisme. Mathias Robert avait senti avant les autres le vent mauvais qui commençait à souffler sur l'Europe. Le mois suivant, il partait préparer sa thèse en Amérique, à San Francisco. Puis, la guerre avait éclaté. Il brûlait d'aller se battre contre les nazis, mais les États-Unis, son nouveau pays, tentaient d'éviter le conflit. Lorsque après Pearl Harbor ils s'étaient finalement engagés avec les Alliés contre les puissances de l'Axe, Robert s'était précipité dans un bureau de recrutement. Mais il n'était plus très jeune, déjà âgé de trente-sept ans et myope comme une taupe. Touché par son désir de combattre, l'agent lui avait demandé s'il maîtrisait un domaine spécial, s'il possédait des connaissances auxquelles aucun autre appelé n'aurait pu prétendre. « Les langues ! » avait répondu Robert. Il en parlait neuf, en incluant les deux langues mélanésiennes et le javanais qu'il avait appris à Paris, aux Langues O'. « Neuf ? s'était étonné le sergent, ils vous prendront certainement dans l'OSS. »

« Et c'est ce qui est arrivé ! a fièrement clamé Mathias Robert. J'ai travaillé dans les services durant toute la guerre et je ne devais pas être si mauvais puisque j'ai terminé capitaine. »

Amos, un petit Marocain, réfugié comme moi, est intervenu du fond de la salle, gouailleur : « Alors, Mathias, tu es donc un espion américain… »

Petits rires gênés dans la salle. Robert devait bien l'aimer, cet Amos, il n'a pas repris sa canne, ne l'a ni molesté ni grondé. Il a même souri.

« Tu ne devrais pas te moquer, mon cher Amos, toi qui aspires à le devenir, un bon ethnologue est nécessairement un espion. Ruth Benedict, l'une des plus grandes ethnologues américaines, avait été missionnée en 1944 par le Pentagone pour une étude sur le Japon. Le rapport qu'elle a soumis a servi de guide à l'armée américaine pour l'occupation du pays à la fin de la guerre. Si ce n'est pas de l'espionnage, ça y ressemble beaucoup… Et elle a bien travaillé ! Le livre qu'elle a ensuite tiré de son étude, *Le Chrysanthème et le Sabre*, était si juste qu'une fois traduit il devint un best-seller au Japon, dans les années 1950 et 1960. Vois-tu, les ethnologues ne devraient pas avoir honte d'être peu ou prou des espions. L'essentiel est de savoir pour qui ils travaillent. »

Et le facétieux Amos avait encore levé la main : « Dis-moi, Mathias, l'OSS, c'est bien l'ancêtre de la CIA, n'est-ce pas ? »

Il y avait un mystère. Cet homme revendiquait les idées les plus conservatrices tout en étant plongé dans une ambiance d'extrême gauche. Car, je l'appris bientôt, il ne fréquentait que ses étudiants. Lui, le savant de réputation mondiale, fuyait les réunions de professeurs, évitait les congrès académiques, se gardait de publier dans les revues prestigieuses d'anthropologie – un seul article dans *L'Homme*, et très court, à peine une notice, deux articles dans *American Anthropologist*. Le reste, les textes importants, il les avait confiés à des revues confidentielles, comme *Les Études suédoises d'archéologie hellénistique*. Psychanalyste – car il était à la fois ethnologue et psychanalyste – inscrit sur la liste d'une société locale américaine, la California Psychoanalytic Society, plus précisément sa succursale de San Francisco, il évitait comme la peste les psychanalystes français, qu'il raillait publiquement, les traitant de « militants dadaïstes ». Pourtant la société de San Francisco était de tendance carrément gauchiste.

C'était à n'y rien comprendre. Fasciste infiltré chez les gauchistes ou gauchiste lui-même, à l'insu de tous ?

Une fois de plus, je me retrouvais plongé dans un monde étranger, hostile. Je comprenais la langue, saisissais les enjeux de la discussion, mais restais envahi d'un sentiment d'irréalité. Et, au-dessus de moi, flottait une angoisse diffuse, comme l'imminence d'un anéantissement. J'aurais voulu m'échapper. Je les voyais tous semblables et moi différent ; ils me regardaient, se moquaient de moi, s'approchaient, menaçants. Recroquevillé au fond de la salle, je me souvenais de ma première école en France, en 1958, ce vieux bâtiment gris, presque noir, rue Buffault, dans le 9e arrondissement de Paris, de la classe de CM1 que je venais de rejoindre, de la quarantaine de garçons, en tablier gris, à la coupe en brosse, tous mauvais comme des teignes, qui attendaient que le maître tourne la tête pour s'expédier des encriers ou piquer leur voisin de la pointe du compas, leurs cris, leurs bagarres, leur méchanceté, animés qu'ils étaient d'une sorte de rage permanente. C'était la France, la France de l'après-guerre, certes pauvre, mais rongée par l'envie, la jalousie, obsédée de règlements de comptes, envahie de remords… Et les enfants des écoles en étaient l'exact reflet. La France de l'après-guerre, c'était véritablement « la terre du remords ». Qu'avait-on fait des enfants juifs durant la guerre ? Combien avaient disparu du jour au lendemain, absents à l'appel, rayés des listes, rayés des vivants, dans cette école que je fréquentais dans ce 9e arrondissement pourri, dans ce quartier où les pierres elles-mêmes transpiraient d'angoisse ? Personne n'en parlait, j'étais un gamin, mais je la ressentais. À travers les réflexions malsaines du maître, « ton nom, là, ce n'est pas français », face auxquelles on ne pouvait que mentir : « J'sais pas, moi, m'sieur » ; quand ce n'était pas : « Nathan, Nathan… comme dans la Bible ? — La Bible ? Je n'ai pas lu le bouquin, m'sieur… » Ou encore : « Tiens-toi correctement ! On n'est pas à la synagogue, ici ! » J'ai vite compris que je pouvais apprendre ça aussi, cette malveillance, cette volonté de blesser, ce choix de la guerre généralisée des âmes, de chaque âme contre chaque âme. Un émigrant peut tout apprendre, surtout lorsqu'il est un enfant. Mais moi, je ne sais pourquoi, je me suis braqué, je n'ai pas voulu. C'est sans doute pour cette raison que je me suis senti en danger, que je me sens toujours en danger… Dans chaque groupe constitué. Pour cette raison aussi que, ce jour-là, mon premier jour de séminaire, je voulais prendre la fuite.

Je suis resté.

J'ai pensé que nous autres, les Juifs, nous sommes toujours les malvenus. Quoi que nous fassions, nous finissons par nous faire expulser. Un jour, ma famille est allée en Égypte – c'était peut-être au IIIe siècle avant notre ère, du temps de la grandeur des Ptolémées, au XIIe, avec Maïmonide, au XVe après la chute de l'Espagne musulmane… qui sait ? Puis un jour, j'avais huit ans, nous avons été expulsés. L'Histoire est un éternel recommencement ! Peut-être est-ce pour cela que moi, chaque fois que je suis quelque part, je pense aussitôt qu'il me faudra repartir.

Après le cours, tout le séminaire émigrait pour deux heures supplémentaires au Balzar, un café un peu chic, rue des Écoles, entre le Collège et la Sorbonne. Les fidèles s'installaient à la table de Mathias. Moi qui ne connaissais personne, je m'étais retrouvé à la « table des vieilles ». Il y avait Irène Schultz, héritière multimillionnaire qui venait s'encanailler la cervelle tous les samedis en écoutant les commentaires grivois du vieux professeur. Il y avait aussi Nadine Carchoffe, une inspectrice à la retraite, qui venait assister à l'expression débridée d'une pensée libre, tout le contraire de ce qu'elle avait connu durant sa carrière à l'Éducation nationale. La troisième – elle s'appelait Thérèse, je crois –, celle qui me faisait face, avait tout de la vieille sorcière, les cheveux entremêlés comme un nid de vipères, le regard exophtalmique, le débit agressif. Et lorsqu'elle ouvrait la bouche, s'échappait un fumet de soufre... J'étais coincé, contraint à sourire, à répondre aux questions. Heureusement qu'Amos est venu à mon secours. Nous avions tout de suite fraternisé, lui qui n'avait qu'une idée en tête : comment séduire les filles. Il me désignait Eva, la belle Italienne, d'un mouvement de la tête. Je ne lui répondais pas.

Me voyant coincé avec les vieilles, il est venu me chercher. Je l'ai suivi jusque sur le trottoir.

« Tu as repéré la nouvelle ?

— Écoute, je viens d'arriver, je ne peux pas savoir qui est nouveau.

— Elle est assise à la table à gauche de celle de Mathias. De beaux yeux, tu vois, et des lèvres... Ah, ses lèvres... » Et il a pincé les doigts de sa main, en faisant claquer un baiser. « Une merveille ! C'est une Allemande, étudiante en philosophie. Je crois qu'elle s'appelle Hilde. Viens, on essaie… »

Hilde parlait un français académique truffé de germanismes. Elle souriait volontiers, à l'un, à l'autre. Elle se retournait régulièrement vers Sylvie pour lui demander du regard si tous les Français étaient comme nous – elle voulait dire : baratineurs. L'autre levait les yeux au ciel en souriant. Mathias nous jetait sans cesse des regards suspicieux. On eût dit qu'il nous surveillait. Vers 19 heures, la salle s'est vidée. Le professeur Robert est sorti dans les derniers, escorté par sa garde rapprochée, Ovidiu le bellâtre et Éliane, la grande ethnologue au sexe indécis ; Enrico, l'Espingouin, était légèrement en retrait, probablement en disgrâce depuis sa saillie agressive. Nous parlions toujours avec Hilde, qui s'esclaffait tout en nous faisant remarquer qu'en Allemagne un garçon ne se comporterait certainement pas de cette façon avec une fille, surtout s'il la rencontrait pour la première fois. Le garçon de café commençait à ranger les tables. Nous avons invité la belle Allemande à partager un hamburger chez Wimpy, en face du jardin du Luxembourg. Amos espérait sans doute finir de la séduire, moi je n'y croyais pas. Je n'étais pas expert en psychologie de la jeune femme allemande, mais je voyais bien qu'elle avait adopté une attitude un peu méprisante. Manifestement, elle nous prenait pour des sauvages. Malgré tout, nous provenions tous deux de l'autre rive de la Méditerranée.

Dans la rue, Amos, de plus en plus entreprenant, lui avait pris le bras. Je les suivais. Elle était drôlement fagotée, la Boche ! Un long manteau sans forme qui datait peut-être de la dernière guerre lui pendait plus bas que les genoux, des bas de laine de couleur violette gondolaient sur ses gros souliers de vieux cuir, et pour couronner la silhouette, elle avait enfoncé jusqu'aux oreilles un béret façon Che Guevara. Je me suis surpris à penser qu'elle était sans doute mieux à poil. Peut-être était-ce là le motif de cet accoutrement, forcer l'imagination à la débarrasser de ses hardes.

L'ambiance bon enfant du Wimpy bondé, éclairé au néon, avait rassuré Hilde qui s'était installée sur la banquette en skaï rouge entre nous deux. Amos tentait de pousser son avantage en lui entourant l'épaule de son bras. Moi, je lui demandais ce qu'une philosophe pouvait tirer de l'ethnopsychiatrie.

« Ce n'est pas tellement *la* ethnopsychiatrie, nous a-t-elle confié, c'est surtout Mathias.

— C'est un enseignant exceptionnel, ai-je admis volontiers, mais heu… un peu original, tu ne trouves pas ?

— Vous ne le savez pas, poursuivait Hilde, c'est aussi un grand poète. »

Elle était sous le charme. Amos n'a pu s'empêcher de lancer sa boutade : « C'est normal, n'est-ce pas, chez les Allemandes, l'adoration du chef. »

Elle s'est soudain raidie. J'ai vu ses yeux tourner au gris, ses mâchoires se crisper. En une fraction de seconde, je me suis dit que, si elle avait tenu une mitraillette, elle l'aurait coupé en deux d'une rafale. Un silence gêné s'était installé. Elle a fini par lâcher : « Comment on dit en français ? *Pétite* con ? »

C'est alors qu'elle nous a expliqué, avec une certaine fierté, qu'elle ne pouvait être soupçonnée de sympathies nazies, qu'elle se sentait proche de ce qu'on appellerait bientôt en Allemagne la RAF, la Rote Armee Fraktion, la « Fraction armée rouge ». Elle avait même déjà publié un article dans *Konkret*, la revue du mouvement, mais en allemand. « Vous ne lisez pas l'allemand, je suppose… »

Et Amos, qui n'en ratait pas une, de répliquer : « Nous autres, Juifs, nous avons mis un point d'honneur à ne pas apprendre cette langue. On boycotte. »

Elle a souri.

« Notre groupe, vous ne le savez peut-être pas, dénonce les anciens nazis qui ont infiltré l'administration dans notre pays. »

J'avais entendu parler de ce groupe. Je savais même que nos « chefs » de l'UJCML, le groupe mao que j'avais déserté, avaient noué des liens avec ces Allemands pour monter des actions conjointes. Eux, les Chleuhs, avaient déjà réussi plusieurs « expropriations bancaires » – c'était ainsi qu'ils appelaient les hold-up – pour renflouer les caisses révolutionnaires.

J'ai innocemment posé une question à Hilde : « Vous avez décidé de passer à la lutte armée, n'est-ce pas ? »

Elle s'est aussitôt fermée comme une huître.

« Tu es vraiment très belle ! » lui a murmuré Amos.

C'est à ce moment que nous nous sommes rendu compte d'une présence devant la table. Nous avons levé la tête tous les trois au même moment. Eva, la belle Italienne, avait le visage défait, le rimmel dégoulinant, les cheveux en bataille.

« Ben ma puce, qu'est-ce qui t'arrive ? a demandé Amos.

— Je peux m'asseoir cinq minutes avec vous ? »

J'espérais qu'Amos ne s'aventurerait pas à lancer une nouvelle grosse blague du genre : « L'Allemande et l'Italienne à la même table, voilà qu'on a reconstitué l'Axe... » Eva reniflait, s'essuyait les yeux, hoquetait. Je lui ai présenté un verre d'eau. Elle y a trempé les lèvres, et a pris place sur la banquette, face à nous.

« Mathias, vous savez...

— Quoi ? Qu'est-ce qui est arrivé ? ai-je demandé, un peu inquiet.

— Je peux vous raconter quelque chose de personnel ? »

Du coup, Hilde, qui s'apprêtait à partir, s'est rassise. Elle s'est même fendue d'un *Sicherlich ja !* en allemand : « Bien sûr que oui !

— Vous n'allez pas me croire, peut-être même penser que je me fais des idées, que ce sont des fantasmes...

— Mais non ! » la rassura Amos qui en profita pour lui prendre la main.

Après un bon quart d'heure de tergiversations, elle nous a raconté que lorsqu'elle était aux toilettes – aux toilettes des femmes, a-t-elle précisé –, dans le sous-sol du Balzar, elle avait entendu toquer à sa porte. Elle avait naturellement pensé qu'une cliente, très pressée, lui demandait de se dépêcher. Et lorsqu'elle avait ouvert la porte, elle s'était retrouvée nez à nez avec Robert... « Oui, le professeur Robert, dans les toilettes des femmes. » Et voilà qu'elle sanglotait à nouveau et qu'Amos lui tapotait la main. Elle avait pensé qu'il s'était trompé, allait pour le lui dire lorsqu'il s'était jeté sur elle, cherchant à l'embrasser sur la bouche. D'abord effrayée, elle avait tenté de parlementer, lui avait expliqué qu'elle avait pour lui la plus grande estime, qu'il était l'homme qu'elle admirait le plus au monde, son intelligence, ses travaux… Mais il était devenu comme fou, lui déclarant son amour, insistant pour lui extorquer un baiser. Il l'avait acculée dans un coin, ahanant. « C'était dégoûtant, comme un ours en rut. » J'ai vu Amos sur le point de balancer une de ses blagues idiotes. Et Eva qui poursuivait, racontant qu'il lui avait fait mal, la tenant avec force, la poussant contre le lavabo… Pour le calmer, elle lui avait dit qu'elle l'aimait comme un père. « Et alors ? Raison de plus ! » avait-il rétorqué. Ajoutant : « Toutes les femmes aiment leur père. »

« Vous vous rendez compte ? Il voulait que je couche avec mon père… »

Elle avait été sauvée par le bruit des talons d'une femme dans l'escalier. Robert avait reboutonné son pantalon, arrangé ses cheveux dans la glace, rajusté ses lunettes. Elle avait profité de cet instant pour s'enfuir, croisant Thérèse, la vieille sorcière, en remontant. Elle avait quitté le café aussitôt, sans dire au revoir, sans même revenir vers les tables. Une fois dehors, elle avait fait une crise de nerfs. Depuis, elle errait dans le quartier, n'osant ni rentrer chez elle, ni parler à qui que ce soit.

J'ai bien vu qu'elle perdait les pédales. Et Amos qui ricanait… Tout de même, il terminait sa licence de psychologie, mon nouveau copain, il aurait pu faire preuve d'un peu d'empathie, non ?

Au bout d'un moment, Eva a relevé la tête.

« Excusez-moi ! Je n'avais pas à vous raconter tout ça. »

Hilde s'est levée. Elle était si pâle dans la lueur crue des néons, on devinait les veines bleutées sous la peau de son visage. J'ai repensé à ma mère qui, chaque fois que je lui présentais une blonde, disait en arabe : « Regarde-la, on dirait un navet ! » Celle-là, aux yeux de ma mère, serait apparue en quintessence du navet, un quasi-ectoplasme. Hilde s'enfonça son béret sur la tête.

« Je dois partir.

— Tu habites où ? lui demanda Amos.

— Pour l'instant, je dors chez une copine.

— Où ça ?

— Et elle n'a pas le téléphone ! » conclut-elle brutalement en tournant les talons.

Nous avions bien remarqué sa gêne durant le récit d'Eva. Elle gigotait, fermait les yeux. Elle avait même été prise d'un haut-le-corps, comme si elle allait vomir. Je l'avais pensée émotive.

J'étais perplexe. J'avais débarqué dans un séminaire de haut niveau, certain d'avoir trouvé où apprendre, et en quelques heures j'avais été plongé en plein cœur d'un maelström émotionnel. Mais qu'est-ce qu'il avait, ce professeur Robert ? Était-il amoureux d'Eva ? Et même si c'était le cas, quelle idée de chercher à la trousser dans les toilettes d'un café ! Ou alors voulait-il cacher cette passion secrète à une autre femme qui se trouvait dans la salle, sa compagne, sa concubine… Mais qui ?

La nuit était tombée depuis longtemps. Un vent glacial figeait le visage, s'infiltrait sous les vêtements. Michèle venait de partir en mission à Ouagadougou et m'avait sous-loué sa chambre à la cité U. Je me sentais un peu triste à l'idée de rentrer seul dans mes neuf mètres carrés à Nanterre. Pris dans mes pensées, j'avais emprunté, par automatisme, la rue de la Sorbonne. Devant l'université, j'ai entendu une voix derrière moi : « Ressaisis-toi ! » Je me suis retourné, il n'y avait personne. Je l'avais pourtant distinctement perçue, cette voix de femme, grave, rauque… J'ai continué mon chemin. Aussitôt, la voix : « Que la paix soit avec toi ! »

J'ai sursauté, me suis retourné et, dans l'encadrement de la grande porte de la Sorbonne, qui doit bien faire quatre mètres de haut, est apparue la Bédouine en sa tunique claire, serrée d'une ceinture multicolore.

Elle a répété : « Que la paix soit avec toi ! »

Qu'est-ce qu'il fallait répondre, déjà ? Ah oui : « Qu'avec toi soit la paix, ma mère… (et j'ai ajouté :) qui n'est pas ma mère.

— Idiot ! dit la Bédouine, tu as tout intérêt à ce que je le sois, ta mère. Sinon tu serais mort depuis longtemps. Je te connais, tu t'appelles *Taïeb, le bon*. »

Ce nom, ça a été comme un déclic. Je me suis soudain souvenu. Le Caire, je devais avoir cinq ou six ans. Elles arrivaient par la porte de service, toujours par deux, les Bédouines, les Libyennes. Elles avaient un tatouage sur le front et portaient cette même tunique blanche qu'arborait mon étrange interlocutrice. « *El za'hr,* madame ? » C'est ce qu'elles proposaient à ma mère, *el za'hr,* « la chance », lui dire la bonne aventure. Et elles frappaient du tambourin, et elles poussaient des youyous. Ma mère les laissait entrer, leur donnait quelques pièces de monnaie, emplissait une bouteille de lait pour leur bébé. Et les femmes se répandaient en remerciements. « Pour le bien, madame, pour le bien ! » C'est alors qu'elles sortaient les boîtes. Elles savaient qu'elles plaisaient aux enfants, ces boîtes contenant des poudres de toutes les couleurs. Et elles étalaient les couleurs sur le sol de la cuisine. Et moi, je m'en souviens, je ne parvenais pas à détacher mon regard de leurs doigts habiles qui arrangeaient les couleurs en petits tas, les mélangeaient un peu, les réorganisaient en paysages lunaires, en Sahara en réduction. Et lorsqu'elles tombaient sur une configuration qui les satisfaisait, elles frappaient dans leurs mains, faisaient tinter leurs tambourins…

« Ah madame ! Ah madame !

— Dis, demandait ma mère, dis ce que tu as vu !

— Le petit, là, comment il s'appelle ? »

Ma mère avait traduit mon nom : « Taïeb, il s'appelle Taïeb. »

Ce qui signifie « bon » en arabe.

« Tout est *bon*, madame ! C'est la joie, tapez dans vos mains ! » Et elles poussaient des youyous. Et tintaient leurs tambourins. « C'est la joie dans la famille !

Tout est bon, l'avenir est ouvert *'ala Taïeb el taïeb,* à Taïeb, il n'arrivera que du bien !

— Allez ! Dis-m'en davantage, s'amusait ma mère.

— J'ai vu, j'ai vu… qu'il serait comme Sinbad le marin. (Elle prononçait *Sendebad.*)

— Sendebad ?

— Oui, oui ! Il va courir le monde, braver les dangers, échapper aux orages et aux tempêtes, toujours animé d'une insatiable curiosité. »

Elle était un peu déçue, ma mère.

« Un aventurier, alors ? Bon ! Mais tu me racontes ses voyages, alors qu'aujourd'hui il est grand comme une fève. Je serai peut-être morte quand tout cela arrivera, enfouie dans le sable, en pleine conversation avec les momies des pharaons.

— Éloigne le malheur, madame ! Tu vivras très longtemps, assez longtemps pour voir ton enfant revenir chargé d'or et de trésors. » Puis elle s'était rapprochée de ma mère et lui avait murmuré, l'air de confier un secret : « Parfois, madame, les trésors… parfois il ne faut pas y toucher.

— Allons bon ! s'étonnait ma mère. Si je trouvais un trésor, tu peux être certaine que je m'en emparerais. Pas toi ?

— Tss-tss… Ah ! Tu n'es pas prudente. On m'a raconté une histoire… »

Entre-temps, la bonne était arrivée, s'était essuyé les mains sur son tablier, puis la grand-mère Sarina, qui habitait au troisième, puis la voisine, Bella, et sa bru, et toutes ces femmes insistaient pour obtenir l'histoire extraordinaire des Libyennes. « Raconte… allez, raconte ! suppliaient-elles.

— C'était un homme, tu vois madame, qui, en pleine nuit, a fait un rêve… »

Et ma mère a offert un siège à la grand-mère Sarina.

« Dans son rêve, il a vu qu'un homme déposait un sac d'or à l'entrée de sa maison puis frappait à sa porte. Dans son rêve, il l'entendait frapper. Tuk, tuk… Ça l'a réveillé. Et on frappait toujours. Il était réveillé, et on frappait toujours à sa porte… Tuk, tuk… Il est parti ouvrir, comme ça, en *galabeya*, en pleine nuit. Et… lorsqu'il l'a ouverte, un courant d'air froid lui est passé entre les jambes et a pénétré dans la maison. Il n'a vu personne, sinon ce sac d'or que quelqu'un, sans doute, venait de déposer. L'homme a fait ce que tu as dit que tu ferais, madame, il a pris le sac et l'a caché sous son lit. Puis, il s'est endormi. Le lendemain matin, la première chose qu'il a faite en se réveillant, hein… il a regardé sous son lit. Rien ! Il n'y avait rien, pas plus de sac que d'or, ni même une vieille pièce d'un millième qui aurait roulé là, rien qu'un peu de poussière. Mais le vent froid qui avait pénétré dans sa maison cette nuit-là le poursuit encore, la nuit comme le jour. Tantôt il le saisit lorsqu'il est à la cuisine, tantôt dans le salon ou dans la salle de bains. »

Ma mère, qui, quoique aimant les histoires extraordinaires, était une femme rationnelle, a demandé à la Libyenne : « Qu'est-ce que tu veux dire par là ? Quelle est la morale de ton histoire ? »

Et la Libyenne avait poussé un cri : « Pardonnez-moi, *ya s'hab el ard,* ô esprits du sol, si je parle mal à la femme d'un monsieur, d'un *khawaga* ! Oh non, madame, si c'était un conte, j'aurais commencé par *Kan ya makane,* "C'est arrivé ou ce n'est pas arrivé". Ai-je commencé ainsi mon histoire ? Non ! Je t'ai dit : "Il y a un homme." Si je t'ai dit "Il y a un homme", c'est qu'il y a un homme ! Ce n'est pas une fable, c'est vrai !

— C'est vrai ?

— Ô madame, madame, l'homme dont je te parle, je le connais. Dehors, il fait chaud comme dans un four et chez lui il est couvert de châles de laine, toujours poursuivi par le courant d'air. Et même quand il sort dans la rue, le courant d'air le poursuit. »

C'est alors que la grand-mère Sarina avait conclu : « Quelles que soient ses promesses, il ne faut pas laisser l'étranger pénétrer dans ta maison. »

Et les autres avaient aussitôt acquiescé, Bella, la voisine grecque, Gamila, la bonne, et même ma mère qui hochait la tête doctement. Quant à moi, je me disais : mais les Libyennes, les deux Bédouines, c'étaient bien des étrangères, et elle les avait laissées entrer, Dieu sait quel vent elles transportaient avec elles depuis leur désert.

La grand-mère Sarina, que tout le monde appelait Mama Nina, sortit son porte-monnaie des plis de sa robe pour donner encore quelques pièces aux diseuses de bonne aventure.

« Sur ma tête, ô ma mère ! Dieu te le rendra au centuple. » Et, me désignant d'un signe : « Faites attention à lui ! Ne le laissez pas partir trop tôt, avant qu'il n'ait été aguerri pour affronter la rue. »

Rue de la Sorbonne, personne ne pouvait connaître « Taïeb le bon », ce surnom donné par une voyante libyenne, au Caire, alors que j'avais cinq ans. Cette Bédouine qui se tenait devant moi, en plein Paris… Non ! Il était impossible que ce soit la même. Aujourd'hui, ce serait une vieille femme alors que celle-ci…

« D'où viens-tu ? lui ai-je demandé.

— La dernière fois que nous nous sommes vus, tu m'as dit que je venais du tréfonds de tes rêves.

— Allons ! S'il te plaît, dis-le-moi ! »

N'obtenant pas de réponse, j'ai essayé en arabe : « Libyia ? Tu viens de Libye ?

— Tu n'es pas un orphelin, me répondit la Bédouine. » Et elle a répété : « Ressaisis-toi ! Tu n'es pas un orphelin ! »

J'ai voulu l'approcher, la toucher, me rendre compte s'il s'agissait d'une vision. Mais plus j'approchais, plus elle reculait. Et lorsqu'elle s'est trouvée acculée au mur, elle a disparu soudain, pour reparaître derrière moi, m'appelant à nouveau : « Taïeb le bon ?

— Oui ?

— On ne répond pas oui ! On dit : "*Na'am*, il m'est doux de te répondre." Qui donc t'a appris à parler ?

— Personne ne t'apprend à parler. Tu apprends tout seul, non ?

— C'est bien ton problème ! Tu n'apprends rien des autres. Ressaisis-toi, Taïeb le bon ! Tu as une grand-mère.

— Une grand-mère ? Ben… j'en avais deux. Une que je n'ai jamais connue, la mère de ma mère, morte bien avant ma naissance, et une autre qui a longtemps vécu avec nous. Celle-là est morte aussi, au Caire, juste l'année précédant notre départ.

— Tu vois ! Tu as une grand-mère. Et elle savait danser, ta grand-mère ! »

Mais qu'est-ce qu'elle racontait cette Bédouine ? Ma grand-mère, que les enfants appelaient *Nonna* (« grand-mère » en italien), je l'ai toujours vue dans son fauteuil, ses grands yeux dans le vide, comme si elle contemplait l'étirement du temps qui passe.

« C'était une femme puissante, ta grand-mère », a conclu la Bédouine avant de disparaître.

*

La nuit qui avait suivi, j'avais mal dormi, refait un cauchemar. *Le cauchemar !* À cette époque, je faisais toujours le même. Je me trouvais, je ne sais trop comment, en Allemagne, cette fois c'était dans un autocar, en direction de la frontière… Quelle frontière ? Le car s'est arrêté en pleine campagne. Des SS sont montés, ont commencé à contrôler les passagers. Je me suis faufilé, j'ai sauté du car. Ils m'ont poursuivi en hurlant des mots d'allemand. Les chiens aboyaient derrière moi. J'ai trébuché sur une racine, me suis étalé dans une cressonnière. Il faisait froid, aussi froid qu'en rentrant la veille sur ma mobylette. Je me suis tapi dans les herbes, à moitié immergé. Il s'est fait un silence… J'ai retenu mon souffle, un temps, et soudain, le chien a surgi et a planté ses crocs dans ma jambe. Je tirais comme un damné, mais il ne me lâchait pas, ce foutu cabot. Du sein même du rêve, je m'en souviens, j'ai pensé que le seul moyen d'échapper à son emprise était de me réveiller.

Je me suis redressé, en nage, le cœur battant la chamade. J'ai allumé la lumière, découvert ma jambe. J'étais certain d'y retrouver des traces de morsure… Rien ! Je l'ai frottée, elle n'était ni rouge, ni enflammée, ni même un peu ankylosée.

Encore des nazis ! Je pouvais comprendre qu'un survivant des camps fasse de tels rêves. J'ai entendu dire que leurs enfants, et même leurs petits-enfants, pourtant nés en France après la guerre, faisaient aussi des rêves de nazis. Mais je n'avais rien à voir avec les Ashkénazes, moi. Prajs, par exemple, mon copain de fac, Jean-Claude Prajs, dont le père avait été déporté et avait passé deux ans dans les camps, en faisait souvent, de ces rêves, il sentait même leurs balles de fusil lui déchirer la poitrine. Lui, qu'il fasse des rêves de nazis, d'accord, mais moi… Pourquoi moi ? Je devais être un peu parano à attraper, comme ça, les terreurs des autres.

Je me suis levé, j'ai laissé couler l'eau du robinet pour la rafraîchir un peu avant de la boire. Une angoisse m'a saisi la gorge. Pour me détendre, j'ai repensé aux paradoxes de notre maître Gaston au Talmud Torah de mon enfance. Il nous disait : « Un cauchemar, c'est bon ! » Alors nous, les gamins, l'assaillions de questions : « Mais non, maître, un cauchemar c'est mauvais, ça fait peur… » Et lui, nourri de pensées talmudiques, nous répondait : « Non ! Regarde, quand tu fais un cauchemar, tu es content de te réveiller. Dieu t'a envoyé ce cauchemar pour que, au réveil, tu penses que la vie est bonne. Un cauchemar, c'est un cadeau de Dieu. Alors qu'un bon rêve, un beau rêve, voyez-vous, c'est une punition de Dieu. Oui ! Car au réveil, le monde t'apparaît bien terne comparé aux délices que tu as goûtées en rêve. » Il était malin, Gaston. Mais je n'étais plus un enfant de onze ans. Ses boniments ne me calmaient plus. Je restais persuadé qu'un cauchemar était une sorte de signal d'alarme, un sixième sens intérieur qui venait prévenir d'un danger imminent. J'avais pensé, bien sûr, à nos slogans durant les manifs, ces fameux « CRS SS », me demandant si les SS du rêve n'étaient pas les CRS de la veille. Mais je n'y croyais pas. J'étais certain que ce cauchemar évoquait des questions plus profondes. Et puis, ces cauchemars étaient survenus bien avant ce foutu mois de mai. Quand ? Deux ou trois ans auparavant, peut-être, durant ma dernière année de lycée, l'année du bac… Non ! Ce cauchemar devait avoir un lien avec la Bédouine apparue la veille, cette énigmatique Libyenne qui m'avait parlé de ma grand-mère.

Ma grand-mère s'appelait Bonna, c'était son nom. Alors, ça rimait joliment quand pour la distinguer des autres grands-mères on disait : Nonna Bonna, « la grand-mère Bonne ». Elle était la seule de toute la famille à avoir de grands yeux verts. Mon père, son fils, son bien-aimé, son préféré, a aussi les yeux clairs, mais ils ne sont pas verts. Dans la famille, on dit qu'ils sont « couleur de miel ». Enfant, je me demandais quelle sorte de miel, parce que certains sont très clairs, à peine dorés, translucides, alors que d'autres sont foncés, couleur d'ambre ou même de résine. Les yeux de mon père sont plutôt de la première catégorie, blonds, presque jaunes. En vieillissant, leur pourtour blanchit, devenant transparent, aquatique. Quelquefois, quand il est soucieux, je lui trouve des yeux de serpent. Une seule personne pouvait me renseigner sur cette grand-mère : ma mère.

Le lendemain, dès que je me suis réveillé, je suis parti pour Gennevilliers. Dans la cité, en pleine journée, il n'y avait pas grand monde. Les maris étaient partis travailler, les enfants à l'école, les femmes occupées à leur ménage, quelques-unes rentraient chez elles, les bras chargés de lourds cabas. J'ai pensé à ma mère, la pauvre, qui, dans son monde, était considérée comme une intellectuelle, une sorte de princesse. Toujours habillée à la mode de Paris, d'élégants tailleurs pastel avec de petits chapeaux assortis, elle fréquentait les salons d'Out-el-Kouloub, la romancière égyptienne qui écrivait en français et publiait chez Gallimard. Au Caire, elle n'aurait jamais porté un panier à provisions. Si elle se rendait parfois au marché, c'était pour le plaisir, et toujours accompagnée de ʻAbdou, le chauffeur de la fabrique de mon père. Elle lui montrait seulement des yeux une pastèque ou un melon, qu'il se chargeait de négocier avec le marchand. C'est lui qui portait les paniers, les cabas, les paquets… Elle parlait un arabe parfait, un peu littéraire, mais dans la rue mettait un point d'honneur à ne s'exprimer qu'en français. Ce dont elle souffrait, dans cette cité de Gennevilliers, c'était d'être mélangée à des femmes à qui elle n'aurait jamais adressé la parole en Égypte, telles que Mme Alphandary ou Mme Hannoune, elles étaient si « vulgaires », toujours à jacasser, quant à Henriette Benveniste, la tante à tout le monde, ma mère détournait la tête lorsqu'il lui arrivait de la croiser.

J'ai décidé de la surprendre, comme lorsque j'étais enfant. J'ai grimpé par le balcon et suis entré par une fenêtre, qu'elle laissait toujours entrebâillée pour que Tartar, notre matou, puisse sortir. Et j'ai sauté dans la pièce. Elle a poussé un cri.

Puis elle m'a regardé, les yeux éberlués : « Qui es-tu ? a-t-elle balbutié. Un voleur ? Un démon ? »

J'ai éclaté de rire.

« Mais c'est moi… ton fils…

— Tobtob ? C'est toi ?

— Quoi ? Tu ne me reconnais pas ?

— Pourquoi tu ne rentres pas par la porte, comme tout le monde ? Ça fait tellement longtemps que tu n'es pas venu me voir. J'avais oublié ton visage. »

Elle m'a surpris ! Comment une mère pouvait-elle oublier le visage de son propre fils ?

« C'est ton accoutrement, aussi, avait-elle ajouté pour se rattraper. Et puis ta casquette rouge, là, j'ai imaginé que c'était le facteur. »

Je ne sais dans quel pays vivait cette femme, où les gens changeaient de visage au bout de quinze jours, où les facteurs entraient par la fenêtre, une casquette rouge sur la tête… Finalement elle m'a embrassé, à peine, du bout des lèvres. Elle n'a jamais aimé les effusions, ma mère. Et elle a immédiatement filé dans la cuisine.

Je détestais cet appartement où j'avais grandi dans la même chambre que mon frère, si petite qu'on ne savait où poser le pied, et d'où je m'échappais pour errer avec mes amis, en face de la cité, dans la ferraille des gitans à la recherche de trésors, dans les caves des immeubles pour les cacher, sur les toits pour surveiller les environs et, quelquefois, lorsque nous étions courageux, dans le cimetière, séparé de la cité par un mur. Là, nous cherchions les noms que nous connaissions, le vieux Benguigui, qui était parti sans crier gare, percuté par un autobus en traversant le boulevard Gabriel-Péri, et la mère Shaltiel, emportée d'un coup, d'un seul, par un cancer fulgurant ; des morts trop tôt, des morts mécontents d'être morts... C'étaient ceux-là qui pourraient répondre à nos appels. Nous voulions expérimenter ce que nous avait appris la tante Henriette, les convoquer, leur demander des faveurs... Mais lorsqu'elle n'était pas avec nous, les morts ne répondaient jamais.

À défaut de morts, ce matin-là, je voulais interroger ma mère au sujet de la grand-mère Bonna. J'ai joué l'affection, la tendresse.

« Ma maman chérie...

— Qu'est-ce qui t'arrive ? s'est-elle étonnée, voilà que tu te souviens que tu as une mère... »

Diplomatie, diplomatie... Pour l'amadouer, je lui ai dit que j'avais faim, aucune mère juive ne résiste à ça. Ma mère, qui ne mangeait plus rien depuis des années, était devenue un vrai sac d'os. La plupart du temps, lorsqu'il rentrait, mon père avait déjà dîné. Alors elle ne cuisinait plus, ne faisait plus les courses. Il lui arrivait de grignoter, de-ci de-là, la moitié d'une biscotte ; puis elle se tapotait le ventre comme après un festin. Bandido, qui avait un jour assisté à la scène, s'était exclamé en sortant : « Ça sent la dépression, ici ! »

Elle s'est mise à chercher dans son placard.

« Laisse tomber, lui ai-je dit. Une biscotte trempée dans le café, ça me suffira. »

Et nous nous sommes retrouvés de part et d'autre de la petite table en formica, devant une tasse de Ricoré rance qui sentait la guerre de 40. Elle m'a demandé des nouvelles de mes études et je lui ai raconté le contenu du premier séminaire de Mathias Robert. Elle n'avait pas lu *Les Bacchantes* d'Euripide, mais la danse des femmes en transe, ça, elle connaissait bien !

« Ah oui ? Il y en avait en Égypte ?

— Les femmes du quartier – mais c'était dans presque chaque quartier du Caire –, celles qui étaient intéressées, bien sûr, se retrouvaient pour prier, pour chanter, pour faire de la musique, et elles se mettaient à danser et tout à coup… » Et là, elle a switché en arabe. Je traduis : « Elles tombaient par la présence. »

Fort de mon dernier séminaire avec Robert, je lui ai demandé de m'expliquer si ça voulait dire qu'elles entraient en transe, qu'elles perdaient le contrôle d'elles-mêmes, qu'elles faisaient des choses extraordinaires comme chanter dans une langue inconnue ou tuer à mains nues des animaux sauvages. Elle ne comprenait pas ce que je lui demandais : « Transe ou pas transe, je ne sais pas. On dit : “Elles tombent…” *Bass khalass.* Voilà, c'est tout ! » Et comme j'insistais pour en savoir davantage, elle m'a appris que son amie Out-el-Kouloub, la lettrée qui tenait salon au Caire dans les années 1940, eh bien son père était *cheikh*, « grand maître », d'une de ces confréries soufies qui pratiquaient les danses des femmes. Quand il s'agissait de son amie, elle était intarissable : « Tu te rends compte, elle connaissait tout le Coran, qu'elle pouvait réciter par cœur, et maîtrisait aussi les traditions des femmes du peuple, les danses, les chants, les couleurs, les parfums, et pourtant c'était une femme éduquée, et en français s'il te plaît ! Comme tu dirais, je ne sais pas… Colette ou George Sand… »

Et puis, elle a posé les deux coudes sur la table, a pris sa tête entre ses mains et s'est mise à sangloter : « Out, oh la pauvre ! » Et elle pleurait, on ne pouvait plus l'arrêter !

Ma mère ne pleurait pas souvent, et quand ça lui arrivait, c'était plutôt un moyen de pression sur son mari ou ses enfants, mais cette fois j'ai senti un chagrin véritable, profond… Je lui ai pris les mains. Elles m'ont fait une drôle d'impression, ces mains, déformées, tordues par l'arthrose, parsemées de taches de vieillesse, déjà. J'ai eu envie de pleurer, moi aussi… Elle s'est vite ressaisie.

« C'est étrange que tu me parles de ces danses parce que la semaine dernière, j'ai reçu une lettre d'elle.

— De qui ?

— D'elle, d'Out-el-Kouloub, une lettre d'Allemagne. Nasser, ce salaud, il leur a tout pris ! Après avoir dilapidé l'argent du pays pour payer les armes des Russes, il a dévalisé les confréries pour renflouer ses caisses. Et il a été soutenu par le peuple fanatisé parce que, tu sais, quand les femmes dansent pour appeler les démons, les *'afarit*, comme on disait, les musulmans pieux, ils n'aiment pas ça. Alors, ce Nasser, *ebn el charmouta*, ce fils de pute, il les a excités, ces fanatiques, contre les confréries. Out-el-Kouloub m'a tout raconté, elle qui était si riche, maintenant, elle est comme nous. Elle n'a plus rien ! Chassée de sa propre maison par les militaires de ce dictateur, ce nouveau Hitler. Tu te rends compte ? Elle est si malheureuse aujourd'hui… au point qu'elle ne peut plus écrire. Ce n'est pas triste, ça, un écrivain qui ne peut plus écrire ? Je n'ai pas raison de pleurer ? »

J'ai trouvé ça étrange : le sort de sa famille, de ses cousines, qu'elle considérait comme ses sœurs, de ses tantes qu'elle vénérait, de toute la communauté juive à laquelle elle appartenait, lui importait, c'est certain, mais ne la touchait pas au cœur. Elle ne pleurait jamais sur leur malheur, alors que pour Out-el-Kouloub, ah ça !…

Soudain, elle a ajouté : « Tu sais que ta grand-mère participait parfois à ces danses ?

— Ma grand-mère ?

— Oui, celle que tu as connue, Nonna Bonna, la mère de ton père. »

Et en un instant, je me suis retrouvé dans la position de l'enfant qui écoute une histoire, les deux mains sous le menton, écarquillant les yeux. Ma grand-mère Bonna s'était mariée à dix-huit ou dix-neuf ans. Deux ans plus tard, première grossesse, un garçon lui était né, décédé presque aussitôt, après sa circoncision, à l'âge de dix jours. Tristesse et pleurs, lamentations, prières. Un an plus tard, nouvelle grossesse. À nouveau un garçon, lui aussi décédé après sa circoncision. Désespoir !

« C'était dans les années 1910, tu vois, un autre temps, les superstitions, les rabbins. Ma propre mère m'a raconté que le rabbin de *'haret el yahoud*, « la ruelle aux Juifs », avait passé une nuit entière à prier après la mort du second fils de ta grand-mère. Ensuite, ils ont fait un conciliabule et ont décidé que, selon la loi, ils avaient l'autorisation de ne pas circoncire l'enfant suivant, si c'était un garçon. C'est pourquoi ton père, vois-tu, lorsque je l'ai connu, il n'était pas circoncis.

— Il te l'a dit ?

— Il ne me l'a pas dit comme ça, non… Mais il me l'a dit ! Moi, je lui ai répondu qu'il était hors de question que j'épouse un homme sale. » Et elle a fait une moue de dégoût. « *Ekhss !* Un homme pas circoncis, c'est dégoûtant, c'est plein de maladies ! Alors, il s'est fait circoncire. À trente ans, tu te rends compte ? Il s'est rendu chez le *mohel*, le circonciseur qui, habituellement, s'occupe des bébés de huit jours, tu sais, et il lui a demandé de l'opérer… *Aya !!!* Il a dû souffrir, parce qu'il a subi sa circoncision comme ça, sans anesthésie ni rien. Après ça, il a disparu de la circulation, ton père là, qui fait le fier-à-bras. On ne le voyait plus, ni au travail ni même au café. Ça a duré des semaines, au point que mon père m'a dit : “S'il ne veut plus se marier, ce fils de chien, il n'a qu'à venir me le dire.” N'oublie pas que mon père, c'était son oncle… »

J'ai pensé qu'il était heureux ce temps où les histoires d'amour étaient aussi des histoires de famille.

Puis on a entendu klaxonner. J'ai tout de suite reconnu la 125 de Bandido. Je me suis précipité à la fenêtre.

« Descends ! Allez, descends ! »

J'ai hésité, me suis retourné vers ma mère assise devant sa table de cuisine dans sa robe de chambre molletonnée. J'ai eu le cœur serré.

« Il faudra qu'on reparle de tout ça ! » lui ai-je lancé faussement joyeux.

Elle a fermé les yeux, m'a fait un geste de la main : « *Rou'h* », m'a-t-elle dit en arabe. Comment traduire ? Littéralement le mot veut dire : « Va ! » Mais bien plus que cela : « Je t'autorise à partir… tu pars avec ma bénédiction… Il ne pourra rien t'arriver de mal. »

Je me doutais que j'en aurais besoin. J'ai insisté : « Redis-le !

— Va et reviens le cœur en paix ! »

Cette fois, j'étais satisfait. J'avais eu droit à la formule complète. Je suis parti.

5

Avec mes yeux[1]

« Betsy… Dans ses yeux, je me suis perdu dès le premier soir. C'était comme si j'avais été expédié aux confins de la galaxie. Je flottais dans le vide, ne sachant où me raccrocher. Il n'y avait ni plancher ni plafond, ni temps, ni vitesse…

« Dans ses yeux je me suis perdu.

— Homme de peu de foi, toi qui, dans ton cœur, ne te soumets à aucune contrainte, qui ne respectes les lois que pour les apparences, cela fait longtemps que nous te suivons. Nous te voyons perpétuellement à la recherche du premier matin. Et lorsque tu le trouves – car tu l'avais trouvé en rencontrant Betsy –, te voilà perdu, te voilà reparti à la dérive, éternel errant…

— Décidément, vous ne comprendrez jamais rien ! Je cherche ! Je suis Ulysse, abordant chaque île en croyant y retrouver Ithaque et repartant au matin, toujours déçu. Cette fois, pourtant, lorsque la nuit avait étendu ses draps étoilés et que nous nous

1. *Le Métèque*, chanson de Georges Moustaki, 1969.

sommes couchés, j'étais tout contre elle, et quelle sensation étrange, je la sentais encore trop loin. Je voulais fusionner, ne faire qu'un, comme ces animaux primitifs qui, lorsqu'ils s'accouplent, disparaissent l'un dans l'autre pour former un nouvel être. Et elle parlait, elle parlait toujours. Et je contemplais ses yeux, et chaque fois je m'y perdais.

— C'était donc elle que tu cherchais, toi, l'animal primitif ?

— Mais elle parlait tant... Elle parlait trop ! Chut ! L'amour doit se chuchoter, je veux être surpris de mots inattendus, lourds, de noms entremêlés de sens enflammés et de tendresses impossibles. Des mots dits doucement, parcimonieusement, des murmures !

Betsy, elle, m'étourdissait de ses mots.

— Tu ne nous étonnes pas. Il y a toujours quelque chose qui ne va pas. Une fois ce sont les jambes, une autre, elle n'a pas de cœur, maintenant c'est qu'elle parle trop... Dis-nous encore : pourquoi as-tu manqué le dernier rendez-vous qu'elle t'avait fixé au La Rochelle, dans cet hôtel, dans cette chambre d'où l'on aperçoit la grande tour ? De cette fenêtre où se dessinent les chemins de l'infini...

— Betsy, elle était si belle. Nous nous sommes aimés à la folie. Nous nous sommes aimés jusqu'à la folie. Elle était folle, vous ne le saviez pas ? J'étais fou d'elle, son fou, son diable. Je voulais laisser ce rendez-vous suspendu à jamais...

« Je me suis perdu dans ses yeux...
Demain, j'irai peut-être
Lui dire adieu... »

6

Bonnie and Clyde[1]

Au café, devant un petit blanc, Bandido tout excité m'a expliqué qu'il savait où se cachaient les Allemands arrêtés à Francfort. Ils s'étaient éclipsés avant leur procès, avaient traversé la frontière et se terraient à Paris chez un journaliste qu'il connaissait. Nous allions les rencontrer, ils nous raconteraient leurs techniques, leurs dispositifs, leur façon d'exproprier les banques, nous indiqueraient leurs réseaux pour se procurer des armes. On pourrait enfin envisager de passer à l'action, peut-être même faire équipe avec eux…

Heu… Des Allemands ? Je n'étais pas très chaud. Peut-être était-ce la signification de mon rêve de la nuit, dans l'autocar en Allemagne… Ma mère avait raison, elle qui me disait : « Ton Freud, là, qui croit que les rêves parlent du passé, il se trompe ! Les rêves te donnent des indications sur l'avenir. » Du coup, je me suis dit qu'il ne fallait pas écouter Bandido, que

1. *Bonnie and Clyde*, chanson de Brigitte Bardot et Serge Gainsbourg, paroles et musique de Serge Gainsbourg, 1968.

mon rêve était un mauvais présage, qu'il valait mieux éviter ces Allemands.

Mais je n'ai pas suivi les conseils de ma mère. J'ai suivi Bandido.

Nous nous sommes pointés chez le journaliste, en fait pigiste à *Libé*, pas beaucoup plus âgé que nous, dans les vingt-cinq ans peut-être, complètement destroy. À cette époque, on n'était pas encore familiers des ravages de la drogue. Il était maigre, courbé comme un vieux, le teint gris, des taches violacées sur le visage, volubile par moments, absent le reste du temps, une perpétuelle angoisse lui faisait trembler les lèvres, le bout des doigts, les genoux…

Le lieu n'était pas plus rassurant que son occupant, une seule pièce qui sentait le fauve, deux fauteuils éventrés, sans doute ramassés sur le trottoir un jour de débarras, une vieille table de cuisine où se lamentaient assiettes et verres sales, une bouteille de gros rouge sans étiquette dont il ne restait qu'un fond et un lit recouvert d'habits défraîchis. Dans la poubelle qui dégorgeait, j'ai aperçu une seringue. Bandido m'a présenté. Sans me regarder, le journaleux, il s'appelait Geoffroy, m'a tendu une main toute molle. Sensation bizarre, comme si, par mégarde, j'avais saisi une méduse. J'ai aussitôt eu envie de repartir. Bandido, excité à l'idée de passer à l'action, a vite pris l'initiative de la discussion, s'enquérant des Allemands – ils étaient sortis –, demandant si nous allions les rencontrer – peut-être aujourd'hui, l'autre ne pouvait dire…

Avec Bandido, nous répétions comme un mantra la célèbre formule piochée dans les *Thèses sur Feuer-*

bach : « Les philosophes n'ont fait qu'interpréter le monde, il s'agit maintenant de le transformer. » Bon ! J'étais d'accord avec l'idée, mais en vérité, est-ce que j'avais envie de basculer dans l'action violente ? Au fond de moi, même si je m'en défendais, je n'aimais rien tant que la réflexion. Qu'est-ce qu'il s'imaginait, Bandido ? Qu'une action, une vraie, pas ces monômes d'étudiants comme les manifs du mois de mai, une action qui nous jetterait dans la vie d'un seul coup, et sans possibilité de retour, le laverait des miasmes d'une famille qu'il détestait, l'absoudrait d'être issu d'une caste de privilégiés ?

Et puis on a sonné à la porte et les deux Allemands ont débarqué dans l'appartement comme des diables, un homme, un blond, grand comme la porte qu'il a franchie en se baissant, et une fille, emmitouflée dans des couches de vieux vêtements qui sentaient le moisi. Elle avait les cheveux poisseux, un verre de ses lunettes était fendu et elle tirait comme une forcenée sur sa cigarette informe roulée à la main. Un remède contre le désir !

Salut… Salut… Salut…

Tout de suite, le garçon a demandé à manger. Quant à la fille, elle regardait partout, vérifiait les placards, les toilettes, le dessous du lit, examinant chaque fenêtre, montant sur la table de la cuisine pour inspecter la suspension, au cas où s'y dissimulerait je ne sais quoi, un micro, peut-être… Quant au gars, qui s'appelait Ulrich, il s'était emparé d'une demi-baguette, l'avait fendue en deux à l'aide de son canif et s'occupait à y déverser le contenu d'un tube de mayonnaise. Lorsqu'elle est revenue vers lui, il lui a tendu son sandwich improvisé, qu'elle a repoussé de la main avec une moue de dégoût.

Ils ne se débrouillaient pas trop mal en français, mais avec un accent qui rappelait les films sur la guerre. La fille nous a expliqué qu'ils étaient partis faire un tour dans le quartier, qu'ils avaient repéré une petite agence bancaire, avec seulement trois employés, presque pas surveillée, juste une alarme actionnée par la caissière. C'étaient tous des vieux, elle avait même ajouté : « Des ploucs ! On ligote la caissière, on empoche les billets et on file ! » Ulrich a sorti un flingue qu'il portait fourré derrière son dos, dans la ceinture de son pantalon, et nous l'a exhibé fièrement. Il voulait y aller sur-le-champ, avant la fermeture, histoire de se faire un peu d'argent de poche pour faciliter leur cavale. J'ai regardé le pistolet. Je lui ai demandé : « Un P38 ? » Il a ouvert de grands yeux. La fille, elle s'appelait Elsa, lui a traduit ma question en allemand. Il a éclaté de rire, « *Jawohl !* », et il m'a tendu l'arme en me demandant si je voulais l'essayer. « Heu… Pas tout de suite… » Elsa a ajouté qu'avec l'argent du casse ils comptaient descendre dans le Sud, au soleil, du côté des Pyrénées, louer une villa perdue dans la montagne et attendre quelque temps qu'on les oublie. J'ai pensé que la meilleure façon de se faire repérer, c'était de débarquer dans un lieu avec peu d'habitants, forcément curieux, forcément méfiants… Et en parlant la langue avec un accent à couper au couteau… J'ai pris Bandido à part.

« Ce sont des cinglés, tes Boches. À leur premier coup en France, ils se feront épingler, s'ils ont la chance de ne pas se ramasser une balle.

— Regarde-moi ça, comme tu es ! Tu rumines, tu rumines, et lorsque tu sors une parole, c'est pour maudire l'avenir. Tu veux que je te dise, tu es un oiseau de malheur. À ce qu'on m'a dit, ces Allemands sont de véritables cracks de l'expropriation. »

Nous avons planté là Geoffroy, le junkie, qui tenait à peine sur ses guibolles, et sommes partis examiner la banque de plus près. Coup de chance, elle était déjà fermée. Ulrich nous a conduits dans un boui-boui qu'il connaissait dans le coin de la porte de La Chapelle, tenu par un Kabyle. Nous nous sommes attablés devant des bières et là, curieusement, le Boche s'est mis à parler de lui, à nous faire des confidences. Il devait être sur les nerfs, alors ce moment de décompression avec des étrangers avait agi sur lui comme une rencontre avec un psy… Il nous a raconté qu'il était un enfant de la guerre, né en 1944, à Hanovre, d'une permission de son père, alors jeune caporal sur le front de l'Est.

« J'ai eu la chance de ne pas connaître mon père, fait prisonnier puis abattu par les Soviétiques. Je suis né d'un mort ! s'exclama-t-il d'un air de défi. Il paraît que les soldates russes violaient les beaux Germains blonds qu'elles avaient capturés. J'aime imaginer qu'elles ont offert un dernier instant de bonheur à ce salaud avant de lui faire sauter le caisson. En tout cas, ça m'a épargné la fatigue de le descendre moi-même.

— Mais pourquoi ? se hasarda Bandido de l'air le plus innocent qu'il pouvait. Pourquoi es-tu certain que tu l'aurais détesté ?

— C'était un nazi.

— Et alors ? me suis-je étonné, ils l'étaient tous, non ?

— Comme tu y vas ! me modéra Bandido.

— À quelques exceptions près, oui ! a repris calmement Ulrich. Mais justement, mon père, ce n'était pas une exception. Je garde sur moi sa carte du NSDAP, le Parti national-socialiste, pour me rappeler que le fascisme est toujours tout près de toi, dans ta famille, dans ta tête aussi… C'est pourquoi il faut une révolution, non seulement pour renverser le pouvoir mais surtout pour nettoyer les cervelles. »

Et il l'a sortie de son portefeuille, une vieille carte à la couleur indéfinissable, beige, un peu vert-de-gris, à peine lisible, trimballée de poche en poche, cornée, pliée, usée par la sueur et les ans. Je l'ai saisie, ai retiré mes lunettes pour l'examiner de près… Il y avait des swastikas partout, y compris sur les tampons. Le sigle SS, les deux éclairs blancs sur fond noir, mordait sur la photo d'un homme jeune, en uniforme militaire, les cheveux coupés très court, le visage crispé, dur. Sous son nom, on pouvait lire son grade : *Sturmmann,* autrement dit « soldat de choc ». Et le nom…

« Ben dis donc… ton père… il s'appelait… »

Il a éclaté de rire :

« Oui ! Ulrich ! Il s'appelait Ulrich Junker.

— Comme toi ?

— Exactement. Il paraît que ma grand-mère l'a exigé. Elle a dit : "Il est peut-être né le jour même de la mort de son père." »

Et il semblait en être fier, lui, d'être la réincarnation du soldat de choc de la Waffen SS.

« Ma mère ne s'est jamais remariée. J'ai grandi élevé par des femmes, ma mère, sa sœur et ma grand-mère, rien que des femmes ! Je ne voulais pas de leurs bondieuseries, leur culpabilité, leur noirceur, leur tristesse. Tout ça me donnait envie de vomir. Alors, forcément, j'ai fait des conneries. Je suis né révolté ! J'avais douze ans lorsque les flics ont débarqué à la maison pour la première fois. C'était rien… J'avais essayé de chaparder une bagnole…

— À douze ans ?

— Ben… j'étais grand pour mon âge… Et puis c'était une Mercedes, une 190, tu sais, les premières à avoir la nouvelle ligne, sans les marchepieds. Les Mercedes, c'est ma passion ! »

Et il a jeté un regard à Elsa qui remuait la tête de gauche à droite en soupirant : « On a failli se faire descendre à cause de son amour des Mercedes… »

Il a sorti un porte-clés de la poche de son jean et, tout en exhibant l'étoile à trois branches, il s'est encore vanté : « Mercedes 280 SL, flambant neuve… et rouge, s'il vous plaît. » Et il a ajouté : « Comme la *rote Flagge*, le drapeau rouge de la Rote Armee Fraktion ! »

Ça n'a pas eu l'air de plaire à Elsa qui a répliqué : « On l'a volée dans une station-service, sur l'autoroute. Autant dire qu'on nous a immédiatement repérés. Les flics nous ont poursuivis durant près de trois cents kilomètres, presque jusqu'à la frontière.

— Mais on les a semés…

— On a failli se retourner, tu ne t'en souviens pas ?

— C'était juste un dérapage. »

Soudain, j'ai eu un soupçon. Je leur ai demandé : « Et la voiture ?

— Quoi la voiture ?

— Qu'est-ce que vous en avez fait ?

— Ben… elle est garée un peu plus loin dans le quartier, dans une petite rue tranquille, a répondu Ulrich. Tu veux la conduire ? »

Décidément, il voulait bien prêter ses jouets, le Fritz ! C'était plutôt sympathique, il faut dire, mais je me demandais s'ils étaient totalement inconscients, ces deux-là… La voiture avait sans doute été signalée. Une Mercedes rouge décapotable immatriculée en Allemagne, il ne devait pas y en avoir des centaines à Paris. J'ai lancé un regard à Bandido qui ne semblait pas s'en inquiéter, fasciné par les aventures de ces Bonnie and Clyde à la mode teutonique.

« Vous êtes… heu… vous êtes mariés ? » demanda Bandido.

C'est Elsa qui a répondu : « Nooon ! Nous sommes contre !

— Contre le principe du mariage ? Ou contre le fait que des militants de la même cellule se marient ?

— Les deux, mon général ! » Et elle a éclaté de rire. « Le mariage, c'est pour les cons ! On devrait inventer une autre cérémonie qui se déroulerait devant le maire, une cérémonie libertaire. Moi, une femme libre, je baise avec toi, un homme libre, et j'essaierai dès ce soir de trouver un autre homme, tout aussi libre, avec qui j'aurai plus de plaisir qu'avec toi pour être certaine de ne pas m'attacher à toi… Amen ! »

Ulrich en a rajouté : « Moi, à Munich, je vis avec une femme et son mari. Il est plus vieux qu'elle, c'est un professeur. » Et il a répété, en détachant les syllabes : « *Herr Pro-fes-sor*… C'est quelqu'un ! Parfois je couche avec la femme, parfois avec l'homme, parfois avec les deux. Avant, j'ai vécu dans une "commune", vous savez ce que c'est ? Un mariage de groupe, si vous voulez. On était douze, six garçons, six filles, on ne couchait jamais avec la même fille deux soirs de suite. Comme disait Héraclite, "on ne se baigne jamais deux fois dans le même fleuve". » Et il s'est redressé, fier de sa citation philosophique. Mais la « commune » avait capoté, il y avait toujours une fille qui voulait garder un garçon, l'épouser… « Je les ai plantés là, ces petits-bourgeois débiles… »

J'ai commencé à me demander pourquoi ils nous avaient emmenés dans ce café où il n'y avait que des Arabes. Je n'ai pas réfléchi plus loin. Mon problème, c'est que je pense toujours après, quand c'est trop tard.

Il parlait fort, avalait sa bière à l'allemande, d'une traite, et claquait la chope vide sur la table avec un grand bruit en s'écriant : « Une autre ! » Il regardait la serveuse, une grosse avec des bourrelets qui débordaient du tablier trop serré, et lui adressait des gestes obscènes. J'ai bien vu que ça s'agitait dans le bistrot. Des hommes sortaient puis revenaient avec d'autres hommes. Ils étaient alignés devant l'entrée et regardaient dans notre direction en parlant à voix basse. J'ai commencé à baliser. Bandido, tout à son admiration pour les Boches, n'avait pas remarqué leur manège. Il persistait dans son idée : « Bien sûr, ça j'ai compris, mais tout de même, vous vous aimez bien, tous les deux… »

Elsa, soudain sérieuse, lui a demandé : « Tu veux savoir si on a couché ensemble ? C'est ça ? Vous les Français, vous êtes tous pareils, vous ne pensez qu'à ça ! Bien sûr qu'on a baisé ! C'était par hygiène. »

Et Bandido qui acquiesçait du bonnet, comme les journalistes à la télé lorsqu'ils interrogent un homme politique : « Par hygiène ? Oui ? Qu'est-ce que tu veux dire ?

— Ben… je veux dire, quand on a fait un casse et qu'on a passé la journée à échapper aux flics, le soir, faut refroidir la machine. Une bagnole, tu lui ouvres le capot pour refroidir le moteur, pas vrai ? Eh bien Ulrich, c'est pareil ! Tu ouvres le capot et tu fais en sorte qu'il ne claque pas son joint de culotte. »

À ces mots, Ulrich a passé sa main de manière appuyée sur les fesses de la serveuse. Elle devait être habituée aux débordements, la verseuse, elle s'est retournée d'un coup d'un seul. Le bruit de la baffe qui a claqué sur le visage d'Ulrich a résonné dans la petite salle du café, faisant dresser la tête à tous les clients. Puis il y eut un moment de silence, comme après une explosion. Elle lui a ensuite craché au visage, ajoutant en arabe : « *Ya ebn el kalb !* Espèce de fils de chien ! »

Je ne sais pas s'il comprenait les insultes dans cette langue, le Chleuh, mais ça l'a mis en transe. Il s'est levé. Du haut de ses presque deux mètres, il l'a prise par les épaules pour l'expédier contre le mur. Au passage elle a renversé une demi-douzaine de chaises qui ont rebondi sur le sol dans un bruit de bombardement. Les hommes à l'entrée ont rappliqué et moi je louchais vers la sortie.

Bandido s'était levé lui aussi, campé sur ses deux pieds, comme on le lui avait appris dans ses cours de boxe française. Les autres s'approchaient, menaçants. Ulrich s'est saisi de la chaise sur laquelle il était assis et l'a balancée avec force sur la troupe qui lui faisait face. Celui qui l'a ramassée en pleine poire a immédiatement réagi en sortant un couteau long comme le bras, on aurait dit un couteau de boucher. Et moi, je tirais Bandido par la manche, tentant de l'entraîner vers la porte. Il résistait. Et puis les lames des autres ont commencé à briller à la lueur faiblarde des néons. Alors, il s'est passé ce que je redoutais. Voyant que la grappe s'avançait vers lui, une bonne dizaine de loulous menaçants, Ulrich a dégainé son pétard.

« *Nein !* » lui criait Elsa qui connaissait le bonhomme.

Et les autres avançaient, et Ulrich était debout, les défiant avec un sourire narquois. Lorsque celui au long couteau a lancé le bras en avant – je ne suis même pas sûr qu'il voulait le planter, peut-être juste l'impressionner –, Ulrich a tiré. Puis il a tiré encore, et encore… Un bruit d'enfer, bam, et bam, et encore bam !

Au bruit des coups de feu, j'ai su que nous avions dépassé la limite, franchi la ligne rouge. L'autre, le visage décomposé, se tenait le bide, son sang bouillonnait sur sa chemise, épais, presque noir. Ulrich s'est alors mis à canarder dans tous les sens, à droite, à gauche. En un instant le groupe de mecs avait disparu, ne restait plus que le blessé, qui brandissait son couteau en râlant.

J'ai pensé que c'étaient toujours les mêmes qui trinquaient. À l'école communale de Gennevilliers, l'école Pasteur, nous étions peut-être trente-cinq ou quarante. Il y avait les petits Blancs, enfants d'ouvriers à l'usine Chausson de Potamia ou à Hispano, à Bois-Colombes, peut-être quelques-uns, le dessus du panier, à la SNCF ou à la Poste, une vingtaine, environ, c'était tout de même la majorité ; puis les Arabes, des Kabyles en vérité, presque tous du bidonville derrière la cité où nous habitions, disons une quinzaine ; le reste, deux gitans, qui ne venaient pas souvent en classe, deux Juifs, dont moi, et un Antillais… C'était l'effectif de notre classe de CM2. Un jour, juste avant les manifs du mois de mai, je suis tombé sur un camarade de l'époque. C'est lui qui m'a abordé. « Tu me remets ? Desvignes. Gérard Desvignes… » J'étais content de le revoir. Nous n'étions pas amis, c'était une tête dure du fond de la classe, en conflit permanent avec le maître. Tout de même, voir surgir ainsi un visage de l'enfance, c'était comme dans un rêve… Et puis, au fil de la conversation, on a évoqué les autres élèves de la classe.

« Tu te souviens de Benyahia, Salim, le petit, qui était dans notre classe ?

— C'est sûr que je m'en souviens ! Il avait toujours la goutte au nez. Qu'est-ce qu'il se ramassait comme torgnoles du maître, m'sieur Morin…

— Ben ça ne l'a pas redressé. Il est mort !

— Mort ? Mais il avait notre âge. Il était malade ?

— Pas du tout ! Mort il y a deux semaines au cours d'une tentative d'évasion. Il était en tôle pour cambriolage. Et tiens-toi bien, il est mort avec Saad Rifat, tu te souviens de Rifat ?

— Mais oui ! Qu'est-ce qu'on se marrait, on l'appelait Salade, parce que Saad, on ne savait pas le prononcer.

— Mort au cours de la même tentative d'évasion ! Et Makhloufi ? Ben lui, il s'était mis à la drogue, l'héroïne. Il en a pris un paquet. Un jour, il a abusé, il s'est injecté des grammes de trop.

— T'en as beaucoup comme ça ?

— Cinq… enfin, à ma connaissance. Peut-être qu'il y en a davantage. Cinq de notre classe. J'en parlais à ma femme, justement. Je lui disais : "Tu te rends compte ? Si on y pense, je suis un survivant."

— Parce que tu es marié ? »

J'étais étonné, tout juste vingt et un ans, sûr qu'il n'avait pas eu le temps de faire de grandes études.

« J'ai même un bébé, a-t-il ajouté. Faudra que tu passes à la maison, on se prendra l'apéro. »

D'une écriture hésitante, il avait noté son adresse sur un morceau de papier graisseux. Lorsque je l'ai quitté, j'avais les larmes aux yeux. Je repensais à ce qu'il m'avait dit. Cinq morts sur quarante, ça fait plus de douze pour cent finalement, presque aussi bien que pendant la guerre ! Mais j'étais choqué, parce que c'étaient les Arabes qui avaient morflé. Bien sûr qu'il y avait des raisons. Ils étaient les plus mauvais en classe, n'écoutaient rien, se déplaçaient en bandes, même dans l'école, étaient agressifs avec tout le monde, et entre eux… OK, mais les statistiques ne trompent pas. Il y avait un problème, c'était certain. Et voilà qu'au bistrot, au cours de cette dispute, qui s'était pris les balles dans le bide ? Encore un Arabe !

Dans le silence pesant qui s'était installé, on a entendu soudain les sirènes des flics. Le patron du bistrot, qui s'était éclipsé, avait dû les appeler. Les portes des voitures et des camionnettes ont claqué, puis ils se sont agités devant le café, ils parlaient, aboyaient des ordres, répondaient à leurs walkies-talkies. Sachant que l'un d'entre nous était armé, ils n'osaient pas entrer. Elsa a pris la main d'Ulrich qui était resté figé et l'a entraîné vers l'arrière-salle, dans l'espoir de trouver une autre issue. Je les ai suivis. Sur une porte, il y avait une pancarte écrite à la main : « W-C. » Ulrich l'a ouverte, elle donnait sur une cour. Du linge était étendu sur des cordes. Nous sommes passés entre les draps. Des gamins en tablier d'écolier, tout barbouillés, jouaient aux billes. Nous avons traversé en courant. Au fond de la cour, une petite porte en fer à la serrure rouillée était fermée à double tour. Elle donnait sur la rue perpendiculaire. Nous avons essayé de l'ouvrir. Rien à faire ! J'ai ramassé un morceau de fil de fer qui traînait. On les entendait approcher. J'ai farfouillé comme ça, sans méthode, à la recherche du mécanisme, alors qu'Ulrich tirait sur la porte comme un forcené. Finalement, elle a cédé et s'est ouverte en un grincement à hérisser le poil. Les enfants ont levé la tête, étonnés. Ils ne l'avaient jamais vue ouverte, cette porte.

Nous avons émergé dans la rue adjacente, regardé à droite, à gauche, il n'y avait pas grand monde en cette fin d'après-midi et, déjà, le jour déclinait. Elsa a pris soin de refermer derrière nous et nous sommes remontés vers le boulevard en tâchant d'avoir l'air de promeneurs. C'est alors que je me suis rendu compte que Bandido était resté dans le café. Mais qu'est-ce qu'il avait foutu, ce con ?

« Avance ! disait Elsa. Ton ami, tu le retrouveras plus tard. Il faut d'abord qu'on disparaisse du quartier. »

Nous avons marché d'un bon pas. J'avais du mal à suivre celui d'Ulrich qui avait branché le turbo. Elsa couvrait nos arrières, se retournant sans cesse pour vérifier si nous étions suivis. Nous sommes arrivés comme ça jusqu'à la Mercedes garée devant une porte cochère. C'est malin ! Sur le pare-brise, il y avait déjà deux contraventions et même une demande d'enlèvement.

Sa bouche grande ouverte tenant la fameuse étoile à trois branches en son milieu, sa petite croupe, qui lui donnait l'air d'un puissant lévrier, son long capot, ses phares verticaux, qu'est-ce qu'elle était belle, une sorte de mythe sur roues ! Ulrich a ouvert la portière, laissant apercevoir les larges fauteuils en cuir fauve.

Mais il n'y avait que deux places. OK ! Ce n'était pas grave… J'allais pour partir quand il m'a retenu par la manche.

« Non, attends ! Si on ouvre la capote, tu peux te caser derrière les sièges. Tu vas voir… »

Il faisait froid. Je me suis emmitouflé dans mon cache-col.

Ulrich a démarré en faisant crisser les pneus, dérapant à chaque virage, il entrait dans les carrefours sans ralentir, le moteur hurlait en surrégime, il freinait au dernier moment, faisait demi-tour en tête-à-queue… et à l'arrière j'avais la sensation d'être embarqué sur des montagnes russes ou sur le dos d'un cheval hargneux. À un carrefour, des flics ont sifflé, il n'en avait rien à battre, il est passé en trombe. La liberté naît du désordre. Si tout est foutu, on n'est plus tenu à rien. Lui, un sourire au coin des lèvres, le regard caché derrière ses Ray-Ban, était certain que la vitesse l'immuniserait contre la police. S'il existe un dieu pour les fous, il se tenait auprès d'Ulrich durant sa traversée de Paris, du nord au sud, de la porte de La Chapelle jusqu'à Saint-Michel.

Malheureusement, au carrefour avec Saint-Germain le dieu fou l'a abandonné. Zigzaguant entre les voitures, il n'avait pas remarqué un autre cinglé, à bord d'une camionnette de livraison, qui arrivait en face à pleine vitesse. Il a bien essayé de grimper sur le trottoir pour l'éviter, mais il n'y avait pas assez de place. La Mercedes a heurté l'Estafette de plein fouet, l'expédiant à plusieurs mètres. Moi, qui étais en équilibre instable derrière les sièges, j'ai été éjecté de la voiture et me suis retrouvé étalé sur le ventre, juste à l'entrée de la librairie Gibert, le nez sur un livre de Merleau-Ponty. C'était *Sens et non-sens* dans la belle collection de philosophie de Gallimard… Des passants se sont agglutinés autour de moi. Ils ne disaient rien, me regardaient l'air catastrophés. Finalement, un homme les a incités à s'éloigner. « Ne le touchez pas, s'écriait-il, il a peut-être quelque chose de cassé ! » J'ai ouvert un œil, jeté un bref regard alentour. Je me suis levé. « Non ! Restez couché ! » m'a ordonné l'homme. Il devait se prendre pour un toubib, ce débile. Il s'est approché de moi, allait pour m'entourer l'épaule de son bras. Je l'ai repoussé d'un geste brusque. « Ne m'approche pas, connard ! » L'homme s'est éloigné, vexé. Mon genou avait dû racler le trottoir. J'avais mal. J'ai boité jusqu'à la Mercedes, pauvre Mercedes, la face défigurée, pliée en deux, les tôles déchirées, écrasées. Son étoile, qui avait volé au loin, scintillait en plein milieu de la chaussée. Du capot qui bâillait s'échappait une fumée noire. Mauvais signe, elle allait prendre feu. J'ai essayé d'ouvrir la portière côté conducteur : impossible ! Ulrich, totalement coincé par le volant, la tête baissée en avant, avait perdu connaissance. Quant à Elsa, elle avait traversé le pare-brise et gisait à plat ventre, la tête en sang, sur le capot. Je l'ai entendue râler. Au moins était-elle vivante. J'ai fait le tour. Du côté passager, on pouvait ouvrir la portière. Je voulais sortir Ulrich de là, mais il était encastré sous le tableau de bord, le volant sur les genoux.

C'est à ce moment que je l'ai aperçu sur le plancher, noir, brillant, lustré, qui me regardait de son œil rond, le P38, le « seigneur de la guerre », comme le surnommaient les Waffen SS. Qu'est-ce qu'il avait à me regarder comme ça, ce pétard ? Et puis des flammes, venues du moteur, ont commencé à lécher la carrosserie. Je me suis saisi du pistolet – putain, qu'il était lourd ! –, je l'ai fourré dans la poche arrière de mon jean et me suis éloigné de la voiture. Déjà on entendait les sirènes des cars de police et celles des pompiers… J'ai reculé peu à peu, me glissant doucement entre des femmes en loden qui sentaient le parfum, des hommes en imperméable, sacoche à la main, qui rentraient du boulot. Lorsque les pompiers ont arrosé la voiture de neige carbonique, les badauds se sont approchés du spectacle, libérant le trottoir. J'en ai profité pour m'éclipser, marchant aussi vite que je pouvais en direction de la Mutualité. J'ai jeté un œil derrière moi.

Un homme m'avait suivi, de petite taille, la bouille sympathique, une casquette sur ses cheveux grisonnants. Je me suis dit : « Tiens, il a la tête d'un Juif pieux. » Il m'a rattrapé et s'est mis à marcher à côté de moi en sautillant. Il avait un sourire au coin des lèvres. Il me regardait, courait à mes côtés, me regardait…

« Tu as mis tes téfilines ? » m'a-t-il demandé.

Les téfilines, ce sont les phylactères que les croyants doivent accrocher au bras et sur le front, chaque jour, durant leur prière du matin. Ce n'est qu'après sa bar-mitsva, à l'âge de treize ans, que le jeune Juif est autorisé à « mettre ses téfilines ». J'ai cru qu'il me demandait si j'avais atteint la maturité religieuse, si j'avais « passé ma bar-mitsva », comme on dit.

Et le petit bonhomme me poursuivait : « Réponds-moi, me suppliait-il, tu les as mis, tes téfilines ? »

Je lui ai répondu : « Quand même ! Oui, j'ai passé ma bar-mitsva. »

J'aurais pu ajouter : « Grâce au bon rabbi Gaston qui avait un sourire béat et sentait la transpiration. » L'homme trottinait toujours auprès de moi.

« Ah, c'est bien ! Mais je veux dire… ce matin, tu les as mis ce matin, tes téfilines ?

— Ce matin ? » J'ai éclaté de rire. « Ce matin, non ! Je n'ai pas eu le temps, vois-tu. »

Alors là, c'était la meilleure ! Il voulait qu'un marxiste-léniniste, encore un peu maoïste, de tendance anarcho-spontanéiste, mette ses téfilines tous les matins… Tout de même ! Je n'ai pas voulu le vexer, le pauvre homme, j'ai simplement ajouté : « Non ! Je n'ai pas mis mes téfilines ce matin. »

Mais il insistait : « Si tu veux, je peux te les mettre.

— Quoi ? Ici, en plein boulevard Saint-Germain, tu veux que je mette des téfilines ? Devant tout le monde ?

— On ne peut pas toujours compter sur la chance, a-t-il répondu. Tu as besoin de protection. Si tu te fies au hasard, tu finiras par rencontrer la mort. »

Mais qu'est-ce qu'il racontait ?

Le problème avec ce genre d'injonctions mystiques est que, tant qu'on ne les a pas entendues, on n'y est pas tenu, mais sitôt que quelqu'un les a prononcées, en une sorte de prédiction, on n'y peut rien, on est coincé. On se dit : « Et si je ne le faisais pas et qu'il m'arrivait un malheur, je ne pourrais m'en prendre qu'à moi-même. » Nous autres, les Juifs égyptiens, nous sommes restés un peu superstitieux. Devant son insistance, je me suis dit qu'après tout je n'avais rien à perdre.

Nous nous sommes arrêtés devant une grande porte cochère – j'allais écrire *une porte kosher*. Il a sonné, on a entendu un grésillement. C'était ouvert. Nous avons pénétré dans la cour. Elle était déserte. Il a sorti les téfilines de sa sacoche. Il devait faire ça souvent, il était adroit. Il m'a enroulé la première lanière autour du bras gauche, sept fois, a ajusté l'autre sur mon front, m'a recouvert la tête d'une kippa et m'a dit : « Répète après moi. »

Puis il a prononcé les bénédictions. Je m'en souvenais un peu, c'était facile. Après cela, il a plaisanté : « Tu vois ? Ça ne fait pas mal. »

J'allais pour repartir quand il m'a retenu par la manche : « Attends ! Où cours-tu comme ça ?

— Écoute, il faut que je décampe de ce quartier au plus vite.

— Connais-tu l'histoire du calife et de son vizir ? »

Il ne manquait plus que ça : en plus le type était un raconteur d'histoires… J'ai souri dans mon cœur.

« Et pourquoi j'écouterais ton histoire ?

— Parce que sinon, quand demain tu te sentiras perdu, tu te demanderas : “Et si l'histoire que voulait me raconter l'homme aux téfilines contenait la clé de mon chemin ?” Et tu regretteras… Le regret est souvent un grand bol d'amertume.

— D'accord ! Je t'écoute. »

Nous nous sommes arrêtés sur le trottoir, devant un magasin de jouets, et l'homme gesticulait en parlant : « Un jour… L'histoire se passe à Bagdad, tu vois ? Un jour, un jeune vizir arrive, effrayé, au palais de son calife : "Maître, je dois partir immédiatement pour Samarcande. — Que t'arrive-t-il mon ami ?" lui demande l'autre. "En sortant de chez moi, raconte le vizir, dans la rue, j'ai heurté une femme. Elle a sursauté, m'a regardé. Elle avait de grands yeux vides, le visage très pâle, de longs cheveux noirs, une écharpe rouge autour du cou. Je me suis dit : c'est elle, c'est la mort ! J'ai croisé la mort dans la rue. Puisqu'elle me cherche ici, il faut que je parte au loin." Et sans en dire davantage, le vizir grimpe sur son cheval et file comme une flèche vers Samarcande. Le calife, voulant rattraper son vizir, sort alors de son palais et tombe à son tour sur la mort. Il la saisit vigoureusement par le col de son vêtement et la questionne. "Dis-moi, pour quelle raison tu as effrayé mon jeune vizir, si beau, si gentil ? — Je ne l'ai pas effrayé, répond la mort, c'est moi qui ai été surprise de le rencontrer à Bagdad… Car je l'attends ce soir à Samarcande."

— D'accord ! ai-je admis, si tu rencontres la mort, il ne sert à rien de courir, il faut la prendre à bras-le-corps.

— Aujourd'hui, tu l'as croisée…

— Qui ça ?

— La mort !

— Et alors ?

— Avant de courir au loin, réfléchis bien. Peut-être t'attend-elle là-bas, à l'endroit où tu pars en courant. »

Une ambulance est passée, hurlant de toutes ses sirènes. Je me suis demandé si les deux Boches étaient dedans et en quel état. Je l'ai regardée s'éloigner, sans doute vers l'hôpital de la Salpêtrière. Je me suis retourné, le petit bonhomme avait disparu.

*

Quand j'ai émergé deux heures plus tard du métro Marx-Dormoy avec l'idée de remonter à pied jusqu'à la porte de La Chapelle, j'ai tout de suite aperçu au loin les gyrophares des cars de police. Ils n'avaient pas été longs à découvrir la planque des Allemands, chez Geoffroy, le junkie, qui devait être fiché depuis longtemps. J'ai décidé de traîner un peu dans le coin dans l'espoir de retrouver Bandido. Mais dans cette foule bigarrée, allez chercher un anarcho-syndicaliste, tendance Bakounine, révisée Fourier, mâtinée de Marx jeune – car, comme il le répétait sans cesse, il ne fallait pas confondre les écrits d'avant 1848, les seuls lisibles à ses yeux, et les écrits techniques de la maturité, tels que *Contribution à la critique de l'économie politique* ou *Das Kapital*, le monument ! Je n'étais pas assez calé en marxisme pour nourrir une opinion personnelle, sinon que les écrits de maturité étaient bigrement plus difficiles à lire !

Apercevant l'agitation des poulets, j'ai considéré qu'il n'était pas prudent de m'avancer davantage. Alors, j'ai entrepris d'interroger les passants. « Qu'est-ce qui se passe ? Que font les flics ici, ils recherchent quelqu'un ? Vous avez vu quelque chose ? » C'est une vieille, sèche comme un coup de trique, flottant dans un manteau d'avant-guerre, un fichu sur la tête, tenant d'une main son panier à provisions d'où l'on voyait pointer un pain, de l'autre sa canne, c'est elle qui m'a renseigné.

« Ils ont arrêté un garçon, un jeune homme, tout ce qu'il y a de bien… Un grand, avec un blouson de cuir. Il avait l'air effrayé, le pauvre gars. Je suis intervenue, moi. J'ai dit aux policiers, comme ça : "Vous n'allez pas le brutaliser, tout de même !" C'est qu'on en a tellement vu dans les journaux, de ces policiers qui tapent sur la tête des jeunes à coups de matraque. Ils m'ont ordonné de m'éloigner ; ils m'ont même poussée brutalement. Je ne me suis pas laissé faire, ah non ! J'ai brandi ma canne.

— Ah bon ?

— Mais oui ! On ne me la fait pas à l'esbroufe ! Pendant la guerre, je me suis battue contre les Allemands. J'ai fait le coup de feu dans la Résistance. Et les Allemands, tu sais, c'était autre chose que ces ersatz de SS qu'on appelle CRS. Les Boches, on les appelait "les doryphores", parce qu'ils bouffaient nos pommes de terre comme des putains de parasites qu'ils étaient ! Tu ne dois pas savoir ça, toi, tu es trop jeune…

— Ils l'ont emmené ?

— Qui ça ? Ah, le jeune homme ? Ben… Je n'ai pas pu les empêcher. J'ai eu beau protester, brandir ma canne… Ils ont fini par s'y mettre à trois pour m'éloigner. J'ai même cogné dessus… sur leur fourgon, je veux dire, alors ils ont déclenché leurs sirènes et sont repartis à toute allure. »

Ils avaient coffré Bandido, mon copain, mon poteau. J'ai été pris d'une tristesse épaisse comme la suie sur les murs de la gare du Nord. Ce coup-là, j'avais vraiment envie de chialer. La vieille, devant mon air déconfit, m'a demandé si je me sentais bien, si je ne voulais pas m'avaler un petit calva, vite fait sur le zinc. Je l'ai suivie. Elle a continué à dégoiser sur les poulets. Elle en avait des histoires à raconter !

« Ces salopiots, pendant la guerre, faut pas se demander de quel côté ils étaient ! Toujours du côté des vaches, des traîtres et des "gangstères". En ce temps-là, ils avaient de grandes capes noires qui flottaient derrière eux, tu vois ? Alors, dans la nuit, avec leurs képis qu'on aurait dit des becs, vus de loin, c'est vrai qu'ils ressemblaient à des poulets ! J'en aurais bien plumé un ou deux, crois-moi ! »

Elle a sifflé son calva cul sec, j'en ai fait autant. Elle a sorti son porte-monnaie. Je lui ai retenu la main.

« Ben… non, madame, pourquoi vous paieriez pour nous deux ? »

Mais elle insistait. Elle a même doublé la mise : « Tu nous remets ça, Tintin ! »

Et le garçon est revenu avec sa bouteille à bec verseur pour remplir nos verres à ras bord, au point que le liquide dépassait un peu du verre, dessinant au-dessus un minuscule arc de cercle – et sans en perdre une goutte, avec ça ! Il avait la main, le Tintin !

Et la vieille qui poursuivait : « En ce temps-là, j'habitais dans le 19e, un peu plus loin, vers Barbès, tu vois ? Un matin, ils ont encerclé l'immeuble – on dit "à l'heure du laitier", moi, j'ai jamais vu un laitier venir te livrer un litre de lait à 6 heures du mat, pas plus qu'un litre de rouge, d'ailleurs ! Personne n'était levé. Ils avaient garé leur fourgon plus haut sur le boulevard, histoire qu'on ne les entende pas arriver. Ils étaient bien une dizaine, à avancer dans le silence du petit matin. Tu veux que je te dise qui ils venaient chercher comme ça ? Je te le fous en mille… Deux enfants, oui ! Deux frangins ! Ils avaient six et huit ans, hauts comme trois pommes… Des mômes… Ils pensaient peut-être qu'ils allaient faire un casse, dévaliser la banque de France ou quoi ? Ben non ! C'est qu'ils étaient juifs, tu vois ? Ils venaient arrêter de dangereux terroristes âgés de six ans qui mettaient la nation en péril… Ben quoi ! C'étaient des Juifs ! T'es pas juif, toi, au moins ? »

Je ne savais que lui répondre. Elle parlait beaucoup, cette femme… J'ai bredouillé : « Non, non ! Je suis… heu… je suis rien !

— Aaaah ! Pareil que moi ! Tu vois, on ne sait pas d'où on vient, mais on sait où on va… Tous au même endroit ! Mon père s'appelait Barcelo, comme le peintre… Oh ! T'as pas l'air de connaître… Une espèce de pingouin, bien sûr… » Devant mon air idiot, elle a éclaté de rire. Puis elle a ouvert de grands yeux. « Ben quoi ! Un Espingouin, un émigré espagnol ! Heureusement qu'il a fricoté avec une Bretonne… C'est de ça que je suis née. Et comme il ne m'a pas reconnue, le bougre, je me suis toujours appelée Le Foll. À l'école, évidemment, on m'appelait "la folle", parce que je parlais trop. C'est vrai que je parle trop, surtout quand j'ai bu un coup. On s'en jette un dernier ? »

Sur un signe, Tintin est revenu avec son bec verseur.

« Et toi, tu t'appelles comment ?

— Comment…

— Ben oui ! C'est quoi ton blaze ? »

En détournant les yeux, j'ai répondu : « Je m'appelle Léon.

— Oh ! T'as pas une tête à t'appeler Léon, ducon. »

Puis elle s'est mise à chanter à tue-tête : « J'aurai ta peau Léon, ta peau Léon… » Et elle riait, découvrant une bouche édentée qui empestait l'alcool.

C'est alors, tandis que Tintin nous servait notre troisième calva, que je me suis souvenu de l'histoire que m'avait racontée le petit Juif du boulevard Saint-Germain… Et si cette vieille était la mort, la mort en personne ? J'ai commencé à transpirer. De l'histoire du petit Juif, j'avais tout de même retenu qu'il ne fallait pas fuir. La mort, c'est comme un chien. Si tu fuis, elle te poursuit. Tends-lui la main, plutôt, laisse-la te renifler, tourner autour de toi, japper de peur ou de joie, donne-lui un os à ronger. Elle te laissera partir en ricanant. Alors, je lui ai demandé : « Tu sais s'il y a eu un mort dans un bistrot à La Chapelle ?

— Tu veux dire… cet après-midi ?

— Oui !

— Ben oui ! dit la vieille d'un air désolé. T'inquiète, c'était rien qu'un règlement de comptes.

— Ah bon, un règlement de comptes ? »

Elle disait n'importe quoi, ce qui lui venait à l'esprit. Mais elle a précisé : « Oui ! L'Arabe qui s'est pris trois balles dans le ventre, ben c'était un militant palestinien. Le type qui est venu le descendre appartenait sans doute à un groupe rival, ou, qui sait, c'était peut-être un espion israélien… Les Israéliens, tu sais, c'est comme les Juifs pendant la guerre, ils sont partout ! »

Qu'est-ce qu'elle racontait ? Moi, j'y étais dans le bistrot kabyle. J'ai bien vu que les Arabes avaient réagi au comportement erratique d'Ulrich. Mais après tout, c'étaient peut-être des militants palestiniens, tous ces gars que j'avais entraperçus dans ce boui-boui. J'ai voulu en savoir davantage : « Comment le sais-tu que c'étaient des Palestiniens ? Tu les connais ?

— Ben en voilà un curieux ! »

Elle m'a fait signe d'approcher. Il y avait du monde dans ce café-tabac, les gens entraient, sortaient, parlaient fort. Qui donc s'intéresserait au bavardage d'une vieille femme ? Mais je me suis rapproché à la toucher, putain, c'est vrai que ça sentait la terre fraîchement retournée, qu'elle sentait la mort. J'ai eu un haut-le-corps. Elle m'a glissé à l'oreille : « Moi aussi je milite pour la Palestine ! »

N'importe quoi ! Qu'est-ce qu'une vieille tout droit sortie des faubourgs de l'avant-guerre irait fricoter avec des Palestoches ? Devant mon air dubitatif, elle a précisé : « Je dis pas… Milite, c'est un grand mot ! J'ai toujours eu pitié des populations opprimées, vivant sous la botte, dans un pays occupé. Il m'arrive de taper l'incruste dans le bistrot kabyle. Les Arabes, z'ont aussi besoin de présence féminine, y a que des mecs là-d'dans. Alors, je picole avec eux, parfois. Tu sais, z'ont beau venir de là-bas, z'ont quand même une bonne descente. L'autre soir, j'te dis pas ce qu'on s'est sifflé ! »

J'ai voulu prendre mon air le plus dégagé. J'ai même appelé le garçon pour lui commander une nouvelle tournée.

« Celle-ci est pour moi ! »

Lorsque Tintin nous a rempli nos verres à ras bord, j'ai risqué : « Et le type, là, celui qui s'est fait buter… Tu le connaissais ?

— Brahim ? Sûr que je le connaissais ! Nous avons taillé la bavette ensemble jusqu'à plus soif, si tu vois ce que je veux dire… Et pas plus tard qu'hier ! Un brave gars, le Brahim, mais avec des nœuds plein la cervelle. Au pays, on l'aime pas, on y a tout pris, sa bagnole, sa baraque, sa femme, ses moutards. Ses potes, là-bas, le détestent, ils le poursuivent même jusqu'ici. Quand y trottait dehors, tu vois, y reluquait derrière lui à chaque pas… Les mecs qui se triturent trop les méninges, y font pas de vieux os, je peux t'le dire. »

J'ai avalé mon verre cul sec, et soudain j'ai eu une idée. J'ai saisi le plateau rond du 421 et lui ai proposé une sorte de duel en un coup : « Allez, on joue la dernière tournée au zanzibar, sur un seul lancer, d'accord ? »

Mon idée a eu l'air de la ravir. Elle a levé le doigt pour faire signe à Tintin et a décrété : « J'commence ! »

Elle était habile à triturer les dés, soufflant sur ses doigts, regardant en l'air, comme pour se concentrer.

Puis elle les a jetés en un mouvement de tout son corps en avant.

« Baraque ! » s'est-elle écriée.

Trois six... Du premier coup, elle avait aligné trois six ! Elle était douée, la garce ! Forcément, à traîner toute la journée dans des cafés, elle s'était fait la main. Fallait voir sa tête réjouie, comme si elle avait décroché le gros lot. Je me suis emparé des dés, les ai longuement malaxés entre mes doigts, puis je leur ai murmuré un mot qu'elle ne pouvait entendre, qu'elle n'aurait pas compris, du reste. Et je les ai jetés...

« Quatre-vingt-un ! »

Le maximum ! Elle était battue, la vieille ! C'est bête, les dés, il suffit de gagner pour imaginer aussitôt que les dieux sont favorables. Je souriais à m'en décrocher la mâchoire. Sans un mot, elle a ramassé son cabas, arrangé son manteau, avalé d'un trait son dernier calva et s'en est allée, dépitée.

Eh bien, on aura beau me dire ceci ou cela, me parler de hasard ou de destin, je reste persuadé, encore aujourd'hui, que si j'avais perdu j'aurais subi le même sort que Brahim le Palestinien. Je ne sais pas ce qui me serait arrivé, mais je n'aurais pas été là, debout sur le trottoir et bien vivant, à me demander comment rejoindre Gennevilliers pour récupérer ma mobylette.

*

Dans l'autobus, le 139, brinquebalé par les cahots je me suis assoupi. Je n'en suis pas certain, mais il m'a semblé que dans ces images immédiates de rêve qui apparaissent dans les siestes ou au début du sommeil, j'ai aperçu des casquettes de SS. J'ai sursauté. C'était le receveur qui frappait sur le métal pour exiger mon ticket. De ticket, je n'en avais pas ! Le bus s'arrêtait justement à ma station, Avenue-Chandon. Je lui ai fait un sourire, j'ai posé ma main sur son bras. « Ah ! Merci, vraiment ! J'ai failli rater l'arrêt… » et j'ai filé. Je courais encore en arrivant dans la cité. Il devait être près de 21 heures. J'ai retrouvé ma mère, toujours seule. Comme chaque soir, mon père avait appelé pour la prévenir qu'il ne rentrait pas dîner. Elle était assise dans la cuisine, dans la position où je l'avais laissée en tout début d'après-midi, devant sa tasse à moitié vide, refroidie. Mais à quoi pensait-elle durant ces longues heures de solitude ? Elle ne ruminait pas sur le passé, ce n'était pas son genre. À côté d'elle, sur la table en formica, le livre de mathématiques de ma classe de première. Elle adorait ce bouquin, où il n'y avait pourtant que des problèmes d'algèbre, le « Lebossé et Hémery », *Algèbre et trigonométrie*. Elle l'avait commencé à la première page et s'acharnait sur chacun des problèmes posés. Lorsqu'elle trouvait une solution, elle l'inscrivait sur un petit morceau de papier, n'importe lequel qui traînait par là. Et lorsqu'il n'y en avait pas, elle prenait du papier toilette. Le livre avait triplé de volume, fourré de tous les petits papiers qu'elle y avait insérés. Elles n'étaient pas si faciles, ces équations du second degré, ils n'étaient pas évidents, ces problèmes de logique posés par la théorie des ensembles, les suites, les dérivées… Elle avalait tout, consciencieusement, comme si elle comptait passer son bachot. En vérité, je l'ai compris bien des années plus tard, après sa mort, elle cherchait une solution à un problème insoluble, le seul problème qui lui importait : *qu'est-ce qu'elle fichait là ?*

Je l'ai embrassée sur le front, ignorant son petit recul, me suis assis en face d'elle comme si on ne s'était pas quittés de la journée. Elle restait silencieuse, le regard dans le vide. Puis, prenant soudain conscience de ma présence : « Tu veux manger quelque chose ? »

Je lui ai proposé de préparer des pâtes pour nous deux – elle avait bien un vieux paquet de pâtes qui traînait… Mais elle a prétendu qu'elle avait déjà dîné. Aucune assiette, pourtant, aucune casserole, aucun reste de repas, rien… Soudain, le téléphone a sonné.

« Décroche, m'a-t-elle dit, ce doit encore être ton père qui t'expliquera qu'il rentrera plus tard que prévu… Allez ! Parle-lui ! »

Je n'avais aucune envie de m'interposer dans leur éternel conflit. J'ai tout de même décroché le téléphone. Quand j'ai entendu la voix dans l'appareil, j'ai sursauté, l'accent, le souffle court du fumeur…

« Mathias ? Professeur heu… Mathias Robert ? C'est un miracle que vous me trouviez ici. Je venais faire une visite à mes parents… Ah ! C'est vraiment un coup de chance ! »

Et à l'autre bout du fil, le professeur a commencé à m'engueuler. Oui ! M'engueuler ! On se connaissait à peine et il me passait un savon. « Je t'appelle pour te dire que je ne suis pas content ! » Mais comment ?

Pourquoi ?… « Qu'avez-vous fait, avec Amos, samedi dernier, après le séminaire ? » Qu'avons-nous fait ? Mais rien… « Quoi ? On m'a raconté que vous avez été insistants avec une jeune fille… » J'ai pensé : il est gonflé, après l'assaut qu'il a fait subir à la pauvre Eva dans les toilettes du Balzar… « Comment insistants ? Tu veux dire… » Et lui qui s'énervait : « Tu comprends, lorsqu'une fille te dit non, il ne faut pas insister ! » Je voulais m'assurer que je comprenais bien ce qu'il disait. Je lui ai demandé : « Tu veux parler de Hilde ? » Oui ! Alors, j'ai tenté de me défendre : « Mais au contraire, Mathias, nous avons été plus que corrects. » C'est alors qu'il a pris un ton sévère pour m'assener : « Elle est prise, cette fille ! Elle a déjà un amoureux et elle n'en veut pas d'autre. C'est compris ? » J'avais d'autant mieux compris que je n'avais aucune velléité de la séduire. J'ai néanmoins répondu, par politesse : « Oui, Mathias, j'ai compris. » Aussitôt après, je me suis trouvé lâche. J'aurais dû lui répondre : « Vieux salaud, connais-tu la parabole de la paille et de la poutre ? »

Je suis revenu m'asseoir face à ma mère, dépité.

« Un problème avec une fille ? m'a-t-elle demandé. Ce n'est pas la peine d'insister. Tu vaux mille fois mieux qu'elle.

— Mais je n'ai pas insisté, mummy…

— J'ai bien entendu ce que te disait l'homme au téléphone. Ce devait être son petit ami. »

Un déclic s'est produit dans ma tête. Elle était trop forte, la vieille ! C'était lui, Mathias, le petit ami de Hilde, c'était lui ! C'était pour cette raison qu'il nous rappelait à l'ordre, Amos et moi. Ça devenait franchement cocasse. Le vieux réac, ancien espion de la CIA, à la colle avec une gamine, pas plus de vingt-cinq ans, adepte de la Rote Armee Fraktion… Ça alors !

7

Le partisan[1]

Après l'épisode des Teutons flingueurs, le début de l'année 1969 avait été plutôt calme, du moins jusqu'à ma convocation au commissariat de police de Gennevilliers – forcément celui-là, puisque j'habitais toujours officiellement chez mes parents. J'en avais assez de trembler à chaque manif, de craindre chaque fois de me faire déporter, « reconduire à la frontière », qu'ils disaient, j'avais donc décidé de demander ma naturalisation. Au moins, pensais-je alors, je pourrais manifester tranquillement, comme tout le monde. J'avais eu un mal de chien à me décider. Non pas que cette nationalité me déplût, comme certains Algériens, par exemple, à la fac, qui déclaraient : « Français, ah ça, jamais ! » Pas davantage, comme beaucoup de mes amis, que je fusse opposé au service militaire, au contraire, je rêvais d'apprendre à manier des armes de guerre, certain que ça pourrait me servir un jour. Mais je voyais dans la naturalisation une sorte de

1. *The Partisan*, chanson de Leonard Cohen, 1969.

conversion. Josy Tenenbaum, ma chérie de quelques semaines, spécialiste de la Shoah, que j'avais rencontrée sur le boulevard du Montparnasse, m'avait raconté que les enfants juifs qui avaient été cachés pendant la guerre dans des familles catholiques y avaient parfois été baptisés. Durant ces deux ou trois années qu'ils avaient passées chez des paysans du Lot, de Dordogne ou de Normandie, ils avaient appris les Pater et les Ave, à communier et à plier le genou durant la messe. Après la guerre, voulant effacer cette religion qu'ils n'avaient pas désirée, qui leur collait à la peau, comme la tunique de Nessus sur le dos du pauvre Héraclès, ils avaient essayé de s'en débarrasser, de se faire débaptiser… Impossible ! Ou après de telles démarches que ça tournait au délire. Alors, je m'étais dit qu'avant de se faire naturaliser français, il fallait d'abord se renseigner sur les possibilités de se dénaturaliser, pour le cas où… Finalement, lorsque j'avais commencé à m'imaginer une vie dans la clandestinité, tout cela avait perdu de l'importance à mes yeux ; si un jour je voulais renoncer à ma nationalité française, je n'aurais qu'à me faire confectionner des faux papiers, et basta ! C'est ainsi que je m'étais rassuré. Du coup, quelques mois avant les événements de mai, j'étais allé déposer mon dossier de naturalisation. Il avait fallu produire des actes d'état civil, démontrer que j'étais bien qui je prétendais être. Mais comment faire ? Demander à Nasser de m'envoyer par la poste une fiche d'état civil ? Ou bien une lettre manuscrite, authentifiée, à la traduction certifiée par huissier, expliquant que, malgré le fait qu'il m'avait expulsé de mon pays, j'étais bien la même personne ? Du reste, étais-je bien resté la même personne ? J'en doutais alors, j'en doute plus encore aujourd'hui. J'avais soumis le problème à l'officier d'état civil de la préfecture, qui m'avait répondu qu'il existait un autre moyen d'établir juridiquement son identité : produire un acte de notoriété ; trouver des Français, il en fallait trois, bien sous tous rapports, qui accepteraient de déclarer, devant notaire, que j'étais qui j'étais. Mais à l'époque je n'ai pas su lui répondre que moi, bordel, je n'avais pas le droit ! Pas le droit d'être qui j'étais car, pour nous autres Juifs, l'identité est réservée à notre seul Dieu… La preuve ? Lorsque Moïse, sur le mont Sinaï, lui demande : « Allez, Dieu, dis-moi, lorsque je vais descendre vers le peuple en lui annonçant que notre Dieu nous a donné une loi, les gens vont me demander : "Comment s'appelle-t-il, notre Dieu ?" Et moi, qu'est-ce que je vais leur répondre, hein ? Dis-moi ! » Alors notre Dieu, dans sa grande bonté, a répondu à notre prophète Moïse : « Je suis celui qui est ! » Ben en voilà une réponse ! Et comme explication, il a ajouté : « Tu n'as qu'à leur répondre : "Je suis" m'a envoyé vers vous. » Moi, cette histoire m'a travaillé, je l'ai tournée cent fois dans ma tête. Elle devait bien signifier quelque chose… Et j'ai fini par comprendre ! Nous autres, les Juifs, ne pouvons pas déclarer « Je suis », n'avons pas le droit d'être qui nous sommes, parce que cette capacité de correspondre à soi-même selon le principe d'identité, autrement dit d'être identique à soi-même, est réservée à notre seul Dieu. Lui seul peut dire : « Je suis celui qui est ! »

Malgré tout, depuis que j'avais commencé les démarches, je m'étais pris au jeu ; je tenais à cette naturalisation. Je me suis alors trouvé trois Français corrects, prêts à jurer sur l'honneur que j'étais bien qui j'étais.

Cela faisait donc plus d'un an que j'avais déposé ce dossier et voilà que j'avais reçu un papier bleu, une convocation au commissariat, un matin à 9 heures, avec la mention « Au sujet de votre demande de naturalisation ». Et j'ai été reçu par un commissaire de police, rien de moins.

La conversation avait débuté sur un ton aimable. « Bonjour monsieur, je suis le commissaire Mercier. » Je me souviendrais de son nom, celui-là ! « Je suis chargé d'instruire votre dossier de naturalisation. » Puis il m'a passé la pommade : « Vous semblez un garçon sérieux, déjà en troisième année d'université. Vous n'avez manifestement jamais redoublé. » J'ai levé vers lui des yeux que j'ai voulus les plus innocents. Mais c'est devenu plus grinçant lorsqu'il m'a demandé : « En quelle discipline, déjà ? » J'ai bien remarqué sa moue de dégoût lorsque j'ai répondu : « En sociologie, monsieur ! — Ah oui, en sociologie, c'est vrai ! » Ajoutant dans sa barbe : « C'est là, en sociologie, à la Sorbonne, qu'on vous enseigne à faire la révolution. » Je n'ai pas relevé, évidemment. Puis, de but en blanc, me fixant au fond des yeux : « Vous connaissez bien Alain Fournier, n'est-ce pas ? »

Sans déconner, il croyait peut-être que j'allais donner un copain... Car il s'appelait bien ainsi, Bandido ! Je ne l'avais pas revu depuis qu'il avait été arrêté, dans le 18e arrondissement, trois mois auparavant. Pensant que les flics le surveillaient peut-être, j'évitais de traîner dans son quartier. C'était donc pour ça qu'il m'avait convoqué, le bon commissaire Mercier... J'ai essayé de me défiler : « Alain-Fournier, voyons, laissez-moi deviner... un écrivain... éphémère, je dois dire... *Le Grand Meaulnes* et puis c'est tout, enfin je crois. »

Mais le commissaire m'a sorti une photo de nous deux, Bandido et moi, à l'entrée du théâtre de l'Odéon, et l'a claquée brutalement sur le bureau : « Non ! Cet Alain Fournier-là... Vous le reconnaissez ? » hurla-t-il en appuyant du doigt sur le visage de mon ami.

Putain de flics ! Ils avaient même pris des photos de nous deux, ensemble, durant les manifs...

« Ah, lui ? Ah... Vous voulez dire Bandido ?

— Quoi Bandido ?

— Nous, on l'appelle comme ça, Bandido ! Je ne savais même pas qu'il s'appelait Fournier.

— Vous ne connaissez pas le nom de votre ami intime ?

— Ami intime, comme vous y allez... C'est un copain, c'est tout. Je sais qu'il s'appelle Alain, mais Fournier, c'est vous qui me l'apprenez. »

Le flic s'est installé en face de moi.

« Toi, mon gaillard, tu vas arrêter de jouer au con avec moi ! »

C'est alors que ma peur s'est évanouie. Je peux avoir peur de ce que j'ignore, de ce que j'imagine, mais un type face à moi, cerveau contre cerveau : il n'y a pas de quoi avoir peur, c'est comme une partie d'échecs, je peux perdre ou gagner, mais je n'ai aucune raison d'avoir peur. Je lui ai souri.

« Certainement, monsieur ! »

De son classeur, il a extrait deux autres photos, qu'il a tenues un moment dans sa main, ménageant ses effets. Mais moi, j'avais déjà compris. Soudain, il les a étalées devant moi, dans le but évident de me surprendre. Je les ai regardées attentivement puis j'ai levé les yeux : « C'est qui ?

— Vous ne les connaissez pas ?

— Jamais vus ! Franchement…

— Lui, c'est Ulrich Junker, un malfrat allemand, originaire de Munich, du premier cercle autour d'Andreas Baader…

— Andreas Baader ?

— Vous ne lisez pas les journaux ?

— Je lis beaucoup, mais pas trop les journaux. Je ne fais pas confiance à la presse bourgeoise… »

Il a souri, le commissaire Mercier, sans doute soulagé que je sois conforme à l'idée qu'il se faisait de moi. Puis, il a poussé la seconde photo sous mes yeux : « Et elle ? »

Elsa était photographiée durant une manifestation à Berlin, le poing levé, en train de crier. Devant ma moue innocente, il m'a laissé mijoter quelques minutes avant de dire : « Elsa Wiener, bien plus toxique que l'autre brute, une intellectuelle, professeure de philosophie à Cologne… Non ?

— Je ne vois pas pourquoi je devrais les connaître… »

Il ne m'a rien expliqué, ne m'a pas informé d'éventuelles charges qui auraient pu être retenues contre moi, non ! Il s'est seulement contenté de me coller l'angoisse.

Sur le pas de la porte, au moment de nous séparer, il m'a glissé d'un ton persifleur : « Pour votre naturalisation, on verra… On vous garde à l'œil quelque temps avant de donner un avis. Alors, vous avez intérêt à vous tenir à carreau ! »

J'ai fait le jeune homme poli, « oui monsieur », « merci monsieur », et il a ajouté avant de me laisser partir : « Être français, ça se mérite ! »

*

En quittant le commissariat, j'ai pété un câble. J'envoyais des coups de poing à un ennemi imaginaire, je shootais dans tout ce qui traînait sur le trottoir, les poubelles, des morceaux de bois, des paquets de cigarettes vides, j'ai même crié, tout seul, dans la rue, je ne sais contre qui… Waouh, j'étais furieux ! Contre Bandido qui nous avait plongés dans cette galère, contre cette Gestapo à la française qui m'avait collé un véritable sentiment de persécution. Ma fureur a fait tache d'huile. J'ai commencé à penser que, si on prenait les choses à la racine – et être radical, comme disait Marx, c'est prendre les choses à la racine ! –, c'étaient mes parents qui m'avaient fourré dans ce pétrin. Quelle idée, aussi, d'émigrer en France, après ce qui s'était passé dans ce pays contre les Juifs pendant la guerre… J'ai même lu que ce n'était pas la première fois. Au XIIe siècle, déjà, ils avaient expulsé les Juifs, après les avoir spoliés et en avoir massacré quelques centaines, puis au XIIIe siècle, au XIVe, au XVe, si bien que, lorsque Louis XIII a émis à son tour un édit d'expulsion, il n'y avait plus un seul Juif dans le bon royaume de France. Et c'est là, dans ce pays, que mes parents avaient choisi de s'établir… Ben dis donc ! Pas trop prévoyants, les vioques ! Et ma colère a viré contre l'autre vieux, ce débile de professeur Mathias Robert qui s'était acoquiné avec une fille de la Rote Armee Fraktion, il fallait le prévenir, aussi, ce vieux pervers… Je ne décolérais pas. J'ai décidé de lui faire une petite visite, à l'improviste, histoire de le sonder un peu, ce faux jeton, de savoir ce qu'il cachait, ce qu'il avait dans le ventre.

Il habitait à l'autre bout, en banlieue sud, à Sceaux, dans une cité résidentielle. Je n'avais aucune envie de repasser chercher ma mobylette, alors j'ai pris le train. J'ai été bien inspiré car c'est dans ce train de banlieue, brinquebalant et hurlant, qui dégageait une fumée à plonger une gare dans le brouillard, c'est dans ce train que j'ai rencontré Betsy. Enfin, « rencontré », c'est beaucoup dire… comme deux fourmis qui se croisent sur le chemin de la fourmilière, qui s'approchent, s'embrassent bouche contre bouche, se palpent et s'en vont, chacune de son côté. Voilà ! Comme deux fourmis, oui ! Le wagon était presque vide. Elle est montée à la première station après Denfert, elle est venue s'asseoir en face de moi, sans y prendre garde, sans doute, je veux dire sans avoir remarqué que j'étais là, ni qui j'étais, ni même la tête que j'avais… Je l'ai regardée, je lui ai souri, elle m'a souri. Elle avait de grands yeux clairs, un petit nez retroussé, des cheveux blonds en cascade, un jean, des baskets, un pull à ras du cou, bleu ciel… Je l'ai trouvée belle. Le bleu va si bien aux blondes. Elle m'a souri, je lui ai souri. Nous nous sommes regardés, puis nous avons tous deux baissé les yeux, nous sommes encore regardés… Le train roulait dans un bruit d'enfer, dégageant cette fumée de charbon que j'aimais bien. Elle s'est levée, je me suis levé. Elle s'est tenue debout, devant la porte, les deux mains fixées à la barre, la tête vers le ciel, les yeux dans les nuages, comme si elle devait descendre à la prochaine. Je me suis approché, elle s'est rapprochée. Elle n'a pas parlé, je n'ai rien dit. Mon regard est tombé sur sa poitrine, deux petits seins qui dressaient les poils de son pull-over, les miens aussi ! Bouffée de désir. Elle a fermé les yeux, j'ai ouvert grand les miens. Elle s'est retournée. De ses fesses, elle m'a frôlé, nous nous sommes encore rapprochés. Nous nous sommes frottés ainsi entre deux stations, mon sexe contre ses fesses. Le train s'est arrêté. Elle n'est pas descendue, mais deux femmes d'âge mûr, en pleine conversation, sont montées. Elles sont parties s'asseoir au milieu du wagon. De là, elles ne nous quittaient pas du regard, tout en continuant à parler. Tels Adam et Ève se voyant pour la première fois, je ne la connaissais pas, elle ne me connaissait pas.

Nous avons fait l'expérience d'une attirance animale, seulement pilotée par nos hormones. Je l'ai imaginée philosophe, en pleine élaboration d'une question fondamentale, quelque chose comme : « L'instinct est-il une volonté ? » J'apercevais les deux femmes là-bas, en train de nous reluquer, assistant au spectacle du désir avec des mines offensées. Soudain, elle s'est retournée, m'a regardé droit dans les yeux. J'ai eu peur. C'est alors qu'elle m'a attiré vers elle et m'a embrassé. Je l'ai embrassée. C'est dans des cas pareils qu'on se demande : « Est-ce une femme, un être humain ?… Seulement l'apparence d'un être humain ? Que se cache-t-il sous cette enveloppe ? Un esprit, un démon déguisé en poupée, l'incarnation d'une tentation ? » Une aussi jolie fille, s'intéresser soudain à moi, et sans même que je lui aie adressé la parole… Il devait y avoir une raison. J'aurais dû lui demander. Je n'ai pas eu le temps, le train entrait en gare. Elle avait du mal à ouvrir la porte, je l'ai aidée. Avant de partir elle a lâché : « Betsy, Batignolles 11-25. » Et elle a filé. Le train repartait. Je me suis collé à la vitre de la portière pour la voir s'éloigner. Je n'avais rien pour noter son numéro de téléphone. Alors, tout le trajet, je me le suis répété, au point qu'il était devenu une chanson, celle du mouvement du train, rythmée par le *tactac-tadoum, tactac-tadoum*, Batignolles, *tactac*, 11-25, *tadoum*, Batignolles… Arrivé à la gare de Sceaux, je me suis acheté un stylo et je l'ai écrit sur la paume de ma main. Betsy… Commissaire Betsy… Elle m'avait fait oublier en quelques minutes, le temps de deux stations de train, la police française.

Sur la boîte aux lettres, il était écrit « M. et Mme Mathias Robert ». Monsieur et madame ? C'était au deuxième étage. Je suis monté quatre à quatre. Devant la porte, l'œil sur l'œilleton pour repérer si quelqu'un se tenait derrière, j'ai attendu un moment. Je n'entendais rien. J'ai sonné. Le professeur m'a ouvert lui-même. Il m'a regardé bizarrement, un long moment, comme s'il ne me reconnaissait pas. J'ai failli lui rappeler mon nom, le sujet que j'avais choisi pour mon mémoire… Holà ! Tu vois bien qui je suis, non ?

« Qu'est-ce que tu fais là ? m'a-t-il enfin demandé, l'œil sévère.

— Heu… Professeur… Je voudrais vous parler… Comprenez-moi, c'est urgent…

— Je t'ai déjà dit, bougre d'imbécile, que dans ce séminaire tout le monde se tutoie.

— Oui monsieur ! »

Décidément, c'était la journée de la soumission. Je disais « oui monsieur » à tout le monde…

« Bon ! Entre ! Mais je te préviens, je ne suis pas seul. Tu devras parler devant mon ami. »

Il tirait comme un damné sur son fume-cigarette et rejetait la fumée par ses narines, m'évoquant inexorablement un satyre, et j'ai repensé à Eva… Un centaure, plutôt, mi-homme, mi-cheval en érection. Malgré les airs de vieux qu'il se donnait, toujours courbé sur sa canne, Mathias Robert était grand, les épaules larges, le menton affirmé. Mais l'homme qui était avec lui n'était pas du même gabarit ! Petit, vêtu d'un costume trois pièces, le col de chemise impeccable, la cravate élégante, le front dégarni, brillant, encadré de cheveux blancs parfaitement coiffés, des lunettes d'écaille de qualité… il évoquait d'évidence le haut fonctionnaire au visage passe-partout. J'apprendrais avec l'expérience que ce sont les plus vicieux, les plus toxiques.

« Je te présente Georges », me dit Mathias.

Je lui ai serré la main, l'homme l'avait molle, chaude et humide. Une limace.

« Georges ?

— Tu te contenteras de son prénom. »

J'avais l'air perplexe, alors Mathias a daigné m'informer : « Georges donne des conseils.

— Ah ? m'étonnai-je. Vous conseillez donc le professeur Robert… »

L'homme a éclaté de rire, il avait le rire facile.

« Mais non ! C'est plutôt le professeur qui m'instruit. Il sait tant de choses, et dans tant de domaines. Par ailleurs, c'est vrai, je suis conseiller…

— Conseiller ? demandai-je encore.

— Je conseille les puissants. La plupart du temps, ils ne m'écoutent pas.

— Georges est trop modeste, l'interrompit Mathias. Il est introduit dans les cabinets ministériels. Il connaît même très bien Pompidou, le Premier ministre. Figure-toi que mon ami Georges avait prévu les événements de mai 68, et cela depuis le mois de janvier. Il a envoyé des tas de notes circonstanciées, et à plusieurs membres du gouvernement, qui plus est… En France, c'est comme pisser dans un violon ! Il leur a même fourni, et bien avant qu'on ne les publie dans la presse, les noms des chefs des groupuscules, ce Krivine, ce Cohn-Bendit, ce Geismar… Il aurait suffi qu'on les arrête à ce moment pour étouffer le mouvement dans l'œuf. C'était d'ailleurs ce qu'il avait préconisé. Cela nous aurait évité bien des troubles et surtout bien des dépenses pour réparer ce que les étudiants ont cassé.

J'étais interloqué. Mathias savait parfaitement que je me situais dans la mouvance gauchiste, à la gauche de la gauche, lui avais-je précisé. Il voulait me coincer. Si je me révoltais, il me sortirait immédiatement du jeu. Et puis, qui était ce type qui l'accompagnait ? Un espion de la CIA, comme lui ? Ben non ! Il aurait, je ne sais pas, l'accent américain, celui d'Eddie Constantine jouant Lemmy Caution, ai-je pensé – par parenthèse, Eddie Constantine s'appelle en vérité Edward Israël Constantinowsky, de parents juifs russes émigrés aux États-Unis, décidément on ne peut se fier à personne ! Alors que ce Georges-là avait un côté terroir, centre de la France, Bourges, Tours ou Saumur, ou bien Bourgogne, Dijon ou Chalon-sur-Saône… Je n'ai pas osé lui demander. J'aurais pu, pourtant, en tant qu'élève de Mathias Robert qui nous enseignait combien l'appartenance culturelle pouvait influencer la psychologie d'une personne. J'ai accepté la tasse de café que me proposait le professeur, me suis installé sur une chaise face aux deux vieux enfoncés dans leurs fauteuils.

« Alors, vous êtes une sorte d'éminence grise ? » ai-je demandé à l'homme.

Et il a éclaté de rire : « Gris, sans doute, peu de gens me connaissent, mais pas très éminent, malheureusement. Pas comme votre professeur Robert ! »

Et Mathias l'a interrompu à nouveau : « Georges est vraiment trop modeste. Tu as bien fait partie de cabinets ministériels, tu as même été patron de l'agence de presse nationale…

— Oublions ça, dit l'autre avec un geste désabusé de la main, c'était pendant la guerre. »

Je n'ai pas réagi tout de suite. Pendant la guerre ? Il a dit « pendant la guerre »… Cet homme dirigeait l'agence de presse nationale sous l'Occupation. Un collabo en chef, autrement dit ! J'avais devant moi un bouffeur de Juifs, un nazi version excellence française… Je me suis contenu. Décidément, ce Mathias Robert avait de drôles de fréquentations.

Le professeur s'est alors calé dans son fauteuil, le menton au creux de la main, prenant son air de psychanalyste : « Dis-nous ce qui t'amène, mon garçon. Nous t'écoutons. »

J'avoue que j'ai hésité. En d'autres circonstances, je lui aurais peut-être sauté à la gorge. Mais j'ai réfléchi. Je pourrais profiter de la présence de ce Georges « Je-ne-sais-qui » pour découvrir ce que fricotait Mathias Robert, cet étrange universitaire manifestement lié aux « services ». J'ai décidé de jouer le jeu. Je n'avais pas imaginé que j'avais affaire à plus malin que moi…

« Voilà ! ai-je commencé en hésitant, j'ai rencontré… par hasard, je dois dire, enfin presque par hasard…

— Vas-y ! m'encouragea Mathias, ne crains rien, ici tu es avec des amis. »

J'avais oublié qu'il ne nous appelait jamais ses « élèves », mais ses « amis ». Pour lui, manifestement, la notion d'amitié était assez extensive.

« Des “amis”, ai-je repris en mimant de la main des guillemets, je voudrais surtout obtenir le conseil d'aînés, de personnes d'expérience... Bon, je disais que j'avais rencontré deux membres de la Rote Armee Fraktion, ici, à Paris, voilà quelque temps...

— Oui... m'encourageait Mathias alors que son copain, le mystérieux Georges, restait totalement impassible.

— Et j'ai été témoin... heu... disons... oui, témoin, c'est ça, témoin de leur cavale de cinglés.

— Je comprends, dit encore le professeur, je comprends ! Tu as été mêlé à leurs exactions.

— Non ! m'écriai-je, je n'ai pas été mêlé, j'ai juste été témoin. »

J'ai résumé en quelques mots la folie des deux militants de la RAF, le psychopathe et l'intello, leur passion pour les bagnoles de luxe, leur intention de casser des banques en France, comme ils l'avaient fait en Allemagne, leur souhait de partir passer quelques mois au soleil des Pyrénées pour se faire oublier, j'ai aussi mentionné l'accident sur le boulevard Saint-Michel, j'ai juste évité de parler de l'Arabe abattu dans un bouge du 18e arrondissement. Et voilà, ai-je ajouté, que j'avais été convoqué par la police, interrogé pendant trois heures, et avais découvert que j'étais sans doute mis sous surveillance. Je ne savais à qui m'adresser, c'est pourquoi j'étais venu voir mon professeur, mon maître, pour obtenir ses conseils.

« Tu as bien fait, me déclara Mathias, tu as bien fait de t'adresser à moi. Et tu as de la chance d'être venu le jour où Georges me rend une petite visite car… Dis-lui, toi, Georges. »

Le Georges en question a pris le relais. Il m'a demandé si j'appartenais à un groupe. « Aucun ! » ai-je menti. Si j'avais participé à des actions, comme par exemple des descentes dans les usines, des attaques de vigiles… J'ai encore menti. Si je connaissais les leaders, tels que Benny Lévy ou Alain Geismar… Et là, j'ai ricané : « Lévy et Geismar, le Séfarade et l'Ashkénaze… Ah non ! Moi, je suis juif au naturel, ni ashkénaze ni séfarade, je n'ai rien à faire avec ces gens-là. »

Mais l'autre ne rigolait pas du tout.

« Et Brahim ? me demanda-t-il à brûle-pourpoint. Brahim, lui, tu le connais !

— Brahim ?

— Brahim el-Hakim, me précisa-t-il encore.

— Eh bien voilà un nom qui sonne bien de chez moi – Égypte… Palestine… Jordanie, peut-être ?

— À ceci près qu'il a été abattu chez nous, à Paris, de trois balles dans le ventre, dans un bar louche du quartier de La Chapelle. »

J'ai senti un frisson me parcourir l'échine, remonter le long de ma colonne vertébrale jusqu'à venir grésiller derrière mes oreilles.

« Le pauvre ! ai-je encore trouvé la force de ricaner. Et pour quelle raison je devrais connaître cet homme ? »

Et ce Georges dont je ne connaissais pas le nom m'a assené, calmement, comme s'il s'agissait d'une information banale, sans même me regarder : « Parce que tu as assisté à son exécution. »

Là, j'ai explosé ! Faut me comprendre, ces deux vieux schnocks qui se la jouaient compréhensifs, proches de la jeunesse, à l'écoute de mes problèmes, prêts à me psychanalyser par bonté… ils étaient déjà au courant de tout, ces cons ! Va savoir s'ils ne m'attendaient pas, là tous les deux, dans leur antre de Sceaux, comme des araignées au milieu de leur toile. Et moi qui m'y étais précipité jusqu'à m'y engluer… Avant même que j'aie prononcé un seul mot, ils savaient que j'étais dans le bistrot lorsque Ulrich avait descendu l'Arabe. Comment ? Qui étaient ces deux vieux salauds ? Des flics ? Tout de même pas Mathias ! Des barbouzes en costume de ville ? Des militants d'extrême droite, nostalgiques du maréchal Putain ? « Des gens », comme on dit lorsqu'on a peur de leurs qualités, des agents…

Déjanté, je me suis levé, j'ai foncé d'un pas décidé jusqu'au bureau. Je l'ai soulevé avec rage et l'ai retourné, répandant sur le sol les centaines de papiers, de mémoires, de thèses, de bouquins, de stylos, de boîtes, d'encriers, qui ont dégringolé et se sont étalés à travers la pièce, et j'ai commencé à les piétiner.

« Mathias, puisque tu méprises ton travail d'intellectuel au point de collaborer aux basses œuvres de la police, voilà ce que j'en fais, de ton boulot ! » Et je suis même allé jusqu'à arracher la page glissée dans la vieille Underwood, sans doute le travail du jour du satané professeur.

« Et ça ? m'écriai-je en exhibant la feuille de papier. Ça ? Je vais te dire ce que c'est : des mensonges ! Tu n'es pas un penseur, Mathias, mais un dépenseur, un mec qui défait la pensée ! Tu n'es pas un défenseur, Mathias, mais un accusateur ! Je n'ai même pas besoin de lire ce qui est écrit là, ce sont forcément mensonges, rien que mensonges ! » Et je l'ai déchirée, cette page. « Et cette machine, va, elle ne te servira plus à rien, maintenant que tu es démasqué », et je l'ai soulevée pour la jeter à terre.

Je donnais des coups de pied dans les objets, je piétinais les livres, j'aurais bien déchiré les pages, mis le feu à tout ce boxon, lorsque Mathias s'est levé et, me faisant face, calmement, m'a saisi les poignets avec force.

« Calme-toi, mon garçon, me dit-il d'une voix tranquille. Allez, du calme… Tu ne sais plus comment tu t'appelles. Je vais te le dire : Tobie, comme le prophète, tu t'en souviens ? Tobie, le vainqueur du démon. C'est toi. Tu le sais, n'est-ce pas ? »

En m'appelant soudain par mon prénom, il m'a touché au cœur. Il savait comment je m'appelais, il se souvenait de mon nom, il s'adressait au moi, au plus profond de moi. Je sentais ses mains paralysant mes poignets et n'éprouvais aucune douleur. Une sensation cotonneuse me troublait la vue.

« Calme, calme, répétait le professeur. Le sang redescend lentement de la tête, il s'en va réchauffer le ventre. Tiens, assieds-toi. »

Je fixais ses yeux en amande, deux fentes à peine ouvertes, il louchait. Pris de vertige, je me suis assis.

Et le professeur qui continuait à parler, sans lâcher mes poignets : « La chaleur redescend le long de ton corps, elle rejoint tes jambes. Les choses sont en ordre, le monde est en ordre… »

J'ai senti mes yeux clignoter. Je n'avais pas sommeil et pourtant un engourdissement commençait à m'envahir, comme à l'entrée du sommeil. Je voulais me lever mais n'y parvenais pas. Dans une demi-inconscience, j'ai aperçu l'autre, son acolyte, qui s'approchait de moi à son tour. J'ai vu, j'ai cru voir, qu'il tenait des menottes. J'ai pensé qu'ils allaient m'attacher, me contraindre. Dans un sursaut, j'ai tenté de me relever. Mes jambes étaient si lourdes. Je suis retombé sur ma chaise. Je crois que j'ai perdu connaissance ou peut-être me suis-je simplement endormi. J'entendais encore la voix du professeur dans le lointain : « Calme, tu te sens calme, le monde est en ordre, les choses sont à leur place… »

Et je suis parti. Oh, pas très loin, mais en hauteur, au niveau du plafond. De là-haut, j'ai regardé la pièce et je me suis vu, étendu sur le sofa, les yeux clos, respirant profondément, de petits soubresauts dans les jambes. J'étais là-haut et je me voyais en bas. Et je me suis rendu compte que je pouvais déplacer mon regard, couvrir la totalité du grand salon ou me focaliser sur un objet, un papier, par exemple. J'ai bien vu les deux vieux qui tenaient conciliabule à voix basse. Je ne parvenais pas à entendre ce qu'ils disaient, mais je les voyais comploter. Et puis mon regard s'est fixé sur une feuille, une de celles qui jonchaient le sol. C'était étrange, comme si mes yeux contenaient une fonction « jumelles », qui agrandissait le texte. J'ai même pu lire une phrase, grossie à tel point que je distinguais l'encre qui avait un peu bavé sur la texture du papier. Cette phrase, je la cite ici de mémoire, quelque chose comme : « Le petit pourra nous conduire jusqu'à eux... » *Le petit*, ai-je pensé, ce devait être moi... Et tout s'est éteint comme si on avait coupé l'électricité.

Quelques minutes plus tard, lorsque j'ai commencé à émerger, j'étais allongé sur le sofa. On m'avait retiré mes souliers et mon pull, détaché la ceinture. Je respirais tranquillement. À part un léger mal de tête, je me sentais bien. J'ai regardé autour de moi et j'ai aperçu le chantier, le bureau renversé. Je me suis souvenu que j'avais tout balancé, que j'étais devenu une furie. Je n'éprouvais aucune honte, plutôt une sensation d'incomplétude, de m'être arrêté trop tôt, de ne pas en avoir détruit assez.

Les deux vieux se tenaient debout, à mon chevet.

« Là, tu vas mieux, me disait lentement Mathias, tu t'appelles Tobie, l'homme qui avait le même nom que son père, tu te souviens ? Tu ne crains ni les morts ni les vivants... La sérénité règne autour de toi. Un rythme bat à ta tempe, la pulsation de ton cœur, que tu sens aussi à tes poignets, à ta mâchoire, dans ta poitrine, comme le sac et le ressac des vagues. Il fait chaud. Tu te sens bien... Lorsque je claquerai des doigts, tu reviendras totalement à la conscience. »

Et il a compté jusqu'à trois et il a claqué des doigts. Et c'était vrai ! J'ai soudain repris conscience. J'ai regardé mes poignets, ils étaient un peu rougis, mais aucune trace de menottes. Ce devait être l'effet des mains serrées de Robert, des mains de fer. J'ai bougé mes jambes et j'avais toute ma souplesse. Et je me sentais apaisé, comme si le tourbillon qui m'habitait s'était soudain arrêté, que la rumeur s'était tue. Comme si les questions qui me déchiraient le cerveau depuis des mois étaient devenues obsolètes.

Je me suis assis. Je les ai regardés tous les deux, l'un, puis l'autre, et encore le premier.

« Vous m'avez hypnotisé, professeur Robert ?

— Tu…

— Quoi ?

— On se dit *tu*, combien de fois devrai-je te le répéter ?

— Tu m'as hypnotisé, Mathias ?

— Hypnotisé… comme tu y vas ! Tu as fait une petite crise, je t'ai calmé. C'est tout ! Maintenant tu veux que je te dise pourquoi tu t'es révolté ?

— Parce que vous êtes des menteurs ! »

Mais l'autre imperturbable continuait à me psychanalyser : « Tu t'es révolté par rage, par impuissance. Parce que tu voudrais partager notre pouvoir, connaître toi aussi l'envers du monde. »

J'en suis resté muet.

« Mais pour cela, ajouta le professeur, il te faudra apprendre, apprendre auprès de nous. Nous pouvons faire de toi un garçon éclairé. Je sais que tu en as assez de la crasse intellectuelle dans laquelle tu patauges. Tu veux sortir de la fange. C'est pourquoi tu t'es révolté. » Il s'est rapproché avant de poursuivre : « Nous allons pouvoir reprendre notre conversation, après quoi tu me feras le plaisir de remettre mon bureau en ordre. Tu es d'accord, n'est-ce pas ? »

Je n'ai pas répondu. J'avais compris son manège : rechercher mon assentiment. Lorsqu'on dit oui, on acquiesce à la question, mais dans le même mouvement on valide l'interrogateur. C'est par là qu'il voulait pénétrer les arcanes de mon cerveau pour ensuite me manipuler à sa guise. Je n'ai pas acquiescé, j'ai seulement souri. On m'a toujours dit que mon sourire désarmait les plus agressifs.

Puis, ce fut le tour du fameux Georges de reprendre l'interrogatoire. Il a tiré une chaise, l'a retournée, s'est installé à califourchon, les avant-bras sur le dossier.

« Allez, fiston, on va parler de manière plus précise… Sais-tu ce qui s'est passé dans la nuit du 22 au 23 juillet 1968 ?

— Alors là, vous me posez une colle ! Je ne sais pas précisément pour le 22 ou le 23, mais j'ai passé tout le mois de juillet à Saint-Georges-de-Didonne, en Charente-Maritime, avec un copain d'enfance. Le 22, voyons… on a dû picoler dans une boîte sur la corniche, le 23 aussi, sans doute… Vous pouvez lui demander…

— Nous ne t'accusons de rien, mon gars ! Nous voulons simplement t'informer. Il s'agit d'un événement historique. » Et il s'est encore rapproché de moi. « Cinq terroristes palestiniens, membres du FPLP, le Front populaire pour la libération de la Palestine, ont détourné un Boeing de la compagnie israélienne El Al. Tu n'étais pas au courant ?

— J'en ai entendu parler, comme tout le monde. De là à me souvenir de la date exacte…

— C'était le vol Londres-Tel-Aviv. Ils sont montés à l'escale de Rome. Ils ont pris le contrôle de l'avion et ont forcé le pilote à atterrir à Alger. Là, ils ont séparé les Juifs des autres passagers et les ont retenus en otages durant quarante jours. »

J'ai ironisé : « Ça leur a peut-être fait des vacances supplémentaires… »

L'autre n'a pas relevé, poursuivant, inébranlable : « Et sais-tu qui était l'organisateur de ce détournement ?

— Vous l'avez dit, le FPLP !

— Oui, mais un homme, au FPLP, un militant particulièrement actif, le chef, le cerveau. Cet homme s'appelait Brahim, Brahim el-Hakim.

— Brahim… ai-je répété, bêtement.

— Oui, ce même Brahim el-Hakim que tu as vu se faire exécuter par les nervis de la RAF. Tu comprends ?

— Rien ! Je ne comprends rien et surtout pas pourquoi les gens de la RAF, qui soutiennent la cause palestinienne, iraient assassiner un membre du FPLP.

— Parce qu'il n'en faisait plus partie, justement ! Parce qu'il avait trahi, pour de l'argent, qui plus est, et une meilleure place au soleil… Un traître, un vrai ! Nous pensons que le FPLP l'a fait exécuter par les Allemands pour qu'on ne puisse pas remonter jusqu'à eux.

— D'abord, je trouve ça idiot, ai-je répliqué vivement. Tout le monde sait que la Rote Armee Fraktion entretient des liens étroits avec les Palestoches. Si quelqu'un a manipulé cet attentat, c'est plutôt les services israéliens, vous ne croyez pas ? Et puis ce que j'ai vu n'avait pas l'air d'une exécution, on aurait plutôt dit les conséquences fâcheuses d'une rixe entre poivrots. »

Et j'ai discuté pied à pied, analysant chacun de leurs arguments, pinaillant sur les détails. Mais les deux vieux avaient réponse à tout. Soudain, Georges m'a demandé si je m'étais déjà rendu en Jordanie.

« En Jordanie ? Ah, j'aimerais bien !

— Ah oui ? s'étonna mon interlocuteur. Et pourquoi cela ?

— Ben… Je ne sais pas… La chaleur, le sable du désert… Sans doute la nostalgie du pays natal.

— Sais-tu que tes amis s'y sont récemment rendus ?

— Mes amis ? J'ai très peu d'amis, vous savez.

— Alors ne disons pas "tes amis", appelons-les "tes chefs" si tu préfères.

— Qui ça ?

— Les responsables maos, ceux de l'UJCML.

— Et pourquoi diable seraient-ils allés en Jordanie ?

— Parce qu'il existe un véritable plan d'action associant les maos, la RAF et le FPLP. Ils sont partis négocier l'entraînement de leurs militants dans les camps de réfugiés palestiniens.

— Pas con ! ai-je encore ricané. Les uns ont des armes et de l'entraînement, les autres la théorie de l'action révolutionnaire. Ça peut donner un mélange explosif, c'est sûr ! »

Et je me suis levé, me suis rhabillé et, sans rien ajouter, me suis dirigé vers la porte.

« Attends ! me rappela Mathias. Attends ! »

J'étais un peu désorienté, je cherchais la sortie.

« Attends ! répéta Mathias, nous pouvons t'arranger ton affaire avec la police. »

Je me suis retourné : « Quelle affaire ? »

*

Une fois sorti de là, j'étais étrangement apaisé. Ces vieux schnocks n'avaient rien tiré de moi ! Alors que, pour ma part, j'étais parvenu à entrevoir le guêpier dans lequel je m'étais fourré. J'ai quitté cette cité heureuse de la belle ville de Sceaux, marchant lentement, la tête haute. Je trottais sur le trottoir et ça trottinait dans ma tête… Et puis j'ai commencé à baliser. Je m'étais fait une belle série d'ennemis, la police, d'abord, qui me collait au train, j'en étais sûr ; les Palestoches, ensuite, les gars du FPLP qui n'avaient sans doute pas envie que j'aille raconter ce que j'avais vu dans le bistrot de La Chapelle ; sans compter les Boches, les sbires de la RAF qui voudraient savoir ce qui était arrivé à leurs amis… Et peut-être aussi, ce qui me paraissait bien plus dangereux, les maos, leurs alliés de l'UJCML, mes anciens « amis »… Plus dangereux parce que ceux-là sauraient remonter la filière, poser les questions pour me retrouver ! Il y aurait nécessairement quelqu'un parmi eux qui connaissait quelqu'un qui me connaissait et saurait me localiser dans la cité de Nanterre… Et par-dessus le marché ce réseau que je devinais derrière « monsieur Georges », ces gens étranges qui s'étaient mis en tête que je pouvais leur servir d'informateur. Mais qui étaient-ils, ces sinistres invisibles qui semblaient tout savoir sur tout le monde, avoir des relais jusque dans la police ? Quelles relations entretenaient-ils avec Mathias Robert, un universitaire réputé, certes, mais à la moralité pour le moins douteuse ?

Malgré cela, malgré la liste d'ennemis que je passais mentalement en revue, je me sentais apaisé. Et je ne me demandais même pas pourquoi.

Parvenu à la gare de Sceaux, j'ai pris conscience qu'une ritournelle débile me tournait dans la tête depuis une bonne demi-heure, c'était la voix d'Hugues Aufray qui chantait : « Adieu monsieur le professeur, on ne vous oubliera jamais… » J'avais beau essayer de me la sortir de la tête, elle revenait, insistante, cette chanson idiote. Ben… c'était à cause du professeur, bien sûr, de Mathias Robert. Je l'avais planté là et j'en étais fier. Nous avions lutté cerveau contre cerveau et, à la fin de la partie, j'étais resté insoumis. Mais maintenant, je me demandais ce qu'il me voulait. Comment avait-il réussi à m'endormir avec trois paroles ? Et puis merde ! Qu'il aille aux cent mille diables ! « Adieu, monsieur le professeur… »

Ben non ! Il revenait, ce démon ! Sous la forme de cette chanson qui tournait interminablement comme un disque rayé. Fallait croire que j'étais troublé… Peut-être de constater le pouvoir qu'il avait sur moi, celui de m'hypnotiser, d'abord, de me paralyser, de m'expédier au plafond comme un ballon de baudruche… Troublé par ses arguments, aussi : il avait beau être louche, il n'avait pas tort sur toute la ligne… En fait, il avait raison sur un point : j'en avais par-dessus la tête de me satisfaire des apparences, je voulais déchirer le voile, apercevoir ce qui se tramait derrière ; assez de patiner à la surface des choses comme une araignée d'eau. Et chaque fois que je voulais apprendre, je me heurtais à une réalité brutale, violente. Il avait raison, le vieux, je voulais savoir… Ce n'est pas le bon terme, non ! Je voulais rejoindre ceux qui savent… et il proposait de m'initier. Mais à quoi ?

Je regardais les horaires de train. Le prochain pour Paris ne partirait pas avant une bonne heure. Il y avait une cabine téléphonique. Batignolles 11-25 ! C'était pour cette raison que je me sentais apaisé, non d'avoir échappé aux vieux, mais grâce à l'espoir de retrouver cette fille, Betsy, entrevue, frôlée, reniflée et aussitôt disparue… J'ai appelé. J'ai laissé sonner longtemps. Personne ne décrochait. J'ai recommencé. Ça sonnait toujours dans le vide, dans un là-bas dont j'ignorais tout, une chambre de bonne, un appartement bourgeois, un deux pièces dans une tour HLM où elle vivait avec deux copines ? Peut-être était-ce seulement un faux numéro ? J'ai parlé à l'absence, comme si quelqu'un m'avait répondu. « Bonsoir ! Nous nous sommes croisés dans le train, vous vous souvenez ? Nous nous sommes touchés. Je sens encore la tendresse de vos lèvres sur les miennes… » Et une vieille, avec son panier à provisions, frappait la vitre de la cabine d'un air furieux, pour me demander de me presser, et moi qui enrageais de n'avoir personne au bout du fil, je lui ai tourné le dos, à la vieille, continuant à parler dans le vide… Et je voyais Betsy.

« Vos yeux si clairs, la sensation de votre corps, si chaud, la douceur de votre regard sur moi, je me suis fixé à votre visage comme un caneton sortant de l'œuf au dandinement de sa mère la cane… » Et je me souvenais du dandinement de ses fesses contre mon ventre, et je fulminais de la savoir ailleurs. « Que fait un caneton lorsqu'il a perdu sa mère ? Il crie ! Quoi d'autre ? Je crie ! Je vous appelle. Je crie… »

Je suis ressorti de la cabine, ai refermé la porte d'un coup de pied. J'avais décidé de descendre à la première station, celle où j'avais vu Betsy disparaître quelques heures auparavant. J'ai tournoyé dans la gare, j'ai tournoyé dans le train le temps d'une station, j'ai tournoyé dans ma tête au rythme du *tactac-tadoum*. Je suis sorti à Bourg-la-Reine. Je n'y étais jamais venu. Une ville de banlieue, plus cossue que celles que je fréquentais habituellement, Gennevilliers, Clichy ou Nanterre, un coin tranquille où des travailleurs rentraient chez eux, où des femmes se hâtaient, traînant par la main des mioches récalcitrants. Je me suis assis sur un banc et j'ai regardé passer les passants… Et Betsy n'était pas là. Mon esprit s'était échappé. Je me demandais à qui m'adresser.

Je me suis soudain souvenu que j'avais un grand frère, Élie.

Élie avait souffert bien plus que moi de l'exil. Il avait treize ans lorsque nous sommes arrivés à Rome, en 1957. Il était maigre, nerveux, maladif, il s'angoissait au moindre problème – et des problèmes, il y en avait ! Mes parents n'avaient pas un sou vaillant, pas même de quoi lui acheter des vêtements. Il traînait un vieux blouson de chez Cicurel, devenu trop petit depuis qu'il avait poussé comme une asperge. Il avait l'âge de l'impuissance, assez grand pour être conscient des manques, dans l'incapacité rageuse d'y remédier. Mon père avait réussi à décrocher une aide financière d'un organisme de bienfaisance juif pour lui payer sa scolarité au lycée français de Rome, le lycée Chateaubriand. Car il refusait d'apprendre le moindre mot d'italien. Je suis certain qu'il n'a rien retenu des cours. Il était absent au monde, absent à lui-même. L'exil est une douleur, mais il ne touche pas chacun de la même manière. Moi, ça m'avait excité, si bien que je tourbillonnais comme une mouche engluée. En France, les choses s'étaient un peu arrangées. Il avait intégré un lycée en redoublant sa classe de quatrième, s'était fait quelques amis. Dans la cité de Gennevilliers, ils constituaient une sorte de bande – pour nous, c'étaient « les grands » ! On les croyait plus adaptés, ils étaient plus perdus que nous, « les petits ». Et puis, lorsqu'il a eu dix-sept ans, il est tombé amoureux d'une fille du bout de la rue, du bâtiment A, nous habitions au G. Pour ma mère c'était un scandale, non pas de voir son fils s'émanciper, mais de le savoir en compagnie d'une Benghira, une famille du Caire qui, même après la guerre, vivait encore dans la *'hara*, « la ruelle aux Juifs ». « Ils ne sont pas *évolués* comme nous, expliquait-elle à mon frère... Ils sont, comment te dire, chéri, ils sont *baladi*, du bled, vulgaires ! » Ils étaient encore dans leur gourbi en 1956, au moment du grand départ. Les Américains appellent ce départ des Juifs d'Égypte *the second Exodus*. C'est faux !

Il faut leur dire : *It was not the second Exodus, but the first and only one !* En vérité, je l'ai appris bien plus tard en lisant les livres d'Israël Finkelstein et de Thomas Römer, il n'y a jamais eu de première sortie d'Égypte. Nous sommes les seuls à avoir vécu le mythe originaire, nous sommes les seuls à être un jour sortis d'Égypte, expulsés, comme un fœtus avorté du ventre de sa mère, par le bon vouloir d'un pharaon au petit pied appelé Nasser. C'est ça ! Le *bikbachi* avait donné des coups de pied dans son ventre et l'Égypte avait avorté de sa communauté juive. Et comment allions-nous faire, pauvres avortons, pour survivre aux raideurs du monde ?

Louisette et Élie, Élie et Louisette, on les voyait partout ensemble, le couple emblématique de la cité des paumés. Ils étaient beaux ! Lui, myope comme une taupe, avec des carreaux épais et sombres parce qu'il ne supportait pas la lumière, qui lui donnaient l'air d'un play-boy avec sa mèche sur le front ; elle fraîche et joyeuse, tournoyant dans ses robes en vichy à volants. Pour moi, lorsque je les regardais, c'étaient des stars. Ils s'aimaient, ils pensaient s'être choisis ; en vérité, sans en être conscients, ils incarnaient notre révolte contre l'intégration et son inévitable métissage, eux qui s'étaient liés entre Juifs d'Égypte, qui s'étaient débrouillés pour échapper aux goys. Parfois, je me demandais : et s'ils n'avaient pas grandi dans cette cité, auraient-ils pu trouver dans la jungle parisienne un autre Juif d'Égypte, une autre Juive d'Égypte ? Sans doute pas ! Mon frère Élie – on l'appelait Lili – aurait sûrement fait comme son ami Jacques, qui allait épouser la mignonne Françoise, d'une famille catholique de Picardie, communiste depuis une génération, et s'en irait reprendre la droguerie de ses beaux-parents dans la banlieue de Beauvais. Louisette – on l'appelait Loula – aurait sûrement fait comme son amie Allegra, qui n'était pas allée bien loin en s'amourachant du fils de l'épicier espagnol, catholique, lui aussi, et même très catholique !

Lili et Loula, mon frère et son aimée, on les voyait se raccompagner chaque soir. Jusqu'au bâtiment A : le laisserait-elle pour rejoindre ses parents ? Demi-tour jusqu'au bâtiment G : la laisserait-il pour se jeter dans les bras de sa mère ? Et c'était un incessant aller-retour, du A au G, du G au A, et jusqu'à une heure avancée de la nuit. Sans doute ne rentraient-ils qu'étourdis par cette interminable promenade, séparés et éperdus de désir. Moi qui n'ai jamais beaucoup dormi, j'apercevais mon frère se glisser furtivement dans notre chambre ; je l'entendais se tourner et se retourner dans ses draps… Il ne pensait qu'à elle, il ne pensait qu'à ça ! Et puis un jour, ils avaient à peine dépassé dix-neuf ans, ils sont subitement partis – en vacances, avaient-ils prétendu –, dans la 4 CV d'occasion que venait de s'acheter Loula avec ses premiers salaires de coiffeuse. Ils avaient annoncé partir pour la Côte d'Azur, en vérité ils avaient filé en Suisse avec l'intention de retirer le germe de vie qui commençait à pousser dans le ventre de Loula. Moi qui les surveillais d'un œil, qui ne manquais jamais de faire les poches de mon frère à la recherche des petits billets que lui envoyait sa bien-aimée, j'avais tout de suite compris ce qu'ils mijotaient. Je ne m'inquiétais pas outre mesure, je savais qu'ils garderaient l'enfant. Une sorte de coction était à l'œuvre, non pas seulement biologique, mais aussi historique, géopolitique, un miracle était en préparation : un nouveau petit Juif d'Égypte allait naître ici, en terre d'exil, dans cette banlieue grise et riante.

Un Juif d'Égypte pourrait-il le rester en grandissant à Gennevilliers ? Saurait-il persister dans son être ? Spinoza appelait *conatus* cet effort pour conserver et même augmenter sa puissance à être. Je lui espérais un *conatus* maousse au gamin qui pointait le nez !

Le ventre de Loula s'était déjà arrondi lorsqu'ils sont rentrés de leur périple, ma mère était folle de rage d'avoir été trompée par son fils adoré, mon père tentait de la rassurer.

« Pour l'instant ils s'aiment. Que peut-on y faire ? Mais un jour il voudra peut-être divorcer. »

Et ça l'apaisait quelques minutes : « Tu crois ? Tu crois qu'elle finira par débarrasser le plancher ?

— J'en suis presque certain. Et toi, tu auras gagné un petit-fils ou une petite-fille… Allez ! Ce sera une fille. Allez, souris ! »

Ce fut un petit gars, déjà fort comme un Turc et avec une voix à crever les tympans ! Pendant les six premiers mois, je crois bien qu'il n'a fait que pleurer, conscient, sans doute, que son arrivée ajoutait du chaos au chaos. « Chaos », c'était ainsi qu'il aurait fallu le nommer, comme le premier habitant du néant selon les Grecs, cela lui aurait peut-être évité de se trouver pris entre sa mère et sa grand-mère. De plus, les djinns qui nous entourent par millions, entendant ce nom, « Chaos », auraient pris peur, déguerpi jusqu'à Zanzibar, ou peut-être plus loin encore. Mais il fut nommé José, pour rappeler le nom de mon père, Joseph. Du coup, il attirait les djinns comme la confiture les mouches. Je me disais qu'un surnom viendrait sans doute protéger son nom, comme il était de coutume chez nous. Au pays, les Isaac s'appelaient Zizi, les Jacques, Cacco, Taco ou Diego, les Benjamin, Bibi, les Anne, Nanette, les Henriette, Riri ou Riquette, les Sarah, Nanou ou Nina… Mais en France, Soussou, le surnom habituel qu'on donne aux Joseph ou aux Youssef, ne lui aurait apporté que quolibets de ses petits camarades. Je les entendais déjà : « Soussou qui aime les sous… » Et je redoutais par-dessus tout « Jojo », associé dans mon esprit à « l'affreux Jojo »… Il échappa à tous les surnoms. Que le nom de l'Éternel soit sanctifié !

Les jeunes mariés n'avaient aucun moyen de se loger. Mon frère ne voulait à aucun prix vivre chez ses beaux-parents, les Benghira, qui étaient, à en croire ma mère, si *baladi*, si « peuple ». Alors, on aménagea pour accueillir le couple et José la petite chambre que nous partagions jusque-là. Quant à moi, je dus prendre mes quartiers sur le minuscule canapé devant la cheminée à charbon, tout près du panier de mon copain Tartar, le matou. Lui ne dormait pas souvent à la maison, sa vraie vie se déroulait dehors et la nuit. Il partait après dîner, vers 21 heures, et ne revenait guère avant l'aube. Parfois je reconnaissais sa voix qui hurlait au loin, en pleine nuit, lors d'orgasmes extatiques ou de terribles batailles de prééminence. Il lui est arrivé de gratter à la fenêtre au petit matin, couvert de sang. Il s'installait alors dans son panier, refusait toute nourriture et dormait durant une semaine, quasiment sans interruption. Puis, il se relevait, amaigri, flageolant sur ses pattes, pour réclamer sa coupelle de lait. C'était le signe qu'il était guéri. J'admirais ses manières d'aristocrate alliant une reconnaissance bruyante pour ses logeurs et une liberté totale de comportement. Ni Dieu ni maître, c'était un vrai chat ! Si je me suis identifié à quelqu'un dans cette famille, c'est bien à lui !

On vécut ainsi, les uns sur les autres, durant près de deux ans, mon frère recommençant pour la forme une nouvelle année de maths sup avant d'abandonner définitivement les études. Loula partait travailler, lui s'occupait du bébé, qui n'était pas si malheureux malgré ses cris, voguant des bras de sa grand-mère à ceux de son père. À se repasser ainsi le mioche, on aurait dit qu'ils l'avaient fabriqué à eux deux, le petit José. Pour moi qui avais tout juste quinze ans, c'était devenu une sorte de petit frère. Je passais de longs moments avec lui, grattant quelques notes sur les trois cordes restantes d'une vieille guitare. Bientôt je l'initierais au répertoire du *Bréviaire du carabin* et aux chants révolutionnaires… Quant à mon père, devant le vacarme, il s'était fait évanescent. Je le croisais la nuit, le seul moment où il se manifestait, il errait d'une pièce à l'autre comme s'il veillait sur chacun, ou s'installait sur une chaise, les yeux dans le vide, semblant méditer sur les désordres du monde. Un soir qu'il était assis ainsi dans la cuisine, devant sa tisane, j'ai osé pour la première fois lui poser une question – la question !

« *Ya abouya*, ô mon père, toi qui connaissais si bien l'Égypte, toi qui circulais dans tous les milieux, depuis celui des riches avec lesquels tu jouais aux cartes jusqu'à celui des chauffeurs soudanais avec qui tu travaillais, comment t'es-tu laissé surprendre ?

— Qu'est-ce que tu veux dire, mon fils ?

— N'as-tu pas vu que le pays changeait ? N'as-tu pas senti que nous serions tous expulsés ? Pourquoi n'es-tu pas parti avant ? Avant qu'ils nous fichent à la porte ?

— Que veux-tu, répondit mon père, j'étais bête. »

Comment ça, bête ? Lui si malin, rompu à toutes les fourberies, formidable joueur de cartes, virtuose dans tous les jeux de hasard, comment n'avait-il pas prêté attention aux rugissements de cette société égyptienne qu'il connaissait si bien, aux grondements du volcan qui bouillonnait ?

Et il a ajouté, l'air penaud : « J'ai cru qu'ils bluffaient. »

Incorrigible joueur, peut-être avait-il seulement tenté un coup de poker, un magnifique coup de poker. Et pour une fois, il avait perdu !

Finalement, mon grand frère avait déniché un job de représentant à trois cents bornes de là. C'était la solution qu'il avait trouvée pour échapper au dilemme entre sa mère et sa femme. Il avait donc installé sa petite famille à Angers, dans un quatre pièces sur les bords de Loire – le luxe ! Mais la petite famille revenait tous les vendredis soir pour shabbat, ils confiaient le petit José aux grands-parents et partaient faire la fête avec la bande de la cité… Après leur départ de la maison, j'avais récupéré la chambre, en semaine seulement, et encombrée des affaires du bébé, de son berceau, du landau, de ses jouets, des paquets de couches… Plus ils sont petits, plus ils occupent d'espace ! Décidément, il fallait partir de là ! *Lekh lekha*, disait le texte du paragraphe de la Torah que j'avais lu le jour de ma bar-mitsva : « Va pour toi ! » Une fois mon bachot obtenu, j'ai foutu le camp, je suis « allé pour moi » !

Avec le temps, mon frère et sa petite famille rentraient moins souvent en fin de semaine, et moi, qui avais rejoint les groupes d'étudiants, je ne revenais que rarement à Gennevilliers. Mon père circulait dans sa stratosphère et ma mère se débattait avec ses problèmes de maths. Si bien que le jour de cette étrange séance chez le professeur Robert, cela devait bien faire six mois que je n'avais pas revu mon frère. Je me suis dit qu'il était temps de lui faire une petite visite, là-bas, dans son palace d'Angers, histoire de me mettre à l'abri quelque temps, de lui parler de mes problèmes, aussi, peut-être…

*

Élie, mon frère, m'appelait « Vlad », je n'ai jamais vraiment su pourquoi. Il prétendait que la barbiche que j'ai portée au menton un moment le faisait penser à Lénine – Vladimir Ilitch Oulianov –, Vladimir, donc : Vlad. Quant à moi, je crois plutôt que son ami intime qu'il avait connu au lycée, Vlad Koganovitch, avec lequel il passait le plus clair de son temps, avait absorbé tout l'amour fraternel dont il disposait. Alors, il n'allait pas s'encombrer d'un autre prénom, tous les frères étaient des Vlad, y compris celui qui traînait dans sa famille. Il est venu me chercher à la gare d'Angers dans sa Simca 1501 rutilante qu'il conduisait comme un pilote de rallye, faisant patiner les roues au démarrage, les faisant hurler dans les virages. Il me fichait carrément la trouille, d'autant qu'à cette époque de l'année, les routes étaient verglacées.

« Tu as peur, Vlad ?

— Mais non ! Qu'est-ce que tu vas chercher ? Je me demandais seulement que faire si tu nous expédies dans le décor. »

Pince-sans-rire, il a répondu : « C'est pourquoi je conduis toujours la vitre baissée. Si on se retrouve sur le toit, tu pourras toujours sortir par là. »

Je me cramponnais à la barre de maintien, et lui qui me demandait : « Alors, ducon, comme ça tu peux te payer une semaine de vacances, quitter la fac en plein milieu des cours, ton boulot au lycée… Et je parie que je finance ça sur mes impôts ! »

Il commençait toujours par m'injurier, « ducon », « débile », « demeuré »… C'était sans doute pour que je n'aille pas le soupçonner d'avoir de l'affection pour moi. Il est comme ça, mon frère, depuis toujours, il révèle la face cachée du monde, la haine derrière l'amour, l'envie derrière l'admiration, la méchanceté derrière la politesse… Et en règle générale, il dit à haute voix ce qu'il ne faut pas dire et ne dit jamais ce qu'il faut dire.

Sans tenir compte de ma réaction, il avait encore ajouté : « Mais si c'est pour voir ton frère que tu as quitté tes obligations, je te donne l'autorisation ! »

Il aurait pu essayer de comprendre ce qui m'inquiétait, me proposer son aide ou son soutien, qui sait ?… Enfin, une attitude de grand frère, quoi. Mais du grand frère, tout ce qui l'intéressait, c'était le statut. Il exigeait seulement que je reconnaisse qu'il était l'aîné et que, à ce titre, je lui devais le respect. En vérité, mon frère est un être biblique. Il est Ésaü en perpétuel reproche contre son frère Jacob. Comme Ésaü, il pense que son frère a indûment obtenu la bénédiction de ses parents, celle qui lui revenait de droit en tant qu'aîné. Il lui faut du coup proclamer sans cesse sa prééminence, dénigrer mes activités et mes intérêts. Mais lorsque nous nous retrouvons tous les deux, rien que nous deux, après les premières frictions, nous tombons dans les bras l'un de l'autre. Dieu sait pourquoi, nous nous aimons.

Jacob était persuadé que son frère voulait le tuer, lorsqu'il se dirigea néanmoins vers lui pour le saluer. Mais… « Ésaü courut à la rencontre de Jacob, l'étreignit, se jeta à son cou et l'embrassa. Et ils pleurèrent » (Genèse 33:4).

C'est que l'émigration transforme les enfants en orphelins, leurs parents ne sont plus leurs parents, leurs frères, leurs sœurs leur deviennent des étrangers, l'émigration fabrique des monades – restent parfois l'affection, la tendresse, nouées entre deux personnes au détour de l'enfance…

Évidemment, je n'ai pu lui dire un mot de ce qui me hantait, je ne lui ai pas parlé des flics pervers, des Boches allumés et des deux vieux schnocks qui me faisaient chanter, ceux qui m'avaient hypnotisé et qui, maintenant, m'empêchaient de dormir. Comme toujours, je m'étais laissé embarquer avec lui dans une course folle de comparaison des compétences, la même que lorsque nous étions enfants. Et le nombre de chevaux de la dernière Alfa Romeo, et l'essai de la Lamborghini Miura dans *Sport Auto*… Et est-ce que je savais au moins à quelle date avait commencé la première croisade ? Ben ça, non, je ne le savais pas… « Ignare ! Tu n'es qu'un ignorant ! Le 27 novembre 1095, au concile de Clermont ! » À cette époque, déjà, il se passionnait pour l'histoire, sans doute obsédé par les trous dont était truffée la sienne. À tournoyer ainsi dans les virages en dérapages qu'il prétendait « contrôlés », j'avais envie de vomir. Et il posait ces questions, et c'était lui-même qui donnait les réponses, me reprochant de ne savoir que dire. Et il serrait les dents, le pied à fond sur l'accélérateur… Nous sommes passés devant une poste.

« Tu veux bien m'attendre un instant ? Je dois téléphoner. »

Il a pilé entre un triporteur et une 2 CV camionnette.

« T'as vu l'artiste ? s'est-il écrié. Je ne sais pas seulement accélérer, je sais aussi freiner ! »

J'ai appelé…

Et cette fois, elle a répondu, la belle blonde, la fille du train… Betsy !

« Tu m'as téléphoné souvent ! » m'a-t-elle dit d'emblée.

Pourtant elle n'avait jamais décroché.

« Comment tu t'appelles ? »

Je ne savais que répondre. Personne ne m'appelle.

« Avant toi, je n'avais pas de nom. Je porterai celui que tu me donneras.

— Alors tu t'appelleras David. Ce sera ton nom.

— Ça tombe bien, ai-je répondu. C'est le prénom de mon grand-père.

— Et moi, tu m'appelleras Bethsabée. »

David et Bethsabée ? Je connaissais l'histoire ! Au Talmud Torah, le brave Gaston ne savait que répondre à nos questions d'enfant. « Alors quoi, lui demandait-on, David, notre roi David, celui qui a rédigé les Psaumes pour nous, le bon, le doux roi David, serait allé commettre les deux péchés les plus graves que l'on puisse imaginer : le meurtre et l'adultère ? Comment expliquez-vous ça, maître ? »

Et Gaston avait bafouillé : « Ça prouve au moins que l'histoire est vraie. Si on l'avait inventée, on n'aurait certainement pas décrit David avec autant de défauts.

— D'accord, lui répliquait-on, l'histoire est vraie, tu nous as convaincus. Mais pourquoi donc David, le meilleur d'entre nous, est-il allé commettre les crimes les plus condamnables ? » Et Gaston, agacé, nous avait répondu : « Croyez-vous donc qu'un prophète sort du ventre de sa mère parfaitement constitué, prêt dès le premier jour à se vêtir des habits du héros ? Non ! Il doit apprendre à être ce qu'il est. »

Il prêchait pour sa paroisse, le bon Gaston, pour nous inciter à écouter plus attentivement ses conseils, afin qu'un jour on devienne aussi sages et puissants que le roi. Mais tout de même, ce n'était pas une réponse ! Il fallait chercher pourquoi David avait pris Bethsabée à Urie le Hittite auquel elle était mariée ; pourquoi il n'avait pas hésité à ordonner à ses soldats de placer son rival dans l'endroit le moins protégé de la bataille afin que les ennemis le tuassent ; il fallait chercher encore…

Mais elle, Betsy, elle avait trouvé ! Elle m'a raconté : David avait regardé Bethsabée qui sortait du bain – elle était nue… Elle avait levé les yeux, aperçu David à son balcon, la regardant. Elle venait de se purifier dans l'eau de la rivière après ses jours de *nidda*, d'isolement du temps des règles. Elle était pure, parfaite. Elle était belle. Elle resplendissait, blanche comme l'aurore, longue et fine fougère qui ondulait au gré du vent. Ses cheveux ébouriffés, aux couleurs de feu, dégringolaient jusqu'au bas de son dos. Elle aurait certes pu se couvrir, précipiter ses mains devant son sexe, courir se réfugier dans un buisson. Non ! Elle est restée là, ni provocante ni effarouchée, sans défi, sans ostentation. Si elle avait rougi, si elle s'était cachée, David l'aurait pensée troublée. Il l'aurait prise, c'est certain, mais comme une courtisane, le temps d'une ou deux nuits. Non, elle ne s'est pas cachée. Elle l'a regardé à son tour, au fond des yeux. Il a compris sur-le-champ qu'elle se voyait dans son regard ; et il l'a entendue qui lui disait, sans prononcer une parole pourtant, il l'a entendue : « Je suis ton égale ! Dieu nous a pétris dans la même motte de glaise, le sixième jour de la Création. » C'est à ce moment que David est né ; qu'il a pris naissance dans le regard de Bethsabée. Car leur amour, je te le dis, précédait leur rencontre ; il datait de ce moment primordial, dans le Gan Eden, le Paradis, bien avant les lois, les obligations, les interdictions, bien avant la Torah et même avant les premiers interdits des Dix Commandements… Lorsqu'ils se sont enfin rencontrés, ce jour-là, ils ne se sont pas connus, mais reconnus.

« Comment sais-tu cela ? lui ai-je demandé, impressionné.

— Je le sais parce que j'ai vécu la même chose, dans un train, entre Arcueil et Bourg-la-Reine. »

Je me suis souvenu, bien sûr, du premier regard que nous nous étions porté, dans ce wagon désert, lorsque j'avais levé la tête, lorsque ses yeux si clairs avaient aperçu mon âme…

Alors, je lui ai demandé si elle n'avait pas envie de venir passer quelques jours à Angers.

« Angers, m'a-t-elle répondu, je ne sais même pas où se trouve cette ville.

— C'est en plein milieu de la France.

— Et qu'irais-je faire à Angers ? Dis-le-moi !

— Rien, ai-je répondu, rien d'autre que te laisser aimer… »

Le problème, c'est qu'elle préférait aimer plutôt qu'être aimée.

Betsy s'appelait Almosnino. Elle était arrivée du Maroc en 1967, à la suite de la guerre des Six-Jours et des pogromes contre les Juifs qui s'étaient alors multipliés dans le pays – en arabe, on ne dit pas « pogrome » mais *tritel*, c'est elle qui me l'a appris. Dans nos conversations nocturnes, elle m'a raconté qu'un de ses ancêtres, Moïse Almosnino, avait été grand rabbin de Salonique, au XVIe ou au XVIIe siècle... Nous sommes allés imaginer qu'il avait rencontré un de mes ancêtres maternels qui, eux aussi, avaient été rabbins dans cette ville qu'on a longtemps appelée « la Jérusalem des Balkans ». Et, lorsque les deux ancêtres étudiaient ensemble à la yeshiva de Salonique, peut-être s'étaient-ils promis de marier leurs enfants, si l'un, que Dieu en soit remercié, avait un garçon et l'autre une fille. Peut-être que, durant les générations qui avaient suivi, cela ne s'était pas produit. Peut-être que Betsy et moi, nouveaux Bethsabée et David, ne faisions rien d'autre qu'accomplir une promesse centenaire.

C'est alors qu'elle m'a demandé : « Tu m'épouseras ? »

Et que j'ai répliqué : « Et toi, tu m'épouseras ? »

Je ne sais plus par quelle pirouette elle m'a répondu. Mais elle est venue ! Bethsabée est venue jusqu'à Angers. Et nous avons logé dans la « chambre d'amis » de l'appartement de mon frère, où il n'y avait rien, absolument rien, seulement un petit lit, à peine plus grand que celui de ma chambre d'étudiant. Et nous nous aimions le matin, lorsque Loula, la femme de mon frère, conduisait José à la crèche, nous nous aimions le midi, lorsqu'elle partait faire son marché, nous nous aimions l'après-midi alors qu'elle recevait ses amies dans le salon… et nous nous aimions la nuit, et là, nous chuchotions, nous racontant des histoires extraordinaires, des histoires du Moyen Âge, où nous étions tous deux enfants de marranes, cachant à l'autre notre judéité, et nous la découvrions recouverts du même châle de prière, comme deux fœtus dans le ventre de leur mère, enveloppés dans la même membrane amniotique, et nous nous aimions encore, la nuit durant… Tous les Juifs sont des marranes, se cachant aux yeux étrangers, à leurs yeux propres – peut-on seulement revendiquer une telle proximité avec Dieu ? Je n'apercevais mon frère que le soir, au dîner, où il ne cessait de demander à Bethsabée : « Mais qu'est-ce que tu lui trouves, à ce débile ? » Et ça me faisait rire. Mais elle, Betsy, elle ne riait pas du tout ! Bien au contraire ! Une fois, elle lui a même fait remarquer : « Élie, sais-tu que les paroles agissent, parfois même contre l'intention de celui qui les profère ? »

Il a éclaté de rire. Pourtant, il ne rit pas souvent, mon frère, le visage toujours douloureux, exposant au grand jour sa blessure fondamentale, une blessure provenant du fond des temps. Ce soir-là, il a ri de bon cœur : « Tu crois donc que le traiter d'idiot le rendra idiot ? Mais ne t'inquiète pas, il l'est déjà, totalement ! »

Loula, toujours gênée par les éructations de son mari, a tenté de calmer les passions qui animaient les deux frères chaque fois qu'ils se retrouvaient à table : « Bon, ça suffit maintenant ! » Puis, se tournant vers moi : « Et toi, arrête de le provoquer, aussi…

— Mais c'est mon existence même qui est une provocation.

— Raison de plus ! » avait tranché Loula avec sagesse.

Ce qu'il me demandait, c'était de me soumettre à la raison. Il était né cinq ans avant moi, il était l'aîné, il était « le grand », j'étais « le petit », et ça ne changerait jamais ; c'était ainsi pour la vie. Pourtant, je savais que ce n'était pas vrai. Nous étions jumeaux, nés tous deux d'un même bateau. Au moment où l'*Esperia*, ce paquebot italien, quittait le port d'Alexandrie, le mercredi 13 février 1957, débutait le travail de l'accouchement. Il avait duré trois jours. Et nous sommes arrivés au monde dans le port de Naples ce 16 février 1957, et c'était un shabbat. Je ne sais plus qui a touché la terre ferme le premier. Je le soupçonne même d'être né quelques secondes après moi. Mais je ne vais pas chipoter… Pour moi, nous sommes jumeaux !

Une semaine durant, nous avons vécu heureux à Angers, les deux couples, Loula et Lili, Betsy et moi, et le petit José qui s'amusait de nos chansons, criait de nos disputes, se réfugiait dans la tendresse des bras de Betsy pour se consoler des rudesses de son père. Nous avons été heureux à Angers, pourquoi de tels moments sont-ils toujours éphémères ?

Quelquefois, je partais avec mon frère pour sa tournée. Il s'en allait visiter des marchands d'alcool et spiritueux en gros. Son secteur couvrait tout le département du Maine-et-Loire, ça en faisait des kilomètres à tombeau ouvert… Nous « faisions un temps » entre Saumur et Cholet, je crois bien que nous n'avons pas mis plus de trois quarts d'heure pour abattre les soixante-quinze kilomètres, à fond sur des départementales à peine assez larges pour laisser passer un camion. Il m'avait institué copilote, j'essayais de déchiffrer une carte dont il n'avait pas besoin, il connaissait la route par cœur. Et nous devisions, nous étions joyeux. Nous nous inventions en riant des destins prestigieux. Je deviendrais écrivain, comme Gorki, comme Vallès, pour chanter les victoires de la révolution, et lui, Élie, il serait un jour nabab, financier, deviendrait richissime, jusqu'à conseiller les rois, les princes et les puissants… Il a presque réussi son pari, du reste. On tient généralement les engagements de sa jeunesse, mais pas tout à fait, en laissant une part d'inachevé, se réservant pour une autre vie, qui sait…

Ce soir-là, une dispute a éclaté, qui ne ressemblait pas à celles des autres soirs. Lili ne s'en est pas pris à moi, mais à Betsy. Alors que Loula servait son éternel riz blanc à l'égyptienne, il s'est écrié : « C'est qui, celle-là ? Qu'est-ce qu'elle fait chez nous, vous pouvez me le dire ?

— Comment ça ? me suis-je immédiatement interposé. Mais c'est Betsy…

— Betsy, ah non ! Moi, je ne connais pas de Betsy. Si j'étais ta mère, je te dirais : "Je n'ai jamais vu sa mère, je ne connais pas son père, ni son oncle, ni ses tantes, ni aucune personne de sa famille." Donc, pour moi, elle n'est personne ! »

Je ne sais quelle inquiétude, quelle colère s'étaient soudain emparées de lui. Il a commencé à la critiquer sur sa façon de s'habiller : « Et regarde comme elle est fagotée, avec ses vieux jeans et ses chaussures à talons ! Et ses pulls qui peluchent… Elle est ridicule, franchement. Et ses cheveux toujours dénoués, à la Joan Baez… c'est une hippie ! Et puis, tu as entendu comment elle parle, avec cet accent marocain ? »

Je l'ai interrompu tout net : « Lili, arrête ! Betsy est ton invitée…

— Peut-être la tienne, mais pas la mienne ! »

Mentalement, j'ai essayé de passer en revue notre discussion de l'après-midi lorsqu'on déboulait dans les villages « à fond de troisième ». Je ne comprenais pas, vraiment pas, ce qui avait déclenché cette colère. Peut-être l'évocation des parties d'échecs qu'il perdait si souvent contre moi. Peut-être trouvait-il Betsy belle, trop belle pour moi. Ou peut-être trouvait-il que je l'aimais trop… Pour une fois, je me suis opposé fermement à lui : « Je ne te permettrai pas de lui parler de cette manière.

— Quoi ? Tu veux qu'on essaie le coup de poing ? Tu te souviens peut-être de la raclée que je t'ai fichue lorsque tu avais cinq ans. Tu veux la même ? »

Et il s'est levé, adoptant soudain la position du boxeur, m'invitant à échanger des gnons. « Tu as déjà goûté de mon direct du gauche. Je te le ressers ? Viens, viens ! » répétait-il. Il était plus de 21 heures. Dehors, il faisait nuit noire et un froid de canard. Un quart d'heure plus tard, nous avions rangé nos affaires et disions au revoir à Loula alors que mon frère se tenait renfrogné dans le fauteuil du salon, tirant comme un forcené sur son cigare.

Dans le train de nuit qui nous ramenait à Paris, nous avons parlé sans nous arrêter. Je lui expliquais que mon frère n'était pas méchant, juste un peu spécial…

« Tu comprends, s'appeler Élie, ce qui, en hébreu, signifie “mon Dieu”, quelquefois, ça peut monter à la tête. »

Betsy m'a assuré qu'elle ne lui en voulait pas. Elle admettait même que, d'un certain point de vue, il avait raison : « Il y a une semaine encore, m'a-t-elle rappelé, nous n'avions pas échangé deux paroles, juste mon nom et mon numéro de téléphone que je t'avais donnés en descendant du train. Aujourd'hui, nous ne savons toujours pas de quoi est faite notre familiarité. Il exige de connaître ma famille, je le comprends. J'aimerais lui présenter ma grande sœur. Marie, c'est une femme de caractère. Elle saurait lui tenir tête, c'est certain. »

Je ne décolérais pas : « Mais pour qui il se prend, aussi, pour mon père ? Ne sait-il donc pas que mon père est resté en Égypte, obsédé par une partie de poker qui se prolonge encore ? Et pourquoi a-t-il repensé à la famille de manière aussi soudaine ? Comme une crise d'urticaire… Tu trouves ça normal, toi ? »

Elle a hésité un moment avant de chantonner : « Mon amour, mon doux, mon tendre, mon merveilleux amour, de l'aube claire jusqu'à la fin du jour, je t'aime encore, tu sais, je t'aime… toi qui ne sais pas dire “je t'aime”… »

Nous avons débarqué gare Montparnasse à l'aube. Ce matin-là, tout était possible, tout était ouvert. Nous aurions pu choisir de partir tous les deux, nous installer ensemble aussitôt, chez moi, dans la chambre que je squattais à Nanterre ou dans la cité de Gennevilliers, chez elle, au Maroc, n'importe où… Nous aurions mangé de la vache enragée quelque temps, une année ou deux, puis la vie aurait repris ses droits. Mais moi, la vie, je ne lui reconnaissais aucun droit sur moi.

Nous grelottions de froid à la sortie de la gare. Il faisait gris. Nous nous sommes embrassés…

« Salut !

— Salut ! »

Je me suis retourné pour la regarder partir.

Elle ne s'est pas retournée.

Elle avançait lentement, très lentement, jusqu'à disparaître au loin, rue du Départ.

8

Salut l'obscurité[1]

Je ne peux pas dire que ce matin-là j'étais perdu. C'était bien pire que cela, je m'étais enfoncé dans l'obscurité. Je me suis avancé à pas lents jusqu'au trottoir et j'ai reculé soudain, pris de terreur. Le boulevard était le rivage d'un fleuve immense, en folie, l'Euphrate, le Nil… Plus grand encore, l'Amazone, peut-être, et ses eaux bouillonnantes dessinaient des vagues en forme de voitures. J'ai sauté en arrière en criant, et les gens m'ont regardé, effrayés, comme si j'étais devenu fou. Et j'étais devenu fou. En cet endroit étrange peuplé de milliers d'esprits invisibles qu'est l'abord d'une gare au petit matin, un djinn, un esprit de la rue, un diable des carrefours, m'avait giflé, pris que j'étais entre l'impossibilité de vivre et la difficulté à mourir.

Un djinn s'était emparé de moi.

Betsy, sitôt apparue, sitôt disparue, elle, la biblique Bethsabée, qui s'était glissée entre les mailles du réel…

1. « *Hello darkness, my old friend* », *The Sound of Silence*, chanson de Simon and Garfunkel, 1964.

Et j'étais devenu muet, désormais incapable de parler à quiconque, pas même à un charançon. Moi aussi, j'avais disparu dans la tempête qui nous avait emportés, apparu un instant, disparu l'instant suivant. Car oui, l'espace d'un très court moment, lorsqu'elle était encore là, je m'étais entraperçu dans ses yeux si clairs, bleus ou verts, et je m'étais trouvé beau, comme un prince. Un peu oriental, bien sûr, aimant les bijoux voyants et les habits de soie aux couleurs vives, coiffé d'un turban, d'un foulard de Bédouin ou d'un fez, un prince étrange, certainement, un prince tout de même ! Maintenant, je n'étais plus rien qu'un vermisseau et j'allais être emporté dans la tourmente des flots. Et je guettais la plus grosse vague pour plonger dans son sein, le plus gros camion pour finir sous ses freins. Et j'en ai raté un, un gros, un immense Berliet de déménagement. J'ai foncé sur la chaussée mais le chauffeur m'a évité d'un coup de volant en faisant sonner son klaxon comme une sirène de bateau. J'ai sauté en arrière à nouveau, lorgnant les voitures qui arrivaient pour choisir celle qui, de grâce, m'emporterait vers « le monde d'après ». Et lorsque j'ai aperçu cette longue Mercedes noire qui glissait, majestueuse, sur le boulevard, une 600, une limousine d'apparat, aux vitres opaques où se reflétaient les terrasses de cafés, j'ai su que ce serait elle. Tous mes sens tendus vers sa calandre majestueuse, parfaite, aux harmonies architecturales de temple grec, je devinais le doux ronronnement de son V-8. Elle se dirigeait vers moi à vive allure en se dandinant un peu d'avant en arrière. J'ai fermé les yeux, me concentrant avant de prendre mon élan. Quand je les ai rouverts, prêt à m'élancer, je l'ai vue ralentir, ralentir... et venir se garer contre le trottoir, juste devant moi. La portière du passager s'est ouverte. Et l'homme était là, à son volant, avec un large sourire, lui, l'Égyptien, l'élégant, celui qui s'appelait Zohar.

« Allez, monte ! m'ordonna-t-il.

— Mais...

— Monte, je te dis. Je n'ai pas le droit de stationner ici. Presse-toi ! »

Et je suis monté.

Les sièges, larges, profonds, en cuir bleu, fleuraient le tabac blond. Le volant, immense, de bakélite crème, et ce tableau de bord de bois clair avec des boutons, des compteurs, des manomètres, des voyants... J'ai commencé à toucher aux interrupteurs, aux manettes, aux leviers...

« C'est lequel ?

— De quoi parles-tu ?

— Je cherche le bouton pour actionner le siège éjectable.

— Oh ! Ce n'est pas la peine, me répondit l'autre, tu es déjà sur orbite. »

Et l'homme conduisait avec calme, ses mains gantées de gris nonchalamment posées sur le volant. L'immense voiture filait dans la circulation avec un léger bruit, comme une note de musique, dans les graves, une note qui se prolongerait indéfiniment. Dans cette capsule du bonheur, tout était souplesse et douceur, luxe et beauté.

Et sans lâcher la route des yeux, Zohar s'était mis à réciter :

« Après la destruction du Temple, au temps de Salmanasar, alors roi des Assyriens, Tobie, de la tribu de Nephtali, avait été emmené captif à Babylone, dans la ville de Ninive. Mais même en captivité, démis, soumis, démuni, il n'abandonna jamais la voie de la vérité, il n'oublia jamais le monde qui l'avait enfanté.

— C'est quoi ce texte que tu ne cesses de me citer chaque fois que je te vois ?

— Je dois dire que c'est de mémoire, me répondit-il, je ne suis pas certain des termes exacts. J'en ai peut-être un peu rajouté, du reste. L'avais-tu remarqué ? »

Il se fichait de moi, l'élégant ! Agacé, j'ai insisté : « C'est quel texte ? Donne-moi son titre, le nom de l'auteur, l'année de publication…

— L'année de publication ? Je dirais IIIe, IIe siècle avant Jésus-Christ, peut-être, mais récité, peut-être chanté, longtemps avant d'être fixé sur parchemin… Quand exactement ? Je ne saurais le dire. L'auteur ? Il y en a beaucoup ! C'étaient tes ancêtres, certainement des prêtres, des savants, des ermites, des copistes, puis des moines, plus tard tes grands-pères, tes oncles, ton père, moi, toi… Dieu seul sait combien d'auteurs y ont contribué. Et ce livre ne parle que de toi, pourtant, ne s'appelle-t-il pas le Livre de Tobie ? »

Je n'ai pas voulu le contrarier. Il faisait chaud dans sa limousine, une promenade dans Paris dans ce carrosse de roi avant de tirer ma révérence pour l'éternité… Pourquoi pas ! J'ai fermé les yeux et je lui ai dit : « Alors, récite-moi encore le Livre de Tobie, raconte-moi. »

Et il reprit : « En ces temps de souffrance en terre d'exil, Tobie eut un fils qu'il appela Tobie, du même nom que lui. Ce nom, Tobie, *Toviyah* en hébreu… Écoute bien : dans la terminaison *Yah*, se trouve la contraction du nom de Dieu, quant au mot *Tov*, il signifie "bon". *Tov Yah*, autrement dit : "Bon Dieu" ! Les Portugais le traduisaient par "Bondy", mais tu peux l'interpréter comme tu veux : "Dieu est bon", ou "Dieu fait le bien", ou encore, et moi, c'est la signification que je préfère : "Dieu a accompli une bonne action en faisant naître *Toviyah* au monde." »

Il avait une voix grave, harmonieuse, colorée par un léger accent égyptien qui me rappelait celui des miens. Je ne peux pas me souvenir de l'histoire qu'il m'a racontée ce jour-là, sinon qu'elle m'était douce à l'oreille, sans doute douce à mon cœur aussi, puisque je me suis endormi.

Il faut dire que je n'avais pas dormi de la nuit, dans ce train inconfortable et bruyant, tenu en haleine par cette conversation infinie avec Betsy. Après cela, à la sortie de la gare, j'avais été choqué, abasourdi par son départ, désemparé ensuite par son absence, moi depuis toujours sans foi ni loi, devenu sans feu ni lieu, non pas désespéré puisque je n'avais jamais espéré, mais littéralement dégoûté, ayant perdu le goût, expulsé des choses et des gens.

Et j'ai dormi, je ne sais combien de temps, porté par l'agréable bercement de son carrosse, en tout cas le temps d'un rêve, à nouveau une sorte de cauchemar.

Je me suis réveillé en sursaut et la Mercedes roulait tranquillement, dans cette même ambiance feutrée.

« Je crois que je me suis endormi, ai-je balbutié.

— Ça fait au moins une demi-heure que tu dors... avec des sursauts dans ton rêve, comme un bébé repu. »

Sur les panneaux, je lisais le nom des communes qui défilaient : Saint-Denis, Villetaneuse, Deuil-la-Barre, Soisy-sous-Montmorency... Où m'emmenait-il ainsi ?

Et Zohar a ajouté : « Perdre son identité dans un rêve, c'est bon signe, c'est que tu vas changer. »

Comment connaissait-il le contenu de mon rêve ?

Tout en conduisant, imperturbable, il continuait ses citations du Livre de Tobie : « Et Tobie, le père, demanda à l'homme : "Sauras-tu conduire mon fils Tobie jusqu'au pays des Perses et le ramener vivant et en bonne santé ?" Devine ce qu'a répondu l'homme...

— Je ne sais pas ! Arrête de me poser des questions. Je lirai ce livre et ensuite je te répondrai. Je me demande néanmoins comment un père vertueux, soucieux de la moralité de son fils, l'a ainsi laissé partir en voyage avec un étranger... »

Entendant ma remarque, Zohar frappa sur le volant de ses mains, manifestement réjoui : « Oui, oui ! s'exclama-t-il, tu as trouvé ! C'est un étranger, un étranger ! Un étranger, si lointain et si proche, quelqu'un dont on attend la révélation des secrets...

Car c'est cela, un étranger, celui dont on attend la révélation des secrets. »

Et voilà qu'il recommençait à me débiter ses phrases ésotériques.

Nous avons traversé une petite forêt, sommes entrés dans une ville plus cossue, avec de belles maisons patriciennes, presque de petits châteaux, et de grandes propriétés entourées de murs hauts d'au moins trois mètres. C'était Montmorency. Puis nous avons encore traversé un bout de forêt avant d'arriver à un village, un lieu-dit, plutôt, quelques maisons plantées au milieu d'une clairière. Il a roulé jusqu'à un portail avec, au-dessus, un panonceau à moitié rouillé sur lequel on pouvait lire « Peaux et fourrures ». Derrière apparaissait une sorte de pavillon à l'architecture quelconque, avec des tas de marchandises stockées dans des caisses en bois.

« Où sommes-nous ? ai-je demandé, encore tout imprégné de mon rêve.

— À l'étranger ! » me répondit Zohar.

*

Quinze jours auparavant, j'étais retourné interroger ma mère, résolu à obtenir une réponse claire au sujet de ma grand-mère paternelle. Elle était assise dans le canapé du salon, un crayon à la main devant une multitude de petites feuilles couvertes d'équations.

« Cette fois, lui ai-je dit d'emblée, tu vas me trouver la solution d'un problème ! »

Elle a levé les yeux. Elle semblait effrayée.

« Mais c'est toi, mon chéri, qui trouves toujours les solutions. »

Son visage émacié, marqué par la souffrance, m'a ému. J'ai tenté de la dérider un peu : « Tu te souviens lorsque tu m'apprenais les poèmes d'Alfred de Musset, et que je les retenais par cœur ?

— Ah ! s'étonna-t-elle, il t'en est resté quelque chose ?

— Mais oui ! Je pourrais encore te les réciter… À l'époque, quand j'avais quatre ou cinq ans, je n'y comprenais rien. »

Et j'ai déclamé, de mémoire :

« Il se fit tout à coup le plus profond silence
Quand Georgina Smolen se leva pour chanter.
Miss Smolen est très pâle. – Elle arrive de France
Et regrette le sol qu'elle vient de quitter… »

Ma mère a souri, juste un peu : « Et maintenant, tu le comprends, ce poème ?

— La tristesse de la perte de sa terre… C'est ça ? »

D'un signe de la main, elle m'a proposé de venir m'asseoir auprès d'elle. Je n'aimais pas trop l'approcher, comme si je la croyais capable, à l'exemple de certains poissons, d'émettre soudain une décharge électrique à vous expédier au plafond. J'ai ramassé une chaise et me suis installé en face d'elle. De son mouchoir, elle a essuyé les larmes qui avaient coulé sur sa joue.

« Tu as pleuré ?

— Ce n'est rien, mon fils, ce n'est rien ! »

Et elle s'est remise à pleurer.

« Que se passe-t-il ? Raconte-moi !

— À quoi bon ? Le malheur des autres ne peut qu'ennuyer celui qui l'écoute.

— Mais je ne suis pas un autre, maman, je suis ton fils.

— Tu sais, ton fils finit par devenir un étranger, surtout lorsqu'il grandit en terre d'exil. »

Moi qui raconte ça aujourd'hui, je ne parviens pas à rendre les finesses de la langue arabe qu'elle maîtrisait si bien : *gharib*, « l'étranger », de la racine *gharb*, qui signifie « l'ouest » et qui a donné *ghariba*, « l'étrange », « la bizarre »... Ce mot redoublait le sens qu'elle donnait à son « étranger », elle le sous-entendait marqué par l'ouest, le *gharib,* « l'Occident », devenu « étrange » pour le coup, jusqu'à paraître totalement « étranger », même à sa mère. Elle racontait ainsi sa difficulté à reconnaître ses fils, ses propres enfants. Elle l'Orientale, ma pauvre mère !

« Allez ! Ne dis pas ça, *ya ommi*, ô ma mère ! Tu veux que je te rappelle mon prénom, c'est celui que portait le grand-père de ton père.

— C'est ton père... finit-elle par lâcher.

— Mon père ? Qu'a-t-il encore fait, mon père ? »

Et elle a recommencé ses éternelles plaintes. Il traînait les cafés avec ses amis, et lorsqu'il revenait à la maison, c'était pour rester assis dans son fauteuil, les yeux dans le vide, sans un mot. Elle n'en pouvait plus, elle étouffait de solitude. Et elle a encore été prise de sanglots. J'ai tenté une plaisanterie : « Eh bien, vous n'avez qu'à divorcer...

— Mais non ! s'exclama-t-elle. Avec qui je me disputerais, alors ? »

Et elle a déroulé à nouveau sa litanie de reproches, cette fois en mélangeant les langues. Mon père était *selfish*, « égoïste » en anglais, *nafshi*, « perdu dans son monde intérieur », quelque chose comme « schizoïde », en hébreu, *may 'hebesh wala nafsou*, « qui n'aime que lui-même », en arabe. Nous étions comme ça, nous les Juifs d'Égypte, qui ne pouvions atteindre la précision de notre pensée qu'en la criblant au tamis des langues que nous connaissions…

« Il est bien comme sa mère ! » lui ai-je répondu, saisissant l'occasion de la ramener à la question qui me tracassait. Et j'ai ajouté : « Je me souviens comme elle restait, elle aussi, des journées sans parler, sans bouger, les yeux dans le vague…

— Ne crois pas ça ! rebondit aussitôt ma mère. Elle était capable de véritables crises de folie.

— Qui ? Nonna ? »

Ma mère semblait s'animer, reprise par ses colères d'autrefois : « Et même, siffla-t-elle d'un air sournois, et même que mon père avait l'habitude de dire à son sujet : "*Te'rafi esh 'andaha ? El marad esmaha Hysterical Neurosis*. Tu sais ce qu'elle a ? Le nom de sa maladie est : névrose hystérique." »

Le père de ma mère, le docteur Zacaria, qui avait fait ses études de médecine à l'université américaine de Beyrouth, n'énonçait ses diagnostics qu'en anglais. Peut-être ne les connaissait-il que dans sa langue d'étude, ou bien aimait-il ainsi se distinguer en montrant sa maîtrise de la langue des snobs.

Et ma mère s'est mise à déparler sur sa belle-mère : « Toute la journée, elle restait dans son fauteuil, ne sachant même pas aller se chercher un verre d'eau, couverte de la tête aux pieds, comme une Arabe. Tu te souviens de son fichu à clochettes, de ses manches rabattues jusqu'à cacher ses doigts, de ses bas épais, même par quarante degrés à l'ombre, de ses grosses chaussures… Mais alors, chéri, *ya ebni*, ô mon fils, c'était tout autre chose lorsqu'elle allait retrouver ses amies de Bab el Zouweila, là-haut, sur la terrasse… »

Et de la main elle désignait le plafond, comme s'il existait toujours une terrasse, y compris dans son misérable trois pièces de Gennevilliers.

« Ces femmes-là, lorsqu'elles venaient dans notre quartier, elles invitaient des musiciens, et ça y allait, et leurs tablas, leurs taraboukas, et tout leur tralala, et aussi la simsimiya, la vieille lyre, et elles chantaient, des chants *baladi*, vulgaires, je ne te dis pas ! Et même qu'elles dansaient. Je les entendais frapper des pieds au-dessus de ma tête. »

Je m'étonnais : « Les vieilles ? Elles dansaient, les vieilles ?

— D'abord, elles n'étaient pas toutes vieilles, il y en avait des jeunes, aussi, et même de très jeunes filles. Et toutes dansaient, oui ! Et ta grand-mère aussi, elle dansait. Alors là, chéri, crois-moi, ta grand-mère, la dévote, la pudique, elle n'avait plus mal au dos, tu peux me croire. Elle retirait sa *'abaya*, « son caftan », gardant juste une petite *galabeya*, défaisait ses cheveux… Oui, chéri ! Elle défaisait ses cheveux et elle dansait avec les autres, pieds nus, là, au-dessus de ma tête… Ah ces femmes… *Ya sidi !* Ô mon maître ! Elles m'en ont fait voir ! Mais tu as raison, elles prétendaient que ce n'étaient pas elles qui dansaient.

— Comment ça ?

— Ah ! Ne me demande pas comment ! C'est ce qu'elles prétendaient, qu'elles ne dansaient pas, que c'étaient les esprits qui dansaient par leurs corps. »

Je l'encourageai à poursuivre : « Des esprits ? Mais quels esprits ?

— Est-ce que je sais, moi ? *Takhrifot*, fantasmagories de vieilles femmes ! »

Et pendant que ma mère parlait ainsi, dénigrant sa belle-mère, comme toujours, un souvenir a doucement émergé de la brume. J'avais peut-être six ans. Je n'étais pas bien grand. Ce jour-là, ma grand-mère et moi étions seuls dans le grand appartement du Caire. Je jouais à ses pieds, avec mon Meccano, peut-être, ou à pousser des petites voitures sur les routes du tapis. Ma grand-mère, qui semblait sommeiller dans son fauteuil, s'est lentement levée en se tenant les reins. Elle m'a dit d'une voix chevrotante qu'elle devait monter faire sécher le linge sur la terrasse. Et je la vois encore se saisir de la grande bassine en aluminium pleine à ras bord de draps mouillés. J'étais étonné de la voir porter cette bassine sans effort. Je lui ai proposé de l'aider. Elle a souri. « Non ! Laisse ça. Viens seulement avec moi. » Et je l'ai suivie, sortant par la porte de service, jusque dans l'escalier branlant qui menait à la terrasse. Je m'agrippais à sa robe de mes petites mains.

Et j'entendais dans ma tête les premiers vers d'une comptine : *Tutta 'Henna, Konti féne embar'ha ?* Tutta 'Henna, où étais-tu hier ?

La lumière m'a d'abord aveuglé, une lumière blanche, puissante, comme si cent, mille, dix mille spotlights s'étaient soudain allumés face à moi. Et la chaleur s'est d'un seul coup jetée sur moi, m'étreignant à bras-le-corps, me serrant à m'étouffer. Les Égyptiens de l'Antiquité représentaient le soleil comme un disque muni d'une infinité de mains. Je les ai senties, ce jour-là, sur ma tête surtout, mais aussi sur mon corps, sur mes bras. Puis, lorsque je me suis habitué à la lumière, j'ai aperçu toutes ces personnes réunies sur la terrasse. Elles frappaient dans leurs mains en chantant un hymne au Prophète. Quelques hommes, des musiciens, peut-être une dizaine, et légèrement derrière eux, des femmes, beaucoup plus nombreuses, qui frappaient aussi avec un bâton sur une casserole en zinc, sur un verre ou une carafe. « Priez, priez pour le Prophète, chantait le vieux chef de musique, saluez-le, le doux, le miséricordieux, saluez le Prophète, priez pour lui… Priez ! » Et il répétait : « Priez, oh priez… » Et les autres reprenaient en chœur : « Priez, et rendez grâce ! *Salli, wa salim !* » Il chantait « Priez ! », mais il ne priait pas, il chantait ! Et le rythme s'accélérait, et certaines femmes s'étaient mises à tournoyer. Déjà à ce moment-là, je m'étais demandé si c'était bien autorisé de chanter en rythme en invoquant le Prophète. J'ai voulu frapper dans mes mains à mon tour, ma grand-mère m'a retenu. « Non ! C'est seulement pour les femmes, ici. On ne te voit pas parce que tu es un enfant. Ne te fais pas remarquer, reste invisible, sinon elles te chasseront. » Mais alors, pourquoi m'y avait-elle emmené ? Et elle a ajouté en murmurant : « C'est un endroit secret ! »

Si je n'ai pas frappé dans mes mains, le rythme s'est inscrit dans mon corps, s'est gravé dans mon être. Aujourd'hui encore, lorsque je suis assis sans rien faire, mes doigts le reprennent instinctivement, deux doigts, trois, les paumes des mains, parfois, les pieds aussi. Je peux le jouer durant des heures, sans même m'en rendre compte, lorsque je suis immobile, lorsque je lis un livre ou lorsque j'attends l'autobus. Sans doute était-ce cela qu'elle recherchait, mon étrange grand-mère, inscrire ce rythme dans mes veines, dans ma tête, pour la vie.

Oui, maintenant je me souviens, je l'ai vue, ma grand-mère, dénouer sa longue chevelure toute blanche… Oui, je l'ai vue adopter le pas de danse, compliqué, un bond en avant, un autre en arrière, jamais les deux pieds au sol en même temps… Oui, j'ai alors aperçu son *kholkhal*, son bracelet de cheville en cuivre, scellé à son pied gauche, comme à celui d'une esclave, qui brillait au soleil tel un miroir. Je ne l'avais jamais vu, ce bracelet ; il faut dire que personne ne pouvait se vanter de connaître même un fragment de cheville de ma grand-mère. Et les femmes se sont mises à tournoyer comme des toupies au rythme de la musique. Et elles lançaient des foulards de couleur qui retombaient en voletant sur la tête de l'une ou de l'autre, et elles chantaient, ponctuant leur musique de *zaghloutas*, de youyous, et elles frappaient dans leurs mains, et elles frappaient du pied, et elles tournaient sur elles-mêmes.

Et je suis tombé.

Ma grand-mère a crié. Les musiciens ont arrêté de jouer. Les femmes ont crié à leur tour en se tenant le visage des deux mains. Un groupe s'est réuni autour de moi et j'apercevais vaguement leurs visages anxieux. Ma grand-mère les a repoussées avec force, elles ont disparu en un instant, éparpillées comme une volée de moineaux. Et moi, je m'étais absenté, évanoui là-haut, grimpé au ciel, je tournoyais avec les *'heddayas*, les milans, les habitants millénaires du ciel du Caire. Et je planais avec ces sortes d'aigles, montant, descendant, porté par le vent, et je pouvais distinguer un groupe de gens, en bas, sur une terrasse, rassemblés autour d'un enfant qui avait perdu connaissance. Et l'enfant, c'était moi ! Et ça tournoyait dans la danse des milans, dans ma tête, devant mes yeux. N'était cette sensation de vertige, il y avait un certain plaisir à voler si haut. Ma grand-mère m'a transporté jusqu'à l'appartement, m'a couché, a posé des compresses d'herbes malodorantes sur mon front. J'étais ailleurs, parti dans un autre monde.

« Tu te souviens que tu m'as trouvé alité en rentrant ?

— Bien sûr que je m'en souviens ! m'a répondu ma mère. La vieille folle, ta grand-mère, t'avait emmené sur la terrasse en plein midi. Tu avais attrapé un sacré coup sur la tête. Heureusement que je suis arrivée à temps. Tu sais, le soleil d'Égypte, on peut en mourir, surtout quand on est enfant. »

J'ai revu ma mère mélangeant du sel dans un verre d'eau à l'aide d'une petite cuiller, puis y trempant un coton pour l'en imbiber. En pressant le coton, elle avait fait couler l'eau salée, goutte à goutte. C'était étonnant ce bruit d'effervescence qui éclatait dans mes oreilles en feu. J'ai pensé, je m'en souviens, qu'elle dissolvait les étincelles de soleil qui s'étaient introduites par effraction dans mon cerveau. Tout le monde s'agitait autour de moi. Mon père, prévenu par téléphone, avait précipitamment quitté la fabrique, était parti chercher mon grand-père, le docteur Zacaria, et les voilà tous réunis à mon chevet. Et ma mère qui instillait des gouttes dans mes oreilles et mon grand-père qui me tâtait le front.

Ma grand-mère, Nonna Bonna, tranquillement installée dans son fauteuil, marmonnait : « Ne vous inquiétez pas, il ne lui arrivera rien de mal. C'est toujours comme ça la première fois qu'on les rencontre. »

Elle parlait des esprits, des *zars*, bien sûr.

Mon grand-père le docteur avait conclu à un coup de soleil et prescrit repos et aspirine. Mon père, lui, était plus dubitatif. Il s'est assis près de sa mère et lui a demandé le plus sérieusement du monde : « Que dis-tu ? *Ya ommi*, ô ma mère, je croyais qu'on évitait aux enfants la rencontre avec les Seigneurs… »

« Seigneur », *Sayyid* en arabe, *Sada* au pluriel, c'est ainsi qu'on désignait les esprits, les *zars*, qui venaient posséder les femmes, qui les faisaient danser jusqu'à la transe, qui parlaient aux humains jusqu'à leur révéler, parfois, les vérités cachées au monde.

J'entendais mon père parlant à voix basse avec sa mère. Elle avait finalement consenti à lui répondre : « C'est vrai, mon fils, tu as raison, mais lui, ce n'est pas pareil. As-tu seulement regardé ses mains ?

— Ses mains ? Mais qu'est-ce qu'elles ont ses mains ?

— Regarde bien ! Elles n'ont qu'une seule ligne. »

Tout le monde a trois lignes dans la paume de sa main, qu'on appelle ligne de tête, ligne de vie, ligne de cœur… Eh bien moi, je n'en ai qu'une seule, à chacune de mes deux mains.

« Et alors ? » avait demandé mon père.

Et l'autre, la vieille, renfrognée, mécontente d'avoir été mise en cause, s'était refermée ; et mon père qui insistait : « Mais dis-moi, *oulili ya ommi, ba-a,* dis-moi, ô ma mère, enfin, je suis inquiet pour mon fils.

— *Yalla !* Allez ! Tu n'as pas d'inquiétude à avoir. Demain, il se réveillera de sa nuit, aussi pur que le jour de sa naissance.

— Dis-moi encore, ô ma mère, que sont ces lignes de la main dont tu me parles ? Que signifient-elles pour mon fils ?

— Que ce soit ton fils ou celui de ton voisin, dans ta famille ou dans celle de ton ennemi, lorsqu'il n'a qu'une seule ligne dans la paume de sa main, on l'appelle "l'enfant de la chance"…

— L'enfant de la chance ? Il aura donc de la chance ? Il deviendra riche, puissant, célèbre ?

— Mais non ! Ce n'est pas de sa chance qu'il s'agit, mais de celle des autres. Si tu cherches un trésor, interroge-le, sa réponse t'indiquera l'endroit où il se trouve… Mais tu devras la décoder, cette réponse, chaque mot qu'il prononcera te sera une énigme. Par sa bouche passeront les paroles des puissances, mais, sache-le, les puissances ne parlent pas notre langue ! Pour que la rencontre ne soit pas trop brutale avec les maîtres, ses propriétaires, ceux qu'on appelle "les Seigneurs", j'ai tenu à être présente la première fois. Pour que cette rencontre lui soit douce et favorable…

— Ah ! Je te remercie ! Il a failli en mourir. »

À ce moment, j'ai senti que si cette discussion avait eu lieu vingt ou trente ans plus tôt, sa mère aurait administré une gifle à mon père. Rouge de colère contenue, elle siffla entre ses lèvres des paroles de feu : « Que dis-tu, fils de chien ? Je t'ai porté neuf mois dans mon ventre, et je n'ai pas poussé un seul cri lorsque tu m'as déchirée en venant au monde. Chaque année où je t'ai nourri lorsque tu étais un enfant, après que ton père, ce vaurien, avait eu la lubie de mourir, lorsque nous n'avions même pas assez d'argent pour nous acheter un pain rond pour toute la famille, chaque année, m'entends-tu, m'a coûté sept ans de ma vie. Aujourd'hui, percluse de douleur, je dois à ta bonté de manger chaque jour. Tu aurais tort de me penser redevable, car ce n'est pas moi que tu nourris, tu ne fais que jalonner ta route vers le *'Olam haba*, vers le monde à venir. N'as-tu jamais entendu les Arabes dire que le paradis se trouve sous les pieds de la mère ? Pas entre ses mains, m'entends-tu, sous ses pieds. Apporte-lui tristesse ou malheur et il t'en cuira ! »

Mon père était devenu livide. Il a longuement regardé sa mère, un air de défi au fond des yeux, et lui a seulement répondu, de mauvaise grâce : « Pardonne-moi, ma mère.

— Quant à ton fils, ajouta encore ma grand-mère, je te le dis et retiens-le une fois pour toutes : nul ne peut toucher un enfant de la chance. Qui lui fera du mal pourra craindre pour sa vie, qui médira à son sujet sera atteint par la maladie de la peau, qui cherchera à s'approprier ses dons sera condamné à perdre la tête… Voilà ce que tu dois savoir. Maintenant, fous-moi la paix ! »

Et la vieille ferma les yeux. Quelques instants plus tard, on entendit un bruit sourd, comme lorsque le *babour*, le bateau à vapeur que nous empruntions quelquefois pour une balade sur le Nil, démarrait son moteur.

Elle ronflait.

J'étais heureux de retrouver ce souvenir en discutant avec ma mère, mais il me restait une question que je ne savais comment aborder. Je l'ai un peu provoquée : « Tu ne t'entendais pas trop bien avec ta belle-mère, n'est-ce pas ?

— Mais non ! Tu te trompes ! Elle était comme une tante pour moi. Elle et ma mère étaient cousines germaines, ne l'oublie pas.

— N'empêche, tu la trouvais un peu retardée. Je veux dire pas très “évoluée”…

— Il est vrai qu'elle était comme les femmes d'autrefois, peut-être un peu trop… à l'ancienne… Je ne sais pas, la pauvre, elle est partie un matin, sans faire de bruit. On ne dit pas du mal des morts !

— Et la Libyenne ?

— Quelle Libyenne ?

— La Bédouine qui venait dire la bonne aventure avec ses poudres de couleur.

— Il est vrai qu'elles avaient lié connaissance, elle et ta grand-mère...

— Te souviens-tu de son nom ? Comment s'appelait-elle ? »

Et à ce moment, ma mère a éclaté de rire : « Sett Sal'ha !

— Pourquoi ça te fait rire ?

— À cause de la chanson ! répondit ma mère, tu sais, cette comptine qu'on chante aux tout petits enfants en les tenant sur les genoux et en les balançant d'avant en arrière : Tutta 'Henna, où étais-tu hier ? *'And Sett Sal'ha,* chez Dame Sal'ha, Et qu'as-tu mangé, qu'as-tu fait ? J'ai mangé la moitié d'un citron doux. Et où est l'autre moitié ? *Fel setou'h el 'ali !* Tout en haut, sur la terrasse ! Mais pour se rendre sur la terrasse, il faut une échelle. Et l'échelle est chez le menuisier. Et le menuisier réclame un œuf. Et l'œuf est dans le cul de la poule... Et on recommençait : Tutta 'Henna, où étais-tu hier ?... »

Et ma mère riait encore de cette comptine.

« Et Sett Sal'ha, je veux dire la vraie, la Libyenne, elle montait *fel setou'h el 'ali,* là-haut sur la terrasse, avec la grand-mère ?

— Mais oui ! Elle faisait partie de ces mendiantes qui traînaient à Bab el Zouweila... Maintenant que tu me poses la question, je crois même qu'elle était une des responsables de leur congrégation. C'est elle qui venait prévenir ta grand-mère qu'elles organiseraient une cérémonie le lendemain, ici ou là, sur l'une ou l'autre terrasse… »

Je voulais en avoir le cœur net : « Mais dis-moi, ô ma mère, cette femme portait-elle une tunique claire avec une ceinture multicolore ?

— Bien sûr ! répondit ma mère, c'était l'habit traditionnel des Bédouines. »

Et ma mère continuait à rire de la comptine… En vérité, elle riait surtout de ses souvenirs retrouvés. Durant cette heure que nous avions passée ensemble, elle avait oublié sa tristesse, la froideur de mon père, la perte de son univers, le départ de ses garçons qui avaient tous deux quitté la maison… Elle était à nouveau la reine d'Égypte – ne s'appelle-t-elle pas Reina ?

*

J'étais dans le salon de cette villa près de Montmorency, affalé dans un vieux fauteuil en cuir craquelé. Les monceaux de peaux et de fourrures stockés là dégageaient une odeur sauvage. Zohar m'avait laissé sans un mot et s'était éclipsé par une porte donnant sur le jardin. L'esprit engourdi, je somnolais, sans idée, sans pensée, sans espoir. Et j'ai entendu comme le bruit lointain du tonnerre. J'ai prêté l'oreille. Deux premiers coups de tambour dans les graves, suivis d'un coup, et ça recommençait. Je ne pouvais dire d'où provenaient ces sons, mais au bout d'un moment je les guettais, les attendais. Le tambour a ainsi rythmé le temps, plusieurs minutes durant, avant que d'autres instruments ne vinssent le rejoindre. Les petits tambours qu'on tient à la main, les taraboukas, aux sons plus aigus, au rythme plus rapide, s'intercalaient dans les scansions du premier. Ensuite vinrent les crotales de cuivre, les tambourins et des sortes de triangles au son cristallin, puis le bruit des mains qu'on frappait en cadence, et enfin la reine, la parfaite, la simsimiya, la lyre des origines, celle qu'on peut apercevoir sur les hiéroglyphes laissés par les Égyptiens de l'Antiquité. C'est alors qu'une mélodie, simple et intense, a envahi le monde… Musique puissante, qui débute comme un appel lointain pour accrocher le cœur, puis augmente sa vitesse, jusqu'au galop des tambours, à la danse endiablée des doigts sur les cordes. Et quand le rythme a organisé l'espace, ordonné le monde, quand la lyre y a créé la beauté, un chanteur âgé, à la voix grave, éraillée par le tabac, a entonné l'appel, le *dhikr*, la litanie de mon enfance, en détachant les syllabes, les égrenant une à une, à me faire frissonner : « *Wa al Sallat el Nabi*… Voici la prière pour le Prophète… *Salli wa salim !* Priez, et rendez grâce ! Priez pour notre Prophète, l'aimé du Seigneur, la plus parfaite de ses créatures… » Et un chœur reprenait la litanie. « *Sallou wa sallou !* Priez, oh priez ! Vous les croyants, les compagnons du monde parfait… » Et le vieux reprenait, et le chœur répétait. Et la compagnie se rapprochait, jusqu'à être tout près, derrière la cloison – pourquoi n'entraient-ils pas dans la pièce ? Je désirais de toutes mes fibres battre des mains avec eux… Et le vieux entamait un second couplet à la gloire du Prophète. « Ô Seigneur, bénis notre maître, bénis ton bien-aimé, médecine de nos cœurs, guide de nos âmes… Priez, oh priez… » Et le chœur battait des mains dans le rythme des crotales, et les pieds battaient le plancher au rythme des tambours, et la lyre égrenait la mélodie.

Et soudain tout s'est arrêté.

Et Zohar est entré.

« Tu as encore dormi ! m'apostropha-t-il, rigolard.

— Mais non ! Je réfléchissais…

— Tu as pourtant les yeux rougis du dormeur, ou du fumeur de haschich. »

J'ai souri : « Quels étaient ces chants que j'entendais derrière la porte ? »

Il ne m'a pas répondu, m'a pris par la main.

« Viens, viens avec moi. »

Je l'ai suivi au bout du jardin jusqu'à un petit étang caché aux regards, couvert de nénuphars. Zohar se tenait debout, tout au bord, la pointe de ses pieds s'enfonçant dans la boue de la berge. J'étais un peu en retrait, perplexe.

« Avance-toi et parle ! m'ordonna-t-il.

— Quoi ?

— Cesse donc de questionner ! Parle à l'eau, parle à haute voix.

— Mais que veux-tu donc que je dise ?

— Tu ne seras donc jamais qu'un enfant qui ne sait que poser des questions ? Parle à l'eau, maintenant, elle t'attend. »

Et j'ai parlé. C'est étrange, inexplicable, irrationnel… J'ai parlé à l'eau ! J'ai regardé le fond de l'étang comme s'il était la prunelle d'un œil et je lui ai dit ma solitude, mon désir de mourir. J'ai invoqué l'eau, l'ai suppliée. Elle qui est le dehors et le dedans, à la fois le milieu dans lequel germe tout être vivant et la substance dont il est constitué, elle qui circule de continent en continent, qui ne connaît de frontière ni en étendue ni en profondeur, elle qui nous enrobe et remplit l'espace de nos chairs, elle qui précède la terre, qui précède les cieux, mère de toute mère, origine de tout être vivant, elle, l'eau, je lui ai demandé de me bénir.

« Déshabille-toi ! » m'ordonna-t-il alors.

Sans pudeur, j'ai sauté, nu, dans l'étang.

Zohar a retiré ses souliers, retroussé le bas de son pantalon et s'est avancé dans l'eau jusqu'à me rejoindre. Sitôt qu'il a vu ma tête émerger, il m'a saisi par les cheveux.

« Eau, lave-le des miasmes du ventre qui lui collent les yeux jusqu'à le rendre aveugle… Lave-le ! »

Et il m'a plongé la tête sous l'eau.

Dès que j'ai resurgi, cherchant à reprendre mon souffle, il s'est à nouveau saisi de ma tête.

« Eau, tu sais combien ses oreilles sont bouchées par la cire de l'enfance, par les pensées banales, de grâce, ouvre-lui la capacité d'entendre ! »

Et il m'a replongé la tête sous l'eau, la tenant immergée plus longtemps que la première fois, m'a-t-il semblé.

Une grande bouffée d'air lorsqu'il m'a laissé émerger. J'avais seulement envie de crier.

« Tu peux crier, me dit-il, à condition de t'adresser aux puissances. Crie contre le vent, si tu veux, allez, crie ! »

Et je suis resté sans voix. Alors, il a empoigné ma tête et, s'adressant à nouveau à l'eau : « Eau, vois-tu comme ses lèvres sont collées ? Il ne sait parler, pas même crier… Il ne parvient qu'à balbutier des pensées confuses, à ânonner des slogans. Lave sa bouche des exhalaisons putrides, des paroles convenues, des idées rances, du poison de l'insignifiance. »

Et d'une main de fer, il a replongé ma tête sous l'eau pour un moment interminable. Et je sentais mes oreilles bouillonner, et j'entendais mes tempes battre au rythme des tambours, et mon sang accélérait sa course dans mes veines. J'ai tenté de me dégager, mais il me tenait avec force.

Et ça a duré un moment, l'éternité…

Quand il m'a sorti de l'eau, j'ai aspiré une longue bouffée d'air. Je me suis abattu sur l'herbe, haletant. J'ai regardé le ciel. La nuit était tombée et une lune ronde, grosse, pleine, parfaite, comme on en voit rarement en région parisienne, éclairait le jardin tel un phare. Je reprenais lentement ma respiration quand j'ai entendu de plus en plus distinctement la troupe de musiciens qui s'avançait vers nous.

Toujours ce même rythme de percussions, mais il y avait un tintement de plus qui évoquait le trot d'une compagnie de cavaliers. Et j'ai vu que les femmes avaient accroché des grelots à leurs chevilles. Et elles frappaient du pied, et les grelots tintaient et les chevaux trottaient.

« La pleine lune s'est épanouie dans le ciel comme un soleil. Bienvenue ! Bienvenue à l'enfant de la nuit ! » Et ils répétaient inlassablement cette même phrase, la rythmant des tambours, des battements de mains, du martèlement des grelots. Et ils se rapprochaient de moi, emplissant le jardin d'une foule joyeuse, et chacun portait quelque chose dans la main, une friandise, une pâtisserie, un verre de vin, une bougie allumée, une tasse de confiture de rose, un livre. Et ils me touchaient, la tête, les mains, les bras, avant de déposer l'offrande à mes pieds. Un vieillard, peut-être était-ce lui, le chantre qui initiait les psalmodies, s'est courbé, la main sur le cœur, pour me saluer avant de déposer un livre. Je l'ai pris dans la main, l'ai feuilleté, il était écrit en hébreu. Seule la couverture, d'un beau cuir assoupli par les ans, portait, gravé en lettres d'or, un titre en français : *Sidour. Rite séfarade.* C'était un livre de prières. Juif ! J'ai questionné Zohar des yeux. Il a levé les épaules : « Que veux-tu, on ne peut jamais être initié qu'à soi-même. »

Ce qui s'est passé ensuite, le déroulement de cette nuit de folie, comment le raconter ? Aujourd'hui encore, je me sens ligoté, tenu par le sceau d'un secret que je ne me suis pourtant jamais engagé à tenir. Tout ce qui m'avait préparé à la nuit, la rencontre inattendue de Zohar à la sortie de la gare Montparnasse, ma plongée dans l'étang boueux, la compagnie des musiciens et des danseuses qui ne cessaient d'apparaître et de disparaître, tout cela, je me sentais libre de l'écrire, de le raconter dans le détail... Jusqu'à ma sortie de l'eau, ma naissance, pour ainsi dire. Mais avec ce qui s'est passé ensuite, j'aurais le sentiment de transgresser un interdit, même si je ne l'évoque qu'à demi-mot.

Pour résumer, je dirais que j'ai dansé. Oui, j'ai dansé ! Autour du feu, j'ai bu les verres qu'on me présentait, pleins d'un alcool où macéraient des herbes et des parfums. J'en ai bu beaucoup, je ne saurais les compter. J'ai vu danser les danseuses, les prêtresses d'un rite dont je ne connaissais rien. Et je les ai vues tomber, recouvertes d'écharpes de couleur, comme mortes. Je les ai vues soudain se relever, le corps saisi par une force qu'elles ne maîtrisaient pas, sautant en l'air jusqu'à accrocher les branches élevées des arbres, je les ai vues ramasser des tisons rougeoyants, se les appliquer sur le ventre ou sur la langue. J'ai vu leurs corps mimer la lutte, la fuite, la capture des bêtes sauvages, la chevauchée des caravanes, la traversée des frontières. Durant toute une nuit, ô Dieu ! J'ai vu les femmes se mettre à parler en grimaçant, avec des voix d'hommes, ces voix que tous reconnaissaient comme celles des « Seigneurs », des djinns, des *zars*... J'ai vu les autres femmes se réunir autour de l'illuminée, lui demandant de leur révéler l'avenir. Et j'ai entendu les « Seigneurs » dire les vérités des lendemains.

Et j'ai dansé à mon tour. Je me souviens que toutes les femmes m'entouraient, séchaient les perles de transpiration sur mon cou, sur mon front, caressant mon dos nu et tremblant, m'invitant à tourner davantage, et plus vite, et plus fort. Et je me suis vu tomber. Il paraît que lorsque je me suis absenté une femme a gigoté par mon corps, a joui par mes reins, a parlé par ma bouche. En cette femme, tous ont reconnu la Bédouine, Sett Sal'ha ! Cette grande femme aperçue dans les couloirs de Normale sup, puis devant la

Sorbonne… Elle est revenue cette nuit-là, par ma bouche, par ma voix, par mon corps. Il paraît qu'on l'a vue arranger sa longue tunique, serrer à la taille ses ceintures de couleur, on l'a entendue faire cliqueter ses triangles d'or, et elle s'est élancée dans un pas de danse endiablé. Et lorsqu'on lui a donné du vin, du bon vin blanc résiné, un peu musqué, il paraît qu'alors, elle a parlé.

Qu'a-t-elle dit, ma Bédouine ? Comment le savoir ? Je n'étais pas là puisqu'elle était moi. Et lorsque je suis revenu, elle s'était évanouie. Et moi, j'étais moi à nouveau. Rien que moi !

*

J'ai dormi longtemps, d'un sommeil profond, peuplé de gens que je ne connaissais pas, traversant des villes où je n'avais jamais mis les pieds, dans des pays dont je n'avais jamais entendu le nom. Dans mon rêve, j'ai vu des femmes qui s'approchaient de moi jusqu'à me submerger. J'essayais de me dégager, je ne pouvais plus respirer. Et elles ont commencé à m'arracher des lambeaux de chair, puis des membres entiers. L'une s'emparait d'une cuisse et partait en riant comme une hyène, l'autre, d'un bras qu'elle brandissait aux yeux de toutes, tel un trophée. Et de ma tête détachée, qu'elle tenait entre les mains comme un ballon, de mes yeux qui s'affolaient de droite à gauche, je l'ai vue qui me tenait, une belle blonde, je l'ai regardée au fond de ses yeux bleus ou verts, si semblables à ceux de Betsy. Et les femmes ont fourré tous mes fragments, mes jambes, mes bras, mon tronc, ma tête, dans une immense marmite remplie d'eau bouillonnante. Je me souviens que je me suis préoccupé de mon sexe… Où était-il passé ? Et elles ont fait bouillir mes fragments, mes chairs, mes membres, mes viscères. Et je les voyais remuer mon corps démembré dans leur marmite à l'aide de longs bâtons. J'étais cuit, finalement, lorsqu'elles se sont assises par terre pour rassembler les morceaux. Elles semblaient inquiètes. Allaient-elles réussir le remontage ? Est-ce que j'allais reprendre vie ? Ce n'est que lorsque j'ai prononcé une parole qu'elles se sont apaisées. J'ai dit : « *Ayyuha !* » Et elles ont répondu : « *Ayyuha !* Ô toi, le nouveau-né ! »

Quand je me suis réveillé, m'extrayant péniblement de ces interminables rêves, c'était peut-être le lendemain ou le surlendemain, je ne saurais dire combien de temps j'avais dormi, Zohar se tenait, souriant, à mon chevet, au bord du canapé.

« Tu as rêvé ? » m'a-t-il demandé d'emblée.

J'ai eu la force de lui répondre : « Ah ! Mes rêves sont plus longs que tes nuits. »

Il a souri, m'a tendu une tasse de café.

« Tiens, bois ! Par décision exceptionnelle des instances rabbiniques, depuis des siècles, les Juifs égyptiens ont droit à leur café avant leur première prière. »

*

C'est alors qu'il m'a parlé, Zohar, mon aîné, mon grand frère, lui qui m'avait précédé dans les rencontres de la pleine lune. En cela, au moins, il était mon aîné. Et puis, nous étions « pays », comme on disait jadis en France, originaires du même Caire, issu du même cloaque, *'haret el yahoud*. Il m'a raconté son enfance, au sein d'une famille misérable du vieux Caire où il avait grandi dans la rue, avec les mendiants et les voleurs. Il m'a raconté sa lutte pour la survie dans une Égypte que je n'avais pas connue, celle d'avant-guerre, où il y avait plus de pauvres que de poux sur la tête des enfants. Sa chance, ce fut le conflit mondial. Durant la Seconde Guerre, l'armée britannique et ses alliés stationnaient en Égypte – près d'un million de soldats ! Il fallait bien nourrir cette troupe gigantesque, fournir aux hommes non seulement de quoi satisfaire leurs besoins, mais aussi de quoi aiguillonner leurs désirs. C'est ainsi qu'il se fit promoteur de plaisirs, producteur d'alcool, d'un gin égyptien qu'il avait inventé. En quelques années, avec ses associés, ils avaient fait fortune. Il m'a raconté cette réussite exceptionnelle qui l'avait conduit, lui, le petit Juif pauvre, vermisseau rampant dans les poubelles, jusqu'aux palais des princes, des riches et des puissants, et même du roi, Farouk ! L'invraisemblable Falstaff qui gouvernait alors l'Égypte, passionné de nourriture et de femmes, lui avait même disputé la sienne, sa sœur, son amour, qui s'appelait *Masreya,* « l'Égyptienne ». Est-ce en repensant à elle qu'il m'a décrit son Égypte avec une nostalgie poignante ? J'en eus les larmes aux yeux. Cette même nostalgie, ai-je pensé, dont se défendait mon père et qui l'habitait pourtant jour et nuit, j'en étais sûr.

« Pourquoi sommes-nous sortis d'Égypte ? » lui ai-je demandé soudain. C'était ma question, en vérité, le fardeau que je portais à mon insu depuis l'âge de huit ans, qui m'enserrait la gorge, voilait mes yeux et alourdissait mon âme… Ma seule question !

« Nous étions destinés à l'expulsion, répondit-il.

— Mais pourquoi ?

— Nous étions le prurit des Égyptiens. Nous étions les mêmes, et pourtant nous n'étions pas eux ! Nous parlions leur langue, à la perfection, rien ne permettait de distinguer un Juif d'Égypte d'un Égyptien musulman ou d'un Copte. Nous portions les mêmes habits, la longue robe, la *galabeya*, sur laquelle nous enfilions un gilet de costume, nous couvrions notre tête des mêmes calottes ou, pour les plus riches, des mêmes fez écarlates, nous mangions la même nourriture de pauvres, le *foul*, la purée de fèves, assaisonné de citron et de cumin, fredonnions les mêmes chansons de Farid El Atrache ou d'Oum Kalsoum, rigolions des mêmes blagues stupides mettant en scène Go'ha, l'idiot malin… Nous étions des semblables. Nous ne différions que par la religion. Et encore ! Si peu… Lorsque nous évoquions notre Dieu, nous l'appelions Allah, et lorsque nous l'invoquions, c'était par la même expression qu'utilisaient les Égyptiens, "*Ya Rabbi* – Ô mon maître". La formule par laquelle nous manifestions notre reconnaissance à autrui, "*Rabbéna y'khalik* – Que notre Dieu te garde", laissait entendre que nous le partagions, ce Dieu, ce même Dieu. Pourtant, nous n'étions pas égyptiens, un Juif ne pouvait le devenir ; il devait rester un étranger. Nos nationalités, il nous fallait partir les mendier aux consulats des puissances, chez les Italiens, les Français ou les Anglais. Ceux qui n'y parvenaient pas, ou qui, bêtement, n'y avaient pas pensé, tous ceux-là, la grande majorité, en vérité, restaient apatrides. »

J'ai caché mon émotion par des paroles de défi : « Ça n'explique rien ! Et surtout pas pourquoi nous étions destinés à être expulsés.

— Tu as raison ! C'est qu'au-delà de l'Histoire, au-delà de la vie quotidienne, il y avait le mythe. Dans des temps immémoriaux, notre Dieu nous avait fait sortir d'Égypte, nous avait exfiltrés de ce pays d'angoisse, pour nous constituer en peuple libre. La sortie d'Égypte est la fondation de notre identité. Écoute et comprends ! Chaque Juif vivant en Égypte portait donc le remords d'être l'artisan de son propre malheur. Quant aux Égyptiens, les plus savants des musulmans, ceux de la prestigieuse université El-Azhar, pour eux, les Juifs étaient ces aînés qu'il convenait de faire disparaître pour advenir les premiers, et les seuls. S'ils reconnaissaient, de mauvaise grâce, que les Juifs les avaient précédés, ils les accusaient d'avoir trahi leur Dieu, dénaturé son message, travesti son texte. Finalement, ils considéraient les Juifs comme un soubresaut de l'Histoire, leur élection, un faux pas de Dieu.

— D'accord, ai-je reconnu, il existe un conflit latent, inéluctable, entre les peuples du Livre, le monothéisme rend difficile la cohabitation des différences. Mais ce fut toujours ainsi, n'est-ce pas ? Pourquoi le conflit s'est-il raidi jusqu'à conduire à notre expulsion ?

— Parce qu'il s'y est mêlé un troisième personnage, et même un quatrième. Ce sont eux, cumulant leur action, qui ont été à l'origine de notre expulsion. »

J'avais terminé mon second café. Je me sentais ragaillardi.

9

Lève-toi[1] !

Après 1968, le monde avait changé, mais comme va le monde, d'un pas hésitant, un coup à gauche, un coup à droite. D'un côté du rideau de fer, les mouvements de contestation – aux États-Unis dès 1966, tout au long de l'année 1968, ensuite, en Italie, en Allemagne, en France, au Japon, au Mexique… – étaient imbibés d'idéologie marxiste. Nous voulions tous la « révolution », la « victoire du prolétariat », un changement radical de société. Mais de l'autre côté, derrière le rideau de fer, les émeutes d'étudiants explosaient aussi un peu partout, en Tchécoslovaquie, en Pologne, en Yougoslavie, aussitôt réprimées, et de la manière la plus brutale. À l'inverse de nos révoltes, elles semblaient guidées par une remise en cause du marxisme d'État. L'écrasement du Printemps de Prague par les tanks soviétiques le 21 août 1968 nous était resté en travers de la gorge, à nous

1. « *Get up* », *Sex Machine*, chanson de James Brown, Bobby Byrd, Run Lenhoff, 1970.

autres, apprentis révolutionnaires. Le doute s'insinuait peu à peu dans nos esprits. Les plus audacieux, ceux qui osaient penser contre leur foi, le disaient explicitement dans des formules qui faisaient encore frémir : « Et si le communisme n'était qu'une forme de tyrannie particulièrement pernicieuse ? » D'autres, voulant sauver les meubles, se rassuraient en pensant qu'après avoir triomphé dans la majorité des pays, le communisme finirait par prendre visage humain : le bilan restait malgré tout positif, n'est-ce pas ? Je les appelais les « malgré-tout ». Quant à moi, je faisais partie des extrémistes, de ceux qui étaient prêts à brûler les idoles de naguère pour sauvegarder la pureté de la lutte. Si le marxisme était une erreur et un mensonge, qu'à cela ne tienne, nous lâcherions le marxisme et brûlerions les marxistes avec les capitalistes et tous les oppresseurs dans un même feu de joie. Quant aux maoïstes, et notamment le groupe auquel j'avais appartenu, qui s'était radicalisé dès 1969 en devenant la Gauche prolétarienne, ils tenaient encore bon. Indiscutablement les mieux armés idéologiquement, ils restaient arc-boutés sur leurs positions de philosophes aux mains sales. Leurs manifestations étaient de plus en plus dures et, lors des « actions directes » aux portes des usines, ils n'hésitaient pas à provoquer l'affrontement physique avec les poulets. Et mon sous-groupe, celui qui m'avait exclu pour motif amoureux, ou sexuel, si on préfère, avait dérivé vers une forme anarchiste du maoïsme – il est parfois des hybrides contre nature –, qu'on appelait *mao-spontex*, les maoïstes spontanéistes. Être maoïste se portait encore bien chez les intellectuels comme chez les nihilistes. Cependant, en cette année 1970, des informations avaient commencé à filtrer sur la Chine de Mao. On parlait d'un homme, un certain Jean Pasqualini, moitié corse, moitié chinois, qui avait été interné durant sept ans dans les camps de concentration chinois. Revenu en France après avoir été libéré, il racontait leur fonctionnement par le détail. À l'écouter, les camps de Hitler et de Staline n'avaient été que balbutiements désordonnés comparés à la perfection du système concentrationnaire chinois. Comme ses prédécesseurs, Mao ne s'était pas contenté de créer des prisons pour y jeter les dissidents, il avait transformé la Chine en un immense camp de rééducation. Mais la Chine, c'est grand et très peuplé. Il avait si parfaitement orchestré l'institution de la terreur qu'il était parvenu à rendre mutiques huit cents millions d'êtres humains. Selon Pasqualini, la tyrannie serait ici parvenue à une perfection jamais atteinte, faisant de chaque Chinois un artisan de l'oppression de tous. Il n'était pas le seul à témoigner. J'étais sorti l'esprit bouleversé d'une conférence qu'avait donnée à son retour de Chine Simon Leys, extraordinaire analyste de la « Révolution culturelle », en me disant que, décidément, l'intelligence des choses et des gens ne se trouvait jamais dans la pensée du plus grand nombre, et certainement pas sous la plume des intellectuels. Il avait raconté les hordes d'adolescents armés déboulant dans les villes pour chasser le bourgeois. Un « bourgeois », c'était quelqu'un qui possédait une veste datant d'avant la révolution, une image pieuse, un autel aux ancêtres… On traînait ces bourgeois dans les rues pour les humilier avant de les abattre. On pouvait les voir, sur des chariots, ces femmes, ces hommes âgés, les mains ligotées, le cou lesté d'une pierre pour tenir leur tête baissée, un écriteau fixé sur leur dos, « Je suis un ignoble capitaliste »… Battus en place publique, ils avouaient des crimes, tous imaginaires.

D'un certain point de vue j'étais soulagé. Chaque nouvelle révélation sur le communisme réel en Chine me débarrassait d'un lambeau de loyauté maoïste. Mais aux yeux de mes compagnons de naguère, j'étais devenu un paria, je le savais.

Encouragé par Zohar, j'étais retourné au séminaire du professeur Mathias Robert, feignant d'avoir oublié la séance d'hypnose qu'il m'avait fait subir. Il s'était montré prévenant, et même affectueux avec moi. J'avais décidé de mettre de côté ses travers pour bénéficier de son érudition exceptionnelle. Je ne ratais aucun de ses cours, participant aux discussions théoriques avec passion, toujours volontaire pour l'exposé de la semaine suivante. En quelques mois, j'avais lu la totalité de son œuvre, une dizaine de bouquins, et ses nombreux articles publiés dans des revues. Sitôt qu'il citait un auteur, souvent des classiques de l'Antiquité grecque, je me précipitais à la bibliothèque. Je m'étonnais de ma propre métamorphose. Moi qui n'avais jamais réussi à apprendre d'un professeur, moi qui étais allergique à tout enseignement, j'avais soudain accepté de me laisser guider par un maître. Si bien que j'étais vite devenu la coqueluche de Mathias, qui me choisissait pour l'accompagner dans ses conférences, qui me désignait même, parfois, pour le remplacer lorsqu'il ne pouvait assurer son séminaire.

Voilà quelques mois que je m'étais installé chez Zohar, temporairement, pensais-je alors, dans son pavillon près de Montmorency. Je m'y sentais à l'abri, protégé des intrusions de mes anciens amis gauchos et de la curiosité des policiers. Je rendais quelques services en échange de mon hébergement, vidais les caisses de fourrures qui arrivaient de Mongolie, transmettais des messages urgents en filant sur ma vieille mobylette, livrais quelques colis, aussi… J'y disposais d'une chambre, sous les combles, assez vaste, avec une fenêtre en chien-assis et un petit cabinet de toilette. Pour toutes les personnes qui travaillaient là ou qui y vivaient, j'étais un étudiant peu fortuné que le patron avait décidé d'aider. Chaque samedi, quand je rentrais du séminaire, Zohar m'interrogeait. Ce qui l'intéressait, cependant, il me le dit sans détour dès les premiers jours de notre association, c'était l'ami du professeur Robert, le fameux « monsieur Georges ».

Cet homme, m'avait expliqué Zohar, avait un véritable don pour la survie. Socialiste avant la guerre, collabo pendant la guerre, secrétaire général, dès 1941, du Rassemblement national populaire, le parti de Marcel Déat – chantre de la collaboration avec l'Allemagne nazie –, recruteur pour la Légion des volontaires français contre le bolchevisme, les Français fascistes devenus SS, il avait été mouillé jusqu'au cou durant l'Occupation. Jugé à la Libération, reconnu coupable d'intelligence avec l'ennemi – d'autres avaient été fusillés pour bien moins –, il avait bénéficié de « circonstances atténuantes » et n'avait été condamné qu'à cinq ans, dont il n'avait accompli que les deux tiers. Une fois libéré, il avait travaillé quelque temps dans une banque d'affaires, puis il avait pris son essor.

« J'ignore comment il s'est débrouillé, avait poursuivi Zohar, sans doute l'appui de relations au plus haut niveau, mais dès 1949 il s'est retrouvé à la tête d'un réseau anticommuniste, un groupe insolite dans la France d'alors, un groupe connu des seuls initiés. Il le dirige toujours, ce bureau d'études rassemblant intellectuels et chercheurs dans un seul but : démasquer le communisme. Ils ont pignon sur rue, boulevard Haussmann, tu peux y aller si tu ne me crois pas. Ils publient une revue, aussi, *Est-Ouest*, dans laquelle ils font le point sur les infiltrations communistes, chez les politiques, dans l'administration, chez les intellectuels, à l'Université, au CNRS… Le point aussi sur l'avancée communiste dans le monde… Des gens renseignés, très bien renseignés !

— OK ! Mais pourquoi ce “monsieur Georges” t'intéresse-t-il autant ?

— Parce que !

— Tu ne veux pas me le dire ?

— Tu ne comprendrais pas. »

Quant à moi, ma religion était faite. Ce « monsieur Georges », c'était un foutu salopard de nazi… Bon, j'exagère peut-être… Un paranazi, si on veut ergoter, voire un néonazi ou un crypto, je ne sais quelle forme évoluée du nazi, une racaille, en tout cas !

Je ne comprenais pas Zohar. Lui qui avait été chassé d'Égypte par d'anciens nazis reconvertis après la guerre dans l'armée de Farouk, pourquoi, mais pourquoi donc s'intéressait-il tant à cette ordure ?

« Il est financé par la CIA, ajouta-t-il encore, laconique.

— Financé par la CIA… Ah, ça ne m'étonne pas ! ai-je répliqué aussitôt.

— Tu vois que tu ne peux pas comprendre ! L'idéologie te fait croire que tu peux immédiatement distinguer le bien du mal, alors qu'il s'agit d'une lente conquête, jamais aboutie. Rappelle-toi que dans la Torah Adam et Ève ont été chassés du paradis pour avoir voulu accéder d'emblée à la connaissance du bien et du mal, simplement en croquant un fruit. Des millions d'années plus tard, tu es tout aussi naïf… »

J'étais resté un long moment silencieux avant de lui demander :

« Je vois bien que tu poursuis un but. Je me demande ce qui t'anime, ce qui te ramène sans cesse à ce foutu “monsieur Georges”…

— Ce qui m'anime ? Je vais te dire : le moteur le plus puissant d'un homme, la haine ! C'est elle qui m'anime, qui m'entretient, qui me guide. Prends garde, la haine a tendance à se diluer dans le quotidien, à disparaître… Moi, je l'alimente, la bichonne jour et nuit de peur qu'elle ne me quitte avant que j'aie pu accomplir ma mission.

— Ça ne m'explique pas ce que tu attends de ce Georges Albertini…

— Qu'il me conduise à l'homme que je dois abattre. »

C'est ce jour-là qu'il m'avait raconté, Zohar. Comment il avait essayé à plusieurs reprises de retrouver cet homme qu'il haïssait de toute la force de son âme… Comment pour atteindre ce but il avait renoncé à toute vie de famille… Comment, malgré tous ses efforts, il n'y était pas parvenu. Et il m'avait raconté sa dernière tentative.

Il me l'avait racontée par le menu.

*

Décembre 1967. Un vent glacial soufflait sur Orly. Après la neige qui avait recouvert Paris et une grande partie de la France, une pluie froide avait transformé les routes en patinoires. Depuis deux jours, le temps s'étant remis au sec, les routes étaient devenues à nouveau praticables ; les pistes nettoyées, les vols avaient repris. Il regarda s'éloigner le taxi qui l'avait conduit à l'aéroport, une Peugeot 403 noir et rouge. Il tâchait d'en fixer l'image dans sa mémoire. Dieu seul savait quand il reviendrait.

Classieux dans son manteau en cachemire couleur camel, les mains gantées de gris, Zohar tenait une petite valise rectangulaire, toute de cuir, dans laquelle il avait dissimulé, sous ses vêtements, dans un double fond, son Luger 9 mm, qu'il gardait depuis des années en prévision du règlement de comptes final. C'était un pistolet de fabrication allemande, datant de la guerre, ramassé par un résistant sur le cadavre d'un soldat de la Wehrmacht. Après l'avoir remisé dans son tiroir à chaussettes, Zohar l'avait ressorti le jour de la foutue conférence de presse de De Gaulle sur la guerre des Six-Jours, ce lundi 27 novembre, celle où il avait traité les Juifs de « peuple sûr de lui et dominateur ». Au moment où Zohar s'apprêtait à glisser le pétard dans sa valise, il avait vu son fils qui s'était faufilé dans la chambre, un gamin à peine âgé de deux ans. L'enfant le regardait, les yeux éberlués. Zohar avait tergiversé un instant. Devant lui, l'avenir lui tendait les bras : un adorable blondinet tout frisé, le petit François, une vie d'homme rangé auprès de sa femme, la mère de son gosse, d'autres enfants ensuite, sans doute, une carrière d'homme d'affaires qui promettait. Et entre ses mains, pesant plus d'un kilo avec les balles, cette dette si lourde qui l'appelait.

Après une minute d'hésitation, il avait choisi de régler ses comptes avec le passé.

Dans le grand hall, des courants d'air froid lui glaçaient les sangs. Il sursauta quand la jolie femme brune du comptoir d'Air France, vêtue de son élégant tailleur Chanel, la coiffe artistiquement penchée sur le côté, voulut prendre sa valise pour l'expédier dans la soute. Non ! Il souhaitait conserver ses effets personnels avec lui. Le vol était si long…

Après une escale à Madrid, traversée de l'Atlantique, d'abord Rio, puis São Paulo, puis le Boeing 707 de la Varig vers Asunción, au Paraguay. Près de vingt-quatre heures de voyage. Il s'était installé près du hublot. Il espéra que le siège près de lui resterait libre, qu'il pourrait s'étendre, dormir un peu, rêvasser…

Mais, quelques minutes avant le décollage, un homme jeune, larges épaules, cheveux longs, la mise un peu débraillée – vieux jean, chemise défraîchie ouverte sur le poitrail, gros blouson de cuir usé –, déposa bruyamment son sac à dos sur le siège.

Le contact ne s'établit entre eux qu'après l'escale de Madrid. Zohar le voyait plongé dans un livre de Claude Lévi-Strauss, *Le Cru et le Cuit.* Intrigué, il le questionna : « Vous êtes professeur de philosophie ? »

L'homme sourit, le regarda un moment.

« Je l'ai été, oui ! répondit-il. Pas longtemps, je n'étais pas doué pour la vie sédentaire. »

L'homme partait « sur le terrain » comme on dit chez les ethnologues, pour un long séjour auprès d'un groupe d'Indiens du Paraguay, à la frontière du Brésil. Il les connaissait bien ; il avait vécu parmi eux – lui disait : « chez eux » – une année entière, et par la suite durant de longues périodes de plusieurs mois. Le groupe était constitué d'une quarantaine de personnes, hommes, femmes et enfants qui vivaient dans la forêt, de chasse et de cueillette. Ils y construisaient des camps provisoires d'arbustes et de feuillages, le plus souvent ils n'y dormaient que quelques nuits. Quelquefois, ils s'y installaient deux ou trois mois, lorsqu'il leur prenait l'envie de cultiver et de récolter des tubercules. Mais ils finissaient toujours par abandonner le camp, par le restituer à la forêt. Pour eux, tout appartient à la forêt, les plantes, les animaux, les hommes aussi. D'ailleurs les hommes portaient tous des noms d'animaux. Ils racontaient que dans le monde invisible, tout là-haut, là où montait en volutes la fumée du tabac, les esprits des animaux cultivaient les esprits des hommes, comme on cultive les plantes, pour les manger. Quant à eux, les humains, ils se nourrissaient surtout de chasse, appréciant tout particulièrement la chair des cochons sauvages, la meilleure, plaisantaient-ils, parce qu'elle a le même goût que la chair humaine. Les arbres se nourrissaient de la terre, les animaux des plantes, les hommes des animaux... il était normal que, dans le monde là-haut, les animaux mangent les hommes pour terminer le cycle.

S'ils connaissaient le monde moderne ? Bien sûr qu'ils le connaissaient ! Ils croisaient parfois Blancs, Métis ou Indiens sédentarisés, avec qui ils échangeaient du gibier contre des outils en fer, surtout des machettes. Mais en règle générale, ils les évitaient. Ils savaient presque instinctivement que le contact avec la civilisation les corromprait. Ils en avaient vu d'autres, des groupes d'Indiens, transformés en l'espace d'une génération en esclaves ou en clochards des petites métropoles. Plus grave, ils savaient que la civilisation finirait par diluer leur identité.

« Comment s'appelle cette tribu ? a demandé Zohar à l'ethnologue.

— C'est toujours difficile de répondre à cette question. Les autres les appellent *Guayaki*, ce qui signifie "Rats féroces", car ils sont invisibles, comme les rats. Qui ne les connaît pas n'a aucune chance de les rencontrer ; dans la forêt, ils se déplacent plus silencieusement que des ombres. Mais eux-mêmes se désignent par *Aché,* "les êtres humains". Ne croyez pas qu'en se désignant ainsi ils dénient l'humanité aux autres groupes, ils considèrent seulement que la seule humanité qui vaille la peine d'être vécue est celle des hommes libres, des nomades, des chasseurs de la forêt. »

Zohar a écouté longtemps l'ethnologue lui expliquer la vie sociale des *Êtres humains*, le relançant par une nouvelle question lorsque le flux semblait se tarir. Existait-il une forme de mariage ? Bien sûr, lui a répondu l'autre, sans doute moins rigide dans ses règles que celui des Blancs des métropoles, sans fête ni danse, sans tralala, singulier par le fait que c'étaient les femmes qui épousaient les hommes. Elles avaient un, souvent deux maris, parfois trois…

« Ont-ils un chef, a demandé Zohar, un guide, un sorcier, un shaman, peut-être ? » Et l'ethnologue lui a répondu qu'il y avait bien un chef dans la tribu, mais qu'il n'avait aucun pouvoir, qu'il ne lui viendrait jamais à l'idée de donner un ordre à quelqu'un, sa seule fonction étant de parler, sans que quiconque l'écoute jamais…

« Ah ! dit Zohar, ça me rappelle qu'en hébreu et en arabe, le mot *amir*, qui veut dire "le chef", "le commandant", dérive de la racine A-M-R qui signifie "parler"… Tous les peuples souffrent-ils donc du même mal, subir un chef qui parle ? »

Et ils échangèrent ainsi longtemps sur l'intelligence du monde que recèlent les pensées et les traditions des « Rats féroces », des Guayaki. Au bout de la nuit, peu de temps avant l'arrivée à Rio, Zohar lui dit : « Je suis fasciné par cette lutte de tous les instants à laquelle se livrent ces Indiens pour sauvegarder leur identité.

— Oui ! réagit l'ethnologue. C'est exactement cela ! Pour eux, être un Aché, c'est sauvegarder ce qui constitue le monde, les Aché, bien sûr, mais aussi les animaux, les esprits de la forêt, l'art de parler aux arbres et aux rivières... Être un Aché, c'est résister à la barbarie qui vient, à la barbarie qui les encercle. À la barbarie qui les engloutira à terme, j'en ai peur... »

Il ajouta : « Je suis étonné par votre écoute, plus qu'attentive, passionnée. »

Et l'ethnologue commença à interroger Zohar à son tour : qui était-il, d'où venait-il ?

« Je fais partie d'une ethnie qui mériterait vos investigations érudites, je suis juif, lui déclara Zohar d'emblée. Mais parmi les Juifs, j'appartiens à une toute petite tribu, les Juifs d'Égypte, une tribu chassée de sa terre, qui ne sait plus guère comment faire perdurer son univers. Car si j'ai bien compris, une ethnie, c'est un univers, n'est-ce pas ? Un univers et une compagnie ! Que ferait l'un de vos Aché s'il se retrouvait seul au milieu des Blancs ? Il en mourrait, je suppose. Je pourrais être cet Indien qui aurait définitivement perdu sa tribu... Un dernier des Mohicans moderne, si vous voulez... Je cherche peut-être moi aussi la meilleure façon de mourir. »

Et ils ont discuté, excités tous deux par la comparaison.

« Je ne saurais dire que les Juifs sont une ethnie, réfléchit l'ethnologue, ou plus exactement ils ne sont pas qu'une ethnie. Quant aux Juifs d'Égypte, j'avoue ma totale ignorance... »

Zohar lui a expliqué comment pendant des millénaires les Juifs d'Égypte avaient su préserver leur identité au sein d'un peuple qui leur était étranger, au milieu des Grecs de l'époque d'Alexandre, d'abord, des Romains, ensuite, des chrétiens pendant encore des siècles, des musulmans depuis la conquête arabe au VIIe siècle et jusqu'en 1956, jusqu'à l'heure de l'expulsion, du grand exode. Autour d'eux, en Égypte, au long des siècles, les gens avaient changé à plusieurs reprises, de langue, de dieux, de coutumes. Eux aussi avaient changé, bien sûr, mais en veillant à rester eux-mêmes, suffisamment différents pour se distinguer et se reconnaître entre eux, suffisamment semblables aux autres pour partager leur monde…

« C'est intéressant, reconnut l'ethnologue, mais je ne suis toujours pas convaincu par votre comparaison.

— Mais si ! insista Zohar. Regardez, confrontés au même problème, celui de la sauvegarde de leur identité, vos Aché ont choisi de se cacher dans la forêt, mes Juifs d'Égypte, de se dissimuler dans la masse d'un autre peuple.

— Intéressant, répéta l'ethnologue. Comment vous appelez-vous ?

— Zohar… Zohar de mon nom, Zohar de mon prénom.

— Enchanté ! Moi, c'est Clastres. Pierre Clastres. »

Ils se serrèrent la main avec chaleur, heureux qu'ils avaient été du voyage.

Alors que l'avion amorçait sa descente vers Rio, Zohar demanda : « Dites-moi, Pierre, en toute honnêteté, qu'allez-vous faire au Paraguay ? Qu'allez-vous y chercher ?

— Si je réfléchis à votre question, si je ne me contente pas d'une réponse simplificatrice, telle que "Je viens faire mon métier d'ethnologue", ou une banalité du même acabit, je dirais que je viens chercher "l'Homme", avec un grand H, ce qui nous relie, tous autant que nous sommes, au-delà de nos différences... »

Il y eut un silence. La réponse de Pierre Clastres avait rendu Zohar perplexe. S'il s'était aventuré à faire de l'ethnologie, il se serait plutôt intéressé aux différences, à ce qui distingue chaque groupe du groupe voisin, non aux similitudes...

« Et vous ? lui demanda alors Clastres. Que venez-vous chercher au Paraguay ? »

Zohar répondit d'un mot : « Un homme ! »

Clastres n'en demanda pas davantage. Les formalités de douane les séparèrent. Ils s'aperçurent encore dans la file des taxis.

« Salut ! lança Pierre Clastres avec un geste de la main.

— Vous direz de ma part à vos Indiens, lui répondit Zohar, qu'un Aché des villes, citadin depuis au moins quatre mille ans, salue chaleureusement les Aché de la forêt. »

*

À ce moment Zohar me mit une main sur l'épaule en m'expliquant qu'on ne devient un homme, un

Aché, comme disent les Guayaki, qu'après avoir rencontré notre noyau, et cela n'est possible que si notre tribu existe encore, si elle a su résister, survivre, dans cette gigantesque foire aux tribus qu'est le monde. Il ajouta que j'avais de la chance parce qu'il représenterait pour moi cette tribu perdue, qu'il se sentait investi de la charge de m'initier à mon propre noyau.

J'ai été étonné par l'émotion qui m'a envahi d'un seul coup, remontant du ventre, une énorme envie de pleurer. J'ai senti les vannes prêtes à s'ouvrir, les larmes à déferler en torrents. Je me suis retenu. Il avait touché juste ! Je souffrirais donc, dans le secret de mon cœur, de la perte de cette tribu que j'avais pourtant si peu connue ? Était-ce le poids de cette perte qui m'empêchait d'être réellement au monde, de ressentir la réalité des choses et des gens ? J'ai vite chassé cette idée gênante, qui remettait tout en cause.

Nous étions assis tous les deux sur un banc dans le petit bois qui entourait la maison, dans ce lieu-dit Le Bout du haut, près de Montmorency. Voilà deux heures qu'il racontait ce voyage en avion qui avait eu lieu trois ans auparavant, en décembre 1967… Il parlait d'une voix calme, inhabituellement tranquille. C'était le calme qui précédait la tempête, me suis-je dit, il finirait par aborder la question de l'homme qu'il était parti chercher à Asunción. Cet homme que, prétendait-il, il devait « abattre »… Je n'ai pas tenu plus longtemps, je lui ai posé la question. À ce moment, les traits de Zohar ont brutalement changé, son visage angélique, un peu poupin, s'est durci, ses yeux, naturellement en amande, sont devenus deux lames de métal.

« Cet homme… son image me hante depuis vingt-cinq ans, ses traits sont inscrits dans mon cerveau comme s'ils y avaient été gravés. Je l'ai tellement regardé, les yeux fermés, tout au long de mes nuits d'insomnie, que j'en connais la moindre ride, la plus petite dissymétrie. De plus, il porte un signe distinctif, vois-tu, comme un stigmate, un œil vert, l'autre marron, ce qui le ferait reconnaître par n'importe qui, à moins qu'il ne dissimule l'un de ses yeux sous un bandeau… Tu peux me croire, j'avais pensé à tout avant de partir là-bas, je m'étais préparé, j'avais étudié chacune de ses photographies, fait des essais, aussi, modifié sur des photos la couleur de ses cheveux, lui ajoutant barbe, moustache ou chapeau. J'aurais été capable de le reconnaître même s'il s'était déguisé en poulpe ou en étoile de mer.

— Mais quoi ? Que t'a-t-il fait, cet homme ? »

Il ne m'a pas répondu.

Là aussi, dans la relation qui s'était établie avec Zohar, je ne me reconnaissais pas. Moi qui, jusqu'alors, ne supportais aucune autorité, je lui obéissais en toutes choses, me conformant à ses ordres, suivant ses recommandations sans poser de questions ; plus encore, je lui rendais compte de mes déplacements. Si je rencontrais quelqu'un, s'il m'arrivait d'échanger quelques mots avec un camarade d'études, je lui en faisais part aussitôt. J'avais la sensation intime que ma sauvegarde dépendait de mon entière transparence envers lui. En sa présence, je me sentais un enfant, un tout petit enfant accroché aux basques de sa mère, ou un gamin de maternelle collé à son institutrice. Je ne savais d'où provenait cet ascendant qu'il avait pris sur moi.

« La villa », c'était ainsi que je désignais cette maison de banlieue, sorte de meulière au style baroque, avec une tour qu'on voyait de loin, qui avait dû être un pigeonnier, où Zohar avait installé sa chambre. Il n'y dormait que de temps en temps, souvent le week-end. Un couple habitait aussi la villa, à l'étage. L'homme était très discret, ne parlant jamais avec quiconque, répondant par monosyllabes ; la femme, quoique plus souriante, ne s'épanchait pas davantage. Je savais seulement que c'étaient des réfugiés d'Europe de l'Est. Sans doute se cachaient-ils, eux aussi… Un gardien et une cuisinière vivaient dans le petit pavillon près du portail. J'ai mis longtemps à comprendre le fonctionnement de cette maison, atelier le jour, refuge la nuit. Elle servait de dépôt pour les peaux et les fourrures récemment arrivées d'Union soviétique, c'était même, à ce que j'ai compris, la fonction première de cette maison. Une demi-douzaine d'employés y travaillaient dans la journée, pour classer, organiser le stockage, expédier les marchandises. Il y avait aussi une sorte d'intendant, un directeur, que tout le monde appelait Ronnie, un homme d'une soixantaine d'années, qui avait longtemps été comptable dans de grandes entreprises et qui avait décidé, sur le tard, de se consacrer à l'affaire de Zohar. Il se disait son « cousin » – je n'ai jamais su à quel degré. Son bureau était la première pièce en entrant, avec une large baie donnant sur le jardin. J'échangeais parfois avec lui. Un jour, je lui ai demandé s'il savait qui était cet homme qui obsédait Zohar au point d'avoir abandonné femme et enfant et de consacrer toute son énergie à retrouver sa trace. Ronnie m'a regardé en souriant : « Tu es encore un enfant, me dit-il, un jour tu comprendras... »

Il y avait des mois que j'habitais là et je n'avais rien appris de plus. Alors, ce soir-là, lorsque Zohar a décidé de me raconter son voyage en Amérique du Sud, mon cœur battait la chamade...

*

À Asunción, arrivé à son hôtel, il n'avait pas pris la peine de déballer ses vêtements. Sitôt dans sa chambre, il avait précautionneusement sorti le Luger de la valise, s'était assuré de son fonctionnement, avait empli le chargeur. Il avait ensuite vérifié que le cran de sûreté était baissé. Il avait arrangé sa mise devant le miroir et s'était dirigé vers la calle del Doctor Luís Enrique Migone, là où, d'après ses renseignements, résidait l'homme qu'il recherchait.

Auparavant, il avait méticuleusement étudié le parcours sur le plan de la ville, calculé que le trajet ne lui prendrait pas plus de trente minutes. Il s'était dit qu'en s'y rendant à pied, il pourrait aisément changer de direction s'il se sentait suivi. Lorsqu'il aperçut le garage Mercedes, il sut qu'il était arrivé. Il était 15 heures. C'était un petit immeuble de trois étages, en partie caché par les feuillages, dans un quartier résidentiel. Il resta un long moment à distance, sur le trottoir opposé, guettant les allées et venues. Puis, rassuré, il pénétra dans l'immeuble. À ce moment précis, une femme sortit de chez elle. Il l'aborda avec son plus beau sourire, lui demandant, en espagnol : « Pourriez-vous m'indiquer l'appartement du docteur Diego Borbón ? »

Et la femme lui répondit que le señor Borbón avait déménagé voilà plus d'un mois ; que, non, elle ne savait pas où il était parti. S'il voulait bien entrer, elle lui offrirait volontiers le verre de rhum au voyageur. C'était une tradition du pays, prétendit-elle. À ce moment, Zohar sentit que quelque chose clochait. Ça sentait le préparé. Elle avait déroulé son explication d'une traite, sans aucune hésitation. Il voulut faire demi-tour, mais deux hommes, sortis de l'appartement mitoyen, l'avaient vigoureusement poussé dans celui de la femme. À l'intérieur, un autre homme l'attendait, le pistolet braqué. Les deux premiers l'immobilisèrent, le fouillèrent, trouvèrent sans mal le Luger glissé dans la ceinture de son pantalon et le dépouillèrent de son portefeuille. Puis ils l'assirent de force sur une chaise et lui lièrent les mains derrière le dos. La femme, qui semblait diriger les opérations, examina le portefeuille. Zohar avait pris soin de laisser son passeport et ses papiers d'identité dans le coffre de l'hôtel. Elle n'y trouva que des dollars américains, qu'elle prenait un malin plaisir à compter.

« Tu es riche ! lui dit-elle.

— Oui ! Tu veux de l'argent ?

— Pourquoi cherches-tu le docteur Borbón ?

— J'ai une proposition intéressante à lui faire, mentit Zohar sans se démonter.

— Une proposition ? Tu mens ! Dis-nous la vérité ! De toute façon nous vérifierons.

— C'est la vérité ! Une proposition du gouvernement américain… Je suis un intermédiaire.

— Tu n'as pas l'air d'un gringo. Comment t'appelles-tu ?

— Zohar ! Je m'appelle Zohar.

— Quel drôle de nom ! Où sont tes papiers d'identité ? Ton passeport ?

— Ils sont restés avec mes amis qui devaient s'occuper de réserver nos places dans l'avion du retour.

— Tes amis sont ici, à Asunción ?

— Oui, bien sûr ! mentit encore Zohar. Ils sont au courant de ma démarche pour contacter le docteur Borbón. S'ils ne me voient pas revenir, ils viendront me chercher… Vous devriez me laisser partir.

— Tu mens ! Nous t'avons vu sortir de l'avion en compagnie de l'ethnologue français. Tu es communiste ?

— Mais non ! L'ethnologue, je l'ai seulement rencontré pendant le vol.

— Ne mens pas ! Tu es communiste, comme ce Français avec qui tu voyageais, l'amoureux des sauvages. Tous les Français sont communistes ! Tu viens rejoindre les groupes terroristes qui se cachent dans la forêt… Avoue-le ! »

Et ils recommençaient : « Comment t'appelles-tu ? Que viens-tu faire au Paraguay ? »

L'aéroport était donc surveillé par la police, la section spéciale, appelée, il le savait, « les affaires politiques ». Dans ce pays, depuis l'accession au pouvoir d'Alfredo Stroessner par un coup d'État, en 1954, toute opposition était interdite, l'inscription au parti unique, celui du président, était récemment devenue obligatoire. Communistes, syndicalistes, libéraux étaient arrêtés, torturés, assassinés. N'importe qui pouvait disparaître du jour au lendemain, à la suite d'une dénonciation, sans laisser de trace. Zohar connaissait la situation politique du pays avant de s'engager dans cette aventure. Mais ce qu'il avait appris dans l'avion lors de sa conversation avec Pierre Clastres l'avait littéralement révulsé. Depuis quelques mois, le régime se livrait à une prétendue « sédentarisation » des Indiens nomades de la forêt. En vérité, dans le dessein d'accaparer leurs terres, le gouvernement organisait des chasses à l'homme, des battues avec des chiens, à la recherche des Indiens… Les hommes étaient abattus au fusil à lunette, comme des bêtes sauvages, les femmes capturées, réduites en esclavage, placées dans des bordels, les enfants enlevés pour devenir domestiques dans les fermes qui poussaient comme des champignons à la lisière de la forêt. C'était un véritable génocide, silencieux, méthodique, à l'insu du monde. Les tribus disparaissaient les unes après les autres et nul ne bronchait. C'est qu'en ville, les agents de renseignement étaient partout, à chaque coin de rue, dans chaque café ; le moindre vendeur de journaux, le cireur de chaussures qui proposait ses services au passant, la ménagère qui déambulait avec son panier à provisions pouvaient en être. C'était ainsi qu'ils tenaient le pays, par la terreur, sauf dans certaines régions reculées de la forêt, là où les Indiens continuaient à parler aux arbres, aux animaux et aux esprits.

La police secrète l'avait suivi, c'était certain, mais comment avaient-ils eu le temps d'organiser une souricière rue Enrique Migone ? C'était étrange, on aurait dit qu'ils l'attendaient.

Et ils insistaient, répétant les mêmes questions : « Quel est ton nom ? Que viens-tu faire au Paraguay ?

— Je viens rencontrer le docteur Borbón !

— Menteur ! Ordure de communiste ! » hurlaient ses geôliers. Et ils le frappèrent. La femme, d'abord, qui lui retourna deux gifles, pour l'humilier. Les bagues qu'elle portait aux doigts déchirèrent la peau de Zohar, lui dessinant une balafre de sang. Pris de fureur, il tenta de se lever, mais les liens qui entravaient ses poignets, ceux qui fixaient ses chevilles aux pieds de la chaise, étaient serrés à bleuir sa peau. Puis, les hommes s'y sont mis. Se servant d'une longue matraque en caoutchouc, dure comme le bois, ils le frappaient au ventre, sur les cuisses, sur les bras. Ils le frappaient sans arrêt. Zohar dégoulinait de larmes, de sang, de transpiration et de peur. La douleur l'avait envahi, occupant tout l'espace de sa conscience, au point qu'il voulut s'en échapper, s'évanouir. Il n'en pouvait plus. Et les autres qui lui relevaient la tête, en le tenant par les cheveux, pour lui poser les mêmes questions, toujours : que venait-il faire ici ? Que savait-il des guérillas de la forêt ? Quels étaient ses contacts au Paraguay ? Était-il communiste ?

À un moment, alors que ses geôliers reprenaient leur souffle, il redressa la tête, le visage défait, couvert de sueur, et il osa leur poser la question qui lui brûlait la langue : « Vous m'attendiez ici ? Comment saviez-vous que je chercherais à rencontrer le docteur Borbón ?

— Mais non, *pendejo*, idiot ! » lâcha l'un des hommes en riant.

Et l'autre d'ajouter : « *Cabrón*, crétin, tu t'es jeté dans la gueule du loup ! C'est ici, dans cet immeuble, qu'est installée la police secrète. À tous les étages, il n'y a que des policiers. Nous t'avons vu arriver de loin. Nous t'avons observé un moment lorsque tu faisais le guet sur le trottoir d'en face. »

Et la femme se mit à rire à son tour : « Ce fils de pute de communiste est aussi un débile ! »

Si l'homme qu'il recherchait avait bien vécu à cet endroit, dans un immeuble de la police secrète, c'est qu'il travaillait pour eux. Sûr qu'ici il ne craignait ni vengeurs juifs ni agents missionnés par la justice des pays où il avait commis des exactions durant la guerre. Zohar eut soudain un éclair. Ces hommes hilares qui le tournaient en dérision n'étaient pas là pour protéger le docteur Borbón – et il sourit en son cœur –, même qu'ils se fichaient comme d'une guigne du docteur Borbón… Seule leur importait la crainte d'une guérilla dans la forêt amazonienne, d'une révolution marxiste… Il fallait leur dire qu'il était étranger, citoyen d'un pays en principe ami, de Gaulle n'était-il pas venu en visite officielle en 1964 ?

« Je suis français ! s'écria alors Zohar. J'exige de voir le représentant de mon pays, le consul, l'ambassadeur…

— Ah ! Tu crois que tu vas devenir le nouveau Régis Debray ? explosa la femme. N'y compte pas ! Les Boliviens ont eu la faiblesse de laisser en vie ce putain de Français, dis-toi bien que nous ne serons pas aussi bêtes ! »

Régis Debray, qui avait suivi Che Guevara en Bolivie, avait été arrêté et emprisonné au mois d'avril précédent. Il venait d'être jugé, en novembre, et condamné à trente ans de prison. Et lui, Zohar, qui débarquait là un mois plus tard… Un frisson parcourut son dos. Décidément, quel crétin il avait été ! Car tout cela, il le savait ! Il se souvint que quelques mois après l'arrestation de Régis Debray, Che Guevara, venu déclencher une guérilla révolutionnaire en Bolivie, avait été capturé par l'armée, aidée des forces spéciales américaines, non loin de la frontière paraguayenne. Il avait été exécuté dans sa cellule, de plusieurs rafales de mitraillette. Obnubilé par la poursuite de l'homme qu'il s'était juré d'abattre, Zohar n'avait pas mesuré le danger de se rendre ainsi dans le pays voisin de la Bolivie, le Paraguay – dirigé, qui plus est, par un dictateur –, pour éliminer un nazi qui travaillait dans leur police.

Il avait pourtant vu la photo du Che supplicié, étendu sur son lit de souffrances, les yeux grands ouverts. Il n'avait pas tout de suite compris, il est vrai, l'impact universel qu'aurait bientôt cette photo. Il n'avait pas saisi qu'il s'agissait de la naissance d'un véritable mythe, une réédition de la passion du Christ. Signe des temps, en place des Évangiles, la nouvelle religion avait commencé par une photo. Sans doute, au moment de prendre ce cliché, les militaires boliviens avaient-ils veillé à garder ouverts les yeux du cadavre afin qu'il n'existât aucun doute sur son identité. Mal leur en prit ! Mort, le Che avait l'air plus vivant encore ! Ce mort regardant l'objectif, qui semblait prêt à se lever, ce mort sur le point de ressusciter, avait immédiatement déclenché dans le peuple une dévotion quasi mystique. Les femmes des alentours venaient jusqu'au village de La Higuera où il avait été abattu puis exposé, pour couper une mèche de ses cheveux, un coin de son treillis, comptant bien s'en servir comme amulette de protection. Le Christ était revenu ; le Christ s'était arrêté en Bolivie ! Et comme pour accentuer l'identification, le militaire qui montrait le cadavre au photographe désignait du doigt une blessure à l'emplacement du cœur, là même où l'on voit les traces de coups de lance sur les tableaux représentant le corps supplicié de Jésus. Bientôt, aux yeux de l'opinion, il deviendrait clair que les dictatures sud-américaines avaient mis le Christ en croix une nouvelle fois. Et il s'appelait Che Guevara ! Et son cadavre planerait au-dessus de leur tête, ombre ineffaçable de leur mauvaise conscience.

Zohar pensa qu'il était condamné. Dans ces pays d'Amérique du Sud, alors très catholiques, la culpabilité liée à la mort du Christ devait être intolérable. Et la culpabilité, il le savait, ça rend méchant… méchant et violent !

Ils le frappèrent encore, ils se relayaient pour donner les coups, sur le dos, sur les mollets, sur les jambes. Immobilisé par ses liens, Zohar ne sentait plus son corps, devenu seulement hématomes, plaies et fractures. Il pensa qu'il allait mourir ainsi, sur sa chaise, la tête sur sa poitrine, et se laisser partir…

Puis, soudain, ses tortionnaires disparurent, sortis grignoter un sandwich, le laissant là, dans cette chambre cadenassée, seul, ligoté, râlant de douleur. En fin de soirée, il devait être 22 heures, un militaire, un homme énorme, fit irruption dans la petite pièce confinée. On ne remarquait pas qu'il était grand tant il était gros. Il portait une casquette d'officier au bord largement relevé, comme celle des SS ou des militaires soviétiques. De grosses joues encadraient son long nez pointu et deux yeux malins brillaient dans la pénombre. Il parlait en faisant des manières, aspirant ses mots, comme s'il s'en délectait en les prononçant.

« Général Pastor Milciades Coronel ! Je ne vous serre pas la main, j'ai horreur du sang ! » Et il s'assit bruyamment sur une chaise face à Zohar. « Je suis le chef du service spécial d'investigation de la région d'Asunción. J'assure la coordination de la police de la capitale. Je suis aussi responsable de la protection des étrangers.

— Ça tombe bien, général ! Je répète à vos agents que je suis citoyen français. Pourquoi suis-je traité de cette manière ?

— Allons, allons ! Ne vous énervez pas, voyons. Exposez-moi calmement, s'il vous plaît, les motifs de votre présence au Paraguay. »

On sentait qu'il faisait un effort pour paraître poli, le gros général ; que la politesse n'était pas sa tasse de thé. Zohar se prit tout de même à espérer. Il lui expliqua que l'agence américaine pour laquelle il travaillait s'intéressait à cet homme qui se faisait appeler Diego Borbón. Lui qui était le chef de la police secrète savait certainement que cet homme était allemand, que son véritable nom était Dieter Boehm, qu'il avait été un gradé SS pendant la guerre et surtout un spécialiste de la lutte idéologique.

« La lutte idéologique, ajouta Zohar en essayant de gagner l'attention du général, en ces temps d'expansion du communisme, les Américains pensent que c'est important…

— *Yo sé, yo sé*, répliqua l'autre, agacé. Venez-en au fait ! Vous… Que faites-vous ici ?

— Après la guerre en Europe, poursuivit Zohar, il s'est d'abord réfugié au Moyen-Orient. En Égypte, où il s'était établi, il a changé une première fois de nom, se faisant appeler Sami Ibrahim, et s'est converti à l'islam. Là, il a contribué de manière très efficace à l'organisation des services secrets, notamment dans leur lutte contre les Juifs.

— *Yo sé*, dit encore le général Coronel en remontant la ceinture de son pantalon. Nous l'avons ensuite accueilli ici, au Paraguay. Il a un peu travaillé dans mon service, il logeait même dans cet immeuble.

— Aujourd'hui que les communistes ont décidé de déstabiliser l'Amérique du Sud, les Américains veulent recourir à ses services. C'est pour cette raison qu'ils m'ont envoyé vers lui.

— Je leur souhaite bien du plaisir ! s'esclaffa le gros général. Parce que vous savez, votre Diego Borbón, ou Dieter Boehm, ou je ne sais plus quel nom arabe vous avez mentionné, appelez-le comme vous voulez, il a un peu perdu la boule. Il a commencé à nous faire d'étranges demandes. Il prétendait que le Führer était toujours vivant, qu'il était arrivé en Argentine en sous-marin, qu'il se cachait maintenant dans un refuge en plein milieu de la forêt amazonienne, tout au nord du Paraguay, à la frontière brésilienne. Il exigeait d'être conduit auprès de lui, afin de lui témoigner son attachement indéfectible. »

Zohar, le visage balafré, le corps labouré de coups, leva la tête, soudain intéressé : « Et alors ? demanda-t-il.

— Alors, il n'y a jamais eu de Führer au Paraguay ! Je veux dire à part notre président bien-aimé, le général Alfredo Stroessner ! » Et l'homme éclata de rire, un rire gras qui secouait son ventre et ses bajoues. Soudain inquiet, il se retourna pour vérifier que nul n'avait entendu sa plaisanterie… « Nous avons accueilli toutes sortes d'Allemands après la guerre, reprit Coronel avec une certaine fierté, et même des personnalités importantes du régime, recherchées par les polices du monde entier, mais tout de même pas le Führer ! Nous n'avons malheureusement pas eu cet honneur… Nous tentions bien de convaincre Borbón du suicide de Hitler dans son bunker de Berlin, il ne voulait rien entendre. Et puis, il développait d'autres idées bizarres. Il était certain que les Juifs finiraient par le retrouver, que des vengeurs du Mossad débarqueraient un jour à Asunción pour l'assassiner. Je dois avouer que, quand mes collaborateurs m'ont raconté qu'un homme recherchait le docteur Borbón, l'idée que vous pourriez être un agent du Mossad m'a traversé l'esprit. » Et il éclata de rire à nouveau avant d'ajouter : « Maintenant je sais que c'est complètement impossible ! Un agent du Mossad ne se serait jamais laissé prendre aussi bêtement. »

Et le général riait toujours lorsqu'il poursuivit : « Quand le señor Borbón a demandé à quitter le pays, nous ne l'avons pas retenu. Il s'est sans doute perdu dans la forêt à la recherche de son Führer… »

Il avait un rire obscène, le gros général !

*

Dans le jardin de la villa, assis sur un banc devant l'étang, ce même étang où, tel Jean-Baptiste, il m'avait plongé à trois reprises le soir de la transe des Égyptiens, Zohar s'est tu. La nuit était douce, la nuit était claire. J'ai vu filer une étoile dans le ciel, ou était-ce seulement un avion à réaction ? On n'entendait que les murmures insaisissables de la nature. Durant son récit, j'avais ressenti dans mon corps les souffrances qu'il avait éprouvées sous les coups de matraque des policiers paraguayens. Il racontait et moi je ressentais, comme s'il existait une connexion entre ses paroles et ma chair. Je me suis retenu pour ne pas crier de douleur. Je ne comprenais pas ce qui m'arrivait, allant jusqu'à me demander si, durant son récit, mon corps ne s'était pas couvert de bleus. Et les vannes longtemps retenues se sont ouvertes, j'ai pleuré, pleuré, en silence. Je ne sais s'il l'a remarqué ; je ne lui en ai pas parlé. J'étais devenu trop sensible. Il faut dire aussi qu'il distillait ses paroles de sa belle voix grave, installant une atmosphère, une ambiance. J'y étais, dans son foutu Paraguay, confronté à des nazis modernes, attaché sur une chaise, impuissant... Maintenant, je brûlais de connaître la suite. Comment avait-il réussi à échapper à la police paraguayenne ? Avait-il au moins appris du général l'endroit où se cachait l'homme qu'il recherchait ? Mais à cette époque, je n'étais pas autorisé à poser de questions.

Zohar frappa dans ses mains. Et la Libyenne apparut.

Ses cheveux étaient mouillés, elle semblait sortir de l'eau. Mon cœur se mit à battre comme un tambour. J'ai écarquillé les yeux. J'ai poussé Zohar du coude : « Tu as vu ?

— Quoi ?

— La Libyenne ! Sett Sal'ha... Tu ne la vois pas ?

— Mais qu'est-ce que tu racontes ? »

Elle m'a semblé plus jeune que lors des apparitions précédentes. Son visage, cette fois maquillé, avait l'air moins dur, moins sévère, presque beau. Elle s'est avancée à nous toucher, envahissant l'espace d'un parfum de jasmin. J'ai levé la tête, elle se dressait devant nous, si grande, sa tête frôlait le ciel...

« Qu'est-ce qu'on dit ? me demanda-t-elle en arabe.

— Que la paix soit avec toi, ma mère !

— Qu'avec toi soit la paix, mon fils ! Que la nuit qui se lève te soit comme un large manteau de velours, et chaque étoile du ciel, un diamant incrusté. »

Et j'ai répondu spontanément, sans réfléchir : « Que la nuit qui te fait apparaître soit bénie entre toutes les nuits, ma mère ! »

Et j'ai commencé à entendre le bendir, le large tambourin barré des cordes en boyau. J'ai cru distinguer un mot, en arabe : *Qoum !* « Lève-toi ! » Répété, deux fois rapidement, rapprochées, puis une fois, lentement. *Qoum qoum... qouuuum !* Et ça recommençait...

« Tu as dit quelque chose ? ai-je demandé à Zohar.

— Mais non ! Je contemplais le ciel. La nuit est comme un manteau de velours sur lequel sont fixées les étoiles, comme des diamants... »

J'ai sursauté.

J'ai regardé le ciel, j'ai regardé Zohar...

Et je suis tombé.

Qoum qoum... qouuuum ! répétait le bendir qui, ai-je pensé, m'ordonnait de me lever. Et sur les taraboukas, ces petits tambours, comme des djembés africains, se sont mis à trottiner des doigts, et leurs voix imitaient le chant des oiseaux. L'une disait : *Abandonne le passé, prédis l'avenir !* L'autre ajoutait : *Qui comprend le langage des oiseaux voit avant le soleil.* Et puis est arrivée la simsimiya, la lyre antique, la harpe des prophètes et des mendiants. Et c'était une voix de femme, charmante, qui me susurrait à l'oreille : *Tu es beau, jeune homme, si beau que ton sexe érigé ne t'appartient pas !* Et j'étais allongé sur le dos, les yeux écarquillés. Et j'ai touché mon sexe, et il était dur, comme au réveil, à l'issue d'un long rêve. Et la Libyenne, qui avait soudain pris des dimensions plus humaines, a retroussé sa longue robe, sa tunique de Bédouine. Elle s'est assise sur mon ventre. Et elle frottait son sexe contre le mien. Et je sentais mon excitation et je désirais la sienne. Et j'ai entendu la zummara, la clarinette traditionnelle d'Égypte, faite de deux roseaux accolés, qui poussait un long cri articulé, montant et redescendant l'octave, en une fête du quart et du demi-ton, jusqu'à sa jouissance. Et la Libyenne fermait les yeux, se concentrant sur son plaisir.

Lorsqu'elle les a rouverts, elle avait un large sourire.

« Que Dieu vienne à ton secours, Taïeb le bon ! »

C'était sa voix et je m'entendais prononcer ces paroles par ma bouche, à plusieurs reprises : « Que Dieu vienne à ton secours quand tu partiras anéantir le serpent dans son trou ! »

Et je me suis levé.

10

Alors embrasse-moi[1]

Automne 1970. Avec le pécule que m'avait généreusement accordé Zohar, j'avais acheté une vieille 2 CV d'occasion, un modèle 1956, couleur aluminium, avec le capot en tôle ondulée, une antiquité ! Elle roulait encore, mais quand je dépassais quatre-vingts kilomètres-heure, le volant se mettait à vibrer, les tôles de la carrosserie à trembler. Je m'attendais à tout moment à la voir se disloquer sur la chaussée. Alors je ralentissais, souriant, en me souvenant de cette formule en arabe qu'affectionnait mon père : « Va doucement, je suis pressé ! » Sur ma deux-pattes, j'avais même installé une antenne que je branchais sur un transistor et je roulais en musique, le bras à la portière, malgré le froid. James Brown chantait : « *Get up, stay on the scene, get on up, like a sex machine, get up, get up…* » Et moi, je tapais sur le volant en rythme avec lui.

---

1. « *So kiss me and smile for me* », *Leavin' on a Jet Plane*, chanson de Peter, Paul and Mary, écrite par John Denver, 1966.

Arrivé à Sceaux, devant l'immeuble du professeur Robert, j'ai donné de grands coups d'accélérateur avant de couper le contact. Peut-être cette fois accepterait-elle de redémarrer sans exiger la manivelle. Au téléphone, Mathias m'avait dit qu'il était malade, une mauvaise bronchite qui n'en finissait pas. Je lui apportais les papiers administratifs qu'il devait signer avant la soutenance de thèse d'Amos, le petit Marocain. Au téléphone, il m'avait annoncé que « monsieur Georges » était avec lui, qu'il espérait que ça ne me dérangerait pas. « Au contraire ! » avais-je pensé.

C'est lui, monsieur Georges, qui m'a ouvert la porte. Zohar m'avait montré des photos d'Albertini datant de la guerre. Il s'était remplumé depuis, ses joues s'étaient remplies, ses cheveux avaient blanchi et il en avait perdu une bonne part sur le dessus du crâne, on ne distinguait plus son menton en galoche ni son petit sourire gouailleur, mais c'était bien lui que j'avais devant moi. Je lui ai tendu la main : « Bonjour monsieur Georges Albertini !

— Ah ! Tu connais mon nom, petit chenapan ! »

Et il m'a serré la main avec effusion.

Mathias était étendu dans son lit, les couvertures tirées jusqu'au nez, toussant, crachant puis, immédiatement après la quinte de toux, se précipitant sur son paquet pour griller une Peter Stuyvesant. J'ai tout de même remarqué qu'il était passé aux bleues, prétendument moins chargées en nicotine.

« Il te faut signer chacune des feuilles », lui ai-je dit en lui présentant les formulaires.

Il semblait épuisé par sa toux.

« Ces foutus mois de décembre, se plaignit-il, il ne s'en passe pas un seul sans que j'attrape une bronchite. »

Ses derniers mots se sont perdus dans une nouvelle quinte de toux.

« Laissons-le se reposer, proposa monsieur Georges, sitôt qu'il parle, il se met à tousser. Viens ! Nous allons nous préparer un Nescafé dans la cuisine… »

Nous nous sommes installés sur des tabourets de part et d'autre de la table en formica. L'eau était en train de bouillir. Il détonnait, le puissant homme d'influence tiré à quatre épingles, avec son costume de flanelle gris souris, sa chemise immaculée et sa cravate rayée, dans cette cuisine de vieux célibataire aux murs écaillés, où la vaisselle s'entassait dans l'évier. Mais il restait souriant, préparant le café, me demandant si je prenais un sucre ou deux.

« Tu as réfléchi à ma proposition d'infiltrer les maos ? me demanda-t-il soudain.

— Je dois dire que vous ne m'avez pas fourni les détails de la mission que vous souhaitiez me confier…

— Sais-tu seulement pourquoi Jules-André Altmayer a tué sa compagne, Katarzyna Kowalska ? »

J'ai immédiatement saisi qu'il voulait prendre l'ascendant en me laissant entendre qu'il savait que je les avais croisés, ces deux-là, cette fameuse nuit du 10 au 11 mai 68. Je peux dire que je m'en souvenais de cette rencontre ! C'est même à l'instant où ce vieux pervers de prof de philo avait voulu me frapper, à cet instant précis, que je situe le début de ma descente, de cette dégringolade, comme dans un escalier obscur, qui n'en finissait pas depuis. Avant cela, j'étais naïf, con et heureux ; après, j'étais toujours aussi con, mais en plus j'étais anxieux. J'étais devenu carrément parano… Je lui ai répondu sans me démonter : « Il l'a tuée durant une crise de folie, non ? Il y a quelques semaines, une interview de son psy est sortie dans *Le Monde*. Il paraît qu'il était atteint de folie périodique. Une fois je t'aime, une fois je te hais… Ce n'est pas ça ?

— C'est ce qu'on a voulu nous faire croire ! Expertisé par les psychiatres, considéré comme fou, cela va de soi, ils étaient tous de gauche. Ainsi n'y aura-t-il pas d'instruction, pas d'enquête sur l'identité de la victime, pas d'investigation des conflits qui pouvaient exister entre eux. Mais réfléchis donc un peu, bon sang ! Un meurtre durant ces manifestations d'étudiants, alors que le pouvoir gaulliste chancelait, qu'un coup d'État communiste devenait à nouveau possible, et cela pour la première fois depuis la fin de la guerre… Un meurtre entre deux responsables haut placés du Parti… Juste un coup de folie… Allons !

— Vous ne croyez pas que vous exagérez un peu, non ? Vous voyez des complots partout. »

De comploteur, il en avait tout l'air lorsqu'il s'est approché de moi pour me murmurer, comme s'il me faisait une confidence : « Katarzyna, je la connaissais ! Je sais que, les semaines qui ont précédé son assassinat, elle se disputait sans cesse avec son concubin. » Puis, se rapprochant encore : « C'était une amie d'un de mes plus proches collaborateurs.

— “Collaborateurs”, c’est bien le mot ! ai-je ironisé. À moins que “collaborationniste” convienne mieux…

— Ah, je vois que tu as pris tes renseignements ! Laissons cela, veux-tu ? Eh bien, moi, je t’affirme qu’il l’a tuée sur ordre de Moscou, parce qu’elle s’apprêtait à révéler le coup d’État que fomentait le Parti communiste. »

J’ai éclaté de rire : « Alors là, on verse carrément dans le roman d’espionnage !

— Sais-tu au moins de combien de chars d’assaut disposent les pays membres du pacte de Varsovie ?

— J’avoue que je ne les ai pas comptés.

— Pas loin de cent mille ! C’est-à-dire deux à trois fois plus que tous les pays de l’OTAN réunis ! Tu crois qu’ils entretiennent toute cette ferraille en état de marche juste pour le défilé du 1er mai ? Et je ne te parle pas des missiles à tête nucléaire, les SS-4 et SS-5 qu’ils ont saupoudrés le long des frontières des pays encore libres… »

Pendant une bonne heure, il a voulu me convaincre du péril rouge, de l’imminence d’une action soviétique dans cette Europe fragilisée de l’intérieur par l’idéologie communiste, en Italie et en France, tout particulièrement, en Angleterre, aussi… Mathias, nous entendant discuter vivement, était apparu à la porte de la cuisine dans son pyjama défraîchi, le nez dégoulinant, crachant dans son mouchoir, il s’est mis à surenchérir. La force des Soviétiques, expliqua-t-il sur ce ton professoral qui m’impressionnait, résidait dans l’endormissement de l’adversaire. Il voulut même illustrer sa démonstration par une image : « C'est comme un dessin animé de Tom et Jerry. Nous dormons, ils avancent prudemment, un pied après l'autre. Un bruit ! Alertés, nous ouvrons un œil, ils s'immobilisent. Rassurés, nous nous rendormons, ils reprennent leur avance. Et c'est comme ça depuis 1945… »

D'après lui, la France qui sommeillait dans les délices d'une paix apparente ignorait une fois de plus le danger qui la guettait à sa porte, mais aussi en son cœur, dans ses ministères, dans ses universités… Savaient-ils, ces politiques qui, comme toujours, refaisaient la guerre de la génération précédente, celle qu'ils avaient perdue, savaient-ils que plus de la moitié du monde avait déjà basculé dans le giron soviétique ? Et Mathias s'énervait, et Albertini argumentait… Je ne comprenais pas pourquoi ils s'acharnaient tant à me convaincre. Il existait certainement des centaines d'étudiants de droite, des fachos de la fac de droit ou de Sciences-Po, qui auraient été prêts à les suivre les yeux fermés dans leurs délires. Pourquoi moi ? Mathias m'a répondu : « C'est que toi, m'a-t-il dit, les maos te connaissent déjà. Ils te savent trop anar pour être au moule. De plus, sachant que tu parles l'arabe, ils t'utiliseront comme messager – de cela, je suis certain ! Et tu nous rapporteras ce que nous avons besoin de savoir de toute urgence, avec quels groupes palestiniens ils envisagent de passer à l'action. Et enfin, je vais te dire, puisque, au fond, c'est ce que tu demandes : si, avec l'assentiment de monsieur Georges, je t'ai choisi, c'est que je te sais assez fourbe pour les duper et te pense trop malin pour te laisser prendre à leur bazar. »

Longuement préparé par Zohar, je ne me suis pas laissé séduire par leurs flatteries. Je ne bronchais pas, ne leur répondais pas, plaisantant, leur lançant sans cesse des phrases ironiques…

« Vous avez fait des progrès depuis les années 1920, ce n'est plus le bolchevik au couteau entre les dents, maintenant c'est le Soviétique à cheval sur son missile, comme la sorcière sur son balai…

— Ne rigole pas, me houspilla Mathias, la situation est grave. »

Et il m'expliqua alors que je devais faire confiance à monsieur Georges qui savait de quoi il parlait. Les personnages les plus importants de l'État respectaient ses analyses. Si seulement de Gaulle l'avait écouté lorsqu'il préparait la nouvelle Constitution, en 1958… Albertini, qui avait rencontré le général à plusieurs reprises, l'avait alors supplié de rendre le Parti communiste illégal, et d'inscrire cette interdiction dans la Constitution. Bien des fois, il avait essayé de le convaincre, preuves à l'appui, des intentions réelles des communistes.

« Mais tu sais comment était de Gaulle…

— Ah non ! répondis-je, narquois. Je l'ai peu fréquenté, vois-tu. Et ça ne risque pas de changer vu qu'il a eu la gentillesse de mourir il y a quelques semaines, la veille de mon anniversaire… Heu… Vous ne comptiez pas m'envoyer l'assassiner, au moins ?

— Cesse donc de ricaner ! C'est grave ! Le général était un homme rancunier. Il ruminait les vexations que lui avaient fait subir les Américains. Alors, la guerre à peine terminée, il s'est vengé ! Sa première visite a été pour Staline. Oui monsieur ! En décembre 44... »

Et ils se sont remis à argumenter, tous les deux, se relayant pour obtenir mon adhésion. Ils voulaient me prouver, en me fournissant des exemples, que partout où ils avaient pris le pouvoir, les communistes avaient parlé de liberté pour asservir le peuple, de paix pour dissimuler leurs guerres, d'amour de la patrie pour exciter la haine contre les boucs émissaires... Finalement, les deux vieux schnocks ont cru trouver le déclencheur en me prenant par les sentiments : « Et les Juifs ? Y as-tu pensé, au moins, aux Juifs ? »

À cette époque, le mot « juif » n'avait pas beaucoup de sens à mes yeux, il ne concernait qu'une part, peut-être profonde, mais privée, de mon être. « Juif », c'était seulement un problème intérieur, pas une question politique.

« Pour mettre la main sur le pétrole du Moyen-Orient, rugit Mathias, pour couper le ravitaillement de l'Occident, les Russes prépareront les armées arabes, les armeront, les encadreront, jusqu'à ce qu'elles finissent par jeter les Juifs à la mer... tous les Juifs ! »

Et Albertini d'en rajouter : « Ils appliqueront la technique des nazis, d'abord les regrouper dans un ghetto, puis les détruire jusqu'au dernier. Pour le ghetto, ils ont déjà commencé ! Tu es bien placé pour savoir qu'ils les chassent des pays arabes. Et où les Juifs peuvent-ils aller ? La plupart émigrent en Israël ! C'est là, le nouveau ghetto que les Russes travaillent à remplir, auquel ils s'attaqueront ensuite... En es-tu conscient ? »

Je ne comprenais pas les choses ainsi, j'avais une autre vision d'Israël, mais j'ai pensé que c'était le bon moment pour faire mine de céder.

« Bon ! Qu'est-ce que vous attendez de moi, exactement ?

— Que tu infiltres la Gauche prolétarienne, me répondit Albertini sans hésiter.

— OK ! dis-je, comme s'ils avaient fini par me convaincre, OK ! Mais donnant, donnant... »

Zohar, Dieu sait comment il l'avait appris, m'avait expliqué que, si le général de Gaulle se méfiait d'Albertini, son successeur, Georges Pompidou, l'avait plutôt à la bonne. Il partageait son anticommunisme viscéral, il appréciait aussi ses conseils pour une diplomatie feutrée, en douceur, son goût pour les coups fourrés, sa philosophie de « la poigne d'acier dans un gant de velours »... Du fait du passé de « monsieur Georges » durant l'Occupation, il lui était impossible de le choisir comme ministre, mais il prenait conseil auprès de lui ; il ne pouvait plus s'en passer. Si bien qu'il lui avait fait aménager un bureau à l'Élysée, tout près du sien. Albertini, qui avait pris l'habitude de longue date de se renseigner sur toute personne de pouvoir, sur les hommes politiques bien sûr – et de tous bords –, sur les syndicalistes, les patrons, les universitaires, les artistes... s'était retrouvé en position d'en savoir davantage, sur plus de monde encore. Désormais au centre d'un réseau occulte de renseignements, il était devenu l'homme le mieux informé du pays. Et c'est cet homme, seulement cet homme, avait pensé Zohar, qui saurait retrouver la trace de ce fameux Dieter Boehm qui l'obsédait.

Dans ces bouleversements qui agitaient alors ma vie, je me sentais paradoxalement à la fois au centre, dans l'œil du cyclone, et hors du coup. Je pouvais envisager les aventures les plus folles, un pseudo-come-back chez les maos de la Gauche prolétarienne, le plus soupçonneux de tous les groupes gauchos, ou une expédition en Amérique du Sud pour descendre un vieux nazi décervelé, j'étais capable de tout, tout m'était égal, je restais comme étranger aux événements. J'étais manipulé par Zohar qui me pilotait à distance, j'en avais pleinement conscience et je l'acceptais ; j'étais instrumentalisé par Mathias, je me laissais faire car, durant ce temps, je m'initiais auprès de lui aux connaissances les plus ardues. Je profitais de l'un et de l'autre, pensant que le premier me ferait grandir, que le second me nourrirait de savoir. Quant aux idéologies, celle des gauchos comme celle des anticommunistes, je ne parvenais à adhérer ni à l'une ni à l'autre. En vérité, je m'en fichais !

Dans ses cours, Mathias nous expliquait, en déclinant les exemples piochés tant chez les Grecs de l'Antiquité que chez les Indiens d'Amérique, que l'idéologie avait exactement la même fonction que la drogue : rendre possible l'emprise d'un dieu obscur, tyrannique et violent, un dieu exigeant sa ration de jeunes gens en sacrifice. La différence étant que l'idéologie tuait bien plus que la drogue ! Drogue et idéologie, les deux allaient souvent de pair, du reste, comme je l'avais constaté dans les groupes de gauchos, qui lisaient le Petit Livre rouge un joint entre les doigts et la ligne sur le miroir. Mais justement, moi, la drogue, je l'avais expérimentée, j'étais réfractaire ! Quant au Petit Livre rouge, après en avoir lu quelques pages, je l'avais balancé à la poubelle. Il me rappelait trop les carnets de morale, remplis de maximes, que ma mère se plaisait à me réciter dans mon enfance. Elle en inscrivait certaines, de sa belle écriture calligraphiée, sur un carton qu'elle affichait au-dessus de mon lit. « Aime ton prochain comme toi-même. » Oh là ! Pas très sympa pour le prochain ! Une seule m'est restée, fascinante d'ambiguïté : « Toujours plus haut, c'est un commun proverbe. » Elle n'indiquait pas cependant où se trouvait le « haut ». Plutôt en descendant, en fouillant les profondeurs, non ?

*

Seules deux personnes m'importaient vraiment à ce moment-là, elles qui changeaient ma perception de l'existence par leur seule présence, deux femmes, l'une sortie d'un impalpable passé, Sett Sal'ha, la Libyenne – ah, quand reviendrait-elle ? –, et Betsy, la princesse, la Bethsabée de quelques nuits… La première, il m'était impossible de prévoir sa visite. Elle arrivait sans crier gare, arrêtait le temps, déchirait l'espace pour laisser s'engouffrer un monde insoupçonné et repartait sans prévenir. Quant à la seconde, j'aurais pu la contacter, elle m'avait laissé un numéro de téléphone, à Casablanca… Je ne le faisais pas !

J'ai donc expliqué à Albertini ce que je voulais de lui en échange de ma participation à leur plan secret. Je voulais un homme ! Et je lui ai précisé : un nazi, réfugié en Égypte après la guerre, émigré ensuite au Paraguay où il avait vécu et travaillé pour la police secrète jusqu'en 1967. Et je lui ai fourni ses trois noms : en Allemagne, cet homme s'appelait Dieter Boehm, en Égypte, Sami Ibrahim, au Paraguay, Diego Borbón. Depuis le Paraguay, on avait perdu sa trace. Lui, Albertini, qui connaissait tant de monde, qui entretenait des liens avec les services américains, avec la CIA, à ce qu'on m'avait dit… s'il trouvait à quel endroit et sous quelle identité se cachait le nazi, j'accepterais sa proposition !

Je crois que je l'ai bluffé, l'homme d'influence, le conseiller des princes ! Il est resté silencieux un moment, m'examinant de haut en bas, scrutant sur mon visage la trace de quelque sourire.

« Tu es sérieux ? »

Je voyais bien qu'il n'arrivait pas à croire que le blanc-bec qu'il pensait manipuler à sa guise entendait négocier en position d'égalité.

« J'ai l'air de plaisanter ?

— Pourquoi veux-tu retrouver cet homme ? me demanda-t-il alors.

— Pas de questions ! ai-je répondu. Nous avons dit : donnant-donnant, service contre service. »

Après un moment d'hésitation, il a sorti son petit carnet, a noté les trois noms de Boehm et a répondu : « C'est d'accord ! Je vais voir ce que je peux faire. Ce n'est pas si facile de retrouver quelqu'un qui se cache. Je te répondrai par l'intermédiaire de Mathias. Pendant ce temps, toi, tu commences à reprendre contact avec tes vieux amis…

— Tss, tss… Pas avant d'avoir ma réponse. »

J'étais sorti de cette longue discussion avec le sentiment du devoir accompli, et un moral d'enfer. Je les tenais, les deux vieux fachos ! Je me réjouissais encore de les avoir vus suspendus à ma décision.

Il faut dire que je ne me sentais aucune familiarité avec Georges Albertini. Il restait à mes yeux celui à qui on ne pouvait se fier. N'avait-il pas trahi sa patrie durant les années de guerre, travaillé au service de l'ennemi, contribué à la désespérance de la France occupée ? Il était « intelligent », prétendait Zohar. Et alors ? L'intelligence, ce n'est rien, les objets auxquels elle s'attache, c'est là l'essentiel. Et lui, il était seulement obsédé par le communisme, toute son intelligence mobilisée par son combat contre « les rouges ». Il aurait mieux fait de lire Freud. Je venais de terminer *Malaise dans la civilisation*, un petit texte qui circulait en polycopié. Freud y faisait une sorte de prédiction, qu'il n'avait malheureusement pas poussée jusqu'à son aboutissement. Peut-être n'avait-il pas osé… Je me souviens de sa phrase : « On se demande avec anxiété ce qu'entreprendront les Soviets une fois tous leurs bourgeois exterminés… » Eh bien, quarante-cinq ans après la publication de ce texte, en Union soviétique, on y était ; en Chine, on y allait à grands pas ! Je pouvais aisément reconstituer la prédiction dans sa totalité : une fois les bourgeois et tous les « ennemis de la classe ouvrière » anéantis, les communistes se mangeront entre eux. C'était, évident ! Du coup, la prétendue « intelligence » d'Albertini, désormais sans objet, s'évaporerait dans l'atmosphère comme le pet d'une scolopendre.

L'insistance de Mathias m'étonnait davantage. Je la comprenais comme une sorte d'anachronisme acharné. Dans son cœur, dans son âme, il vivait avec les Grecs du Vᵉ et du IVᵉ siècle avant Jésus-Christ. Durant ses cours, il lui arrivait de dire, les larmes aux yeux : « Vous vous rendez compte ? Athènes était une ville de cinquante mille habitants, moins qu'Antony ou Asnières dans les Hauts-de-Seine. Eh bien là, dans cette Athènes, statuait Périclès, pensait Socrate, écrivaient Platon, Eschyle, Euripide, Aristophane, Hérodote, et sculptait le divin Praxitèle… » Il était clair que son âme y habitait, dans cette Athènes rêvée. Et puis, un jour, poursuivait-il, étreint par l'émotion, les Macédoniens ont soumis les cités grecques incapables de s'allier. Philippe les a balayées, n'en faisant qu'une bouchée… Et il concluait : « La pensée un moment apparue s'est éteinte à la bataille de Chéronée, en août 338 avant Jésus-Christ. Désormais, on ne ferait plus de la philosophie mais seulement de l'histoire de la philosophie. » Il pouvait ainsi se lamenter des heures durant, nouveau Jérémie d'une Jérusalem grecque disparue. Eh bien je soupçonnais que, pour lui, l'invasion russe qui peuplait ses cauchemars serait une sorte de réédition de l'invasion macédonienne. À l'image des cités grecques, les pays de la vieille Europe, jusqu'alors épargnés, ceux où les pensées les plus puissantes étaient nées au XIXᵉ siècle, allaient disparaître sous le joug soviétique. Je crois bien que c'était ce qui animait le professeur Mathias Robert : la certitude d'une apocalypse imminente de la pensée !

Et moi je sautais littéralement de joie. En l'air, je claquais les talons comme un danseur, avant de toucher le sol. Je me sentais libéré et amoureux. Quelques jours plus tard, je recevais une lettre de Betsy, un message, plutôt, sous enveloppe. Sur la feuille, trois courtes phrases : « Je serai à Paris pour les vacances de Noël. Hôtel La Rochelle. Je t'aime. Bethsabée. »

*

C'était le dernier séminaire avant les vacances. Mathias, avec un air de comploteur, m'a pris à part pour me souffler à l'oreille que « monsieur Georges » souhaitait me voir… En rentrant, j'en ai immédiatement fait part à Zohar, qui m'a répondu : « Avec ces vieux truands, il faut se méfier. Tu ne promets rien tant qu'on n'a pas vérifié ! »

Albertini m'avait donné rendez-vous dans un bistrot, boulevard Haussmann, tout près de Saint-Augustin, à 10 heures du matin, autant dire à l'aube, en plein froid… Je suis tout de même arrivé en avance, j'ai garé la 2 CV plus haut, près de la gare Saint-Lazare, et j'ai fait le tour du quartier par précaution avant d'entrer. Il était assis tout au fond, devant son café crème, lisant tranquillement son *Figaro*. Il émanait de lui une tranquille assurance, celle des gens qui s'en sortent toujours, ai-je pensé.

« Ton bonhomme, là, ton nazi, me dit-il presque aussitôt, je crois que nous l'avons retrouvé. Mais avant cela… tu ne m'as pas dit : qu'est-ce que vous lui voulez, à ce type, toi et tes copains ?

— Monsieur Georges, nous avons un accord. Je n'ai rien à vous dire de plus.

— Parce que je ne sais pas ce qui leur prend à tous ces gauchos. Il y a peu de temps, une bande d'excités m'a contacté avec la même demande que toi. Eux recherchaient un certain Klaus Barbie, le chef de la Gestapo de Lyon pendant la guerre. Ils voulaient le kidnapper et le ramener en France pour le traduire en justice. Si vous voulez faire ce genre de choses, je vous le dis tout net, ce sera sans moi ! Je ne tiens pas à être au centre d'un procès, avec des armées de journalistes qui font le pied de grue derrière ma porte…

— Ne vous inquiétez pas, monsieur Georges, avec mon ami, aucun risque de procès ! Il s'agit plutôt de… » J'ai hésité un instant. « De justice divine. »

Il a fait la moue et s'est aussitôt refermé comme une huître, se plongeant dans la lecture de son journal.

« Allons, ai-je insisté, mon ami a un vieux compte à régler avec lui, si vous voulez savoir.

— Dis-moi au moins le nom de cet ami.

— Les noms, vous savez, monsieur Georges, ce ne sont que des conventions. Tantôt ce sont des noms de lieux, tantôt de métiers, il paraît même que les Indiens d'Amazonie ne prennent que des noms d'animaux… Alors, les noms, ça n'évoque que ce que les gens ne sont pas. À quoi cela vous avancerait-il de connaître ce qu'il n'est pas ? »

Au bout de quelques minutes, voyant que je ne céderais pas, il a finalement accepté de parler. Mais en prenant des airs de vieux sage : « J'ai trouvé ton type, il est au Chili.

— Au Chili ?

— Tout a commencé en 1960. Que faisais-tu, toi, en 1960 ? Tu ne devais pas être bien vieux. »

En 1960, voyons, je devais avoir douze ans, je « ne pensais qu'à ça », comme on dit. En 1960, ma mère, choquée d'exil, ne sortait plus ; paralysée de pauvreté… Bientôt lâchée par ses enfants, seule dans l'appartement de Gennevilliers, elle restait de longues journées devant ses livres de mathématiques, ouverts à la page des exercices, en rêvassant. Quant à mon père, il s'en allait explorer la nouvelle société dans laquelle il avait été plongé à contrecœur, avec l'âme pleine de désirs de vengeance. Se venger de Nasser, qui avait trompé la communauté juive en la taxant, la spoliant, la dépouillant de tous ses biens avant de l'expulser… Justement, Gamal 'abd el Nasser venait de mourir, au mois de septembre. Mon père avait frappé du poing sur la table en s'écriant : « Dommage ! » Encore un qui lui avait échappé ! Se venger de Roger également, son associé, qui avait réussi à partir quelques semaines avant le coup d'État en emportant toutes les liquidités dont disposait l'entreprise et qui ne lui a jamais restitué un sou. Mon père lui aurait bien logé une balle dans la tête, à lui aussi. Mais il en rêvait seulement. Mon père, c'était un rêveur… Les pertes qu'il avait subies, au fond, ne lui importaient pas tant que ça ! Nourri de littérature biblique, il se reconnaissait sans doute en Job, ou en Tobie le vieux, acceptant quoi qu'il arrive les décrets de Dieu. Après tout, pour lui, les femmes étaient plus importantes que l'argent. Ainsi était-il parti à la découverte des femmes françaises, plus accueillantes que les Égyptiennes, à ce qu'il disait. Il prenait goût, je crois, à la différence culturelle.

« En 1960, lui ai-je répondu, j'étais en cinquième au lycée. Brillant élève et foutu garnement !

— Foutu garnement, certainement ! Eh bien, en 1960, vois-tu, il y a eu un tremblement de terre à Valdivia, dans le sud du Chili, terrible, le pire qu'on ait connu de mémoire d'homme, déclenchant l'éruption en chaîne d'une dizaine de volcans qu'on croyait éteints. La région a été dévastée, des îles sont apparues, d'autres ont disparu, la côte s'est élevée par endroits, déchirée à d'autres. Une gigantesque vague a traversé l'océan Pacifique pour aller exploser dix mille kilomètres plus loin, à Hilo, dans l'île de Hawaï. Au Chili, ce tremblement de terre a détruit villes et villages, causant des milliers de morts, des dizaines de milliers de déplacés, des millions de sans-abri. Un an plus tard, en 1961, un Allemand en cavale, sorte de gourou pervers, moitié voyou, moitié pasteur, a émigré au Chili. Il avait proposé d'installer une colonie où il prendrait en charge les orphelins de Valdivia. L'État chilien lui a cédé pour une somme modique un immense terrain de trois mille hectares sur la commune de Parral. Paul Schäfer, c'est ainsi qu'il s'appelle, y a installé une ferme, une école, de petites usines, un hôpital… Il a dressé, sur le périmètre de la propriété, une barrière de fils barbelés électrifiés. À l'intérieur, il a organisé une secte, y faisant appliquer une discipline de fer, une secte dont le noyau était au début constitué d'immigrés allemands, mais qui recrute maintenant parmi les villageois alentour. Hommes et femmes y travaillent sans être payés, comme des zombies, pendant que lui s'adonne à la pédophilie avec les orphelins prépubères. Cet endroit s'appelle *Colonia Dignidad*, « Colonie Dignité » – décidément, le personnage est un virtuose de l'antiphrase !

— Encore un salopard de nazi ! ai-je souligné en lui jetant un regard appuyé.

— Tout cela pour t'expliquer comment je suis remonté jusqu'à celui que vous recherchez. Comme tu le sais, en novembre dernier, les Chiliens ont élu Salvador Allende à la présidence de la République, un marxiste celui-là, un vrai de vrai, de tendance castriste, évidemment. Je peux t'assurer que les États-Unis ne sont pas près d'accepter un second Cuba à leur porte ! Alors, ils cherchent par tous les moyens à éjecter le nouveau président. C'est pourquoi la CIA s'intéresse à la Colonia Dignidad, cet État dans l'État, installé dans le sud du pays, dans une région éloignée, à l'abri des regards, à trois cent cinquante kilomètres de la capitale, et où il règne une idéologie, disons, très réactionnaire… enfin, pas communiste du tout, si tu vois ce que je veux dire… La CIA envisage d'y infiltrer des agents d'origine chilienne, opposés au régime d'Allende, pour préparer un coup d'État. C'est alors, en pensant utiliser la colonie comme tremplin pour ces infiltrations, qu'ils ont découvert que Paul Schäfer, le pasteur pervers qui dirige la colonie, y cache aussi des Allemands en fuite depuis la guerre. Tu vois où je veux en venir ?

— Vous voulez dire que Dieter Boehm se trouve là-bas… »

Il a souri.

« Te souviens-tu de ce à quoi tu t'étais engagé ?

— Répondez-moi clairement. Est-ce une hypothèse ou une certitude ?

— Il est là-bas, c'est certain ! Ils m'ont montré des photos… Il a une sale gueule, ton bonhomme ! Les yeux vairons, un vert, l'autre marron. Et l'air sournois…

— Et il s'y trouve à l'heure actuelle ?

— C'est du moins ce que m'ont assuré mes honorables correspondants.

— Américains ?

— Oui ! Mais il faut que je te prévienne. Ils m'ont aussi montré des photos de la colonie. Le Paul Schäfer, là, il devait avoir la nostalgie des camps de concentration. La barrière est parsemée de miradors où veillent jour et nuit des hommes armés. Des chiens parcourent la propriété pour débusquer les intrus. Il est à peu près impossible de s'y introduire par effraction. J'espère que tu n'avais pas l'idée saugrenue de t'y rendre. »

Je me suis levé pour partir. Je lui ai encore demandé : « Mais vous en êtes certain ? Il est là-bas, bien au chaud, dans la "Colonie Dignité" ?

— Oui ! »

Il ne restait plus qu'à vérifier.

*

Les derniers jours de décembre 1970, le ciel avait offert à Paris un manteau de neige pour Noël. J'essayais de garer ma 2 CV brinquebalante dans les alentours de la gare. L'hôtel La Rochelle se trouvait sur l'avenue du Maine, non loin du théâtre de la Gaîté-Montparnasse, un hôtel comme il y en avait beaucoup à Paris, où logeaient à l'année des étudiants et des serveuses de café, où descendaient les voyageurs venant de Bretagne ou de Vendée, où quelquefois s'arrêtaient pour la nuit des touristes peu fortunés. À la réception, la femme explorait la page du PMU sur son *France-Soir*, un crayon à la main. Elle avait l'air revêche et, vus d'en haut, ses cheveux apprêtés, teints en blond Marilyn, avec leurs volutes compliquées, semblaient reproduire un paysage lunaire. Je me revois lui demander : « Bethsabée Almosnino ? » Elle a levé la tête, m'a regardé par-dessus ses lunettes de presbyte, semblant ne pas comprendre. Je lui ai répété que je voulais connaître le numéro de chambre de Betsy.

« Ah ! Vous êtes monsieur David King ?

— King David, ai-je répondu en souriant, oui madame.

— Elle m'a demandé de la prévenir de votre arrivée. Chambre 1112.

— Vous avez autant de chambres que ça ? »

Elle m'a répondu le plus sérieusement du monde : « Le premier 1, c'est pour l'étage, le deuxième 1, c'est pour l'escalier ; en vérité, le numéro de la chambre, c'est 12.

— Escalier 1, premier étage, chambre 12. C'est bien ça ? Pourriez-vous m'indiquer l'escalier 1, s'il vous plaît ? »

Sans lever la tête, elle me le montra du doigt.

« C'est celui-ci, il n'y en a qu'un. »

Toute administration a pour vocation de rendre fous ses administrés !

Je l'ai monté quatre à quatre, son escalier ! J'ai frappé à la porte. Mon cœur cognait dans ma poitrine comme les basses d'un orchestre pop.

Derrière la porte, j'ai entendu : « Entrez ! »

Son jean moulant lui dessinant des fesses de danseuse, un col roulé à même la peau, ses longs cheveux tirés en queue-de-cheval, elle se tenait debout près de la fenêtre, légèrement de profil, aussi apeurée que moi. Nous ne nous étions pas revus depuis deux ans et demi, depuis cette folle semaine chez mon frère, à Angers. Nous nous étions écrit souvent, par salves, suivies de longues périodes de silence. Je lui envoyais des poésies, des pensées, des projets de chansons ; elle répondait par des questions, des dizaines de questions, sur elle, surtout… Se sentant radicalement étrangère, appartenant à un autre monde, originaire d'une autre planète, peut-être, elle voulait savoir ce qui l'avait propulsée sur Terre. Je lui répondais qu'il n'y avait rien d'inquiétant à se sentir comme un Martien oublié par sa soucoupe. J'étais son semblable, son jumeau. Lorsqu'elle décrivait ses sentiments, ses impressions, ses pensées, j'y reconnaissais les miens. Et nous nous promettions d'explorer le monde ensemble, comme deux extraterrestres. J'étais tombé sur un livre de science-fiction, *À la poursuite des Slans*, de Van Vogt, que j'avais dévoré. Je lui en avais expédié un exemplaire au Maroc. C'était l'histoire de Jommy Cross et Kathleen Layton, deux enfants mutants, qui ne ressemblaient à personne dans le monde où ils vivaient, poursuivis par la méchanceté des normaux et par l'envie. Nous étions Jommy et Kathleen, seuls de notre espèce dans un monde hostile, comme Adam et Ève, destinés, comme eux, à engendrer une humanité nouvelle. Nous nous étions promis le monde, nous nous étions promis l'éternité. Nos courriers étaient aussi fous que nos rêves.

Et la voici devant moi. Je ne savais que faire, dans la tête la phrase du livre de Samuel évoquant Bethsabée : « David aperçut une femme qui se baignait, là-bas, dans la nature. Elle était si belle… » Je restais planté à l'entrée de cette chambre d'hôtel comme un benêt le jour de ses noces. Le visage en feu, elle me regardait à peine, je voyais trembler sa main. Une parole m'est revenue en mémoire, en hébreu, fragment d'une prière ou d'un psaume : « Car je suis ton serviteur. » Je l'ai murmurée. Je l'ai répétée à haute voix. « Je suis ton serviteur. » Elle a levé la tête, étonnée, m'a regardé. Et, comme la première fois, dans ce train de banlieue, c'est elle qui fit le premier pas.

Nous nous sommes jetés l'un sur l'autre comme des fauves affamés. Nous nous reniflions, nous nous goûtions, nous savourions le moindre carré de peau qui nous passait sous la langue. Nous nous sommes caressés longtemps, tout habillés, sur le lit, jusqu'à l'acmé d'un premier plaisir. Elle a crié. J'ai fait un bond en arrière.

Pour la première fois depuis que j'étais entré dans cette chambre, nous nous sommes regardés. Elle avait changé. Ses yeux s'étaient agrandis encore, devenus plus clairs, l'iris parsemé de taches de miel. Son sourire s'était ouvert, son cœur, on pouvait le remarquer sur son visage, son cœur était à nu. Le mien aussi !

J'ai sorti de mon sac la bouteille de vodka que je m'étais promis de partager avec elle. Et nous avons commencé à boire, à parler et à boire, à la vie, à notre joie. Une fois de plus, Aristote avait bien observé la nature, quand il écrivait que, seul de tous les animaux, l'homme était joyeux après l'amour. Il y associait le coq, à cause de son chant qu'il interprétait sans doute comme un cri de joie. Même les plus grands parmi les penseurs peuvent se tromper une fois : le coq chante après l'amour par fierté, non parce qu'il est joyeux.

Après le plaisir si longtemps contenu, sont apparues les rancœurs. L'amour, dit-on, engendre naturellement la jalousie. Je haïssais celui qu'elle aurait pu toucher, ou même regarder ; elle détestait celle sur qui j'aurais posé mon regard. Je lui demandais qui elle avait aimé en mon absence. Et elle me répondait : « L'absence ! » Et je ne la croyais pas. Elle me demandait à quelle femme j'avais prodigué mes caresses. Et je lui ai répondu : « Une Libyenne âgée de huit cents ans. » Elle a éclaté de rire, ne se doutant pas que c'était vrai. « Huit cents ans, c'est un peu jeune pour une Libyenne ! » s'est-elle esclaffée.

Et nous nous sommes aimés une seconde fois, déchargés de nos réserves, libérés de nos ressentiments, imbriqués comme deux serpents, assemblés comme des tresses d'osier, entrepénétrés au plus profond. Les yeux fermés, elle m'accueillait dans son âme. Et nos paroles se sont débridées. Nous avons mêlé les mots du sexe et ceux de l'amour. J'ignorais combien les paroles augmentaient l'intensité du plaisir. Nous nous sommes mordus en nous léchant, nous nous sommes violentés en nous caressant, nous nous sommes déchirés en tentant de nous rapprocher encore. Puis, nous avons mêlé les mots de rage et les mots d'espoir. Rage en prévoyant l'inévitable séparation, espoir que lorsque nous nous retrouverions ce serait pour ne plus jamais nous quitter. Que n'est-on capable d'accepter durant l'amour !

Sans doute le mâle et la femelle léopard se promettent-ils aussi l'éternité au cours de leurs ébats enflammés. Aussitôt après, ils redeviennent sauvages !

Haletants, nous reposions l'un contre l'autre, les yeux clos.

Je lui ai dit : « Je pars au loin.

— Très loin ?

— À l'autre extrémité de la Terre…

— Quand reviendras-tu ?

— Dans un mois, dans deux mois… Si je reviens.

— Pourquoi dis-tu cela ? »

Je n'ai pu me retenir. J'aurais dû ! J'ai alors sorti de mon sac le Walther P38, le flingue que j'avais ramassé sur le plancher de la Mercedes détruite. Je l'ai posé sur le lit. Il était beau, nettoyé, briqué, il brillait de tous ses feux, le « seigneur de la guerre ». Elle a eu un mouvement de recul mais n'a fait aucun commentaire. Elle m'a seulement demandé : « Quand pars-tu ?

— Dans une semaine, une dizaine de jours peut-être… »

Elle a ouvert grand les yeux. C'était un jeu d'enfants. Des enfants qui jouaient à la guerre des mondes…

« Reviens me voir la semaine prochaine. Je serai encore à Paris. Ne serait-ce que pour me saluer avant de partir. Rendez-vous à l'hôtel La Rochelle. À 17 heures, ici même, dans cette chambre. »

J'ai promis.

Nous nous sommes encore aimés. Les corps se moquent des angoisses des âmes. Il devait être 6 heures du matin quand elle s'est endormie. C'était une nuit de décembre, après Noël et avant le jour de l'an. Moment le plus froid du jour le plus court. Elle s'est endormie comme ça, sans prévenir, d'un seul coup. Déjà, je voyais les rêves agiter ses yeux sous ses paupières. J'ai enfilé mon blouson, mon bonnet de laine, mes gros gants de mouton retourné. Je l'ai encore regardée, étendue sur le lit, le drap recouvrant seulement ses jambes. Beauté parfaite, apaisée…

J'ai quitté la chambre, refermant la porte sans bruit.

Dans ma tête, j'entendais la chanson de Peter, Paul and Mary : « Embrasse-moi et souris-moi, dis-moi que tu m'attendras, serre-moi comme si tu n'allais jamais me laisser partir. Je pars… Je ne sais quand je reviendrai… Oh mon bébé, je déteste partir… »

Je lui avais promis.

Pourtant je ne suis pas revenu.

Épilogue

« Rappelle-moi le jour et l'année[1] *».*

Barbie, « le boucher de Lyon », a été arrêté en Bolivie en janvier 1983, extradé en France où il a été jugé et condamné à la réclusion à perpétuité. Il est mort en 1991, d'un cancer, à l'hôpital de Pierre-Bénite, à l'âge de soixante-dix-sept ans. Erich Priebke, qui avait ordonné le massacre des Fosses ardéatines, près de Rome, en 1944, est devenu un notable à Bariloche, en Patagonie, avant d'être reconnu par un journaliste en 1991. Extradé vers l'Italie en 1995, à quatre-vingt-deux ans, jugé, il fut condamné à perpétuité. Finalement, du fait de son grand âge, il obtint que sa peine fût exécutée à domicile. Il est mort à Rome, en 2013, à l'âge de cent ans. On n'a jamais réussi à arrêter Josef Mengele, « l'ange de la mort », recherché par la justice allemande, par les chasseurs de nazis et par le Mossad. Ce médecin qui, à Auschwitz, sélec-

1. *Si jamais j'oublie,* chanson interprétée par Zaz, musique de Jean-Étienne Maillard, paroles d'Ycare, 2015.

tionnait les déportés en sifflotant des airs d'opéra avant de les expédier à la chambre à gaz, se livrait dans le camp à d'effrayantes expériences médicales sur les détenus, la plupart du temps létales. Il est mort accidentellement à soixante-sept ans, sur une plage du Brésil, non loin de São Paulo, probablement d'un infarctus, en nageant. Quant à Walter Rauff, l'inventeur des *Gaswagen* – chambres à gaz mobiles, camions dans lesquels les détenus, enfermés dans une cellule scellée, respiraient les gaz d'échappement –, responsable de centaines de milliers de morts, il a tranquillement passé une seconde vie dans le sud du Chili, à Punta Arenas, propriétaire, et sous son vrai nom, d'une conserverie de poissons. Il est mort en 1984, à l'hôpital de Santiago, d'un cancer du poumon, à soixante-dix-huit ans.

Ce sont là quelques-uns parmi les criminels de guerre nazis les plus connus. En vérité, la plupart de ceux qui sont partis se cacher en Amérique du Sud après la guerre, en Argentine, surtout, jusqu'à la chute de Juan Perón, mais aussi au Brésil, au Chili, au Paraguay, en Bolivie, en Uruguay, sont morts dans leur lit.

Tous ont eu une vie d'une longueur décente.

Pas Dieter Boehm !

Après la guerre, en Allemagne, les nazis avaient adopté des comportements de marranes – décidément, leur identification aux Juifs les poursuivrait jusqu'à la tombe –, cachant leurs convictions, veillant à exprimer en public des opinions politiques « correctes » et une religion de bon aloi. Mais ils continuaient à adorer en secret leurs dieux sinistres, ne ratant ni les fêtes célébrant l'anniversaire du Führer, ni l'enterrement d'un « camarade de combat », mort de sa belle mort. Si les nazis sont longtemps restés vivants, bien vivants, leur idéologie, l'hypostasie d'une Allemagne mythique puisant ses racines dans la sauvagerie d'anciens Germains réfractaires aux Romains puis au Christ, l'adoration mystique d'un guide, demi-dieu hirsute et hurlant, la concurrence entre les races humaines, conçue sur le modèle d'une lutte entre les espèces… tout cela était tombé en poussière, balayé par les vents de l'Histoire.

Restait l'antisémitisme, mais il faut dire que les nazis n'en étaient ni les inventeurs ni les propriétaires exclusifs.

Depuis cinquante ans, bien des fois le monde s'est désorganisé, laissant croire à l'imminence de l'apocalypse, pour se reconstruire, et toujours de guingois. Le communisme qui avait déclenché les plus folles passions durant une centaine d'années s'est effondré le soir du 9 novembre 1989, la veille de mon anniversaire (décidément !), dans une sorte de fête jubilatoire, au rythme de la musique pop qui accompagnait le démantèlement du mur de Berlin. Après cela, il s'en est allé sur la pointe des pieds ; on l'a à peine entendu partir. Qu'allaient faire tous ces partis satellites que Moscou entretenait dans les pays d'Europe, d'Amérique et d'Asie en excitant les blessures des pauvres et des malheureux ? Qu'allaient faire, surtout, tous ces militants abandonnés, désormais orphelins de pensée, de guides, de morale ? Plutôt que se réjouir de la disparition du communisme, il fallait la redouter au contraire, le pire était à craindre ! Car les dieux obscurs, les invisibles Moloch, n'allaient certainement pas cesser, eux, de réclamer leur ration annuelle de jeunes gens. Aujourd'hui, ces dieux ont changé de visage et de nom, je les reconnais néanmoins à leur appétit monstrueux. Ils recrutent, tout comme autrefois, les âmes sensibles, les enfants d'immigrés, comme celui que j'ai été, les égarés de l'intérieur tout autant, ceux qui ne savent comment retrouver le chemin de leurs ancêtres.

Lorsque j'ai soutenu ma première thèse de doctorat, en 1976, tous mes ancêtres m'ont accompagné. Mon père, qui somnolait durant les longs discours des professeurs – la plus dure épreuve que doit subir l'impétrant est de les supporter sans broncher –, sursautait quand l'un ou l'autre énonçait une critique, prêt à lui sauter à la gorge. Et lorsque tout fut terminé, le jury s'étant prononcé, ayant félicité le candidat, alors que je remontais, heureux, les marches de l'amphithéâtre, il s'est écrié en hébreu : « *Hazak oué Baroukh !* Il est fort, qu'il soit béni ! », la phrase par laquelle on salue la performance de celui qui est monté à la *téba*, l'estrade au centre de la synagogue, pour lire des passages du texte sacré devant l'assemblée réunie. Il voulait sans doute souligner qu'au-delà de toutes ces matières savantes sur lesquelles le jury s'était longuement étendu, je ne faisais rien d'autre qu'honorer mes ancêtres.

Qu'il soit béni, lui, de m'avoir rappelé, au moment qu'il fallait, que l'on doit porter, comme un étendard, le nom de ceux qui nous ont précédés.

Mathias était là, bien sûr, mon directeur de thèse, assis avec les autres professeurs à la table des examinateurs. Je le voyais fouillant la salle du regard pour détecter dans le public le jupon qu'il entreprendrait de trousser sitôt la soutenance terminée. Quand ce fut son tour, il a surtout parlé de lui. Il a longuement développé l'angoisse qui avait saisi Dédale, le divin inventeur, lui qui sculpta des statues de déesses si réalistes qu'on devait les enchaîner pour les empêcher de partir, lui qui conçut le célèbre labyrinthe où Minos, le roi de Crète, enferma le terrible Minotaure. L'angoisse de Dédale était l'angoisse du créateur… Et ménageant ses effets, après un long silence, Mathias expliqua : lorsque son neveu, Talos, dont il était le précepteur, se mit à inventer à son tour, d'abord la scie, puis le compas, Dédale ne put le supporter ; pris d'une crise de jalousie furieuse, il le précipita du haut de l'Acropole pour le tuer. Mathias prononça alors une parole qui saisit la salle : « Oui, moi aussi, j'ai éprouvé de la jalousie envers mon disciple, de la jalousie en lisant cette thèse ; j'aurais voulu mener cette recherche, je l'avoue : j'aurais voulu écrire cette thèse. » Et il conclut alors par une vérité qui s'est inscrite dans ma mémoire. « Celui qui entreprend d'enseigner doit reconnaître la jalousie qu'il éprouve envers celui qu'il instruit ; la surmonter, l'utiliser, s'il le peut, pour se dépasser lui-même. »

J'en ai eu les larmes aux yeux. Durant ces longues années de travail auprès de lui, pas une fois il ne m'avait félicité, ni même adressé un mot d'encouragement, quelque chose comme : « C'est bien, petit, continue ! » Le jour de notre séparation, au moment où j'obtenais enfin mon diplôme, il m'avait offert le compliment suprême. Et des questions pour toute une vie…

Georges Albertini était là, lui aussi, je l'ai aperçu lorsqu'il est entré dans la salle, le col relevé, jetant des regards par-dessus son épaule, pour vérifier qu'il n'était pas suivi. J'avais respecté mon engagement, m'étais débrouillé pour lui apporter les renseignements qu'il m'avait demandés. Du coup, il me considérait comme un de ses informateurs. Il est resté debout tout au long de la soutenance, près de la porte, parcourant l'assemblée du regard, s'arrêtant sur chaque visage, le scrutant longuement, prenant quelques notes sur son calepin avant de passer au suivant. Je savais que, partout où il se trouvait, il ne pouvait s'empêcher de rédiger des fiches, encore des fiches, pour enrichir ses dossiers. Il est vrai que dans l'assistance on pouvait reconnaître quelques gauchos qui avaient naguère joué des poings à la sortie des usines. À mon sens, ils ne méritaient pas de figurer dans son fichier. Mais il était comme ça, Albertini, il poursuivait son inlassable lutte contre le communisme et, pour lui, on ne pouvait exempter personne a priori.

Après la soutenance, il s'est avancé vers moi pour me féliciter : « Je sais à qui je m'adresserai désormais lorsque Mathias ne sera pas disponible », me souffla-t-il, mielleux. Et il ajouta : « Prendre la suite, tu sais, ce n'est pas si facile ! » De quoi il se mêlait encore, celui-là ? Je n'étais jamais parvenu à surmonter le dégoût qu'il m'inspirait. Il avait raison de surveiller ses arrières, de peur qu'un de ces quatre matins il ne me prenne l'envie de lui faire subir le même sort qu'à Dieter Boehm.

Tout le monde a alors été invité à boire un verre. Ma mère avait préparé un petit buffet, avec des pâtisseries égyptiennes, des *ghorayeba*, biscuits circulaires, fondants de beurre et de sucre, des *konafa*, cheveux d'ange dégoulinants de miel, des *basboussa*, gâteaux de semoule épais et profonds comme la mamelle du chameau, et des *ba'lawa*, feuilletés sucrés fourrés à la pistache et aux noix… Mais lorsque j'ai senti l'odeur de la confiture de rose, lorsque j'ai reconnu le goût du miel de caroube, je n'ai pas pu tenir plus longtemps…

Je suis tombé !

Tout le monde s'est précipité. « Qu'est-ce qu'il a ? » Ils m'entouraient à m'étouffer, m'appelaient par mon nom, me secouaient les bras… Ma mère hurlait en arabe : « Que Dieu garde ! Que Dieu garde ! Que je meure ! Que ma foi brûle en enfer… Ô mon fils ! Tobtob, *ya* Tobtob ! » Et elle se donnait des gifles, des deux mains… Elle, au moins, elle n'avait pas oublié les traditions ! Mon ami Philippe, qui venait d'obtenir son diplôme de médecin, s'est emparé doctement de mon pouls. « Ne vous en faites pas, madame, c'est sans doute l'émotion… le stress, comme on dit. » Mon père tournoyait autour du groupe en se triturant les mains. Il finit par demander à Mathias : « Ce n'est pas grave, n'est-ce pas, monsieur le professeur ? »

Et l'autre de lui répondre par une question : « Vous êtes son père ?

— Aujourd'hui, j'étais son fils, je crois… »

Au sol, pâle comme un mort, j'avais les yeux fermés, mais là-haut, tout là-haut, au plafond de l'amphithéâtre Louis-Liard, entre les quatre déesses aux formes généreuses, dont j'appris plus tard qu'elles étaient des allégories de la vérité, de la philosophie, de la littérature et de l'histoire, je regardais mes amis, mes parents s'affairer autour de moi, en bas, là où j'étais tombé, entre deux rangées de fauteuils ; je les voyais me toucher, me palper, poser un mouchoir mouillé sur mon front… Et j'avais envie de rire, comme si je leur faisais une bonne farce.

Je suis lentement revenu à moi. Je me suis assis, j'ai bu le verre d'eau que me tendait Hilde, la chérie allemande de Mathias, et j'ai commencé à regarder les portraits suspendus aux murs, portraits d'hommes à l'air martial, qu'on avait accrochés là, dans la salle des thèses, sans doute comme modèles offerts à l'impétrant. À gauche, j'ai reconnu Descartes, puis Molière, avec leurs perruques qui leur descendaient aux épaules, en face, Richelieu, avec sa kippa rouge sur la tête – il n'y avait guère que les archevêques qui pouvaient porter une kippa sans qu'on les soupçonne d'être juifs –, ils avaient tous des gueules de billets de banque. Quand mon regard s'est posé sur le premier portrait à droite, j'ai été surpris d'y découvrir une femme ; à la peau sombre, qui plus est. Assise sur une banquette couverte d'un tapis, dans une attitude provocante, elle se tenait légèrement penchée en arrière, pointant sa poitrine. Une cascade de bracelets parcourait ses bras jusqu'aux poignets, un large collier pendait à son cou, parsemé de breloques larges comme des pièces de monnaie. Sa longue tunique ocre était serrée à la taille par une cordelette tressée de fils d'or. Sur sa tête, un voile blanc, tenu par un bandeau de la même étoffe que sa robe, à la mode bédouine. L'une de ses mains reposait sur une jarre gravée de fines moulures. Je ne l'ai pas reconnue tout de suite. Soudain, son sourire a fait éclater la blancheur de ses dents, qui brillaient comme des soleils sur ses gencives sombres, presque bleues. Elle était belle ! Lorsqu'elle s'est mise à bouger, j'ai écarquillé les yeux. Elle a versé l'eau de la jarre dans un gobelet de terre d'un geste gracieux. Puis, elle a enjambé les bords du tableau, descendu lentement les gradins pour venir jusqu'à moi. Elle embaumait le jasmin.

« Tiens, bois ! me dit-elle en me tendant le gobelet. Elle est restée bien fraîche dans l'*ola*, la gargoulette. »

Et j'ai bu.

« Alors, tu es un fichu garnement, Taïeb le bon, me gronda-t-elle aussitôt. Parce que maintenant que monsieur est devenu docteur (elle prononçait *doctor*), il a perdu toute notion de politesse. *Doctor tartour… Doctor do'ma…* » Qu'on pourrait traduire par « docteur bonnet pointu, docteur de pacotille ».

« Mais tu as changé, toi aussi, lui ai-je fait remarquer.

— Je me suis faite belle pour ta cérémonie. » Et elle se lissait les hanches du plat de ses mains pour paraître plus mince. « Avoue que je ne fais pas mon âge… Alors, qu'est-ce qu'on dit ? »

Ah, je connaissais la chanson ! J'ai lâché d'un seul coup : « Que la paix soit avec toi, ma mère !

— Que cet après-midi soit avec toi aussi blanc que les fleurs de jasmin, mon fils ! »

Et elle m'a pris par la main, et nous nous sommes envolés.

Envolés !

Oui ! Nous sommes repartis là-haut, tous les deux, tournoyant au-dessus de la tête des invités en riant. J'avais l'impression d'être sur un manège.

« Tu sais bien tourner, me cria-t-elle.

— Mais je ne fais rien. Ça tourne tout seul !

— Accroche-toi, ça va aller de plus en plus vite… »

Et nous avons tourné, tourné encore. La force qui animait ce manège endiablé nous avait rapprochés. Elle s'était serrée contre moi. Je percevais son désir, et je sentais le mien.

Et j'entendais la musique, seulement des percussions, les bendirs, les taraboukas, et des tambours, des gros, taillés dans des troncs d'arbres que d'énormes Nubiens, avec chaque bras aussi large que mes deux cuisses réunies, frappaient comme des fous en accélérant le rythme. Si bien que, agrippés l'un à l'autre, la Libyenne et moi, unis par la bouche et le sexe jusqu'à ne former qu'un seul corps, et nos cerveaux s'étaient rejoints jusqu'à n'en former qu'un, nous tournions de plus en plus vite. Je ne voulais surtout pas que ça s'arrête, de peur d'être pris dans un terrible vertige et de me répandre sur le sol, en déversant les contenus de mon corps.

Et j'ai entendu au loin un claquement de doigts, un simple petit claquement de doigts. Et j'ai émergé d'un coup de ma torpeur.

Zohar a claqué des doigts une seconde fois.

Et j'ai parlé avec la voix de Sett Sal'ha, une voix de femme des rues, un peu rauque, aux accents vulgaires. Que veux-tu, nos langues s'étaient collées l'une à l'autre pour n'en former qu'une.

J'ai dit, en désignant du doigt Albertini le fourbe, j'ai dit (elle a dit) en arabe : « Celui-là, il mourra dans sept ans ! »

Ma mère a poussé un hurlement : « Que Dieu préserve ! On ne dit pas des choses pareilles, mon fils ! »

Elle avait raison ! Si on la connaît, on ne doit jamais révéler à quelqu'un la date de sa mort. Mais que pouvais-je faire alors ? Je ne maîtrisais rien. Par la suite, Zohar m'expliquerait que nous n'étions pas destinés à obéir en tout point aux Seigneurs… qu'il fallait établir avec eux une sorte de contrat. Sinon, ils avaient tôt fait de nous réduire en esclavage. Ils empruntaient notre corps pour danser, pour paraître dans notre monde, y recruter des adeptes, en échange nous obtenions des connaissances, l'accès à des mystères. Tels devaient être les termes du contrat.

« C'est comme un animal domestique, tu vois… tu le nourris, tu lui apportes chaleur et tendresse, en échange il fournit un travail pour toi. Tu ne te laisses pas commander par ton cheval, ou alors c'est que tu es devenu fou – veux-tu être comme Nietzsche à la fin de sa vie ? Et puis, tu vois, il ne faut pas les prendre trop au sérieux, les Seigneurs. Ce sont aussi des farceurs… (J'avais eu l'occasion de m'en rendre compte !) Et capricieux, avec ça, ajouta-t-il, tu leur donnes un doigt, ils te prennent le bras. »

Je me suis souvenu de cette conversation, c'était sept ans après ma soutenance. Ce jour-là, un article venait de paraître dans le journal *L'Humanité* à l'occasion de la mort de Georges Albertini.

Mais je n'ai jamais partagé les préventions de Zohar. La mienne, ma Libyenne, ne semblait pas comme les autres. Il faut dire que je la connaissais de l'enfance, je l'avais croisée à cinq ou six ans, dans la cuisine de l'appartement de la rue Farouk, au Caire. Elle se prétendait ma mère, recherchait mon bien. Je ne pouvais pas croire qu'elle était guidée par son seul intérêt…

*

Peu à peu, je me suis habitué à cette présence permanente auprès de moi, je l'ai apprivoisée. Je n'ai plus sursauté à ses apparitions, j'ai même réussi, avec l'aide de Zohar, à les déclencher quelquefois. Bientôt, la Libyenne se présenterait – ce n'est pas le bon mot, il faudrait dire plutôt : « se présentifierait », « se ferait présence » – sur rendez-vous. Je lui ai aménagé un espace chez moi, une sorte d'autel, avec une petite statuette en bois que j'ai payée deux sous dans une brocante, à laquelle j'ai confectionné un joli costume de Bédouine libyenne. Devant cet autel, je dépose ce qu'elle me réclame, parfois à haute voix, en me surprenant lorsque je me trouve devant le miroir de ma salle de bains, la plupart du temps en rêve… Des bougies, des cigarettes, que je laisse se consumer à ses pieds, de petits verres d'alcool fort – elle préfère l'arak ! Souvent, elle demande des fanfreluches, des rubans de couleur, des dentelles… Je lui dis bien que c'est vieux jeu, mais elle insiste. Elle a aussi exigé un livre en langue arabe, *Shams el ma'arif*, « Le Soleil des connaissances ». J'ai eu un mal de chien à le trouver. Il s'agit d'un livre de magie écrit par un savant qui vivait à Annaba, en Algérie, au XIIe et au tout début du XIIIe siècle. Elle prétend qu'elle l'a connu, et même bien connu, si tu vois ce que je veux dire… Elle me demande d'ouvrir ce livre à la page où sont reproduits des dessins ésotériques, des carrés magiques, des amulettes pour chasser les démons et les djinns. Chaque fois, elle éclate de rire. « Ce que les hommes sont bêtes ! Nous n'avons jamais été effrayés par un dessin ! » Et elle se tape sur les cuisses en rigolant. Elle m'a aussi appris à prononcer certaines paroles devant sa statuette, à voix haute. Le temps passant, ces paroles se sont fixées, je les connais par cœur, elles sont devenues comme des prières…

Je lui ai aussi consacré un moment de la semaine, une nuit, toujours la même, celle du jeudi au vendredi, où, quelles que soient les obligations de ma vie, je dors seul, au pied de son autel, dans une *galabeya* blanche avec un petit liseré bleu au col. Il est rare que, cette nuit-là, elle ne vienne pas me visiter. « Je suis ta femme de la nuit », me rappelle-t-elle alors, en précisant toujours : « Ta seule femme de la nuit ! »

Ce n'est pas qu'elle est jalouse, elle fait semblant… elle veut paraître humaine.

Régulièrement, elle me révèle des événements qui surviendront dans un avenir proche, dans la semaine ou la quinzaine qui suit, et dont je ne sais que faire, des événements qui concernent des personnes que je ne connais pas. Je me dis que je les connaîtrai peut-être un jour…

Une fois obtenu mon doctorat, j'ai commencé à fréquenter l'Institut de psychanalyse au 187 de la rue Saint-Jacques, à Paris, là-haut, près du Panthéon. C'était un vieux rêve d'adolescent que je m'étais juré de réaliser. Après des années d'une psychanalyse personnelle dont j'ai tout oublié, sinon que je n'ai jamais parlé de ma Libyenne, j'ai été admis comme psychanalyste en formation. Bientôt, j'ai commencé à recevoir des patients. J'ai essayé de leur appliquer les méthodes qu'on m'apprenait à l'Institut, sans guère obtenir de résultats. C'est alors que j'eus l'idée de la faire participer à nos séances. J'ai pu me rendre compte qu'elle savait se rendre utile, la Libyenne !

Lorsque je ne saisis pas le problème caché d'un patient, lorsque je ne parviens pas à le libérer d'un symptôme, d'une phobie, d'une obsession, d'un délire, elle sait me dire la parole à prononcer, elle me révèle le secret qu'il dissimule à sa conscience, elle me permet surtout de lui révéler son avenir… Car soigner quelqu'un, c'est l'imaginer dans ce qu'il deviendra demain, certainement pas l'inviter à ressasser son passé !

Avec elle, à nous deux, je crois que nous formons un bon thérapeute !

Mais chaque fois, il me faut la séduire pour obtenir ses faveurs, l'amadouer, la convaincre, lui offrir des libations, des danses, des objets, des prières…

« Je ne fais pas ça pour ton père, a-t-elle l'habitude de me prévenir, ni ton grand-père, ni même l'arrière-grand-père de ton arrière-grand-père. Je suis bien plus vieille que tous ceux-là. Si je t'aide, c'est pour honorer les ancêtres, nos ancêtres communs, les esprits de la terre qui nous a enfantés. Ce sont eux qui t'ont sauvé de l'errance, de la maladie et de la mort, lors de cette fameuse nuit où nous nous sommes revus. » (Elle parle de la nuit du 10 mai 1968…)

« Ne l'oublie pas ! Apprends qui tu es, pourquoi tu es en vie ! Et promets-moi qu'un jour tu permettras à ton tour à quelqu'un, ce sera une femme, de rencontrer son époux de la nuit. »

Et si elle avait raison… Si c'était en une nuit, une seule nuit, que se décidait un destin…

Et si c'était une nuit…

Table

Du même auteur :

Œuvres littéraires

La Société des Belles Personnes, roman, Paris, Stock, 2020 et Le Livre de Poche, 2023.

L'Évangile selon Youri, roman, Paris, Stock, 2018 et Le Livre de Poche, 2020.

Ce pays qui te ressemble, roman, Paris, Stock, 2015 et Le Livre de Poche, 2017.

Les Nuits de Patience, roman, Paris, Rivages, 2013 et Rivages/Noir, 2014.

Qui a tué Arlozoroff ?, roman, Paris, Grasset, 2010 et Points Seuil, 2011.

Mon patient Sigmund Freud, roman, Paris, Perrin, 2006 et Points Seuil, 2011.

Serial Eater, roman, Paris, Rivages, 2004 et Rivages/Noir, 2006.

613, roman, Paris, Odile Jacob, 1999 et Rivages/Noir, 2004.

La Damnation de Freud (avec Isabelle Stengers et Lucien Hounkpatin), pièce en 4 actes, Paris, Les Empêcheurs de penser en rond, 1997.

Dieu-Dope, roman, Paris, Rivages, 1995 et Rivages/Noir, 1997.

Saraka bô, roman, Paris, Rivages, 1993 et Rivages/Noir, 1994.

Essais

Abécédaire, Paris, Folio, 2023.

Ethnomythologiques, Paris, Stock, 2022 et le Livre de Poche, 2024.

Secrets de thérapeute, Paris, L'Iconoclaste, 2021.

Jésus le guérisseur, Paris, Flammarion, 2017.

Les Âmes errantes, Paris, L'Iconoclaste, 2017 et le Livre de Poche, 2019.

Les Secrets de vos rêves, Paris, Odile Jacob, 2016.

Quand les dieux sont en guerre, Paris, La Découverte, 2015.

L'Étranger… ou le pari de l'autre, Paris, Autrement, 2014.

Philtre d'amour. Comment le rendre amoureux ? Comment la rendre amoureuse ?, Paris, Odile Jacob, 2013 et Odile Jacob Poche, 2015.

Tous nos fantasmes sexuels sont dans la nature. Psychanalyse et copulation des insectes, Paris, Fayard, coll. « Mille et une nuits », 2013.

Ethno-roman, Paris, Grasset, 2012, prix Femina de l'essai 2012, et le Livre de Poche, 2014.

La Nouvelle Interprétation des rêves, Paris, Odile Jacob, 2011 et Odile Jacob Poche, 2013.

Du commerce avec les diables, Paris, Les Empêcheurs de penser en rond, 2004.

Nous ne sommes pas seuls au monde, Paris, Les Empêcheurs de penser en rond, 2001 et Points Seuil, 2007 et 2015.

Médecins et sorciers (avec Isabelle Stengers), Paris, Les Empêcheurs de penser en rond, 1998 et La Découverte, 2012.

L'Influence qui guérit, Paris, Odile Jacob, 1994.

Le Sperme du diable. Éléments d'ethnopsychothérapie, Paris, PUF, 1988.

La Folie des autres. Traité d'ethnopsychiatrie clinique, Paris, Dunod, coll. « Psychismes », 1986 et 2013.

Le Livre de Poche s'engage pour l'environnement en réduisant l'empreinte carbone de ses livres. Celle de cet exemplaire est de :
200 g éq. CO_2
Rendez-vous sur
www.livredepoche-durable.fr

PAPIER CERTIFIÉ

Composition réalisée par NORD COMPO

Achevé d'imprimer en novembre 2025 en France par
MAURY IMPRIMEUR – 45300 Manchecourt
Dépôt légal 1re publication : décembre 2025
Numéro d'impression : 287646
LIBRAIRIE GÉNÉRALE FRANÇAISE
21, rue du Montparnasse – 75298 Paris Cedex 06
marketing@livredepoche.com

24/7767/8